Lux und Umbra 2

Die Macht der weißen Perle

Silke M. Meyer

D1698845

Machandel Verlag

Für Murphy!
Der beste Hund der Welt,
der bei jedem Schritt des Schreibens
an meiner Seite war.
Wir werden dich nie vergessen.

© Silke Meyer 2018
Machandel Verlag Haselünne
Charlotte Erpenbeck
Cover-Designerin: Lisa Brenner
Druck: booksfactory.de
1. Auflage 2018
ISBN 978-3-95959-058-7

Teil 2

1

Wo viel Licht ist, ist starker Schatten.
Johann Wolfgang von Goethe

Das Blutröhrchen in der Hand des Masama erzitterte unter der Woge des Zorns, der durch den Raum zu fluten schien wie flüssiges Pech. Mason, dessen Gesicht nicht weniger wutverzerrt war als das seines Vaters, packte das Röhrchen und zerschmetterte es mit einem Aufschrei am nächsten Stein.

Die Masama gingen in Deckung. Sie kannten ihre Herren und wussten, dass ihre unbändige Wut Opfer fordern würde.

„Ein Versager bist du, Sohn! Hast du nicht gesagt, dass sie dir vertraut, dass sie dich lieben würde? Dass du genug Zwietracht zwischen meinen armseligen italienischen Ziehsohn und die Bago gesät hast? Die erste Braut seit vielen Jahrhunderten, die den Mut aufbringt, sich vor den Prinzen zu werfen, und du schaffst es nicht, ihr Herz zu erobern! Und das, obwohl du alle nur erdenkbaren Hilfsmittel zur Verfügung hattest!"

Mason schäumte vor Groll und pflanzte sich vor seinem Vater auf. „DU wolltest diese Partie spielen. DU hast den italienischen Abschaum zu dem gemacht, was er ist. Hast du ernsthaft geglaubt, dass er bei zwei lichtdurchfluteten Eltern zu einem Werkzeug des Bösen werden kann? Du wolltest die Rache an unserer Mutter und hast ihr den einzigen Sohn genommen, der ihr geblieben war. Du wolltest sie leiden sehen. Sie hat es dir damals schon gesagt. Niemals wirst du ihn besitzen! Du hast ihr nicht geglaubt. Ich habe dir erzählt, wie sehr mein Bruder dieser Bago verfallen ist. Dass sie ihn liebt, schon lange. Und trotzdem hast du ihm weiterhin den Auftrag gegeben. Nun hat sie die Prophezeiung erfüllt. Sie hat ihn mit ihrem Körper geschützt, und wenn es ganz mies gelaufen ist, dann lebt sie jetzt auf ewig. Obendrein hat sie mir MEINEN Sohn gestohlen! Wir brauchen ihn! Ich werde nicht noch einmal mehr als zehn Jahre warten, um einen neuen Sohn zu zeugen. Ich will IHN!" Die letzten Worte schrie Mason seinem Vater ins Gesicht.

Nalars Miene verdüsterte sich zu einer drohenden Maske. Er überlegte, bevor er sprach: „Du kannst ihn noch immer gewinnen. Ja, er ist ihr Blut und sie ist lichtdurchflutet gewesen, doch jetzt wandelt sie lange Zeit in der Finsternis. Mathis ist ohne sie. Er wird ohne ihren Schutz auskommen müssen und das für eine lange Zeit. Auch deine Mutter war lichterfüllt, wie alle Frauen der Lux und Umbra-Linie. Doch ich war, genau wie du, durchdrungen von der Finsternis, und mein Blut hat in dir gewonnen. Auch in Mathis stecken beide Seiten. Noch ist er nicht für uns verloren. Und was die Prophezeiung angeht – mein Instinkt sagt mir, dass das noch nicht alles war."

Mason spürte, wie sein Kopf wieder klar wurde, wie kühle Überlegung zu ihm zurückkehrte. Er begriff, dass sein Vater

Recht hatte. Dass er noch immer eine Chance hatte, seinen Sohn zu sich zu holen. Langsam drehte er sich um und sah in die fassungslosen Gesichter der Schwestern. Die meisten von ihnen hatten keine Ahnung gehabt, dass er der eigentliche und echte Prinz der Finsternis war. Dass Sage, der Vampir, dem Licht näher war als jeder andere Hüter vor ihm. Nur wenige von ihnen waren eingeweiht worden und hatten sich Mason aus freien Stücken angeschlossen. Die anderen wurden nun von seinem Gefolge festgehalten. Langsam ging er auf sie zu und sah jeder Einzelnen ins Gesicht. Bei Rose, die ihm am vertrautesten war, blieb er stehen. Es galt ihren Willen zu brechen, das wusste er, dann hatte er eine Chance, dass auch die anderen ihm folgen würden.

Rose spuckte ihm vor die Füße und mit fester Stimme sprach sie: „Du bist also ein Wesen der Finsternis. Ich hätte es merken müssen. Doch glaube nicht, dass ich mich dem Licht jemals abwenden werde."

Mit einer fließenden Handbewegung schlug Mason ihr mitten ins Gesicht.

Rose ging augenblicklich zu Boden. Aber ihr Kampfgeist war nicht gebrochen. Verächtlich spuckte sie Mason vor die Füße. Das Blut, dass sie dabei ausspie, verteilte sich im Schnee.

„Legt sie in Ketten und bringt sie alle auf die Burg!", befahl Mason.

Froh, dass niemand von ihnen den Tod finden musste, befolgten die Masama seinen Befehl sofort.

*

Wild trommelte Mathis auf Sephora ein und schrie: „Warum hast du nicht sie gerettet? SIE ist es, auf die es alle abgesehen haben.

SIE hättest du retten müssen, nicht mich!" Tränen der Verzweiflung rannen ihm über das Gesicht.

„Weil sie das nicht wollte. Es war ihre Entscheidung, dass ich dich mitnehme." Sanft zog Sephora den schluchzenden Mathis in ihre Arme. „Und hab keine Angst. Du wirst sie wiedersehen. Deine Mutter ist nicht tot, zumindest glaube ich das."

Mathis kämpfte sich frei und schaute auf. „Sie ist nicht tot? Aber du hast sie doch gesehen. All diese Pfähle! Sie haben sie überall getroffen – das ganze Blut. Und gegen die Magie des dunklen Königs hatte sie keine Chance." Wieder wurde er von einem Weinkrampf geschüttelt und schien sich nicht beruhigen zu wollen.

Erst als Benedicta ihre Hände sanft auf seine Schultern legte und Mathis zu sich umdrehte, war er bereit, zuzuhören. „Ich glaube nicht, dass Sage sie einfach so sterben ließ. Er liebt sie, Mathis, und ich bin sicher, dass deine Mutter am Leben ist, wenn auch anders als bisher. Auch sie selbst trägt Magie in sich. Das wird ihr helfen, also hör auf, dir so viele Sorgen zu machen. Irgendwie wird sie schon damit klarkommen."

Sephora nickte. „Deine Mutter wird ihre Zeit brauchen und vielleicht eine Weile in der Dunkelheit wandeln. Während dieser Zeit wird sie nicht sie selbst sein und sich nicht unter Kontrolle haben, aber Sage wird ihr helfen. Und sobald sie sich beherrschen kann, werden wir beide zu uns holen und sehen, wie es weitergeht. Solange bleibt ihr bei mir. Hier seid ihr sicher!"

Ungläubig schaute Mathis auf. „Wie es weitergeht? Es ist noch nicht vorbei?" Sephora und Benedicta schüttelten gleichzeitig den Kopf.

„Und was ist mit Mason? Wieso ist er auf den Vampir losgegangen? Ich weiß, dass er ihn nicht mag, aber warum warf er die

Pflöcke, wenn er doch sehen musste, dass er meine Mutter treffen würde?"

Benedicta und Sephora schauten sich an. Der Blick, den sie austauschten, verriet Mathis, dass sie ihm noch längst nicht alles gesagt hatten.

„Mathis", sprach Sephora. „Wir werden dir einiges erklären müssen, aber nicht jetzt! Lass uns erst einmal hineingehen."

Mathis schluckte seine Fragen herunter und schaute sich zum ersten Mal seit seiner Ankunft an diesem Ort richtig um. Er saß auf der Kuppe eines Hügels, die ihm einen guten Blick auf eine gigantische Anlage freigab. Eine dicke Mauer, von einem Graben mit schimmerndem Wasser gesäumt, zog sich sternförmig um ein Schloss, dessen Schönheit er nur erahnen konnte. Es wirkte ziemlich wehrhaft. Aus der Mauer ragten Zähne aus Metall, die sich kreuzten und ein Überklettern unmöglich machten. In regelmäßigen Abständen blitzten dazwischen eiserne Speerspitzen auf. Mathis vermutete, dass dort Wachen zusätzlich Patrouille liefen. „Komm! Wir sollten hier nicht länger ungeschützt herumsitzen", forderte Sephora Mathis auf.

Benedicta benötigte keine Aufforderung, sie wartete bereits ungeduldig.

Als Mathis neben Sephora den Berg hinunterlief, fasste Benedicta seine Hand. Mathis bemerkte es kaum, zu sehr faszinierte ihn die Wehranlage, der sie näherkamen. Wachen liefen ihnen entgegen und verbeugten sich tief vor Sephora.

„Schon gut!" Mit einer Handbewegung hieß sie ihre Untertanen, weiterzugehen und sich wieder ihren Pflichten zu widmen.

Als sie über die Zugbrücke gegangen waren, hievten vier Männer sie sofort nach oben. Mathis sah, dass sich Sephoras

Schultern entspannten. Der harte Zug um ihre Lippen wich einem Lächeln.

Jetzt musste er seine Neugier nicht länger zügeln. Mathis ließ Benedictas Hand los und lief voraus. Das kleine Stück Wiese, dass sich zwischen Mauer und Wassergraben befand, würde kaum Platz für mehr als zwanzig Männer bieten, aber das war auch nicht nötig, denn dahinter wartete die mächtige Mauer. Deren Gittertor war hochgezogen. Als Mathis die Mauer durchschritt, zählte er zehn Schritte, bevor er wieder ins Freie trat. Er drehte sich nicht um, denn das Quietschen des herabsinkenden Gitters sagte ihm, dass die anderen ihm gefolgt waren. Stattdessen sah er staunend nach oben. Mathis stand zwischen zwei Mauern – es gab eine äußere und eine innere dicke Wand. Steile Treppen führten von dem schmalen Zwischenstreifen auf die äußere Mauer, auf der, wie er vermutet hatte, Wachen patrouillierten. Sanft schob Sephora ihn nun durch das weit geöffnete Tor der zweiten Mauer in den Innenhof. Vor ihm lag eine Burg, die heller strahlte, als alles, was er jemals gesehen hatte. Mathis hob den Arm und legte ihn schützend über die Augen, um die blendende Helligkeit ein wenig abzuschwächen. Die Wände glitzerten im schwachen Licht der untergehenden Wintersonne, als wären sie mit Diamanten besetzt. Auf dem Dach türmten sich Schneemassen. Bodentiefe Fenster zierten die gesamte vordere Ansicht. Für den Moment hatte Mathis seinen Kummer vollständig vergessen. Er betrachtete mit offenstehendem Mund das lichterfüllte Gelände. Bewegungen auf dem Weg über den Innenhof, auf dem mehrere kleine Häuser standen, zogen seine Aufmerksamkeit an. Alle Dächer trugen eine dicke Schneedecke und zu den Eingangstüren führten nur schmale Pfade, links und rechts von Schneebergen gesäumt. Und trotzdem, waren viele Gestalten dort unterwegs, leuchteten unzählige kleine Lichter unter dem Schnee hervor. Aus überdachten Pferchen blökten ihm Schafe entgegen, suhlten sich Schweine im Schneematsch und aus den angrenzenden Ställen erklang das Trampeln von Pferdehufen. Die allgegenwärtigen Liwanaganer, die Mathis sofort an ihrem kleinen Körperwuchs erkannte, lächelten ihn freundlich an, verbeugten sich tief vor Sephora und betrachteten Benedicta mit erstaunten Gesichtern, als sie auf einem der schmalen Pfade zum Palast gingen.

Als sich das Eingangsportal zum Palast knarrend geöffnet hatte, hörte Mathis Sephora sagen: „Willkommen im echten Palast des Lichtes!"

2

In Armut und sonstiger Not aber
gilt der Freund als die einzige Zuflucht.
Aristoteles

Voller Sorge betrachtete Sage Carly, die reglos in seinen Armen lag. Sie zeigte keinerlei Anzeichen, dass sie erwachen würde. Mehrfach hatte er sie durchsucht in der Hoffnung, das leere Röhrchen zu finden, doch sie hatte es nicht bei sich. Noch schlug ihr Herz schwach, doch Sage fürchtete den Moment, an dem es aufhören würde. Hatte sie sein Blut getrunken? Würde sie zurückkommen, ganz egal wie? Je länger er darüber nachdachte, desto unsicherer wurde Sage. Er kannte ihre Entscheidung nicht, doch er wusste eins ganz sicher: Lieber würde er mit einer lebendigen, ihn hassenden Carly leben als ohne sie.

Er biss sich selbst und flößte Carly sein Blut ein. Sollte sie sich bewusst dagegen entschieden haben, sein Blut zu trinken, würde sie ihm das unter Umständen niemals verzeihen. Aber es war ihm egal.

Vorsichtig stand er auf und hob Carly auf seine Arme. Einen erneuten Sprung würde sie in diesem Zustand nicht verkraften und Sage hatte auch keine Ahnung, welche Verstecke sein Vater wirklich nicht kannte. Offensichtlich wusste er mehr, als Sage lieb war. Er brauchte also dringend einen Unterschlupf für sie beide – hier, in dieser Zeit, die er nicht festgelegt hatte. Sein einziger Gedanke beim Sprung war gewesen, ein sicheres Versteck zu finden. Sie waren hier gelandet, mitten im Wald. Noch wusste Sage weder wo, noch wann er angekommen war. Er musste es schnellstens herausfinden, denn Carly würde sehr lange Zeit benötigen, um zu genesen. Oder mit dem Umstand, ein Vampir zu sein, klarzukommen. Doch den letzten Gedanken verdrängte Sage. Er würde alles tun, um sie davor zu bewahren. Nur als letzte Möglichkeit, um sie nicht für immer zu verlieren, zog er dieses Dasein für Carly in Betracht.

Vorsichtig lief er los. Sein Instinkt lenkte ihn. Als die Bäume ihm endlich den Blick freigaben, sah Sage, dass er sich auf der Kuppe eines Berges befand. Tief im Tal spiegelte sich das Mondlicht in einem See, eingebettet zwischen massiven Felsen, auf denen nur versprengt einige Lichter zu sehen waren, die auf Dörfer hinweisen.

Sage versuchte, so behutsam wie möglich aufzutreten, damit Carly nicht durchgeschüttelt wurde. Trotzdem wimmerte sie leise. Sein Herz schlug, im Gegensatz zu ihrem, laut und hart gegen seine Brust, eine imitierte menschliche Eigenschaft, die er so verinnerlicht hatte, dass er sie nicht ablegen konnte.

Vor ihm tauchten die ersten kleinen Hütten eines schlafenden Dorfes auf. Alles war friedlich, niemand schien mehr wach zu sein. Sage hoffte, dass man ihm dort helfen konnte. Vielleicht würde ja sogar eine Hütte leer stehen. Er ging geradewegs zum größten der Häuser – ein zweistöckiges Gutshaus in einem großen Hof. Dort würde vermutlich einer der Dorfältesten wohnen. Ungestüm klopfte er an die Tür. Sage wagte nicht, Carly auch nur einen Moment abzulegen, also benutzte er seinen Fuß. Dann wartete er ungeduldig. Nichts. Noch einmal trat er gegen die Tür, so fest, dass sie beinah aus den Angeln flog. Endlich nahm er den Lichtschein einer Kerze im Haus wahr und beobachtete, wie der Träger selbiger sich langsam und vorsichtig durch das obere Stockwerk bewegte. Mit seinen Vampirsinnen hörte er die zaghaften Schritte auf der Treppe, bis die Person vor der Tür verharrte. Sage war sofort klar, dass er sich am Anfang des 18. Jahrhunderts befand. Es gab kein elektrisches Licht und auch die Öllampe war offenbar noch unbekannt.

„Wer ist dort?" Eine kräftige Männerstimme.

Sage war am Rande seiner Beherrschung. Carlys Herzschlag war kaum noch wahrzunehmen. Doch er konnte es sich nicht leisten, jetzt kämpfen zu müssen. Also entschied er, im höflichen Ton sein Anliegen vorzutragen.

„Jemand, der dringend Hilfe benötigt. Bitte öffnen Sie, mein Herr! Meine Gemahlin ist schwer verletzt. Sie wird sterben, wenn wir nicht eintreten dürfen." Sage musste sich weder verstellen noch anstrengen, um seiner Stimme die nötige Dringlichkeit zu verleihen.

Augenblicklich wurde die Pforte einen Spalt weit geöffnet. Sage sah als erstes einen grauen Vollbart, der die Lippen des Mannes fast versteckte. Mit misstrauischem Blick prüfte der Hausherr den Besucher. Als er Carly in Sages Armen entdeckte, öffnete er sofort weit seine Tür. „Herr im Himmel, was ist ihr passiert?" Er trat einige Schritte zurück, so dass Sage eintreten konnte.

„Marietta!", rief der Hausherr nach oben. „Komm schnell herunter. Wir brauchen deine Hilfe!"

Dann eilte er voraus und räumte ein altes, verschlissenes Sofa frei. „Schnell, schnell! Legen Sie sie hin! Ich werde sofort den Knecht nach einem Arzt schicken. Doch das wird dauern. Wir leben hier sehr abgeschieden."

„Danke. Das wird nicht nötig sein. Ich bin selbst Arzt. Alles, was ich vorerst brauchte, war ein Dach über dem Kopf und die Wärme eines Hauses." Bei diesen Worten blickte Sage auf den erloschenen Kamin. Der Mann verstand sofort. Er eilte nach draußen, um Holz zu holen.

Marietta, eine kleine rundliche Frau, tauchte im Türrahmen auf und schlug die Hände vor den Mund. „Ich bringe Euch Tücher und Wasser! Braucht Ihr noch etwas?"

Sage schüttelte den Kopf und sie verschwand in der Küche.

Vorsichtig öffnete Sage Carlys Kleidung ein Stück und prüfte die Schwere ihrer Wunden. An Armen und Beinen klafften tiefe Risse, die schlimm aussahen, aber nicht besorgniserregend waren. Sage ignorierte sie. Doch an ihrem Oberkörper sickerte noch immer das Blut aus runden, tiefen Wunden. Die Ränder der Verletzungen waren schmutzig und ausgefranst. Der Dreck des Waldbodens klebte an ihnen. Sage legte seine Finger auf eine Wunde neben Carlys Herz. Nur um Millimeter hatte einer der Pflöcke es verfehlt. Sages Blut würde ihr helfen, zu heilen. Die kleineren Verletzungen heilten bereits von innen nach außen, doch Sage musste dringend die Blutungen der großen Verletzungen stoppen. Carly brauchte Zeit, denn auch sein Blut vermochte es nicht, mehrere Verletzungen dieser Schwere sofort zu heilen. Ein Zittern lief durch ihren Körper. Dankbar nahm Sage der Hausherrin die Tücher aus der Hand, die sie in dem Moment zu ihm brachte. Er breitete eines über Carly aus und wickelte sie dann in warme Decken. Er würde weiter abwarten müssen. Es war zu kalt in diesem Zimmer, um mehr zu tun. Carlys Herz schlug gleichbleibend schwach. Immerhin wurde es nicht noch schwächer.

Der Herr des Hauses feuerte den Kamin an. Schnell wurde es warm.

„Ich werde oben ein Zimmer zurechtmachen. Es besitzt ebenfalls einen Kamin, den ich gleich beheizen werde. Dann habt Ihr es auch dort warm, mein Herr. Meint Ihr, sie schafft es bis nach oben?", fragte ihr Gastgeber nach.

Sage nickte.

Mitfühlend betrachtete Marietta Carly und strich ihr übers Haar. „Sie ist so blass. Wie viel Blut hat sie verloren, mein Herr?"

„Zu viel, fürchte ich." Sage seufzte. „Ich werde hier unten die Wunden reinigen und verbinden und dann, denke ich, können wir in das Zimmer umziehen. Vielen Dank, ich werde Eure Hilfe nicht vergessen."

Nachdem der Hausherr das heiße Wasser in die Wohnstube geschleppt hatte, zog er sich diskret zurück. Marietta blieb und reichte Sage ein Tuch, welches sie vorher befeuchtete.

Sehr vorsichtig reinigte Sage Carlys Gesicht und gab das verschmutzte Tuch an Marietta zurück. Dann zog er die Decke und das Tuch von Carly. Mit einem Messer schnitt er Carlys Kleid auf und streifte die Kleidung von ihrem Körper.

Marietta stieß einen kurzen Schrei aus.

„Was ist Euch nur zugestoßen? Wie kommt sie zu solchen Verletzungen? Wurdet Ihr angegriffen?", japste sie, als sie das volle Ausmaß der Verletzungen sah.

„Ja. Ein unfairer Kampf. Wir hatten kaum eine Chance. Jemand kam uns zu Hilfe. Ich weiß nicht, wer es war, aber so konnte ich mit meiner Gemahlin auf den Armen fliehen", log Sage. „Reichen Sie mir bitte das Tuch, Marietta?"

„Das ist barbarisch!", schimpfte Marietta und sprang aufgeregt von ihrem Platz auf. „Wir sollten sofort einen Trupp zusammenstellen, der die Schuldigen sucht, und sie ihrer gerechten Strafe zuführen."

Sie stürmte zur Tür, um ihren Mann den Auftrag zu geben. Sage ließ das Tuch ins Wasser fallen und stand neben ihr, als Marietta die Hand auf die Klinke legte. „Bitte! Es wäre mir lieber, wenn niemand weiß, dass wir hier sind."

„Sie haben Angst, das ist verständlich, aber wir haben gute Männer!"

„Trotzdem. Ich habe keine Angst um mich, aber um meine Gattin. Es ist nicht einfach zu erklären. Ich bitte Euch nur um Euer Schweigen. Ich bin sicher, dass sie gesund werden kann, aber dafür brauchen wir ein paar Wochen einen sicheren und vor allem geheimen Unterschlupf. Bitte! Niemand darf wissen, dass wir hier sind." Eindringlich sah Sage der Frau in die Augen. Er konnte den Kampf förmlich sehen, den Marietta mit sich austrug. Ihr schweres Schlucken war selbst für einen Menschen zu hören. Doch dann seufzte sie und erklärte sich nickend einverstanden. Sage würde mit ihrem Mann reden müssen, damit sie wirklich keine Alleingänge unternahm, da war er sicher. Doch vorerst würde sie nichts unternehmen.

„Danke!", sagte er und meinte es ehrlich.

Beide kehrten zu Carly zurück. Sage befreite Carlys Wunden vom Schmutz und legte lockere Verbände an. Drei der unzähligen Wunden verband er mehrfach neu. Doch dann sickerte kein frisches Blut mehr durch die Verbände und Sage atmete auf. Er strich Carly mit so zärtlicher Sanftheit über das Gesicht, dass Marietta nachgiebig lächelte und ihn mit verträumten Augen fragte: „Sie lieben sie sehr, nicht wahr?"

Ein dicker Kloß machte sich in Sages Kehle breit, bevor er antwortete: „Sie ist mein Leben. Ohne sie wird es sinnlos und überflüssig!" Dann nahm er Carly auf seine Arme und folgte der vorauseilenden Frau in das obere Stockwerk.

„Antonio ist fertig. Ich hoffe, es genügt Ihnen", sagte Marietta, als sie die Tür zum Gästezimmer aufstieß. Eine angenehme Wärme verbreitete sich im Raum und ein würziger Duft schwebte in der Luft. Antonio, der Hausherr, musste einige Kräuter auf das Feuer im Kamin geworfen haben, um es seinen Überraschungsgästen so angenehm wie möglich zu machen.

Sage legte Carly auf das Bett und deckte sie sanft zu. Dann trat er auf den Flur hinaus. Antonio und Marietta warteten auf ihn.

„Das Zimmer ist völlig ausreichend. Ich danke Ihnen von Herzen und werde versuchen, es wieder gut zu machen. Doch ich möchte noch einmal darum bitten, niemanden zu sagen, dass wir hier sind. Das ist der beste Schutz für meine Gemahlin und mich." Eindringlich sah er Marietta an. Antonio nickte sofort.

„Das sollte kein Problem sein, mein Herr. Doch sagt mir eins: Werdet Ihr, Eure Gattin und Ihr selbst, wegen eines Verbrechens gejagt?"

„Nein. Das kann ich Euch bei meiner Ehre versichern. Wir sind ganz unschuldig in diese Situation geraten, doch ich weiß, dass sie uns suchen werden. Zu Eurem eigenen Schutz werde ich nicht mehr erklären, Ihr müsst mir vertrauen." Sage legte den überzeugendsten Ton in seine Stimme, den er aufbringen konnte. Antonio und Marietta sahen sich kurz an, schienen ein stummes Übereinkommen zu treffen, dass man dem nächtlichen Besuch glauben könnte und nickten.

„Dann gehen wir jetzt wieder schlafen, mein Herr. Scheut Euch nicht, bei uns zu klopfen, wenn Ihr Hilfe benötigt. Und versucht Euch ebenfalls auszuruhen", sprach Antonio und zog seine Frau mit sich.

Sage kehrte in das Zimmer zurück und betrachtete Carly. Mühsam nur hob sich ihr Brustkorb bei jedem Atemzug. Sage wusste, wenn Carly jetzt starb und sich verwandelte, würden die Gastgeber den Morgen nicht mehr erleben. Unkontrolliert und gierig auf Blut würde eine frisch gewandelte Vampirin sich kaum davon abhalten lassen, sich auf diese Menschen zu stürzen, um sie auszusaugen und anschließend das Dorf niederzumetzeln. Sie durfte einfach nicht sterben. Er erinnerte sich an seinen Besuch in der dunklen Burg, wie angeekelt sie sein Angebot verneint hatte. Sie wollte kein Vampir sein, das hatte sie mehr als deutlich gesagt und gezeigt. Sage war nicht einmal sicher, ob sie sein Blut aus dem Röhrchen getrunken hatte. Vielleicht hatte sie ihren Tod bewusst in Kauf genommen. Vielleicht wollte sie lieber sterben, als zu einem Geschöpf, wie er es war, zu werden. Aber er konnte ihren Tod nicht akzeptieren. Ganz egal, ob sie ihn danach hassen würde, aber sie würde leben. So oder so. Vorsichtig legte er sich neben Carly auf das Bett. Ihr schwacher Herzschlag dröhnte förmlich in seinen Ohren. Er würde es sofort registrieren, wenn ihr Herz zu schlagen aufhörte. Jetzt jedoch konnte Sage nur ab-

warten und hoffen. Hoffen darauf, dass sein Blut sie heilen würde. Langsam, aber vollständig.

3

Wissen ist das Kind der Erfahrung.
Leonardo da Vinci

Leise schloss Sephora die Tür. „Er schläft nun endlich", sagte sie an Benedicta gewandt.

„Gut. Das war ein aufwühlender Tag für ihn."

„Ja, das war es. Trinkst du noch einen Tee mit mir, meine Liebe?" Sanft nahm Sephora die zarte Benedicta an den Arm und zog sie hinter sich her.

Benedicta selbst platzte beinah vor Fragen, die sich in ihr aufgestaut hatten. Doch vorerst folgte sie Sephora stumm und nahm dankbar eine heiße Tasse duftenden Kräutertee in Empfang. Eine Weile saßen sie schweigend vor dem Kamin. Schließlich unterbrach Sephora diese Stille. „Nun frag mich einfach!" Auffordernd schaute sie Benedicta an.

„Ich weiß nicht, wo ich anfangen soll. Ich bin so überwältigt, hier zu sein. Hier ist der mir bestimmte Platz. Ich kann es fühlen.

Warum ist mir nie aufgefallen, dass dem Palast, in dem wir mit Mason wohnten, jegliche Magie fehlte? Hier spüre ich sie in jeder Ecke. Es ist, als würde sie durch die Wände fließen."

Lächelnd antwortete Sephora ihr: „Wie willst du das Fehlen von etwas bemerken, was du nicht kennst? Dir fällt der Unterschied jetzt auf, wo du hier bist. Du konntest es vorher nicht wissen. Mach dir keine Vorwürfe. Wir haben uns absichtlich so lange versteckt gehalten. Niemand sollte wissen, dass es uns noch gibt."

„Uns? Und warum?"

„Uns, das sind meine Schwestern und ich. Ich bin ihr Oberhaupt. Du lernst die anderen morgen kennen. Wir mussten warten auf die Eine. Charlotte ist von meinem Blut und bestimmt dazu, dass durch ihre Kraft die Erde geschützt wird, dass unsere Welt nicht in Dunkelheit versinkt. Ich kann ihr helfen, doch sie muss es bewirken, sie trägt die Kraft in sich, die alles neu ordnen wird. Seit Jahrhunderten erwarten wir sie."

Verstehend nickte Benedicta. „Aber wo ist Carly jetzt? Weißt du es?"

„Nein. Aber ich bin mir sicher, dass Sage sie nicht allein lässt und alles tun wird, was in seiner Macht steht, damit sie überlebt. Wie auch immer das aussehen mag." Nachdenklich schaute Sephora in ihre Teetasse.

Benedicta runzelte ihre Stirn. „Wie immer das aussehen mag? Was meinst du damit? Er wird sie zum Vampir machen, oder nicht? Wie sonst soll sie das überleben?" Wieder sah Benedicta den Anblick der Mutter ihres besten Freundes vor sich: Blutüberströmt war sie in die Arme des Vampirs gesunken. Einige Pfeile steckten noch in ihr, doch schlimmer waren die feinen, schwarzen Rauchschwaden, die Nalars Magie hinterließen und die aus Carly herausströmten, nachdem sie ihr Werk verrichtet hatten.

Ein wissendes Lächeln umspielte Sephoras Lippen: „Wenn es sich vermeiden lässt, wird er das nicht tun. Ich glaube nicht, dass Sage Charlotte zum Vampir machen wird. Nicht, wenn sie eine andere Möglichkeit hat."

„Aber die schwarze Magie! Ich habe gesehen, dass der Namenlose keine Pflöcke warf. Er schoss nur diese schwarzen Blitze auf sie ab. Sie war tot. Eindeutig."

„Nein, das war sie nicht. Schwer verletzt, ja. Aber nicht tot. Keiner der Pfähle traf Charlotte am Herzen. Ich vermute, dass sie das Blut, welches Sage ihr gab, getrunken hat. Das wird ihr helfen, nicht sofort zu sterben. Es heilt sie. Langsam, aber es stirbt sich nicht so schnell, wenn man Vampirblut im Körper hat. Und die schwarze Magie, die konnte sie nicht verletzen. Magie kann keine Magier verletzen, die sie in gleicher Art selbst in sich tragen. Ihr Körper absorbiert es lediglich."

Sephora verstummte, als Benedicta aufgewühlt von ihrem Sitz hochsprang.

„Carly trägt schwarze Magie in sich? Wie ...?"

Auch Sephora erhob sich und ging langsam zu Benedicta hinüber. „Ja, sie trägt es ihn sich. Charlotte entstammt der Blutlinie von Lux und Umbra. Die stärkste Nachfahrin, die ich je hatte. Die Magie – helle wie auch dunkle – schlummert tief in ihr, sie muss nur erweckt werden."

Noch immer verständnislos hakte Benedicta nach. „Aber du bist Licht. Nicht wie der Namenlose, der nur schwarze Magie versprühen kann. Carly ist deine Nachfahrin. Eine lichtdurchflutete Frau. Ich habe ihre Aura gesehen, sie strahlte blütenweiß."

„Nein, nein! Du musst verstehen, Benedicta, dass Magie immer zwei Seiten hat. Die lichte Seite wird niemals ohne die dunkle Seite bestehen, so wenig wie die dunkle Magie ohne die helle. Auch ich könnte schwarze Magie ausüben, wenn ich wollte. Je nachdem, wie sich der Einzelne entscheidet, gewinnt das eine oder das andere Oberhand. Charlotte wird nun durch alle Bereiche der Magie gehen müssen und dann eine Entscheidung treffen. Ich bin sicher, dass die Lichtseite siegen wird, aber vorher muss sie durch die Dunkelheit. Anders geht es nicht. Sage wird ihr helfen. Er ist ein Schattenwesen und trotzdem siegte seine Lichtseite. Du hast auch seine Aura gesehen. Er wird sie begleiten durch die Dunkelheit. Das wird auch ihn nach unten reißen, aber er hat es schon einmal geschafft, sich dem zu entziehen. Er kann es auch ein zweites Mal schaffen. Wir müssen vertrauen und können vorerst nur abwarten. Charlotte und Sage sind miteinander verbunden seit ihrer frühesten Kindheit, doch sie haben es vergessen. Schon damals wusste ich, dass sie zusammen Großes vollbringen werden."

Sephora zog die fassungslose Benedicta in ihre Arme. „Mason hatte auch eine Wahl?", schluchzte diese auf.

„Ja. Die hatte er. Aber Mason ist schon sehr lange unter dem Einfluss des Namenlosen. Er kennt es kaum anders. Die Liebe zu Mathis, seinem leiblichen Sohn, könnte das ändern. Ich glaube wirklich, dass er ihn liebt. Es geht nicht nur um Macht. Das sind echte Gefühle."

„Nein. Das glaube ich nicht. Du hast ihn nicht erlebt, Sephora. Als er Sage im Palast gefangen hielt, hörte er Mathis nicht einmal richtig zu. Er war so grob zu ihm. Er liebt ihn nicht." Wütend spie Benedicta die Worte heraus.

Sephora strich der jungen Schwester über die wilden Locken und seufzte. „Mit den Augen eines Kindes, egal wie alt diese Kinderaugen auch sind, wirkt die Welt oft so einfach. Aber es gibt mehr als schwarz und weiß. Die vielen Grautöne dazwischen sind es, die das Leben erst lebenswert machen. Du musst lernen, auch sie zu sehen. Du kamst viel zu früh in diese Welt, hast keine Chance gehabt, erst erwachsen zu werden. Und so schlau du inzwischen auch geworden bist, deine Seele ist noch immer die eines Mädchens." Sephoras Hand glitt an Benedictas Wange herab. „Wir sollten schlafen gehen. Der morgige Tag wird anstrengender werden. Wir müssen Mathis einiges erklären und ihm den Rücken stärken. Er wird seine Mutter suchen wollen, aber genau das geht nicht. Komm, ich zeige dir dein Zimmer." Behutsam schob Sephora Benedicta zur Tür.

„Kann ich nicht bei Mathis schlafen? Wir haben die letzten Wochen im Palast in einem Zimmer gewohnt. Es ist in Ordnung und ich glaube, es wäre besser, wenn jemand bei ihm ist, wenn er aufwacht."

„Das glaube ich auch. Dann schlaf gut!" Sephora verabschiedete sich vor Mathis ´Zimmertür.

Benedicta schlich in den Raum, schloss leise die Tür und legte sich neben Mathis.

4

Du musst Dunkelheit spüren, um das Licht zu lieben.
Argyris Eftaliotis

Mason wies die Masama an, die gefangenen Schwestern in die Verliese zu sperren. Diejenigen, welche die Seiten bereits gewechselt hatten, folgten Nalar. Selbstgefällig schritt der dunkle König voran.

Masons Zorn verstärkte sich, als er den halbwegs zufriedenen Gesichtsausdruck auf Nalars Gesicht sah. Wut kochte in ihm hoch. Nicht nur, dass es ihnen missglückt war, sich diesen Vampir vom Hals zu schaffen. Mason hatte zuschauen müssen, wie auch sein Sohn spurlos verschwand. Zornig betrat er die Räume, die bisher Sage bei seinen Besuchen in der dunklen Burg genutzt und als sein Eigen betrachtet hatte. Erbittert trat er gegen den Pfosten seines Bettes, bevor er sich darauf warf. Während er blicklos in die Luft starrte, kam ihm immer wieder Mathis in den Sinn. Wo war Sephora auf einmal hergekommen? Seit Jahrhunderten hatte niemand sie mehr gesehen. Und dann hatte sie dagestanden, in all ihrer leuchtenden Pracht. Mathis wurde weggezerrt von einer Macht, die Mason längst für erloschen hielt. Aber Sephora war da. In vollem Glanz, mächtig wie nie zuvor. Und sie hatte Mathis in ihren Fängen. Mason sah keine Chance mehr, seinen Sohn für sich zu gewinnen.

Er war nicht in der Lage zu schlafen und sprang auf. Leise verließ er sein Zimmer und trat in den dunklen Thronsaal hinaus. Am Fenster nahm er den dunklen Schatten seines Vaters wahr. „Komm her, mein Sohn, und sieh es dir an. Seit Jahrhunderten habe ich das nicht gesehen."

Mason trat zu seinem Vater ans Fenster und folgte seinem Blick über die glitzernde Schneelandschaft, die die rauen Felsen in ein viel zu freundliches Kleid steckte. Am Horizont strahlte eine Lichtsäule in den tiefschwarzen Himmel.

„Was ist das?"

„Das", antwortete Nalar, „ist der Glanz des Lichtpalastes. Er schickt sein Leuchten in den Nachthimmel, und alle im Land wissen nun Bescheid. Sephora ist wieder da. Und sie ruft sie zu sich. All die Wesen, die auch nur annähernd ihr zugewandt sind, werden zum Lichtpalast pilgern. Auch aus unserem Teil des Landes werden die Zweifler sich zu ihr ziehen lassen. Das war schon immer so. Nicht einmal die Himmelsgestirne können dem widerstehen. Schau!" Nalar zeigte nach oben. Die Monde der Welt hatten sich geteilt. Mason starrte gebannt in den Himmel.

„Ich wusste nicht, dass sowas möglich ist", sagte Mason. Pula und Puti standen über dem Schein, den der Lichtpalast von sich gab. Im Widerschein leuchtend, fest beieinander, vereint und standhaft. Itim jedoch, die kleine graue Kugel mit dem finsteren

Gesicht, wanderte ziellos über ihre eigene Burg hinweg, unruhig von einer Seite des Himmels zur anderen, wie ein Wolf in einem viel zu kleinen Gehege.

„Was bedeutet das, Vater?" Mason war unbändig neugierig und verfluchte die genießende Ruhe, die sein Vater ausstrahlte.

„Das ist der Beginn. Es wird einen Krieg geben und es ist offen, welche Seite dieses Mal siegt. Du kennst die Geschichte, Sohn."

„Ja, aber beim letzten Mal gab es nicht mal einen Krieg. Nur ihr beide habt eure Kräfte gemessen. Keine Seite hat gesiegt. Sephora verschwand einfach. Und wir waren zum Warten verdammt. Wir sollten besser nicht zögern und sofort unsere Truppen zusammenstellen. Lass uns zum Palast ziehen. Sieh dir doch ihren Hochmut an. Leuchtet wie eine Fackel und weist uns den Weg. Worauf warten wir?"

„Benimm dich nicht wie ein Kind. Es wäre unnütz, wenn wir dorthin ziehen. Wir kämen ohnehin nicht durch. Sephora hat ihr Reich geschützt mit lichter Magie. Wir können sie nicht brechen. Lass ihnen Zeit für die Vorbereitungen und genieße die Vorfreude einer großen Schlacht. Wir warten ab, bis sie zum Kampf bereit sind, und dann zerschlagen wir sie ein für alle Mal."

Nalar trat vom Fenster zurück und verließ den Raum. Mason blieb allein zurück und beobachtete weiterhin den Nachthimmel.

5

Hoffnung und Erinnerung sind zwei liebliche Schwestern.
Erstere ist wie Morgenrot; sie lächelt lange vorher,
ehe die Sonne erscheint.
Letztere umspielt uns wie Abendröte,
wenn auch die Sonne schon längst untergegangen ist.
Heinrich Martin

„Es beginnt." Enndlin stand in den Baumwipfeln und ihre Augen schimmerten in einem zarten Grün. Beinah durchsichtig. Ana stand einige Äste unter ihr und schaute zu den erwartungsvoll nach oben blickenden Frauen, die es sich auf den unteren Ästen bequem gemacht hatten. „Sie hat den Blick. Sie sieht es. Sephora ist zurück!"

Bewegung kam in die Massen unter ihr. Brida schlug erfreut die Hände gegeneinander. Yrmel umarmte Agth und die alte runzlige Kwne sah mit glänzenden Augen ihre Enkelin Affra an, die auf ihrem Schoss saß.

„Dann ist die Eine geboren und auf dem Weg zu uns." Geschickt sprang die siebzehnjährige Ana von einem Ast zum nächsten, bis sie unten ankam. Aufgeregt prasselten ihre Fragen auf die anderen ein.

„Was meint ihr? Wann wird sie hier sein? Wie ist sie? Kommt sie allein? Wird sie Hilfe haben? Ob sie uns überhaupt findet?"

Kwne hob die Hand und gebot ihr Einhalt. „Kind. Du und deine Fragen. Überstürze es nicht. Wir wissen noch nicht, ob sie schon eine Entscheidung getroffen hat. Alles lastet auf ihren Schultern. Die alte und die neue Welt liegen nun in ihren Händen und nur sie kann mit ihren Handlungen beeinflussen, wie es weitergehen wird."

„Omama", piepste Affra aufgewühlt. „Wie heißt sie?"

Das pulsierende grüne Schimmern unterbrach sie alle und zog ihre Aufmerksamkeit an. Enndlin war von einem lebhaft fließenden Strom grüner Aura umgeben. Ihre Augen jedoch waren bereits klar und wieder im gewohnten Dunkelgrün. „Charlotte von Lux und Umbra. Das ist ihr Name. Ich sehe auch sie. Sehr schwach, doch ich sehe sie. Ihre Aura ist noch nicht eindeutig. Wir müssen abwarten."

6

Wahrheit kennt keinen Kompromiss.
Swami Vivekananda

Mathis erwachte noch vor dem ersten Sonnenstrahl. Sofort ergriff ihn eine innere Unruhe und das Stillliegen fiel ihm schwer. Um Benedicta nicht zu wecken, stand er leise auf und schlich sich aus dem Zimmer. Er fand den großen Saal und stieß die Flügeltüren auf. Geblendet von dem hellen Strahl, der aus einem großen Becken steil nach oben schoss und aus einer Öffnung im Dach bis in die Morgendämmerung hineinleuchtete, sah er Sephora nicht sofort. Beim Klang ihrer Stimme zuckte er zusammen.

„Mathis! Du bist schon wach?" Sephora trat vor ihn und verdeckte die gleißende Helligkeit mit ihrer Gestalt.

Mathis blinzelte und nickte. „Ich kann nicht länger schlafen. Irgendetwas trieb mich aus dem Bett. Meinst du, meiner Mutter geht es gut?"

„Sie lebt, falls du das wissen möchtest. Aber sie ist verletzt. Ich weiß nicht genau, wie schwer. Aber ich bin sicher, dass du sie wiedersehen wirst."

Mathis gab sich damit vorerst zufrieden. Neugierig beugte er sich zur Seite. „Was ist das?", fragte er und schaute auf den Lichtstrahl, der unbeirrt nach oben schoss.

„Ich zeige der Welt, dass ich zurück bin."

„Meinst du, dass das sinnvoll ist? Du leuchtest dem Namenlosen den direkten Weg zu uns." Mathis runzelte seine Stirn, schaute dann zu der gütig lächelnden Frau auf.

„Er wird nicht hierherkommen. Das wagt er nicht. Er ist nicht dumm, Mathis. Nalar weiß, dass meine Grenzen gut geschützt sind. Meine Magie würde ihm immense Schmerzen bereiten, seine Schergen würden es nicht überleben, hier einzudringen. So viel Licht ertragen sie einfach nicht. Aber unsere Verbündeten müssen wissen, dass ich zurück bin. Sie müssen die Chance bekommen, sich vorzubereiten. Den Zweiflern gibt es die Möglichkeit, sich zu entscheiden. Es gibt so viel zu tun und trotzdem müssen wir jetzt erst einmal nur auf deine Mutter warten." Seufzend zog sie den Jungen von dem Lichtstrahl fort.

Doch Mathis machte sich frei und ging staunend um das Becken herum. Winzige lichtdurchflutete Kugeln wirbelten in die Höhe. Sie tanzten umeinander und Mathis war, als könne er sie juchzen hören. Verwirrt schüttelte er seinen Kopf. Eine der Kugeln löste sich und kam direkt auf ihn zugeflogen. Mathis streckte seine Hand aus. Schwungvoll landete das funkelnde Objekt auf ihr. Im selben Moment hörte er in seinem Kopf eine angenehme Stimme. „Hallo Mathis! Ich freue mich, dich kennenzulernen. Deine Mutter hat mir bereits von dir erzählt." Die sich eng anschmiegende Kugel wärmte ihn, füllte ihn mit Hoffnung aus. Mathis atmete erleichtert auf.

Mit einem Krach flog die Tür auf und Benedicta kam hereingestürmt. Als sie Mathis erblickte, hielt sie inne. „Mann, ich dachte, du machst Dummheiten und bist weg!"

„Warum sollte ich das tun?" Noch immer hielt Mathis die Lichtkugel fest in seiner Hand. Er wollte dieses wunderbare Gefühl noch einen Moment spüren.

Benedicta wand sich und wollte nicht so recht antworten. Hilfesuchend sah sie zu Sephora hinüber. Die nahm gerade an einem gedeckten Tisch Platz und lud mit einer Handbewegung die Kinder ein, sich zu ihr zu setzen. Sie folgten ihrer Aufforderung und setzten sich ihr gegenüber. Erst jetzt gab Mathis die Kugel frei, die fröhlich zu ihren Gefährten schwebte und in den Strudel eintauchte, um in den Morgenhimmel aufzusteigen.

Während Sephora und Benedicta anfingen zu frühstücken, höhlte Mathis ein Brötchen aus, aß jedoch nichts. Zu viele Fragen drängten danach, gestellt zu werden. Fieberhaft überlegte er, wo er anfangen sollte, und platzte schließlich heraus: „Was ist denn nun mit Mason? Können wir ihn herholen? Es gab sicher einen Grund, warum er diese Pflöcke warf."

Zum zweiten Mal an diesem Morgen tauschten Benedicta und Sephora einen Blick aus. Die Ältere übernahm das Reden. „Du hast nicht alles mitbekommen, oder? Du weißt nicht genau, wer Mason ist?"

Mathis war nicht klar, worauf sie hinauswollte. Natürlich wusste er das. „Er ist der Prinz des Lichtes, ein Freund meiner Mutter und mein eigener Freund. Ich verstehe euch nicht. Benedicta", wandte er sich an seine junge Freundin. „Du weißt das

34

doch. Auch, wenn wir ihm, was Sage betrifft, nicht mehr vertraut haben, dann wissen wir doch, dass er das nur getan hat, um meine Mutter zu schützen."

Mathis hielt inne, als Benedicta ihren Kopf traurig schüttelte. „Lass es dir erklären! Du warst so auf deine Mutter fixiert, dass du es gar nicht mitbekommen hast."

„Was? Was habe ich nicht mitbekommen?" Mathis rutschte nervös auf seinem Stuhl hin und her.

Beruhigend legte Sephora ihm eine Hand auf den Arm. „Du musst jetzt sehr stark sein, Mathis. Ich werde dir die volle Wahrheit erzählen, und du musst versprechen, dass du mir bis zum Ende zuhörst."

Mathis nickte beklommen. Sephora begann: „Dadurch, dass du nur deine Mutter im Blick hattest, hast du nicht gesehen, was ich ihr und einigen anderen gezeigt habe. Da du ein von Lux und Umbra bist, hättest du es sonst sehen können. Nalar war schon immer böse, aber es gab einen Moment in seinem Leben, der hätte zum Wendepunkt werden können. Eine meiner Urururnichten verliebte sich in ihn. Und er sich in sie. Ich war gegen diese Verbindung und trieb sie damit direkt in seine Arme. Sie wohnte bei ihm und es dauerte nicht lange, da bekamen sie ein Kind. Nach der Geburt des Jungen fiel Nalar nach und nach zurück in seine alten Verhaltensweisen. Meine Nichte erkannte ihren Fehler, und wollte ihn verlassen. Er ließ sie gehen, behielt jedoch seinen Sohn bei sich. Sie konnte nichts dagegen tun."

„Wo ist dieser Sohn heute?", fragte Mathis dazwischen.

„Er ist bei ihm. Sein Name ist Mason." Sephora hielt inne. Sie wollte Mathis den Raum geben, zu begreifen.

Mathis schüttelte ungläubig den Kopf. „Mason ist der Sohn

des Namenlosen? Aber wie kann das sein?" Sein Gesicht wurde blass, seine Stimme war rau, als er weitersprach: „Aber dann ist Mason der Prinz der Finsternis? Mason? Nicht Sage?"

„Nein, nicht er. Sage ist näher am Licht, als du glaubst. Er ist der wahre Prinz des Lichtes und deine Mutter hat das in letzter Minute erkannt. Ich kann dir nicht sagen, ob sie dabei auf ihr Herz gehört hat, Erinnerungen aus ihrer frühesten Kindheit hochkamen oder ob sie aus meiner Vision die richtigen Schlüsse zog, aber das ist auch nicht wichtig. Einzig, dass sie das Richtige tat, ist entscheidend." Sephora legte eine Pause ein, denn Mathis stiegen Tränen in die Augen. Er kämpfte das Schluchzen hinunter, welches seine Kehle würgte. Tapfer schaute er auf. „Und wie ging es weiter? Mit Nalar und seinem Sohn? Mit deiner Nichte?"

„Sie kam zu uns zurück und trauerte einige Jahre ihrem verlorenen Sohn hinterher. Während eines unserer Feste lernte sie einen Mann kennen, der ihr gefiel. Sie verliebten sich ineinander und erneut verließ meine Nichte uns, sagte uns nichts, vergaß ihre Aufgaben. Sie übertrat unsere Grenze und lebte in der neuen Welt. Bei ihm. Sie heirateten, und später schwatzte sie ihren Schwestern die Perlen ab, die notwendig waren, damit der junge Italiener in unsere Welt wechseln konnte. Kurze Zeit darauf gebar sie ein weiteres Kind. Einen Sohn. Sein Name ist Sage da Guerrieri della Luce."

„Was?" Mathis sprang auf. „Sage und Mason sind Brüder?"

„Halbbrüder", korrigierte Benedicta.

Mathis lief sichtlich aufgewühlt im Raum auf und ab. Vor Sephora blieb er stehen und musterte sie eindringlich. „Das ist noch nicht alles, oder?"

„Nein. Aber ich denke, das reicht für heute. Den Rest erzähle ich dir morgen." Sephora wollte aufstehen, doch Mathis hielt sie am Ärmel fest. „Nein. Du erzählst mir jetzt alles!"

Benedicta wurde immer kleiner auf ihrem Stuhl. Mit aufgerissenen Augen sah sie Mathis Grenzen überschreiten und Sephoras Autorität infrage stellen.

Sephora kam seufzend wieder zum Sitzen, fasste Mathis an den Oberarmen und redete weiter: „Nachdem die Möglichkeiten der Perlen offenbar wurden, plante Nalar einen neuen, geschickten Feldzug. Er versteckte seinen damals 10-jährigen Sohn und sorgte dafür, dass ihn niemand mehr zu Gesicht bekam. Meine Nichte lebte in der Folgezeit mit ihrem Mann in der neuen Welt und sie erzogen Sage. Sehr lange glücklich und in Frieden. Als Sage jedoch älter wurde, häuften sich eigenartige Begegnungen. Seine Eltern warnten ihn, doch in seinem jugendlichen Leichtsinn hörte er nicht auf sie. Als er das Alter von knapp 30 Jahren erreichte, setzte Nalar seinen Plan um und machte Sage zu einem der letzten geschaffenen Vampire. Nicht mit einem Biss, sondern mit dunkler Magie. Das schuf eine Bindung zwischen dem Vampir und seinem Erschaffer. Sage hatte keine Wahl. Er musste den Befehlen seines *Vaters*, wie er ihn künftig ebenfalls als Konsequenz der Erschaffung nennen sollte, folgen und gehorchen. Soweit ich weiß, ist er inzwischen der letzte existierende Vampir. Sage lehnte es ab, Menschen zu verwandeln. Und dadurch, dass er mittels Magie geschaffen wurde, konnte man ihm so leicht auch nichts anhaben. Nalar schickte falsche Prinzen des Lichts auf unsere Seite, spürte alle meine Nachkommen auf, in denen meine Magie lebendig war, und Sage wurde gezwungen, sie in alte Welt zu holen. Eine nach der anderen ließ Nalar den gefälschten Prinzen schützen, versuchte so, die Prophezeiung zu umgehen, aber alle versagten und wurden dadurch an unsere Welt gebunden. Benedicta war eine der Ersten von ihnen."

Mathis schaute zu seiner Freundin, die leise zu weinen begonnen hatte. Doch er war nicht fähig, sie zu trösten. Er spürte, dass Sephora noch immer ein Geheimnis vor ihm hatte. „Red weiter!", forderte er sie ein weiteres Mal auf.

„Mason hatte unsere Welt nie verlassen, die neue Welt nie gesehen. Er alterte hier langsamer. Während sein Halbbruder vor Jahrhunderten als knapp Dreißigjähriger erstarrte, war Mason im scheinbaren Alter von sechszehn oder siebzehn Jahren, als Nalar endlich ihn als Lichtprinz auf unsere Seite schmuggelte. Der Namenlose musste Charlotte längst entdeckt haben und beobachtete sie. Mason tauchte regelmäßig im See der Träume. Er hielt sich zurück, bis er den offenen Geist deiner Mutter traf. Sie war damals erst fünfzehn Jahre. Er erzählte seinem Vater davon und beschrieb sie in allen Einzelheiten. Nalar gab ihm die Erlaubnis in die neue Welt zu wechseln. Mason umgarnte deine Mutter und das Ergebnis bist ..." Sephora stockte. Doch Mathis hatte längst begriffen.

„Mason ist mein Vater?!", stellte er flüsternd eher fest, als das er fragte.

„Ja."

„Aber", er konnte seine Tränen nun nicht mehr zurückhalten. „Aber meine Mutter und meine Oma sagten mir immer, sie wüssten nicht, wer mein Vater sei."

„Ich vermute, das taten sie wirklich nicht."

„Meine Mutter hätte doch den Mann wiedererkannt, den sie geliebt hat!" Entrüstung zeigte sich auf seinem Gesicht.

„Ich vermute ...", Sephora wollte erneut nach ihm greifen, bevor sie weitersprach, doch Mathis hatte sich schon umgedreht und rannte zornig zur Tür. „Mathis!", riefen die beiden Frauen im Chor, um ihn zum Anhalten zu bewegen. Umsonst, er wollte nichts mehr hören. Tränen der hilflosen Wut rannen über sein Gesicht. Er riss die schwere Tür mit Schwung auf, schrie „Du lügst!" in den Raum und schwang sie mit Kraft hinter sich zu. Die kleine leuchtende Kugel, die auf dem Weg zu ihm war, prallte gegen das Türblatt und taumelte benommen nach unten.

7

Erzähle mir die Vergangenheit
und ich werde die Zukunft erkennen.
Konfuzius

Sage starrte auf den Fetzen nächtlichen Himmel, den er durch das kleine Fenster des Gästezimmers sah. Er lauschte Carlys rasselndem Atem. Ihr Herz schlug schwach, aber gleichmäßig.

Im Haus war es still. Seine Gastgeber schliefen. Sage brauchte dringend Nahrung. Er stand auf und schlich sich leise aus der Haustür heraus. Mit hoher Geschwindigkeit raste er den Berg hinab und traf auf einen Bauern, der sein Vieh auf der Weide versorgen wollte. Der Mann hatte keine Chance, sich zu wehren oder einen Hilfeschrei auszustoßen. Sage bemächtigte sich seines Bluts sehr schnell und wenige Sekunden später hing der Körper regungslos in seinen Armen. Sage konnte kein Risiko eingehen und nahm dem Bauern deshalb das Leben. Diese Mahlzeit würde ihm für eine lange Zeit reichen. Um seine Tat zu verschleiern, riss er dem Burschen die Kehle auf und zerfetzte seinen Körper derart, dass es aussah, als hätte ein wildes Tier ihn gerissen. Um all das glaubhafter zu gestalten, richtete er außerdem zwei der Schafe auf dieselbe Art und Weise zu. Trotzdem er sich vorsah, spritze einiges an Blut auf seine Kleidung. Aber das würde niemanden auffallen, sie war ohnehin von Carlys Blut durchtränkt. Danach sauste er den Berg wieder hinauf und stahl sich ebenso leise, wie er gegangen war, in das Haus hinein. Noch immer war es still und niemand schien bemerkt zu haben, dass er weg war.

Schon am Treppenabsatz konnte er hören, dass Carlys Herz unruhiger schlug. Es hatte Aussetzer, wurde stetig schwächer. „Nein, nein, nein!", flüsterte Sage gehetzt und rannte mit großen Sätzen die Treppe hinauf, riss die Tür zu ihrem Zimmer auf und sah sie - bleich und mit einem sich kaum noch hebenden Brustkorb. Sage griff nach Carlys Hand. Verzweiflung machte seine Stimme brüchig: „Du darfst jetzt nicht sterben. Kämpfe! Bitte geh nicht fort von mir!"

Carlys Herzschlag beschleunigte sich ein letztes Mal, bäumte sich auf und dann verstummte er. Ihr Kopf fiel zur Seite und der Körper erschlaffte.

„Nein!" Ein Schluchzen klang von der Tür zu ihm durch. Marietta stand im Rahmen und hatte die Hände vor den Mund geschlagen. Sie musste Sage gehört haben, doch nun stiegen Tränen in ihre Augen.

Sage war nicht bereit aufzugeben. Vorsichtig, um ihr nicht noch mehr Verletzungen zuzufügen, begann er auf Carlys Brustkorb herumzudrücken. „... siebenundzwanzig, achtundzwanzig, neunundzwanzig, dreißig", zählte er leise und beugte sich dann über Carlys Mund. Zweimal blies er ihr Luft in die Lungen, vorsichtig, damit er sie nicht zum Platzen brachte. Dann begann er von vorn, seinen Handballen in Carlys Oberkörper zu drücken. „Eins, zwei, drei…" Die Zeit erschien ihm endlos, Marietta weinte still vor sich hin und Carly lag noch immer reglos auf dem Bett. Sage blies ihr erneut Luft in den Körper und begann von vorn. Nochmal. Und nochmal.

Marietta trat zu ihm, legte ihm die Hand auf den Rücken. „Sie ist tot, mein Herr. Was tut Ihr da? Ihr könnt sie nicht zurückholen!"

*

Enndlin verließ ihre Baumhütte und bewegte sich geschickt zwischen den Ästen hin und her, bis sie an der alten, verästelten Korkeiche ankam, auf der Kwne wohnte. Knarrend öffnete sich die Tür. Kwne saß auf einem kleinen Hocker und flocht einen Korb. Als Enndlin den Raum betrat, legte sie ihre Handarbeit zur Seite und wollte aufspringen.

„Lass nur, Kwne. Bleib sitzen. Ich muss mit dir reden."

Kwne nickte ergeben und sah erwartungsvoll zu ihrer Anführerin auf, die sich einen Stuhl heranzog. „Sie ist krank. Sehr krank, und im Moment ist nicht sicher, ob sie es überleben wird. Können wir ihr denn gar nicht helfen?"

Enndlin war die Oberste ihres Volkes, doch Kwne die wohl älteste lebende Frau unter ihnen. Wenn jemand Rat wusste, dann sie. Niemand kannte Kwnes genaues Alter, doch jedem war geläufig, dass sie es war, die im Mittelalter die Gruppe jener Schwestern führte, die sich entschlossen hatte, von der alten in die neue Welt umzuziehen. Nachdem sie ein sicheres Zuhause in

Italien gefunden hatten, verließ Kwne die Gruppe und lebte fortan allein und abgeschieden mitten im Wald oberhalb des Gardasees. Von den Bewohnern des nahegelegenen Dorfes nur sehr selten besucht, beobachtete sie, lernte und half, wenn sie gebraucht wurde. Nur knapp entkam sie zur damaligen Zeit der Hexenverfolgung und flüchtete durch das Land, bis sie letzten Endes auf Sizilien strandete, wo sie auch ihre Schwestern wiedertraf. Kwne war wertvoll für ihr Volk und wurde mit entsprechender Ehrfurcht behandelt. Enndlin suchte mehr als einmal ihren Rat. So auch am heutigen Abend.

„Was fehlt ihr? Kannst du es sehen, Enndlin?" Kwne verharrte aufmerksam abwartend in ihrer Stellung.

Enndlin konzentrierte sich und wenig später wurden ihre Augen glasig, ihr Blick ging durch Kwne hindurch und verlor sich weit hinter ihr. Mit einer Stimme, kaum lauter als ein Windhauch, sprach Enndlin schließlich: „Wunden übersäen ihren Körper, doch ich kann nicht erkennen, wodurch sie entstanden. Sie zittert und ihr Gesicht ist bleich. Sie weilt noch nicht im Totenreich, aber sie ist auf dem Weg dorthin, ihr Herz versagt in diesem Moment. Irgendetwas zieht sie zurück ins Leben, sie verharrt auf der Schwelle zwischen Leben und Tod."

Enndlin verstummte und mit einem Zucken kam sie zurück in den Raum. Ihr Blick heftete sich auf Kwne, die plötzlich unruhig hin und her rutschte.

„Konntest du sehen, wo sie sich aufhält?", fragte Kwne bei Enndlin nach.

„Italien auf jeden Fall. In einer Zeit weit vor uns. Es befanden sich Berge und sehr viel Wald um sie herum."

Kwne wurde immer unsteter auf ihrem Schemel. „Meinst du,

es könnte die Gegend um den Gardasee herum sein? Und du sagst, sie befindet sich weit vor uns?"

„Ja!" Überrascht blickte Enndlin auf. „Weißt du etwas?"

Kwne nickte unbehaglich. „Ja. Sie ist nicht allein unterwegs. Sie hat Hilfe an ihrer Seite. Es gefällt mir nicht, aber scheinbar liegt ihm viel daran, ihr Leben zu retten."

„Ihm? Wem? Und woher weißt du das?" Enndlin war so angespannt, dass sie mit durchgedrücktem Rücken bewegungslos auf ihrem Stuhl saß. Sie war die Einzige unter den Schwestern, die fähig war, Menschen zu sehen, egal, wo und wann sie sich gerade aufhielten.

„Er war bei mir. Damals, als ich noch jung war und zurückgezogen am Gardasee lebte. Ich werde diesen Besuch niemals vergessen. Er handelte aus großer Sorge heraus." Mit einem Seufzen beendete Kwne ihre Worte.

„Du kennst ihn? Du warst dort? Oder nein, du bist dort? Jetzt in dem Moment? Das ist vollkommen paradox, Kwne!" Enndlin sprang hoch und zog nervösen Schrittes in dem kleinen Raum ihre Kreise.

„Es ist ja nicht jetzt. Es ist Hunderte von Jahren her. Jetzt bin ich hier, aber sie sind es noch nicht. Wir können im Moment nicht eingreifen, denn ich bin schon dort. Wir können nur abwarten und vertrauen. Er ging mit allem, was er brauchte. Hoffen wir, dass Carly es schafft."

„Carly?" Enndlin stoppte ihr Gerenne.

Kwne kicherte. „Ja, so nannte er sie. Sie schien ihm sehr wichtig zu sein."

Die Oberste zog die Augenbrauen nach oben. Offensichtlich missbilligte sie diese Betitelung. „Sie ist eine von Lux und Umbra, scheinbar die Mächtigste, die je geboren wurde. Carly scheint mir doch ein sehr unpassender Name zu sein." Sie schüttelte verärgert ihren Kopf. „Gut, also warten wir weiter ab. Und hoffen, dass deine Erinnerung dich nicht trügt."

Ehrfürchtig verbeugten sich beide Frauen voreinander. Ein Ritual, welches zum Abschied ganz normal war und beinah unbewusst getätigt wurde. In ihrem Fall jedoch war diese Geste genau das, was sie darstellen sollte: Respekt und tiefe Ehrfurcht voreinander. Enndlin verließ Kwnes Hütte und zog sich zurück. Schlaf würde sie heute nicht finden, doch zumindest etwas ausruhen.

8

Nach deinem Tode wirst du sein
was du vor deiner Geburt warst.
Arthur Schopenhauer

Sie spürte den immer wiederkehrenden Druck auf ihre Brust, doch es war ihr egal. Das dunkle Loch, das vor ihr lag, zog sie an wie ein Magnet. Es schien zum Greifen nahe und doch schwebte sie fast auf der Stelle in der Luft und kam dem lockenden Eingang nur Millimeter um Millimeter näher. Sie streckte ihre Hände nach vorn, versuchte, die Ränder der Öffnung zu fassen, doch als sie das glitschige Material endlich mit den Fingerspitzen berührte, wurde sie von zwei heftigen Stößen zurückgezogen. Dann kehrte der rhythmische Druck auf ihrer Brust zurück, doch dieses Mal nutze sie ihn, bewegte sich schneller auf den Eingang zu, umklammerte die Ränder, als sie wieder nach hinten gezerrt wurde. Zweimal. Aber ihre Finger hatten sich eingegraben in die Masse, deren Ursprung sie nicht feststellen konnte, für deren Konsistenz sie keine Worte fand. War es fest? Oder doch eher durchscheinend wie Gas? Um ihre Finger herum, die mitten in der Masse steckten, fühlte es sich an, als wäre es flüssig. Doch bevor sie das, was sie fühlte, genauer identifizieren konnte, wurde ihre Aufmerksamkeit auf Gestalten gelenkt, die aus dem Inneren des Schlunds auftauchten. In schwarze Kutten gehüllt, und doch waren Gliedmaßen zu erkennen. Sie kamen näher, hatten sie fast erreicht, als zwei Stöße an ihr zerrten, sie losreißen wollten, verzweifelt flehend. Sie wusste, dass sie nachgeben sollte, doch zur Rückkehr fehlte ihr etwas. Etwas, dass sie dringend brauchte, jedoch nicht benennen konnte. In ihrem Kopf existierte nichts. Ihre Gedanken waren weich, träge, nicht fähig zu kombinieren. Zu spät sah sie die Waffen in den Händen der vermummten Gestalten, die sie nun umringt hatten, die Spitzen ihrer Sensen auf sie gerichtet. Ohne eine Lücke zu lassen, umschlossen sie sie. Kein Fluchtweg, doch sie hätte ohnehin nicht gewusst, wo entlang sie gemusst hätte. Dann, wie auf Kommando, streckten sie alle ihre Arme nach vorn und die Spitzen, aus denen ein schwarzes Sekret sickerte, durchbohrten ihren Körper.

Sie schrie, ohne einen Ton von sich zu geben. Ihre Hände ließen den Eingang los, an dem sie sich festgeklammert hatte und legten sich schützend, doch vollkommen sinnlos um ihren Leib. Die Spitzen der unzähligen Waffen drehten sich tiefer in ihren Körper. Bis sie mit einem Ruck herausgezogen wurden und sie nach unten fiel.

Sie fiel und fiel und fiel - zusammengekauert in Embryonalhaltung durch die Finsternis, spürte jeden einzelnen Stich, der ihr zugefügt worden war. Als es heller wurde und ihr Fall sich noch zu beschleunigen schien, schloss sie die Augen. In ihrem Kopf entstand ein Gedanke, formte sich ein Gesicht, neben dem ein zweites auftauchte. Zwei Gesichter, die sie kennen sollte, aber nicht erkannte. Ihr Kopf sagte ihr nicht, wen er ihr zeigte, aber ihr Herz erkannte. Das durfte nicht das Ende sein. Nicht heute, nicht jetzt. Sie brauchten sie – beide! Sie riss die Augen auf und fand sich in einem silbrig hellen Licht wieder, spürte, wie weiche Schwingen sie auffingen, ihren Körper umschmeichelten. Wie sie von einem zum anderem gereicht wurde, wie jede Berührung, die so sanft war wie ein Federstreif, Wärme ausstrahlte, jede einzelne Wunde, die die dunklen Wesen ihr zugefügt hatten, sich verschloss.

Der Druck auf ihrer Brust kehrte in ihr Bewusstsein zurück. Der helle Lichtkreis, der sie umgab, wurde enger, zog sich zusammen und als sie dachte, dass nun der Moment kam, an dem die zwei Stöße wiederkehren mussten, war sie bereit. Sie hatte alles bekommen, was ihr gefehlt hatte. Die Schwingen, die sie hielten, halfen, indem sie sie in derselben Sekunde des einsetzenden ersten Rucks mit Druck nach oben warfen. Der zweite Ruck schleuderte sie nun durch den schwarzen Gang, vorbei an den dunklen Gestalten, die geblendet ihre Kutten um sich wickelten und sich duckten.

Dann spürte sie den Schmerz auf ihrem Körper wieder, die Anstrengung, als ihre Lungen die Luft einsogen und mit lautem Rasseln ihre Rückkehr kundtaten.

*

Sage machte unbeirrt weiter. Auch Antonio erschien nun in der offenstehenden Tür, betrachtete mitfühlend den verzweifelten

Versuch seines Gastes, Carly ins Leben zurückzuholen. Als Sage Carly wieder beatmete, wie von Sinnen ihren Brustkorb erneut bearbeiten wollte, erklang das ersehnte Lebenszeichen als lautes Rasseln aus Carlys Kehle. Sie atmete. Selbstständig und von sich aus. Erleichterung durchströmte Sage. Solange Carly atmete, war sie kein Vampir. Sage sank auf dem Bett nieder, Marietta bekreuzigte sich und Antonio blieb der Mund offenstehen.

Marietta durchbrach die Stille. „Kann ich Euch etwas bringen, mein Herr?" Sichtlich verwirrt und doch erleichtert blickte sie ihren Gast dabei an. Der schüttelte den Kopf. Er hatte alles, was er brauchte. Carly musste nur gesund werden.

„Danke." Sage drückte Mariettas Hand. Die Hausherrin und ihr Mann gingen zusammen hinaus und schlossen behutsam die Tür.

Sage blieb auf dem Bett sitzen, bis die Sonne erste schwache Strahlen in das Zimmer schickte. Die restlichen Stunden der vergangenen Nacht hatte Carlys Herz immer wieder für Sekunden ausgesetzt, neue Reserven geholt und schlug dann weiter. Nun hatte es seine Regelmäßigkeit wiederaufgenommen. Es schlug schwach, aber es schlug noch immer.

Die Tür öffnete sich leise und Marietta betrat den Raum. In ihrem Arm trug sie neues Verbandmaterial und eine Schüssel mit warmem Wasser. „Ich habe ein kleines Frühstück hergerichtet, wenn Ihr mögt, mein Herr. Wie geht es Eurer Gemahlin heute Morgen?"

„Danke. Ich weiß es nicht genau. Aber sie lebt." Diese Information war eigentlich überflüssig, denn Carlys Atem klang noch immer, als würde sie Wasser ausstoßen, unterbrochen von leisem Wimmern. Sage wusste jedoch nicht, was er sonst hätte

sagen sollen. Dankbar nahm er der Hausherrin die mitge-
brachten Utensilien ab. „Ich schaue mir erst die Wunden an,
dann komme ich kurz nach unten."

Marietta nickte verständnisvoll und ließ Sage allein. Er wickelte vorsichtig die Verbände ab und besah sich die Wunden sehr
genau. Die Kleineren, die nicht so tief waren, heilten, doch die
Großen, die Carly lebensgefährlich verletzt hatten, sahen unverändert aus. „Verdammtes Gift!", murmelte er, wischte sanft
das alte Blut ab und verband sie neu. Um den Schein eines Menschen aufrechtzuerhalten, ging Sage nach unten, um einen Teil
des Frühstücks zu essen. Er redete nicht mit Marietta, die ihn
ebenfalls in Ruhe ließ. Unaufhörlich lauschte er Carlys Herzschlag, als ein kräftiges Klopfen an der Haustür Sage und Marietta aus ihren Gedanken riss. Augenblicklich sprang Sage auf und
lief zum Treppenabsatz. Marietta nickte ihm zu, gab ihm zu verstehen, dass es in Ordnung war, wenn er nach oben schlich, und
begab sich selbst zur Tür. Ängstlich öffnete sie. Sage blieb oben
stehen, bereit, mit Carly den nächsten Zeitsprung zu wagen, sollte es nötig werden.

Erleichtert atmete er auf, als er die aufgeregte Stimme eines
Dorfbewohners vernahm, der die von einem Tier gerissene Leiche seines Bruders gefunden hatte. Er überließ der Hausherrin
das Geschehen und ging zurück in das Zimmer, in dem Carly
noch immer um ihr Leben kämpfte.

Ihr Atem ging endlich ruhiger und ihr Herz klopfte gleichmä-
ßiger und kräftiger. Sage schöpfte Hoffnung.

Zwei Stunden später begab sich Sage die Treppe herunter. Zuversichtlich lächelnd trat er Antonio gegenüber. Der deutete seine Mimik richtig: „Geht es Ihrer Frau Gemahlin besser?"

„Ja, ein wenig. Danke. Doch ich denke, ich werde einige Kräuter brauchen. Die Waffen waren mit Gift benetzt. Neben dem hohen Blutverlust macht ihr das wohl die meisten Probleme."

„Kaum zu glauben, mein Herr. Mit Gift? Welcher Mensch tut so etwas? Wir haben im Dorf keinen Arzt, aber im Wald wohnt sehr zurückgezogen eine Frau, die der Heilkunst mächtig ist. Sie könnte über die Kräuter verfügen, die Ihr benötigt. Wenn Ihr es einrichten könnt, dann bringe ich Euch dorthin."

Sage glaubte ihm sofort, trotzdem verschwanden die Sorgenfalten nicht vom Gesicht des Hausherrn.

„Ich denke, es reicht, wenn Ihr mir den Weg beschreibt. Ich werde es allein finden. Ich möchte meine Gattin ungern ohne einen Schutz hierlassen." Mit dieser Notlüge konnte er mit hoher Geschwindigkeit sehr viel schneller hin- und wieder zurückgelangen. Antonio nickte verständnisvoll. Noch immer jedoch hatte er einen besorgten Gesichtsausdruck. Sage sah sich veranlasst, nachzufragen, obwohl er die Antwort bereits kannte. „Was bedrückt Euch? Gab es schlechte Nachrichten?"

Antonio nickte seufzend. „Einer unserer Bauern und zwei seiner Tiere wurden heute Nacht wohl gerissen. Was auch immer um unser Dorf schleicht, es ist gefährlich. Ihr müsst im Wald vorsichtig sein! Ich werde Euch eine Waffe mitgeben. Könnt ihr mit dem Schwert kämpfen?"

Sage runzelte die Stirn. „Ja, das kann ich. Ich bevorzuge es jedoch, gar nicht zu kämpfen, mein Herr. Ich werde keine Waffe brauchen. Sollte mich ein wildes Tier überraschen, klettere ich auf den nächsten Baum und warte ab, bis es verschwunden ist."

Der Hausherr schüttelte verständnislos den Kopf. „Ich bestehe darauf, dass Ihr ein Schwert mitnehmt. Wenigstens ein Kurzes.

Oder einen Dolch? Ihr werdet nicht ohne eine Möglichkeit, Euch zu verteidigen, aus dem Haus gehen. Erst recht nicht in den Wald."

Damit war die Diskussion für ihn beendet und Sage gab sich geschlagen. Ein Anliegen hatte er allerdings noch. „Sagt mir, mein Herr, kann ich irgendwo hier im Dorf eine große Menge Honig bekommen? Und ich bräuchte Leber für meine Frau Gemahlin. Sie hat sehr viel Blut verloren. Leber wird ihr bei der Bildung von neuem Blut helfen."

Antonio sah ihn verwirrt an. „Leber? Ist es egal, von welchem Tier es stammt?"

Sage nickte und biss sich auf die Lippen. Er hatte, genau wie heute Nacht bei der Herz-Druck-Massage, nicht bedacht, dass die Menschen in dieser Zeit noch nicht das medizinische Wissen erworben hatten, wie er es aus der aktuellen Zeit kannte, in der Carly eigentlich lebte.

„Ich werde Euch die Leber der beiden gerissenen Tiere besorgen, mein Herr. Meint Ihr, dass dies ausreicht? Und um den Honig kann ich mich kümmern. Das sollte kein Problem sein", antwortete Antonio und griff zu seinem Mantel. Sage murmelte einen Dank und begab sich in die obere Etage zurück.

Marietta hatte die Wache an Carlys Bett übernommen, als er nach unten gegangen war. Eigentlich brauchte Sage das nicht, denn er konnte Carly hören und obendrein über ihr Band spüren. Er wusste, wie es um sie stand. Sie befand sich noch immer in einem Zwischenstadium. Nicht tot, aber auch nicht lebendig. Ihr Körper kämpfte, schützte sich mit der Bewusstlosigkeit selbst. Der Blutverlust war eine Tatsache, die er aber in den Griff bekommen würde. Die Wunden an ihren Gliedmaßen würden heilen. Sorgen machten ihm die Verletzungen an ihrem Körper. Mehrere Pflöcke hatten Carly in den Unterleib getroffen. Glücklicherweise jedes Mal im seitlichen Bereich. Noch mehr Glück war es gewesen, dass sie den Darm verfehlt hatten. Ihre Wunden im Brustbereich waren die, die am schwerwiegendsten waren. Nur sehr knapp das Herz verfehlt und erfreulicherweise ebenso die Lunge, hatten sie jedoch tiefe Stiche in Schulter- und Brustbereich hinterlassen, die sich trotz des häufigen Reinigens entzündeten. Ihre Muskulatur dort war zerfetzt, und bedingt durch das Gift wirkte auch sein Blut nur sehr langsam. Sage konnte die Konsequenzen durch ihr Band spüren. Er fühlte den stechenden Schmerz, die Schwierigkeiten, die ihr das Atmen bereitete und die Anstrengungen, die ihr Herz bewältigen musste.

Während Sage hochkonzentriert auf Carlys Körper zur Treppe schritt, riss Marietta oben die Tür auf. „Kommt rasch, ich glaube, Eure Gemahlin hat Fieber!"

Mit langen Schritten eilte Sage die Stufen empor. Grob schob er sich an Marietta vorbei in den Raum hinein. Zärtlich legte er seine Hände auf Carlys glühendrotes Gesicht. Die Hitze schoss ihm durch seine Haut und ließ ihn kurz zurückzucken. Carly brannte beinah unter seinen Fingern.

„Bleibt bitte bei ihr!", bat er inständig. „Ich werde mich sofort auf den Weg machen und entsprechende Medizin besorgen. Euer Gemahl sagte mir, dass es im Wald eine Frau gäbe, bei der ich alle Kräuter bekommen kann, die ich benötige. Kennt Ihr den Weg?" Sage rannte unruhig auf und ab und nahm, wenn auch nur zum Schein, seine Jacke, die er achtlos über den Stuhl geworfen hatte. Marietta erklärte ihm besorgt die Richtung.

Kaum hatte sie das letzte Wort gesprochen, war Sage aus dem

Raum verschwunden, die Treppe beinah heruntergeflogen und die Haustür krachte hinter ihm in Schloss. Der Dolch lag unberührt auf dem Küchentisch.

Weder sah, noch hörte er Antonio, der von der anderen Seite des Dorfes angerannt kam und nach ihm rief.

Als die Bäume ihn verdeckten, wechselte Sage zu der ihm vertrauten Vampirgeschwindigkeit. Er achtete nicht auf Äste, die ihm ins Gesicht schlugen oder Dornenranken, die an ihm zerrten, sondern raste unbeirrt den beschriebenen Weg entlang.

9

Nimmer hat die Wut sich gut verteidigt.
William Shakespeare

Mason saß direkt neben dem Thron seines Vaters und blickte auf die geschundene Rose hinab. Sie hatte sich bisher allen Versuchen widersetzt, sie auf ihre Seite zu ziehen.

Nalar erhob sich und schritt gemächlich die wenigen Stufen nach unten, ging einmal um Rose herum und blieb dann vor ihr stehen. „Du wirst dich auf unsere Seite stellen oder sterben. Es ist deine Entscheidung, meine Liebe." Er sah über sie hinweg auf die anderen Frauen, die sich hinter Rose gestellt hatten und ihm so lange widerstehen würden, wie sie es tat. Ihre Entscheidung war wichtig, das wussten Vater und Sohn.

Rose richtete sich auf, sah ihm hasserfüllt in die Augen und sprach mit fester Stimme: „Dann tötet mich! Ich habe keine Angst zu sterben. Die Lichtseite wird siegen und das wisst Ihr sehr genau. Warum sonst wollt Ihr uns auf eurer Seite haben? Was können wir schon, was Ihr nicht selbst könnt? Nein, Ihr macht mir keine Angst. Tötet mich oder bringt mich zurück in den Kerker. Mich zum Umentscheiden zwingen zu wollen, ist Zeitverschwendung."

Regungslos blickte Nalar in ihre Richtung. Sein Gesicht lief rot an, Rose konnte förmlich spüren, wie der Zorn in ihm hochkochte. Dann zog er sein Schwert aus der Scheide.

Rose schloss die Augen und wartete auf ihr Ende. Es geschah jedoch nichts. Seine Schritte entfernten sich von ihr, gingen um sie herum. Noch immer verharrte Rose reglos, mit geschlossenen Lidern, davon ausgehend, dass sein Schwert sie von hinten treffen würde.

„Sieh mich an!" Nalars Stimme donnerte durch die Halle.

Vorsichtig drehte Rose sich in die Richtung, aus der sie ihn hörte, und öffnete erst dann ihre Augen. Nalar stand zwischen ihren Schwestern und wandelte von einer zur nächsten. Allesamt schauten sie zu ihr - bis auf Alma. Deren Körper zuckte verräterisch, ihr Blick war zu Boden gerichtet. Alma war seit jeher die Ängstlichste unter ihnen gewesen. Noch hatte Nalar es nicht entdeckt, und wenn doch, dann zeigte er es nicht. Höhnisch fuhr Nalar fort: „Du hast vielleicht keine Angst, aber gilt das auch für die anderen Weibsbilder hier? Was wäre, wenn ich jeden Tag eine von ihnen töte? Kannst du damit leben? Oder hilft dir ihre Rettung, dich zu entscheiden?" Triumphierend wartete er auf ihre Antwort.

Rose durchschaute seinen Plan und Tränen sammelten sich in ihren Augen. Was sollte sie tun? Konnte sie ihre Schwestern opfern?

Als Masons Stimme von hinten direkt an ihrem Ohr erklang, zuckte sie zusammen. „Opfere sie nicht. Das ist es nicht wert. Ihr seid seit Jahrhunderten zusammen. Willst du sie alle verlieren? Du hast mir all die Jahre gut gedient. Warum soll es jetzt anders sein? Gib dir einen Ruck und niemand wird sterben."

Roses Blick wurde unscharf. *Nicht jetzt! Nicht weinen!* Mit einer schnellen Bewegung wischte sie sich mit dem Handrücken über die Augen. Ihre Stimme zitterte, als sie antwortete: „Niemand wird sterben? Was sind wir neun gegen all die anderen, die wir verraten würden? Ihr werdet trotzdem töten. Ganz egal, wen, aber ihr tötet die Falschen!"

Mit einem Schnaufen entfernte sich Mason von ihr, öffnete ein Fenster und drehte sich ein letztes Mal zu ihr um. „Dann verantworte alles, was nun folgen wird. Und bevor wir dich töten, wirst du dabei zusehen, wie Sephora durch meine Magie ihr Leben endgültig aushaucht. Das verspreche ich!"

Ein Raunen ging durch die Reihen der Frauen. Nalar lächelte zufrieden und machte sich durch ein Räuspern bemerkbar. „Du hast also entschieden, dass eine von ihnen sterben wird?" Selbstgefällig deutete er mit seinem Schwert über die Köpfe der Schwestern hinweg.

Rose war kaum fähig zu atmen, ihre Stimme inzwischen brüchig: „Ich habe entschieden, dass ich der Lichtseite treu bleibe. Was Ihr daraus macht, ist einzig und allein Eure Wahl."

Eine der Schwestern hob ihren Kopf und sprach mit deutlich festerer Stimme als Rose: „Es ist egal. Du wirst dich nicht der Finsternis beugen. Ich stehe zu dir. Dann soll er mich auch töten." Ihren Rücken noch ein wenig mehr durchstreckend fügte sie hinzu: „Für Sephora!" Eine nach der anderen Schwester richtete sich auf. Zwar knieten sie nach wie vor am Boden, jedoch in ehrbarer Haltung. Bei jedem Aufrichten murmelte die Betreffende: „Für Sephora!"

Eine winzige Lichtkugel schoss an Masons Gesicht vorbei in den Saal hinein. Alle konnten sie sehen - alle bis auf Alma, die noch immer zusammengekauert am Boden kniete. Ganz gezielt flog die Kugel direkt zu ihr und schmiegte sich einen winzigen Moment an sie. Dann schwebte sie genau in die Mitte des Raumes.

Nalar richtete seine Hände zornig auf den leuchtenden Ball. Dunkle Schwaden schossen direkt in das Leuchtobjekt hinein. Die Kugel stand einfach in der Luft, zitterte kurz, begann zu flackern, bevor sie ein letztes Mal hell aufleuchtete, zu Boden sank und dort verglühte. Übrig blieb ein schwarzer Schatten, der wenige Sekunden später ebenfalls verschwand.

Alle Anwesenden starrten auf die Stelle am Fußboden. Niemand bemerkte die kleine zierliche Alma, die sich langsam auf ihre Füße rappelte, bis sie aufrecht stand. Sie musste all ihren Mut zusammennehmen, ihr Atem ging schwer. Trotzdem schaffte sie es, laut und klar zu sprechen: „Für Charlotte und Sephora!"

Mit einem bestialischen Schrei drehte sich der dunkle König mit erhobenem Schwert zu ihr herum und schlug mit immenser Wucht zu. Almas Kopf flog im hohen Bogen durch den Raum, bis er mit einem dumpfen Geräusch aufschlug. Das Blut spritzte an die Kleidung der verbleibenden Schwestern. Eine Blutspur nach sich ziehend, rollte er durch den Raum. Vor Roses Füßen kam der Kopf zum Liegen. Die leblosen Augen ihrer Schwester starrten zu ihr hoch. Rose schloss die Lider, Tränen liefen ihr über das Gesicht. Die anderen Frauen taten es ihr gleich.

„Das war Nummer eins. Du hast Zeit bis morgen Mittag, Rose. Sonst ist die Nächste deiner Schwestern dran." Nalars Gesicht verzog sich zu einer Fratze, er machte eine Handbewegung.

Die Masamas zerrten die Frauen brutal aus dem Raum.

Bevor Nalar zu seinem Sohn ans Fenster ging, gab er den verbliebenen Wachen im Raum den Befehl: „Räumt den Körper weg. Den Kopf spießt auf und postiert ihn so vor die Kerkerräume, dass alle ihn sehen können. Lasst sie das Antlitz ihrer Schwester nicht vergessen."

10

Der leere Wunsch, die Zeit zwischen dem Begehren und dem Erwerben des Begehrten vernichten zu können, ist Sehnsucht.
Immanuel Kant

Mathis saß mit einem der Bücher aus Sephoras Bibliothek in der Ecke. Auch wenn Benedicta und Sephora die Distanz, die er hielt, nicht gefiel, ließen sie ihn vorerst in Ruhe.

Benedicta sah verträumt aus dem Fenster, als Sephora plötzlich aufschrie und sich krümmte. Beide Kinder sprangen auf und eilten zu ihr.

„Was hast du?" Benedicta schien ehrlich besorgt. Mathis Stirn lag in Falten. Sie tauschten einen ratlosen Blick aus. Der Lichtstrudel, der noch immer in den Himmel schoss, kreischte auf, so dass sie zusammenfuhren. Mathis hielt sich die Ohren zu, auch wenn es kaum etwas nutzte. Sephora glitt, von Benedicta gestützt, langsam auf den Boden. Mathis Augen hingen am Licht, das bebte, sich abrupt verdunkelte und zusammenbrach. Zeitgleich kehrte völlige Stille im Raum ein und er nahm seine Hände langsam und fassungslos von den Ohren.

Sephora stöhnte leise, setzte sich jedoch auf.

„Was ist passiert? Geht es dir wieder etwas besser?", fragte Benedicta erneut nach.

„Ja, mein Kind. Es geht gleich wieder. Gib mir nur einen Moment!" Fahrig fuhr sich die alte Frau durch die Haare und sah in diesem Moment so steinalt aus, wie sie tatsächlich war.

„Was ist mit dem Licht?" Mathis starrte noch immer auf das stumme und glanzlose Becken.

„Gebt auch ihnen einen Augenblick. Sie müssen sich erholen. Ein Späher ist dem dunklen König und Mason zum Opfer gefallen. Wir können das spüren. Es kann uns zwar nichts anhaben, aber der Schmerz fließt durch uns hindurch. Es war grauenvoll. Glücklicherweise ging es sehr schnell." Kaum hatte Sephora geendet, kehrte der Glanz in das Becken zurück und der Strudel aus Licht schnellte erneut in den Himmel. Auch sie selbst richtete sich wieder auf.

„Warum tust du das?" Mit Tränen in den Augen sprang Mathis auf.

„Was? Mathis, was meinst du?" Sephora strich ihr Kleid glatt.

„Warum sagst du so etwas über meinen Vater. Du warst nicht dabei und kannst es nicht wissen." Seine Stimme überschlug sich beinahe.

Benedicta legte ihm eine Hand auf den Arm, er schüttelte sie jedoch sofort wieder ab und trat einen Schritt zurück. „Er ist nicht böse!"

„Mason hat sich entschieden, Mathis. Das musst du akzeptieren, auch wenn ich deinen Schmerz verstehe." Sephora seufzte.

„Das kannst du nicht! Du hast eine falsche Meinung von ihm. Du kennst ihn gar nicht!" Mathis schrie die beiden Frauen an. „Niemand von euch weiß, was er vorhat. Vielleicht ist es ein Trick? Warum reden wir nicht mit ihm und bringen es in Erfahrung?"

Sephora schüttelte den Kopf und wollte ihm erneut erklären, wieso sie so sicher war. Doch Mathis hatte sich, genau wie am Vortag schon, umgedreht und war aus dem Raum gelaufen.

In seinem Zimmer angekommen, zerrte er eine rucksackähnliche Tasche hervor, in die er eilig seine wenigen Sachen stopfte. Tränen liefen ihm die Wange hinunter. Er schaffte es gerade, den Sack unter seinem Bett zu verstecken, bevor sich die Tür leise öffnete und Benedicta ihren gemeinsamen Raum betrat.

„Mathis! Ich finde nicht, dass du so mit Sephora reden kannst. Sie will dich doch nur beschützen und ist ehrlich zu dir. Sie hätte es dir auch verschweigen können." Sie versuchte gar nicht, zu ihm zu gehen, sondern blieb an der Tür stehen.

Mathis war noch immer wütend und konnte sich nicht beherrschen. „Sie versucht aber auch nicht, mich zu verstehen. Sie hat meinen Vater abgeschrieben, genau, wie sie es mit meiner Mutter getan hat."

Erschrocken schüttelte Benedicta den Kopf.

Doch Mathis fuhr unbeirrt weiter. „Doch. Sie hat genau gewusst, was Mama tun würde und hat sie nicht beschützt. Mir wäre nichts passiert. Ich weiß, dass mein Vater mich liebt. Er hat es mir mehr als einmal gezeigt."

„Mathis, nein!" Benedicta fiel ihm einfach ins Wort.

Mathis Miene versteinerte. „Wenn du so denkst, dann geh. Ich will dich hier nicht mehr haben. Schlaf woanders. Dies ist mein Zimmer. Du hast hier nichts verloren."

Der eisige Klang seiner Worte fuhr Benedicta bis in die Knochen und erschreckte sie. „Mathis ...", setzte sie an.

„RAUS!", schrie er.

Benedicta legte sein Buch auf die Kommode und verließ eilig das Zimmer. Kaum draußen, hörte sie das Türschloss klacken. Mathis hatte abgesperrt. Er meinte es ernst. Abwartend blieb sie stehen. Sehr leise beugte sie sich hinab und spähte durch das Schlüsselloch.

Mathis hatte sich das Buch gegriffen und warf sich aufs Bett. Energisch öffnete er die Seiten und starrte hinein. Benedicta wollte sich schon abwenden und gehen, als er unvermittelt begann, die Seiten herauszureißen. Er schleuderte sie durch den Raum und schrie wüste Beschimpfungen. Als schließlich das komplette Buch gegen das Türblatt flog, zog sich Benedicta eilig zurück.

*

Zum Abendessen kam Mathis nur kurz hinaus, lud sich einen gigantischen Berg Essen auf seinen Teller und nahm es mit in sein Zimmer. Er redete kein Wort und ignorierte die Frauen.

Als spät am Abend Ruhe im Palast einkehrte, kletterte Mathis leise aus seinem Bett. Den nun prallen Rucksack, in den er zusätzlich den größten Teil des Abendessens gestopft hatte, setzte er vorsichtig auf seinen Rücken. Mit den Schuhen in der Hand schlich er zur Zimmertür und öffnete sie einen Spalt. Er spähte in den nur schwach beleuchteten Flur hinaus. Leer! Dicht an die

Wand gepresst, eilte er zur Treppe. Unten befand sich Sephoras Saal. Auch hier war es still und Mathis vermutete, dass sie bereits schlafen gegangen war. Trotzdem huschte er durch die dunkelsten Ecken und versuchte, möglichst keinen Laut von sich zu geben. Als er die große Palasttür öffnete, knirschte es leise. Mathis hielt inne und lauschte. Es blieb ruhig. Still und flink schlüpfte er hinaus und verschloss die Tür ebenso vorsichtig, wie er sie geöffnet hatte. Er drängte sich in den stockfinsteren Winkel des Eingangs und zog hastig seine Schuhe über. Sein Blick glitt über den leicht abfallenden Hang vor ihm. Durch die Büsche geschützt, konnte er bis an die Mauer gelangen. Wie er dort hinüberkommen sollte, wusste er noch nicht, aber er hatte einen Plan, einen sehr vagen Plan, doch Mathis hoffte auf sein Glück.

Die Hütten im Hof lagen im Dunkeln, die Ställe sahen unbewacht aus. Mathis fand gleich neben einem Stalltor einen langen Strick, nahm ihn mit und schlich im Schutz des Gestrüpps bis an das erste Tor. Wenn er dort hindurch kam, würde sein Plan aufgehen können. Doch vorerst musste er warten. Mathis hockte sich bequem hin, alles fest an sich geklammert, was er brauchte, um sofort reagieren zu können, wenn sich eine Chance bot.

Eine Stunde lang geschah nichts. Er gähnte und überlegte, ob er seine Flucht verschieben sollte, doch dann schlenderten mehrere Wachen zum Tor. Sie erzählten sich leise ihre Erlebnisse, schauten immer wieder zum Lichtstrahl auf, lachten und achteten nicht auf Mathis, der sich von der Seite anschlich. Hinter einem dunklen Mauervorsprung wartete er. Sein Herz schlug so hart gegen seine Brust, dass er glaubte, die Wachen müssten es hören. Doch die alberten noch immer, zogen gemächlich das Tor nach oben, stoppten immer wieder, um sich gegenseitig noch einen letzten Schwank zu erzählen. Doch Mathis reichte der bisherige Spalt. Er kroch darunter hindurch und überwand mit ein paar hastigen Schritten den Abstand zwischen beiden Mauerringen. Gerade noch rechtzeitig bemerkte er, dass einer der abzulösenden Wachen von der äußeren Mauer die Treppe vom Wachturm hinunterstieg. Mathis rollte sich geschickt unter die letzte Stufe der Treppe und presste sich die Hand vor den Mund, damit niemand sein Keuchen hörte. Weitere Wachmänner kamen die Treppe herunter. Der Erste schlug von innen gegen das nur wenig angehobene Tor. „Macht schon auf, ihr Faulpelze. Wir wollen rein und ihr solltet auf die Türme."

Die Männer öffneten und die müden Wachposten traten ein. Mathis wusste, dass dies die einzige Gelegenheit war, die er bekommen würde, um auf den ersten Turm zu kommen. Er lauschte kurz, doch die Wachen tauschten sich noch immer aus. Zu seinem Glück hatten sie es nicht sehr eilig, ihre Posten einzunehmen. Schnell schob sich Mathis unter der Treppenstufe hervor und begann auf allen vieren die Stiege nach oben zu krabbeln. Die Stimmen unter ihm wurden leiser. Mathis atmete erst wieder normal, als er endlich die leere Plattform erreichte. Die Metallspitzen, die oben aus der Mauer ragten, waren größer und schärfer, als er erwartet hatte. Doch sie boten die beste Möglichkeit, um sein Seil anzubinden. Dann kletterte er auf die Mauer. Seine Knie zitterten, als er nach unten spähte und das Seil hinabgleiten ließ. Unter ihm herrschte undurchdringliche Dunkelheit. Mathis war nicht sicher, ob das Seil lang genug war, doch mehr hatte er nicht. Es musste reichen. Unbeholfen kletterte er über die scharfen Zacken auf der Mauer, klammerte sich an das Seil und ließ seinen Körper dann einfach fallen. Er hörte ein leises Reißen von

Stoff, doch er spürte keinen Schmerz. Dann machte das Seil einen winzigen Ruck, und Mathis begann hektisch, nach unten zu klettern. „Verdammt, ich Idiot", murmelte er. Schweiß brach ihm aus. Noch war er zu hoch, um einen Sturz unbeschadet zu überstehen. Das Seil gab ein weiteres Mal nach. Der scharfe Metallzacken, an den Mathis das Seil gebunden hatte, zerschnitt es nun. Stück für Stück arbeitete er sich durch die Fasern. Mathis beeilte sich, kletterte schneller und konnte endlich den Boden unter sich sehen, als er spürte, dass er fiel. Unsanft landete er auf dem Hintern. Das Seil fiel auf ihn. Instinktiv rutschte Mathis an die Mauer heran. Sein Steißbein schmerzte, doch er konnte aufstehen. Zügig raffte er das Seil zusammen und nahm es mit sich. Im Schutz der Mauer schlich er seitlich von dem Wachturm weg, denn noch musste er ungesehen den Wassergraben überwinden. Rufe von Turm zu Turm zeigten ihm, dass die neuen Wachen endlich dort oben angekommen waren. Mathis war froh, dass sein Seil durchtrennt worden war, denn nun gab es keinen Hinweis auf dem Turm für seine Flucht. Winzige, kaum sichtbare Lichter erhellten die Türme. Für Mathis war es eine gute Orientierung, um die Mitte zwischen zwei Türmen auszumachen. Das Wasser im Graben glitzerte dunkel. Auf dieser Seite gab es keine Deckung, doch an dem anderen Ufer stand eine Baumgruppe, die ihm Schutz bieten würde. Er zog seine Kleidung aus, zerrte das große Brotbrett aus dem Rucksack, stopfte stattdessen seine Kleidung hinein und band anschließend den Rucksack auf dem Brett fest. Schwimmen konnte er gut. Nun musste er nur darauf vertrauen, dass das Holz seinen Rucksack trug, sonst würde er der Weg zu seinem Vater in nasser Kleidung und ohne genießbares Essen ziemlich unangenehm werden. Die Kälte des Wassers ließ ihn erschaudern, doch ihm blieb keine Zeit, sich an das Wasser zu gewöhnen, deshalb riss er sich zusammen und tauchte sofort in den Graben ein. Automatisch übernahmen seine Beine die Arbeit, während seine Arme das Brett vor sich herschoben. Seine Augen fixierten die Baumgruppe auf der anderen Seite. Er konzentrierte sich auf ruhige, kräftige Schwimmstöße. Das eisige Wasser stach in seiner Haut, seine Zähne klapperten, aber dann spürte er Schlamm unter seinen Füßen. Er watete auf der anderen Seite des Grabens aus dem Wasser und versteckte sich hinter dem dicksten der Bäume. Aufmerksam lauschte er, hörte jedoch nichts, dass auf seine Entdeckung hindeutete. Dann zerrte er seine Kleidung aus dem Rucksack und zog sich an. Das Brett und das Seil ließ er liegen, Sephora würde sein Verschwinden ohnehin in wenigen Stunden bemerken. Nun musste er nur noch ungesehen über den Hügel kommen. Der Lichtstrahl, der unbeirrt in den Nachthimmel schoss, durfte ihn nicht sichten. Vorsichtig, aber so schnell wie möglich arbeitete er sich durch einige Reihen von Sträuchern, die ihm Deckung gaben. Wenigstens wurde ihm so wieder warm. Als er in der letzten Hecke hockte und sich nun den Schweiß von der Stirn wischte, zweifelte er kurz an seinem Plan. Ein kurzes Schütteln, und der Gedanke verflog. Mathis sah sich um. Lauschte. Bis auf die Lichtsäule konnte er nichts sehen oder hören.

Er nahm seinen Mut zusammen und rannte los. Ohne sich umzusehen oder innezuhalten, gelangte er bis auf die Hügelkuppe. Dort warf er sich auf den Boden und verharrte. Es blieb still. Er hatte es fast geschafft. Auf der anderen Seite des Hügels befand sich ein kleiner Wald, wie er vom Vortag wusste. Im Schatten der Bäume würde es einfacher für ihn werden. Auf dem

Bauch robbte er bis in die kleine Waldung hinein, drehte er sich ein letztes Mal um. Vom Palast des Lichtes war nichts mehr zu sehen. Er atmete auf. Sein Blick wanderte zum Himmel. Es war schwierig, Itim zu finden, denn ohne seine Geschwister, die ihn anleuchteten, war er kaum sichtbar. Doch Mathis erspähte den kleinen, finster blickenden Mond. Unruhig wanderte er hin und her. Stets auf derselben Linie.

Mathis fasste die Gurte seines Rucksacks und marschierte in die Richtung, die Itim ihm wies. Er würde mit seinem Vater reden und hören, wie seine Version des Kampfes aussah.

11

In Einigkeit werden wir überleben,
getrennt werden wir untergehen.
Aesop

Sage entdeckte die Hütte und wurde langsamer. Die Striemen in seinem Gesicht, die ihm sein rücksichtsloser Lauf eingebracht hatte, heilten bereits und würden verschwunden sein, wenn er dort ankam. Sein Ziel war selbst für ihn ein ungewöhnlicher Anblick. Direkt um den Stamm eines alten, knorrigen Baumes war eine Behausung aus Holz, Ästen und Laub gebaut. Rauch stieg aus einer Öffnung im Dach. Um den chaotisch angelegten Garten herum zog sich ein Zaun, der aus einzelnen Feldern Korbgeflecht bestand. Niedrig und wacklig. Der Zaun würde weder Mensch noch Tier davon abhalten, einzudringen.

Sage öffnete die ebenso instabile Eingangstür der Hütte und betrat den dämmrigen Raum. Eine junge Frau, vielleicht Anfang zwanzig, schreckte auf und machte automatisch ein paar Schritte rückwärts, bis sie an ein Regal stieß. „Wer seid Ihr? Und was wollt Ihr?" Obwohl ihre Körpersprache Angst verriet, war ihre Stimme erstaunlich fest.

„Ich benötige dringend ein paar Kräuter. Carly ... meine Gefährtin ist krank und wird es ohne die Zutaten nicht schaffen." Barsch brachte Sage sein Anliegen hervor. Er war angespannt und wollte schnellstmöglich zurückkehren, denn er konnte spüren, dass es Carly schlechter ging. Ihr Fieber stieg unaufhaltsam. Wenn er nicht rechtzeitig wiederkam, würde sie innerlich verbrennen.

Gedanklich verfluchte er sich, dass er nicht daran gedacht hatte, sich einige der Kräuter der alten Welt einzustecken. Jetzt allerdings konnte er unmöglich in der Zeit springen. Ohne Carly würde er nicht wieder hier ankommen und sie wäre verloren. Entsprechend ungeduldig reagierte er, als er den prüfenden Blick der jungen Frau gewahrte.

„Worauf wartet Ihr? Ich brauche Arnika, Beinwell, Eisenhut, Thymian und Weidenrinde. Von allem so viel ihr habt!"

Nicht weniger ungehalten gab sie zurück: „Warum sollte ich Euch das geben? Ihr platzt hier herein, grüßt nicht, sondern fordert nur. Ich denke gar nicht daran, Euch in irgendeiner Weise zu helfen. Besorgt Euch die Dinge, die ihr benötigt, anderswo." Ihr ganzes Auftreten war von Stolz durchzogen.

Sages Augen verengten sich und er bleckte seine Zähne. Unwillkürlich wich die Frau erschrocken zurück. Doch er war mit wenigen Sätzen bei ihr und packte sie am Hals. Er konnte die Ader an seiner Stirn spüren. Sie musste stark angeschwollen sein, ein sicheres Zeichen, dass er sich kaum bändigen konnte. Mit Leichtigkeit schob er die nun angsterstarrte Frau mit einer Hand an dem Regal nach oben. Zischend forderte er sie ein weiteres Mal auf. „Ihr gebt mir sofort, wonach ich verlangt habe, oder ich nehme es mir. Wenn Euch euer Leben lieb ist, dann stimmt zu! Gebt einen Laut von Euch, wenn ihr einverstanden seid."

Die junge Frau ächzte mühsam und ein gurgelndes Geräusch trat zwischen ihren Lippen hervor. Sage drückte ihren Hals mit solcher Wut, dass sie kurz vor einer Ohnmacht oder dem sicheren Tod stand. Irgendwie drang es aber zu ihm durch, was sie antworten wollte, und unvermittelt ließ er sie los. Schlaff fiel sie auf den Boden, rappelte sich jedoch sofort auf. Ein wenig humpelnd des Sturzes wegen, suchte sie eilig die verlangten Kräuter zusammen. „Ihr könnt es lesen, wenn ich es beschrifte, mein Herr?", piepste sie vollkommen eingeschüchtert.

Ein kurzes Nicken musste ihr reichen, zu mehr war Sage nicht in der Lage, die Wut brodelte immer noch in ihm. Er riss ihr das Tuch, in das sie die verlangte Arznei verpackt hatte, aus den Händen und wandte sich ab. Mit einem Tritt beförderte er die Tür aus ihrer Halterung und krachend flog sie durch den Vorgarten. Ohne einen Gedanken darauf zu verschwenden, ob die junge Frau ihn sehen konnte oder nicht, raste er in die Richtung zurück, aus der er gekommen war. Am Waldrand bremste er ab, um in menschlicher Geschwindigkeit zum Haus von Antonio zurückzukehren. Wie ein Magnet zog Carlys Überlebenskampf an ihm. Es kostete ihn alle Überwindung, nicht erneut loszurasen.

Antonio riss die Tür auf und starrte auf das Bündel in Sages Hand. „Wie konntet Ihr ...?" Weiter kam er nicht. Sage schob ihn energisch zur Seite und eilte die Treppe hinauf, mit jedem Schritt zwei Stufen auf einmal nehmend. Marietta sprang erschrocken auf, als er in das Gästezimmer stürzte.

Carly lag mit bleichen Lippen und hochrotem Gesicht regungslos auf dem Bett. Eine kurze Kontrolle bestätigte ihm das, was er fühlte. Carlys Blut kochte förmlich vor Fieber.

„Schnee. Könnt ihr eine große Menge Schnee hier rauf schaffen, Marietta? Bitte beeilt euch! Und heizt Wasser an. Ich hole den Badezuber."

Marietta kam gar nicht auf die Idee nachzufragen, hatte sie doch Sage beobachtet, wie er eine Tote zu den Lebenden zurückholte. Sie eilte hinunter. Wenige Sekunden später hörte Sage, wie sie ihren Mann und den Knecht anwies, Schnee in Eimer zu schaufeln und nach oben zu tragen. Sie selbst hantierte in der Küche und erschien wenige Minuten danach mit einem Arm voller frischer Tücher im Raum. Sage hatte den Zuber bereits im Raum aufgestellt.

„Womit kann ich Euch weiterhelfen?"

„Zunächst mit heißem Wasser", gab Sage zurück. „Wir müssen sie bis auf die Verbände entkleiden und dann steige ich mit ihr in den Zuber. Wir werden heiß beginnen und durch den Schnee und eiskaltes Wasser, das wir nachfüllen, hoffen, dass wir ihre Temperatur senken können."

Mit gekonnten Griffen packte Marietta gemeinsam mit Sage an. Vorsichtig, jedoch zügig wurde Carly entkleidet. Sage lief nach unten und hob mit Leichtigkeit den großen Kessel an, in dem das Wasser glücklicherweise kochte. Er rannte nach oben, ohne darauf zu achten, dass er auffällig schnell war. Noch dazu mit der Last in seinen Armen, die er ja kaum spürte.

Marietta zog nur kurz die Brauen fragend hoch, sagte jedoch nichts. Sage war sehr dankbar dafür. Er wusste, dass er ihr später Einiges würde erklären müssen. Er nahm Carly hoch, während

Marietta das Tuch auf dem Bett ausbreitete. Dann legte er sie sanft darauf ab und Marietta bedeckte die intimsten Stellen mit kleinen Tüchern.

Antonio und sein Knecht marschierten ohne Vorwarnung in den Raum hinein und standen mit vier Eimern Schnee bei ihnen.

„Habt Ihr mehr Eimer, mein Herr?"

Antonio nickte und wollte losgehen, um sie zu holen, doch Sage hielt ihn zurück. „Bitte sagt mir einfach, wo ich sie finde. Und was Ihr gleich seht, hinterfragt nicht jetzt. Ich werde es Euch erklären, wenn meine Gattin das Fieber besiegt hat. Wir haben keine Zeit mehr."

Schnell erklärte Antonio ihm, wo er weitere Eimer fand, und sah verblüfft, wie Sage im nächsten Moment einfach verschwand.

Es war nicht der Augenblick, in dem Zurückhaltung gefragt war. Ungeachtet dessen, dass die Anwesenden jetzt Bescheid wissen würden, raste Sage davon, die Eimer zu holen, befüllte sie mit kaltem Wasser und setzte noch einmal den Kessel auf den Herd auf.

Als er im nächsten Moment mit befüllten Eimern und zwei Eisplatten aus dem Weiher hinter dem Haus wieder im Raum stand, bekreuzigten sich die Hauseigentümer, und der schreckensbleiche Knecht betete lautstark ein Ave-Maria dazu. Sage riskierte viel, doch nichts war wichtiger als Carlys Leben.

„Ich werde es später erklären, doch jetzt benötige ich Eure Hilfe. Bitte sagt mir, dass ich auf Euch zählen kann!" Flehend wartete Sage auf eine Antwort. Sie kam von Marietta, die sich am schnellsten wieder fing. „Natürlich. Wir würden es uns nie verzeihen, wenn sie stirbt, weil wir unsere Hilfe verweigert haben. Was können wir noch tun?"

„Ihr müsst Wasser nachfüllen. Wir müssen das Badewasser im Zuber runterkühlen. Ich hole, sobald es kocht, noch einmal den Topf mit heißem Wasser, dann ist es voll genug. Wir gehen zu zweit hinein, es wird reichen."

Kaum hatte Marietta genickt, jagte Sage ein zweites Mal die Treppe hinunter. Das Wasser kochte noch nicht ganz, doch es würde genügen müssen. Er goss es in die Holzwanne. Dann nahm er Carly vorsichtig wieder auf und bestieg behutsam mit ihr den Badezuber. Das heiße Wasser, das unangenehm auf seiner Haut brannte, blendete er einfach aus. Sanft ließ er Carly in das Wasser gleiten, wartete einen Moment und forderte dann Antonio, der noch immer an derselben Stelle verharrte, auf, einen Eimer Schnee und einen des kalten Wassers einzufüllen.

Antonio schüttelte sich kurz, folgte dann jedoch der Aufforderung. Langsam kühlten sie gemeinsam das Wasser im Zuber herunter. Nach dem vierten Nachfüllen ertastete Marietta, was Sage längst bemerkt hatte. „Es funktioniert gut. Sie fühlt sich kühler an. Ich denke, das Fieber ist gebrochen!" Freudestrahlend verkündete sie das Ergebnis. Alle atmeten auf. Während Sage mit Carly auf dem Arm aufstand, hüllte Marietta bereits ein trockenes Tuch um die Frau. Der Knecht trug die leeren Eimer an ihren Platz zurück, nachdem Sage ihm gesagt hatte, dass er sich um den Inhalt des Zubers kümmern würde. Nachdem Antonio ebenfalls den Raum verlassen hatte, trat Sage nah an Marietta heran und räusperte sich. „Marietta, ich habe eine eher ungewöhnliche Bitte. Könntet Ihr vielleicht den Urin einer Kuh auffangen? Ich würde ihn gern für ihre Wunden benutzen." Er deutete auf Carly.

„Urin?" Marietta betrachtete den sonderbaren Mann mit den übermenschlichen Fähigkeiten, nickte dann jedoch.

„Danke. Ich bereite einige Kräuterpasten zu. Geht Ihr danach wieder zu ihr, ja?"

Die Frage war eher rhetorischer Natur, denn augenscheinlich hatte die Hausherrin es sich längst zur persönlichen Aufgabe gemacht, alles dafür zu tun, Carly zu retten.

Sage öffnete in der Küche das Tuch mit den darin enthaltenen Kräutern. Die junge Frau hatte wesentlich mehr eingepackt, als er verlangt hatte. ›Mädesüß - fiebersenkend‹ stand auf einem der Päckchen. Sofort tat es ihm leid, dass er sie so grob behandelt hatte. Er zerrieb die Kräuter und mixte sie mit Honig. Als Marietta wieder nach oben ging, einen Krug in der Hand, schmunzelte Sage. Er wollte gar nicht wissen, wie sie der Kuh so schnell Urin abgezapft hatte. Mit seinen Tiegeln und der Kanne heißen Tee folgte er ihr.

Sorgfältig spülte er Carlys Wunden mit dem Kuhurin, trug die Paste mit Arnika auf und flößte ihr so viel Tee ein, wie sie annahm. Das war das schwierigste Unterfangen, denn Carly schluckte nicht von alleine, er musste ihren Kehlkopf massieren, um den Schluckreflex auszulösen. Er würde also stündlich versuchen, ihr so viel einzuflößen, wie nach seinem Ermessen nötig war. Durch ihr Band spürte er, wie friedlich und sehr viel ruhiger sie jetzt schlief. Das war kein Kampf um Leben und Tod mehr, das war ein Genesungsschlaf. Emotional erschöpft fiel er auf den Sessel am Kamin. Marietta kam zu ihm. „Darf ich mich zu Euch setzen?"

„Es ist mir eine Ehre. Natürlich, setzt Euch!" Sage wusste, dass nun Antworten erwartet wurden. Doch Mariette schwieg vorerst. Als sich die Tür öffnete und Antonio mit drei Tassen Tee zu ihnen kam, wusste Sage, worauf sie gewartet hatte.

12

Heilsame Wahrheiten, die beim Wohlbefinden
in der Seele geschlummert, erwachen im Leiden.
Ignaz Heinrich Carl Freiherr von Wessenberg-Ampringen

Erwartungsvoll blickten Marietta und Antonio ihn an. Sage seufzte, denn wie sollte er den Menschen erklären, was er war? In dieser Zeit? Er konnte froh sein, wenn sie nicht sofort den Scheiter-
haufen errichteten. Zumal da ja immer noch der tote Bauer war,
für den Antonio sich bestimmt verantwortlich fühlte. Er durfte ihnen auf keinen Fall sagen, dass er ein Vampir war, aber er
brauchte eine glaubhafte Ausrede. Vorsichtig nippte Sage an seinem Tee, setzte die Tasse ab und begann zu reden.

„Bevor ich Euch in mein Geheimnis einweihe, müsst Ihr mir
versprechen, dass Ihr mir bis zum Ende zuhören werdet. Ihr
müsst auch keine Angst vor mir haben, denn gerade Euch verdanke ich das Leben meiner Frau Gemahlin. Meint Ihr, Ihr könnt
mir die Chance geben, mich zu erklären?"

Das Ehepaar nickte, Marietta nestelte nervös an ihrem Kreuz, doch ihre Augen sagten Sage, dass sie der einfachere Part war.

„Ich beherrsche die Magie und ich komme nicht aus Eurer Zeit", sagte Sage ohne Umschweife.

Antonio schnappte nach Luft, hielt jedoch den Mund, wie er versprochen hatte.

„Ihr habt es an unserer Kleidung gesehen und an dem, was ich tat, als Carlys Herz aussetzte. Meine Magie ist nicht besonders stark, aber sie befähigt mich, in der Zeit zu springen und Personen mit mir zu nehmen. Auch kann ich mich kurzzeitig schneller und stärker machen, aber mehr vermag ich nicht. Da, wo ich herkomme, ist das nichts Besonderes, ich weiß aber, dass hier und in dieser Zeit Magie auf Euch unheimlich wirkt."

„Warum seid Ihr nicht in eure Zeit zurückgesprungen, mein Herr? Wenn Magie dort nichts Ungewöhnliches ist, dann gibt es doch sicher mehr Menschen, die derer mächtig sind. Sie könnten Ihrer Frau Gemahlin besser helfen, als wir es vermögen."

Sage nickte. „Wenn ich das gekonnt hätte, würde ich Euch nicht zur Last fallen. Aber Carly ist zu schwach, die Zeitreisen kosten gerade die Mitreisende viel Kraft. Außerdem stammen die Verletzungen meiner Frau aus eben jener Zeit. Eine Rückkehr ist momentan zu gefährlich. Der Mordanschlag galt mir, nicht ihr. Doch sie opferte sich, um mein Leben zu retten. Ich bin es ihr schuldig, nun das ihre zu beschützen. Man wird uns suchen, deshalb ist es wichtig, dass so wenig Menschen wie möglich von uns wissen. Ich weiß, dass ich sehr viel von Euch verlange und ich hoffe, dass ihr mir weiterhin helfen werdet."

Gespannt wartete Sage ab. Antonio schüttelt ungläubig den Kopf, doch Marietta glaubte ihm bereits. Und sie war bereit, ihnen auch weiterhin Schutz zu bieten. Energisch stieß sie ihrem Mann in die Seite. „Sag schon! Sag ihnen, dass sie bleiben können, bis die junge Frau gesund ist!"

„Ich weiß nicht." Antonio schaute beschämt zu Boden. „Wenn man Euch sucht, mein Herr, und Euch vielleicht findet, dann droht auch meinem Dorf Gefahr, nicht wahr?"

„Ja", gab Sage zu. „Natürlich werde ich alles in meiner Macht Stehende tun, damit Euch nichts passiert. Aber ich kann es nicht garantieren."

Marietta saß noch immer wartend auf ihrem Sessel, starrte ihren Mann ungläubig an. Antonio stand auf und ging im Zimmer auf und ab. Sein Blick wechselte von Carly zu Sage und zu seiner Frau. Dann blieb er abrupt stehen. „In Ordnung", sagte er. „Bleibt hier. Aber wenn ich Eure Anwesenheit geheim halten soll, müsst Ihr ab sofort die meiste Zeit im Haus verbringen. Mit meinem Knecht spreche ich. Er ist ein zuverlässiger Bursche, der tun wird, was ich ihm sage. Und bisher ist Eure Anwesenheit zufälligerweise noch unbekannt. Es sei denn, jemand sah Euch beim Holen der Eimer?"

„Nein. Das vermochte kein menschliches Auge. Ich bleibe im Haus. Das ist kein Problem. Danke!" Sage atmete erleichtert aus und Marietta sprang auf, umarmte erst ihren Mann stürmisch und stürzte sich anschließend auf Sage.

„Aber eines müsst Ihr mir zeigen. Als das Herz Eurer Gemahlin stillstand, war es Magie, um es wieder zum Schlagen zu bringen?"

„Nein", beruhigte Sage sie. „Nur normale Medizin. Ich kann Euch das zeigen. Es klappt nicht immer, aber manchmal hilft es."

Marietta nickte. „Dann soll es so sein. Ich werde jetzt das Essen zubereiten. Ihr müsst ganz ausgehungert sein, mein Herr."

Wieder nickte Sage. Er würde es über sich ergehen lassen und menschliches Essen einnehmen. Die Tatsache, dass er sich von Blut ernährte, würde selbst die herzensgute Marietta nicht verkraften.

*

Zwei Wochen lang nahm Sage am Tage die Mahlzeiten zu sich, die Marietta im Übermaß zubereitete. Alle drei Nächte zog er los, um sich Blut zu besorgen, weit genug weg vom Dorf, dass es nicht auffiel. Er hielt sich an das Versprechen, dass er Antonio gegeben hatte, blieb tagsüber im Haus, zeigte sich keinem der Nachbarn. Marietta bestand darauf, Sage stundenweise am Krankenbett abzulösen. Auch wenn es unnötig war, denn Sage spürte Carly, musste nicht schlafen und konnte rund um die Uhr bei ihr sein. Aber das konnte er schlecht sagen, und zudem wollte Marietta unbedingt ihren Teil beitragen.

Carlys kleinere Wunden waren vollständig verheilt. Die größeren Verletzungen im Brustbereich schlossen sich langsam, und es bestand keine Lebensgefahr mehr. Trotzdem lag Carly seit dem Tag auf dem Niemandsstreifen im Koma. Sage konnte ihr Herz hören, es schlug jeden Tag kräftiger, das Gift war aus ihrem Körper gewichen. Sie hätte aufwachen müssen. Doch sie tat es nicht.

*

Der Schmerz verringerte sich, war an manchen Tagen kaum spürbar. Carly schwebte in einem Raum, der vollkommen leer war.

Sie sah sich selbst, als würde sie in dieser Leere sitzen und anderen bei ihrem Tun zuschauen. Doch ihr Ich tat gar nichts. Die meiste Zeit hing es in Embryonalhaltung in der Luft, umschwirrt von gelegentlich zarten, meistens jedoch kräftigen Schwaden weißer oder grüner, manchmal auch schwarzer Dampfwolken, die unregelmäßig in ihrem Körper verschwanden. Jedes Mal, wenn das geschah, spürte sie ein Ziehen in ihrer Herzgegend und krümmte sich zusammen. Doch danach verringerte sich der Schmerz weiter, fühlte sie sich leichter und mächtiger. Sie glaubte, dass ihr alles gelingen könnte, was sie versuchen würde. Nicht, dass sie den Wunsch hatte, irgendetwas zu versuchen, ihr Verstand war nur auf den Empfang dieser Nebelschleier konzentriert. Heute schwirrte ein letzter, winziger, duftender Nebelhauch um sie herum. Flog zwischen ihrem beobachtendem Ich und ihrem Körper hin und her. Carly hatte den Eindruck, dass er wartete. Diese letzte Schwade Magie würde, wie sie instinktiv wusste, zusammen mit ihrem Geist in den Körper einströmen.

Kaum traf sie diese Erkenntnis, spürte sie, wie sie ihrem Körper näherkam. Langsam. Behutsam. Sie umkreiste den Leib und zuckte zurück, als er sich nach all der Zeit bewegte. Wie ein Kind nach dem Schlaf begann ihr Körper sich zu räkeln und zu strecken. Die Augen noch geschlossen, breitete er die Arme aus. Carlys beobachtendes Wesen zögerte. Die Aufforderung war klar. Sie sollte sich in die Arme ihres Körpers legen. Neben ihrem Geist zitterte die letzte Nebelschwade ungeduldig. Im Gleichtakt mit ihr, als wäre ihr Wille fremdgesteuert, schwebte sie auf ihren Körper zu, schmiegte sich in ihre eigenen Arme und spürte sofort, dass sie angekommen war. Sie öffnete für einen winzigen Moment die Augen, doch ein dumpfer Druck auf ihren Schläfen ließ sie die Augen sofort wieder schließen, als sie eine fremde, besorgte und trotzdem hoffende Stimme wahrnahm.

*

Sage war inzwischen so geschickt, dass er Carly ohne Probleme Wasser einflößen konnte. Mehrmals täglich brachte Marietta ihm zudem eine nahrhafte Brühe, die sie Carly ebenfalls gaben, damit sie nicht verhungerte. Doch sie lag blass in ihrem Bett und wurde immer magerer.

Besorgt strich Marietta der jungen Frau die Haare aus der Stirn und wischte ihr Kinn ab, an dem ein letztes Rinnsal der Brühe hinunterlief, die Sage ihr vor wenigen Minuten eingeflößt hatte, als Carly aufstöhnte. Ihre Augenlider flatterten. „Schlag sie auf, meine Liebe!", forderte die Hausherrin Carly auf. Doch nichts geschah. Carlys Körper begann zu zittern, ihre Lippen bebten, als sie mühsam den Mund öffnete. Kaum hörbar für Marietta, doch wie ein Schrei für Sage, flüsterte Carly: „Sage!"

Marietta sprang auf. „Kommt hoch, mein Herr. Ich glaube, Eure Gattin wacht auf", rief sie aufgeregt. Doch Sage war bereits neben ihr. Marietta schüttelte sich kurz. „Daran werde ich mich nie gewöhnen."

Ein Grinsen huschte Sage übers Gesicht, das Marietta verschmitzt erwiderte. „Tut mir leid", murmelt Sage halbherzig.

„Schon gut. Ich lasse Euch allein. Wenn sie die Augen aufmacht, sollte sie nur Euch sehen, mein Herr. Alles andere verwirrt sie vielleicht. Ihr ruft mich, wenn Ihr meine Hilfe braucht!" Marietta strich Sage sanft über den Arm.

Sage nickte dankbar. Marietta ging, und er war allein mit Carly. „Komm zurück", flüsterte er ihr ins Ohr. „Komm zurück zu mir, Carly! Mach deine Augen auf!" Er führte ihre Hand an seine Lippen, küsste sie und starrte gebannt auf ihr Gesicht, sehnte den Moment herbei, an dem sie die Augen aufschlug.

Es begann an ihrer Brust, genau über dem Herzen. Ein grünes Flirren breitete sich aus, zarter Nebel schien aus allen Poren zu treten und umhüllte Carlys Körper. Er wurde zu einer gelähnlichen Schicht, die ihre Haut benetzte und langsam ihren Hals hinauf wanderte, bis sie sich im Gesicht ausbreitete. Wie Ranken einer Pflanze breitete sie sich aus, bis jede Stelle ihres Körpers bedeckt war. Carly beruhigte sich, ihr Wimmern brach ab und ihre Lider verloren das Flattern. Sage spürte, wie sich ihre Finger um seine Hand klammerten. Der wabernde Nebel zog sich enger um Carly zusammen. Gerade als in Sage Panik aufsteigen wollte, schlug Carly ihre Augen auf und sah ihn an.

Sage zuckte zusammen. Ihre Augen waren so unterschiedlich, wie sie nur sein konnten. Eines leuchtete strahlend weiß, sandte ein Licht aus, dass ihn magisch anzog. Doch das andere Auge war von dämonischer Natur, überzogen von Schwärze, Dunkelheit. Bedrohlich zuckte es darin.

Die grüne Hülle um Carly herum explodierte und zersprang in tausend kleine Stücke. Die aufglühenden, grünen Leuchtpunkte wirbelten im Zimmer umher, tauchten es in ein unnatürliches Licht. Carlys Blick war auf Sage gerichtet, blieb aber leer, als würde sie durch ihn hindurchsehen.

„Carly", flüsterte Sage halberstickt.

Beim Klang seiner Stimme blinzelte sie, fixierte ihn endlich, und nun sah Sage in Carlys menschliche Augen, wie er sie kannte. Unsicher hielt sie den Augenkontakt.

„Bin ich ...", Carlys Stimme, war rau, ihre Kehle trocken. Sie hustete kurz, versuchte es dann erneut. „Bin ich ... ein Vampir?"

„Nein!" Sage lachte erleichtert auf. „Du bist ein Mensch. Du hast es überlebt. Oh Carly!" Ihm versagte die Stimme. Er zog sie an sich, drückte ihren warmen Körper an seine kalte Brust. Tränen liefen ihm ungehindert die Wangen hinab. All die Angst um ihr Leben fiel jetzt von ihm ab, bahnte sich in Form von Tränen ihren Weg nach außen. Das magische Leuchten im Zimmer verblasste und verschwand schließlich vollständig.

Als sich Carlys Herzschlag beschleunigte, panisch beschleunigte, legte Sage sie vorsichtig ab. „Was ist los?"

„Mein ... Hals", krächzte Carly, nicht fähig mehr Worte herauszupressen. Doch Sage verstand sie, spürte durch ihr Band, wie ausgetrocknet ihr Hals schon wieder war. Fürsorglich führte er den Becher an Carlys Lippen. Sage fühlte, wie ihr das angenehme Nass die Kehle herunterrann, wie sie gierig mehr trinken wollte. Aber er wusste, dass sie sich übergeben würde, wenn sie zu schnell trank, also zwang er sie, nur kleine Schlucke zu nehmen.

Als es leise an der Tür klopfte, zuckte Carly zusammen und ihr Blick glitt hektisch zwischen Sage und der Tür hin und her. „Wer ist das?", fragte sie leise.

„Das wird Marietta sein. Ich habe Zuflucht bei freundlichen Menschen gefunden. Sie wissen nicht, was ich bin, nur, dass ich in der Zeit springen kann", teilte Sage ihr schnell mit. Carly verstand. Sage öffnete die Tür und Marietta trat ein.

Marietta schlug beide Hände vor den Mund, als sie Carly erschöpft, aber wach im Bett sitzen sah. Sage hatte Unmengen von Kissen in Carlys Rücken gestopft, damit sie ihren Oberkörper nicht selbst aufrecht halten musste. „Meine Liebe", sagte Marietta mit tränenerstickter Stimme, während sie zum Bett eilte.

Carly sah die rundliche Frau auf sich zukommen, spürte, wie sich in ihr etwas zusammenbraute, was sie der Hausherrin entgegenschleudern wollte. Doch Sage bekam ihre Panik mit. Er hielt Marietta am Arm fest. „Wartet noch. Carly kennt Euch nicht, sie hat Angst."

„Was?" Marietta sah verwirrt auf die junge Frau vor sich. Dann verstand sie. „Oh", hauchte Marietta entschuldigend. „Es tut mir leid, daran habe ich nicht gedacht. Ich wollte Euch keine Angst einjagen, ich bin nur so erleichtert. Ich werde Euch eine Brühe zubereiten. Ich kann auch einige Kartoffeln stampfen. Ihr müsst sehr hungrig sein", stammelte Marietta peinlich berührt.

Carly nickte, doch sie beruhigte sich erst, als Marietta die Tür hinter sich schloss.

„Was ist los?", fragte Sage beunruhigt. „Ich habe es gespürt, dass, was in dir vorging. Wolltest du ihr ..." Sage suchte nach den richtigen Worten. „Wolltest du ihr etwas tun?"

„Ich weiß nicht", sagte Carly. Ihre Kehle schmerzte noch immer beim Sprechen, trotzdem fiel es ihr inzwischen sehr viel leichter. „Ich ..." Sie konnte nicht in Worte fassen, was sie fühlte. Aber sie konnte ihm sagen, was sie sah. „Ich sehe ein Flimmern um euch herum. Es ist noch farblos, aber es sieht aus, wie die Auren, die Sephora mir gezeigt hat." Beim Erwähnen des Namens Sephora durchzuckte Carly eine Erinnerung. „Mathis!", stieß sie hervor. „Was ist mit ihm?"

„Alles in Ordnung. Sephora nahm ihn und Benedicta mit sich. Sie sind in Sicherheit. Wir suchen sie, sobald du gesund bist."

„Dann ist es vielleicht zu spät." Carly versuchte, die Bettdecke von sich zu schieben, scheiterte aber an ihrer Kraftlosigkeit.

„Nein, ich bin sicher, dass es ihm gut geht. Bleib liegen. Du bist zu schwach."

„Wie lange sind wir schon hier?"

„Über drei Wochen. Du warst sehr schwer verletzt. Ich hatte Angst, dass du es nicht schaffst."

„Dann wäre ich ...", Carly stockte „... dann wäre ich trotzdem wiedergekommen." Verlegen schaute sie auf ihre Finger, die sie nervös ineinander verhakelte.

„Du hast es also getrunken?"

„Ja. Es war die bessere Option. Sterben und nicht wiederkehren, das geht noch nicht. Mathis braucht mich doch. Und ich wollte auch dich nicht ..." Carly verstummte.

„Was wolltest du mich nicht?"

„Ich wollte dich nicht zurücklassen. Das Band ... du hast es mir erklärt, ich spüre es selbst. Und jetzt, mit dieser neuen Kraft in mir, viel stärker als jemals zuvor. Es fällt mir ganz leicht."

Sage grinste und rutschte neben Carly aufs Bett. „Du wolltest also auch meinetwegen nicht sterben?" Er legte seinen Arm um sie.

Carly spürte, wie sich ihr Gesicht rot einfärbte, nickte aber. Sage rutschte noch näher an sie heran. Er legte seine Finger unter ihr Kinn und hob es an. Dabei drehte er ihren Kopf, so dass sich ihre Gesichter nun sehr nahe beieinander befanden. Verbunden durch ihr Band spürte Carly Sages Wunsch, sie zu küssen. Auch sie sehnte sich danach, zögerte aber. „Was ist?", fragte Sage.

Carly versuchte, von ihm abzurücken, schaffte es aber nicht. Mit ihren Händen deutete sie an, ihn wegzuschieben, was sie ebenfalls nicht bewältigen würde, aber Sage verstand und gab ihr den nötigen Freiraum. „Warum?", fragte er nur.

„Weil ...", wieder lief Carly rot an. „Gibt es in diesem Jahrhundert schon Zahnbürsten?" Mit der Zunge wischte Carly verlegen über ihre Zähne. Das pelzige Gefühl verschwand nicht, der Geschmack erzeugte beinah einen Würgereiz. Niemals würde sie ihn so küssen.

Sage lachte schallend los. „Nein, sie benutzen Schwämme und Tücher, aber ich bastel dir eine, wenn du magst."

„Ja, bitte. Und dann versuch es nochmal", forderte Carly ihn grinsend auf.

„Marietta wird gleich mit dem Essen zu dir kommen. Lässt du dir von ihr helfen? Du kannst ihr vertrauen."

„Okay. Was willst du machen?"

„Ich hole den Badeschuber hoch, befülle ihn, setze dich nach dem Essen hinein und dann werde ich Marietta erneut in Staunen versetzen, wenn die Zahnbürste Einzug in ihr Leben hält."

„Okay", sagte Carly im selben Moment, in dem es wieder an der Tür klopfte.

13

Durch Flucht gerät man mitten ins Verderben.
Titus Livius

„Herr, wir haben in der neuen Welt einen magischen Schein entdeckt", sagte der Masama, während er den Thronsaal betrat und seinen Oberkörper fast bis auf den Boden neigte. Trotz der guten Nachricht, die er gerade übermittelt hatte, war es geraten, so lange Demut zu zeigen, bis Nalar ihm erlaubte, sich aufzurichten.

Der dunkle König setzte sich interessiert auf. „Schaut mich an!", forderte er. Seine Stimme donnerte durch den Saal, strahlte jedoch Freude aus.

Der Masama hob den Kopf und sah seinem König fest ins Gesicht. Die Augäpfel des Kriegers zuckten aufgeregt in ihren Höhlen, verrieten seinem Herrn, dass es noch mehr gab, wovon er berichten wollte. Nalar erhob sich und ging auf den Masama zu.

„Wo?"

„Italien, mein Herr. Allerdings nicht in unserer Zeit. Es war nur ein Aufflackern und sehr schwach, aber es war ein magischer Impuls jener Art, den nur die Geburt einer neuen Königin auslöst."

„Die Geburt? Du meinst, den Moment, in dem sich die Magie in ihr freisetzt, nicht die Geburt eines Babys?"

„Ja Meister. Es geschah so viel gleichzeitig heute Morgen."

„Was noch?"

„Unsere Späher drangen in die neue Welt ein, ganz ohne die üblichen Schmerzen dabei zu empfinden. Zwei von den Wachen konnten ihnen folgen. Die Grenze scheint aufzuweichen. Die beiden Masama, die in die neue Welt gelangten, konnten nicht lange bleiben, wurden schon nach wenigen Minuten zurückgezwungen, bevor der Schmerz sie töten konnte, aber die Späher blieben. Sie sind noch immer drüben."

„Interessant", murmelte Nalar. „Sehr interessant." Ein hämisches Grinsen breitete sich über sein Gesicht aus, als Mason zu ihm trat.

„Was bedeutet das, Vater? Wieso ist das möglich?"

Der Dunkle König sah seinen Sohn nachdenklich an. „Das vermag eigentlich nur die Dreiheit. Mathis muss also einen Entschluss gefasst haben. Er ist mindestens dir wohlgesonnen. Anders kann ich es mir nicht erklären. Ich beginne meinen Enkel wirklich zu mögen." Nalar marschierte zum Fenster und blickte auf Sephoras Lichtstrahl. „Wie spät ist es?"

„Es wird gleich sechs sein, Vater. Warum?"

„Sieh selbst!" Nalar deutete aus dem Fenster und das Lächeln in seinem Gesicht wurde breiter.

Mason schaute in die gewiesene Richtung. Sephoras Lichtstrahl bebte, verlor seinen Glanz immer wieder, wirkte instabil, als würde seine Basis erschüttert werden. „Ich verstehe das nicht. Bitte erklär es mir!", bat Mason.

„Du wirst es bald merken. Welch guter Tag!" Nalar drehte sich zu dem Masama herum, der noch immer abwartend in der Mitte des Thronsaales stand. „Bringt mir eine der Schwestern des Lichts. Irgendeine. Wascht sie und seid nicht zimperlich. Ich werde mich in meine Gemächer zurückziehen und noch ein wenig ruhen. Uns erwartet Großes die nächsten Tage, etwas, womit Sephora nicht gerechnet hat. Das ist es wert zu feiern und mir ist nach einem Lichtweib. Lasst ihre Kleidung gleich weg, die braucht sie nicht." Beschwingt, beinah hüpfend, begab sich Nalar in seine Schlafräume.

Mason starrte weiter aus dem Fenster, suchte nach einer Erklärung für die gute Laune seines Vaters und wurde erst aus seinen Grübeleien gerissen, als eine der Lichtschwestern wimmernd durch den Thronsaal gezerrt wurde. Mason drehte sich um, sein Blick traf den der Frau, die ihn flehend ansah. Mason drehte sich weg. Er verfolgte denselben Plan, wie sein Vater, er hielt die Schwestern nur dann für nützlich, wenn sie auf seiner Seite standen, doch er teilte die Leidenschaft seines Vaters nicht, sich an unschuldigen Frauen zu vergehen. Ihm wurde übel, wenn er darüber nachdachte, was der jungen Frau nun bevorstand, doch er konnte ihr nicht helfen. Glücklicherweise war ihr Widerstand schwach, der Masama zerrte sie eilig durch den Saal und klopfte vorsichtig an das Schlafgemach des dunklen Königs. Als die Tür sich hinter der Frau schloss, klangen zunächst nur gedämpfte Laute an Masons Ohren, doch er wusste, dass das nicht lange so bleiben würde. Deshalb verließ auch er den Thronsaal und begab sich in den schneebedeckten Garten. Ziellos lief er die Wege entlang, schaute immer wieder zum flackernden Lichtstrahl Sephoras und grübelte über das nach, was sein Vater bezüglich Mathis gesagt hatte.

*

Benedicta hämmerte wie wild gegen Mathis Zimmertür, doch auch jetzt, zwanzig Minuten später, regte sich nichts im Raum. Als einer der Wachen den Flur betrat und sie missbilligend anblickte, war Benedicta den Tränen nahe.

„Kann ich Euch helfen?", fragte der Wachmann ernst.

„Bekommt Ihr die Tür auf? Mathis rührt sich nicht und ich sehe ihn auch nicht durch das Schlüsselloch. Er war nicht in der Küche und nicht bei Sephora. Die Bibliothek ist ebenfalls leer ..."

„Ja", unterbrach sie der weißhaarige Mann. „Wartet einen Moment!"

Benedicta trat unruhig von einem Fuß auf den anderen, während sie darauf wartete, dass er wiederkam. Nach nicht endenden Minuten, die sich wie Stunden anfühlten, kam er zurück. In der Hand hielt er einen einzelnen Schlüssel. Wortlos öffnete er die Tür.

Benedicta stürmte hinein. Mathis Bett war leer, doch das hatte sie schon durchs Schlüsselloch erspäht. Sie rannte in das angrenzende Badezimmer, das sie ebenfalls leer vorfand. Benedicta riss den Schrank auf und stieß einen kleinen Schrei aus. Mathis Kleidung fehlte fast vollständig, von seinem Rucksack war nichts zu sehen. Auch unter dem Bett herrschte gähnende Leere. Da begriff Benedicta, sprang hoch und stieß die Wache unwirsch zur Seite. So schnell sie konnte, lief sie in den Saal zu Sephora. Mit

90

einem lauten Krachen stieß sie die beiden Flügeltüren auf.

Sephora saß am Frühstückstisch und zuckte zusammen, als Benedicta förmlich in die Halle flog.

„Er ist weg", schrie das Mädchen aufgelöst. Tränen der Verzweiflung liefen ihre Wangen hinab. Sie bemerkte den Wachmann nicht, der ihr gefolgt war und nun unschlüssig im Türrahmen stehen blieb.

„Warte!" Sephora bekam Benedictas Arm zu fassen. „Wer ist weg?"

„Mathis", keuchte Benedicta. „Er muss heute Nacht weggelaufen sein. Ich habe ihn überall gesucht, aber nicht gefunden. In seinem Zimmer ist er nicht, aber seine Sachen fehlen."

Sephoras Augen weiteten sich. Mit einem Handzeichen befahl sie der Wache, zu ihr zu kommen. „Sucht das gesamte Gelände ab. Dreht jeden Stein um und verstärkt die Wachen. Er darf nicht hier herauskommen."

Der Wachposten eilte aus dem Zimmer. Sephora erhob sich. Unruhig murmelte sie vor sich hin: „Was heckt der Bengel nur aus?"

„Er wird versuchen, seine Mutter zu finden. Oder ..." Benedicta erstarrte. „... oder er geht zu seinem Vater. Er war so zornig auf uns, wollte nicht glauben, was wir ihm gesagt haben." Die letzten Worte flüsterte Benedicta nur noch.

Sephora umklammerte die Tischkante, ihr Gesicht verlor jegliche Farbe und sie sackte auf einem der Stühle zusammen. Die Lichtkugeln im Becken bebten, erzitterten und beendeten ihren Tanz. Es wurde dunkler im Zimmer, so als würden sie ihren Glanz verlieren. Sephora rang um Fassung. „Du hast Recht", hauchte sie. „Er wird zu Mason wollen. Doch der ist bei ..."

„... beim Dunklen König", vollendete Benedicta den Satz.

„Wenn er das tut, wird die Dreiheit hergestellt und die Magie, die die neue Welt von unserer trennt, die verhindert, dass Nalars Schergen über die Menschen herfallen, wird schwächer werden, bis sie versagt."

„Das darf nicht passieren." Benedicts Hand flog vor ihren Mund. Voller Angst blickte sie die alte Frau an. „Sephora, was können wir tun?"

„Ich weiß es nicht. Aber er kann unmöglich bereits aus dem Palast entkommen sein. Wir suchen ihn. Komm!"

Sephora ergriff Benedictas Hand und zog sie aus der Halle. Einige der Lichtkugeln lösten sich und folgten den beiden Frauen. Der Strahl, der frohe Kunde verbreiten sollte, wirkte nun noch blasser, erzitterte erneut und brach schließlich mehrmals für wenige Sekunden zusammen.

Im Gelände liefen Liwanaganer und Wachen durcheinander und suchten in jedem Haus, jedem Busch und jedem Winkel. Sephora trat an das Tor. „Öffnet!", befahl sie.

Gähnend langsam wurde das metallene Gitter nach oben gezogen. Benedicta konnte nicht abwarten und huschte bereits darunter durch, als es erst wenige Zentimeter über dem Boden schwebte. Sephora tat es ihr gleich, rief währenddessen bereits den nächsten Liwanaganer den Befehl zu, dass er das Falltor herunterlassen sollte. Auf dem Rasen vor dem Wassergraben liefen sie die Mauer entlang. Sephoras Augen waren fest auf den Boden gerichtet, suchten nach Spuren. Benedicta schaute sich um und gab einen erstickten Laut von sich, als sie Sephora am Kleid festhielt. Stumm zeigte das Mädchen auf das gegenüberliegende Ufer. Sephora kniff die Augen zusammen, als sie Benedictas Weisung folgte und auf die Baumgruppe starrte. Am Fuß eines Baumes lag ein Seil. „Lasst die Zugbrücke hinunter. Ich muss an das andere Ufer", rief sie der Wache auf der Mauer zu, die den Befehl sofort nach unten weitergab. Als die Frauen an der Brücke ankamen, war sie bereit. Benedicta lief vor, und als Sephora die Bäume erreichte, kniete das Mädchen bereits am Boden. In ihren Händen hielt sie ein Seil und eines der Brotbretter aus dem Palast.

„Es ist nass", sagte sie tonlos.

„Er ist hier rüber geschwommen. Aber wie kam er überhaupt raus?" Sephora richtete sich auf, schaute in Richtung der dunklen Burg. „Mathis", seufzte sie.

14

Große Fähigkeiten allein genügen nicht:
Man muss sie auch gebrauchen.
François VI. Duc de La Rochefoucauld

Das warme Wasser umspielte Carlys Körper, das Laken, dass Marietta auf der Oberfläche des Badewassers ausgebreitet hatte, war auf sie gesunken, schmiegte sich an ihren Körper und gab ihr den nötigen Sichtschutz, als Sage das Zimmer betrat. In der Hand hielt er ein schmales, aber langes Stück Holz, an dessen Ende Schweineborsten durch kleine Löcher gezogen worden waren. In der anderen Hand hielt er einen kleinen Tiegel, dessen Pfefferminzgeruch Carly riechen konnte. Sage hielt ihr beides hin, und unter den staunenden Augen von Marietta lud Carly einen Schwung der Paste auf die Borsten. Während sie ihre Zähne schrubbte und sich das Gefühl von Frische in ihrem Mund ausbreitete, sah sie Sage dabei zu, wie er Marietta zwei weitere Zahnbürsten übergab.

„Einen Tiegel mit der Paste findet ihr ebenfalls in der Küche. Es ersetzt die Schwämme und Tücher, die ihr bisher nutzt, und putzt gründlicher. Wie ihr mehr Zahnpaste herstellt, zeige ich euch später."

„Danke", sagte Marietta und beobachtete Carly, die immer noch Zähne putzte.

Als Carly wieder im Bett lag, ihre Wunden von Marietta neu verbunden bekommen hatte und in frische Wäsche gehüllt war, trug Sage den Badeschuber nach unten. Marietta kämmte ihr die Haare, verließ aber den Raum, als Sage zurückkam.

Vorsichtig legte er sich neben Carly und umfasste ihr Gesicht. Seine kalte Stirn legte sich an ihre und Carly seufzte. „Danke, dass du an mich geglaubt hast", flüsterte er.

„Gerade noch rechtzeitig", wisperte Carly zurück.

„Wie geht es dir jetzt?"

„Mir geht es gut, viel zu gut, wenn du mich fragst. Marietta hat mir erzählt, dass ich bereits tot war und dass du mich mit einer eigenartigen Magie zurückgeholt hast. Danke."

„Für Marietta muss es ausgesehen haben, als wäre es Magie. Aber es war nur eine Herz-Druck-Massage. Es war knapp. Ich bin froh, dass du als Mensch bei mir bist."

„Bin ich denn noch ein richtiger Mensch? Ich meine, du hast gesehen, was passiert ist, als ich wach wurde. Dieser Nebel ..."

„Du hast es mitbekommen?"

Carly nickte. „Ja. Und die Zeit davor ...", sie stockte. „... ich dachte, dass ich tot sei. Ich habe überhaupt nichts mitbekommen von dem, was hier passiert ist. Ich hatte auch keine Erinnerung daran. Sagt man nicht, dass das Leben wie im Film abläuft? Das hatte ich nicht. Ich war ... ich war ..."

„Wo warst du?" Sage wartete, doch Carly sah ihm seine Ungeduld an. Seine Augen hielt er auf ihre Lippen geheftet, seine Stirn
wies Falten auf und sein Mund war fest verschlossen. Carly sah,
wie er seine Kiefer auseinander presste und sie spürte, dass sein
Innerstes bis zum Zerreißen gespannt war. Sie konnte nicht in
Worte fassen, wo sie gewesen war. Trotzdem versuchte sie es.

„In einer anderen Welt, glaube ich. Du hast mir mal erzählt,
dass wir zersplittern würden, wenn du ohne deine Begleitung
zurückspringst und dass sich unsere Seele dann in verschiedenen
Welten verteilen würde. Ich glaube, ich war in einer dieser Welten."

„Was hast du gesehen?" Sage klang besorgt, drängend.

„Fast nichts. Es war dunkel und kalt. Ich war gebunden an
einen Nebel, der mich festhielt, der mir das Atmen schwer-
machte, und doch wusste ich, dass ich keine Angst haben musste.
Irgendetwas passierte in mir, ich konnte fühlen, wie sich etwas in
meinen Körper öffnete. Es kam nicht von außen, es war eher so,
als wäre es in mir drin gewesen und nur erwacht. Aber jetzt, jetzt
drängt es nach draußen."

Sage fühlte in Carly hinein, hatte jedoch Schwierigkeiten.
„Hältst du deine Mauern oben?", fragte er.

„Nein. Ich tue gar nichts. Ich kann dich fühlen, intensiver als
vorher, aber sonst ist alles wie immer. Kannst du es bei mir nicht
mehr?" Carlys Herz begann bei dem Gedanken zu rasen und ihr
wurde kalt.

„Nicht so richtig. Da ist eine Barriere, die sich anfühlt wie dein
Schutzwall, den du gern mal hochziehst, aber dann auch wieder
nicht. Es ist anders. Ganz anders. Hast du Angst?"

„Ein wenig", gab Carly erschöpft zu.

„Du solltest dich noch ausruhen und versuchen zu schlafen. Du bist schwach. Wir reden nachher weiter", sagte Sage und küsste Carly sanft auf die Stirn.

„Bleibst du bei mir?", murmelte Carly, während ihre Lider schon nach unten sanken.

„Ja", antwortete Sage, flüsternd, da er spüren konnte, dass Carly bereits einschlief.

Nach wenigen Minuten schlief sie fest. Sage deckte Carly zu, streckte sich neben sie aus und schob seinen Arm unter ihren Kopf. Er grübelte über das, was sie ihm gerade erzählt hatte, fand jedoch keine Erklärung. Schließlich stand er wieder auf, legte Holz auf das Kaminfeuer und ging kurz zu Marietta.

„Carly schläft. Würdet Ihr ein Huhn schlachten? Ich denke, sie braucht etwas Kräftiges, damit sie schnell gesundwerden kann."

Marietta nickte und verließ das Haus. Nur wenig später hörte Sage das aufgeregte Gegacker aus dem Hühnerstall. Dem Schlag der Axt auf dem Schlachtbrett folgte unmittelbar danach der Geruch nach frischem, warmen Blut. Sages Magen zog sich zusammen. Er hatte seit einigen Nächten nicht getrunken und musste dringend etwas gegen den Hunger tun. Doch vorerst ging er zurück zu Carly und lehnte sich an das Türblatt. Es war nur der Geruch von Tierblut, der in der Luft hing, trotzdem musste Sage kämpfen, um das Verlangen zu unterdrücken. Als Carly sich in einer Bewegung die Decke vom Körper schob und der feine Geruch ihrer schweißnassen Haut in seine Nase drang, spürte er, wie sich seine Zähne durch den Kiefer schoben. Ihr Blut rauschte durch ihre Adern und dröhnte in Sages Ohren. Er musste heute Nacht auf die Jagd gehen, sonst wäre niemand in diesem Haus mehr sicher. Mit aller Kraft zwang er seine Reißzähne in den Kiefer zurück, als Carly die Augen aufschlug und ihn ansah. Sage konnte sehen, dass sie spürte, wie es ihm ging, dass sie seinen Kampf gegen die Blutgier selbst erlebte.

Als sie ihre Hände hob, quoll grüner Nebel aus ihnen hervor. Er waberte über ihre Handflächen, verdichtete sich und formte sich zu einer Kugel. Carly lag reglos in ihrem Bett und sah ihn durchdringend an. „Bekomm dich in den Griff, sonst sorge ich dafür, dass du mir nicht zu nahekommst!", zischte sie. Der Zorn in ihrer schwachen Stimme ließ Sage zusammenzucken. Carly hatte vor Anstrengung Schweißperlen auf der Stirn. Trotzdem ging von ihr eine Bedrohung aus, die Sage ernst nahm.

„Ich gehe nach unten, in Ordnung?", presste er mühevoll hervor, wartete jedoch keine Antwort ab, sondern verschwand aus Carlys Zimmer und verließ das Haus durch die Hintertür. Nur Sekunden später stand er bereits zwischen den dicht wachsenden Bäumen des Waldes. Sage zitterte am ganzen Körper. Er warf einen Blick zurück auf das Haus, das er fluchtartig verlassen hatte. Es würde wohl besser sein, wenn er weit weg vom Dorf jagte. Noch war es hell, doch in einer Stunde würde die Sonne untergehen. Sage drehte sich um und lief los.

Carly lag in ihrem Bett und starrte auf die Zimmertür. Mit einem scharfen Zischen atmete sie aus und schaute auf ihre Hände. Die Nebelkugeln befanden sich noch immer dort und warteten auf ihren Befehl. Instinktiv spürte Carly, dass sie das Haus anzünden würden, wenn sie mit Gegenständen oder Wänden in Berührung kamen. In Gedanken stellte sie sich vor, wie die Kugeln sich auflösten. Sofort lösten sich Fetzen davon ab und schwebten unsicher durch den Raum. Carly beobachtete sie und konzentrierte sich auf eins der Bruchstücke. Mit ihren Gedanken zwang sie die züngelnde Substanz zum Kamin und drückte sie dann hinein. Funken stoben auf und der Raum erhellte sich für einen kurzen Moment. Carly nahm sich das nächste abgelöste Stück ihrer Kugel vor und delegierte es in den Kamin. Immer schneller suchte sie den Raum nach den einzelnen Fragmenten ab und schleuderte sie in den Kamin. Das Feuer, angeheizt durch die zusätzliche Kraft, brannte lichterloh. Die Flammen wurden größer, leckten hektischer über die Holzscheite und erhellten das Zimmer. Carly spürte die Hitze in ihrem Gesicht und sah zögerlich auf die nun sehr kleine Kugel in ihrer Hand. Kaum größer als ein Taubenei, doch noch immer aktiv schwebte sie über ihrer Handfläche. Carly richtete sich mühsam auf und saß schweißüberströmt in ihrem Bett. Als sie ausholte, zog sie das Laken über ihren Körper bis zum Kinn hinauf. Dann katapultierte sie die Kugel in den Kamin. Eine Stichflamme schoss aus dem Kamin hervor und zielte genau auf Carly, die hektisch das Laken hochriss. Als die Flamme durch das Laken drang, schrie Carly auf. Sengende Glut breitete sich vor ihrem Gesicht aus und verpuffte in dem Moment, als Carlys Tür aufgerissen wurde.

Marietta rannte zu Carly und riss ihr das brennende Laken vom Körper. Sie ließ Marietta gewähren und fiel erschöpft auf die Kissen zurück. Ihr Gesicht fühlte sich heiß an, Schweiß trat aus allen Poren und ihr Körper zitterte trotz der Hitze im Raum.

„Mädchen, was ist passiert?", fragte Marietta aufgeregt, während sie das Laken in den Kamin warf und das eiserne Gitter davor zog. „Ich sage es immer wieder, dass das Holz noch zu nass ist und spritzt. Wenn die Herren wenigstens den Schutz vor die Kaminöffnung ziehen würden, würde ich nicht schimpfen. Die können was erleben. Zeigt mir Euer Gesicht." Marietta beugte sich über Carly und betrachtete sie. „Glück gehabt", murmelte die rundliche Frau. „Euch ist offenbar nichts passiert. Wartet einen Moment!"

Marietta kehrte, wie angekündigt, nach kurzer Zeit zurück. In der Hand hielt sie Lappen und Tücher, eine frische Kanne Wasser und neue Laken. Mit geschickten Händen wechselte sie Carlys Bettzeug und wusch ihr sanft das Gesicht.

„Danke", murmelte Carly mit furchtbar schlechtem Gewissen. Nur weil sie mit dem, was immer da in ihr erwacht war, herumspielte, hatte die herzensgute Hausherrin nun noch mehr Arbeit mit ihr. „Wisst Ihr, wo Sage hingegangen ist?"

„Nein", sagte Marietta zornig. „Wir hatten ihn doch extra gebeten, im Haus zu bleiben. Wir können Eure Anwesenheit nur geheim halten, wenn Euch niemand sieht und so wenig Menschen wie möglich Bescheid wissen. Ist es in Ordnung, wenn ich nochmal runtergehe?"

„Ja, geht nur. Mir geht es gut", sagte Carly und lehnte sich zurück. Marietta hatte ihr beim Wechseln der Bettwäsche die Kissen so hinter dem Rücken geordnet, dass sie entspannt sitzen konnte. Als die Hausherrin die Tür hinter sich geschlossen hatte, sah Carly fasziniert auf ihre Hände. Sie war nun ruhiger als vor dem Ausbruch, hatte aber immer noch keine Erklärung für das, was passiert war. Sie schloss die Augen und fühlte vorsichtig in sich hinein. Es war nicht so schwierig wie damals bei Sage, sich zurechtzufinden. Schnell gelang es ihr, in der Körpermitte eine Art Fremdkörper zu erfühlen. Carly tastete sich am Rand entlang, spürte dabei eine angenehme Wärme, die sich über ihren Körper zog. Das Gebilde in ihr war rund und leuchtete hell. Carly sah es förmlich aus sich herausstrahlen, immer intensiver werdend. Sie spürte die enorme Kraft, die hinter dem Strahlen steckte, und öffnete die Augen. Es verwunderte sie nicht, dass der ganze Raum in ein helles, aber grün schimmerndes Licht getaucht war. Ihre Wunden schmerzten nicht mehr und ihre Erschöpfung war verschwunden. Einem Instinkt folgend fixierte sie mit den Augen den Krug auf dem Waschtisch, doch nichts geschah. Carly biss die Zähne zusammen und verstärkte ihre Anstrengungen, doch der Krug blieb regungslos stehen. Ein Lachen kräuselte ihre Lippen und sie schüttelte den Kopf über sich selbst. Was dachte sie sich nur? Wollte sie nun Gegenstände mit der Kraft der Gedanken bewegen? Offenbar konnte sie das nicht. Doch etwas in ihr forderte sie auf, weiterzumachen, nicht aufzugeben. Keine fremde Stimme, es war ein Teil ihrer selbst, aber Carly steuerte das nicht. Es war einfach da. Als würde ein Zwilling in ihr ruhen und sie anstiften, all die Sachen auszuprobieren. Carly sah wieder auf den Krug und ruckte mit dem Kopf in dem Moment nach oben, als ihre Konzentration am höchsten war. Der Krug sprang einige Zentimeter nach oben und landete schwankend wieder auf dem Waschtisch. Carly starrte ihn mit aufgerissenen Augen an und richtete sich weiter auf. Aufgeregt sah sie sich im Raum um. Sie brauchte etwas Kleineres, etwas, was nicht kaputtgehen würde, wenn sie es aus Versehen fallen ließ. Auf dem Kaminsims lag ihre neue Zahnbürste. Klein und leicht. Niemand würde hören, wenn sie fiel und niemand würde Fragen stellen, wie sie einfach runterrutschen konnte, denn es wusste ja keiner, dass sie auf dem Sims lag.

Carly konzentrierte sich erneut, ballte ihre Kraft zusammen und hob langsam den Kopf. Die Zahnbürste schwebte nach oben, verharrte dann in der Luft. Nichts weiter geschah. Carly bewegte ihren Kopf nach rechts, ohne das Holz mit den Schweineborsten aus den Augen zu lassen. Langsam schwebte die Bürste ihrem Blick hinterher. Carly grinste und das Putzgerät geriet ins Schlingern. Schnell spannte sie sich wieder an und die Zahnbürste fing sich. Carly begann zu spielen, nickte mit dem Kopf und sah fasziniert dabei zu, wie das Objekt auf und ab hüpfte. Als Carly den Kopf kreiste, schlug sie Bürste Saltos. Das Holzende zeigte nun auf das Türblatt. Carly ballte die gesamte Kraft, die aus ihr strömte zusammen und riss den Kopf dann überraschend nach rechts. Die Zahnbürste schoss mit ungeheurer Kraft und Schnelligkeit auf die Tür zu.

*

Sage ließ den leblosen Mann neben dem anderen zu Boden rutschen und richtete seinen Blick den Berg hinauf. Er hatte sich weit vom Haus entfernt, dennoch irritierte ihn, dass er Carly kaum noch spüren konnte. Irgendetwas hatte sich verändert. Das Band ließ ihn normalerweise über weite Strecken, selbst durch die Welten hindurch die Person erfühlen, mit der er es geknüpft hatte. Jetzt befand sich zwischen Carly und ihm nur der Berg. Eine Distanz von kaum sieben Meilen, und doch hatte er Schwierigkeiten. Er spürte ihren Herzschlag, spürte, wie sie rasant heilte, aber er konnte nichts mehr sehen. Er wusste nicht länger, was sie tat. Beinah wie die ihm bekannte Mauer, die Carly hochzuziehen gelernt hatte, und doch ganz anders. Carly hatte ihn ausgeschlossen und war sich dessen nicht einmal bewusst. Eine fremde Kraft tat dies. Beunruhigt zog Sage beide Männerleichen zum See und band ihnen Steine an die Füße. Dann warf er sie nacheinander weit nach draußen, wo sie geräuschvoll aufprallten, bevor sie sanken. Er seufzte. Nur ungern tötete er, aber er hatte das Blut dringend gebraucht. Die beiden Pilger, die am Gardasee entlanggelaufen waren mit dem Ziel, Rom noch in diesem Monat zu erreichen, hatten nicht mitbekommen, wer aus dem Gebüsch geschossen kam und ihnen binnen Sekunden das Genick gebrochen hatte. Das Blut der Männer würde mindestens vierzehn Tage reichen. Sages Reservekammern waren zum Bersten voll, doch das würde Carly und vor allem seine Gastgeber schützen.

Die Dunkelheit hüllte den Berg vor ihm in ein schützendes Kleid und Sage rannte geräuschlos zwischen den Bäumen hindurch den Hang hinauf. Er achtete darauf, dass er die Dörfer mied. Als er nahe dem Dorf war, in dem er und Carly Unterschlupf gefunden hatten, bremste er ab und schlich hinter den Stämmen entlang. Bevor er den kurzen Weg zwischen dem Wald und dem Wohnhaus des Dorfoberhauptes zurücklegte, beobachtete er das Treiben im Dorf. Niemand achtete auf das Gelände hinter dem Haus. Sage brauchte nur den Bruchteil einer Sekunde, um zur Hintertür zu kommen, und öffnete sie leise.

Marietta und Antonio saßen am Küchentisch und aßen die Hühnersuppe mit frischer Pasta, um die Sage gebeten hatte. Auf der Anrichte stand ein Tablett mit einer Schale und einem Holzlöffel. Dazu ein Krug Wasser. Marietta sah auf, als Sage in die Küche trat.

„Ihr hattet es versprochen, mein Herr. Wie sollen wir Euren Schutz gewähren, wenn Ihr durch die Welt spaziert?", fragte der Hausherr tadelnd.

„Es tut mir leid, ich hätte Euch informieren müssen. Niemand hat mich gesehen. Ich würde weder meine eigene Sicherheit noch die Eure gefährden. Bitte glaubt mir!", bat Sage einschmeichelnd. Er wusste, dass er beide Menschen mit dem Klang seiner Stimme einlullen würde. Eine Tonart, die er bei seinen Opfern gern anschlug, damit sie Vertrauen fassten und keine Angst hegten. Sage mochte den Geschmack von Adrenalin im Blut nicht besonders. Auch hier klappte es sofort. Marietta lächelte gütig und Antonio nickte versöhnt.

„Ist das Tablett für meine Frau Gemahlin?", fragte Sage.

„Ja, wir bringen ihr gleich eine Schale Suppe nach oben. Sie hatte einen aufregenden Abend. Aber es geht ihr gut", sagte Marietta.

„Was ist passiert?", fragte Sage alarmiert.

„Das Holz im Kamin spritzte und versengte ihre Laken. Sie hatte Glück und kam mit dem Schrecken davon. So etwas würde nicht passieren, wenn ihr das Schutzgitter vor den Kamin stellen würdet", ermahnte Marietta und sah von Sage zu Antonio, denn sie sprach damit beide Männer an. Antonio zog den Kopf ein, nickte und löffelte weiterhin seine Suppe. Sage war sofort noch beunruhigter und beeilte sich, Suppe in die Schale zu füllen und das Tablett nach oben zu tragen.

Leise, um Carly nicht zu wecken, falls sie schlief, öffnete er mit dem Ellenbogen die Tür. Das Türblatt schwang schwungvoll zurück. Im selben Moment spürte Sage einen stechenden Schmerz in seinem Arm. Beinah wäre ihm das Tablett aus der Hand gerutscht. Fassungslos starrte er auf Carlys Zahnbürste, die mit dem Griff voraus in seinem Oberarm steckte und von der nur die Borsten noch herausragten. Langsam drehte Sage seinen Kopf zu Carly, die mit vor den Mund geschlagenen Händen aufrecht in ihrem Bett saß.

„Tut mir leid!", presste sie hervor.

„Kannst du mir sagen, wie du das gemacht hast? Und warum? Willst du mich mit deiner Zahnbürste töten?"

Carly schüttelte den Kopf, während Sage mit dem Fuß die Tür hinter sich zuschlug und das Tablett auf dem Tischchen abstellte.

Carly unterdrückte mühsam das Lachen, das in ihr aufstieg. Gebannt sah sie auf die Zahnbürste, bis Sage seine Finger um den Borstenkopf legte und sie mit einem kräftigen Ruck herauszog. Als er immer noch stumm einen Lappen kurz auf die Wunde drückte, die sich bereits verschloss, hielt Carly es nicht mehr aus und kicherte glucksend los.

Ruckartig hob Sage seinen Kopf. „Ich finde das nicht so lustig", protestierte er, doch Carly hörte auch in seiner Stimme unterdrücktes Lachen heraus.

„Es tut mir wirklich leid", prustete Carly, der vor Anstrengung bereits die Tränen in die Augen traten. Als Sage laut loslachte, hielt sich auch Carly nicht mehr zurück und ließ dem Lachflash freien Lauf.

In diesem Moment durchströmte Sage ein Gefühl reines Glücks. Befreit von der Last der vergangenen Wochen umarmte er Carly und fiel mit ihr gemeinsam zurück aufs Bett. Carly klammerte sich an ihn, noch immer geschüttelt von Lachen, und als Sage sie verspielt in die Bauchseiten zwickte, kreischte sie auf.

Sage beruhigte sich zuerst, doch aus Carlys Augen blitzte noch immer der Schalk. Er reichte ihr die Suppe. „Hast du Hunger?", fragte er.

„Und wie. Ich könnte einen ganzen Bären aufessen", gestand Carly und griff zur Schale. Gierig begann sie zu löffeln, musste jedoch immer wieder unterbrechen, weil sie immer wieder loslachte, wenn sie auf ihre Zahnbürste schaute, die Sage nach wie vor in der Hand hielt.

„Erzählst du mir, wie du das gemacht hast? Erstens bin ich mir ziemlich sicher, dass ich die hier ...", Sage hielt Carlys Zahnbürste in die Luft, „... auf dem Kaminsims abgelegt habe und zweitens, selbst wenn ich mich irre, solltest du sie nicht einfach mit so viel Kraft werfen können, dass sie in meinem Fleisch versinkt."

Carly wurde ernst und bestätigte Sages Worte mit einem Kopfnicken. Als sie die letzten Pastastücke in ihrem Mund geschoben hatte, reichte sie ihm die Schale zurück. „Ich habe dir doch gesagt, dass irgendwas in mir erwacht ist, als ich in der anderen Welt war. Ich kann es dir nicht erklären, aber ich kann es dir zeigen. Pass auf", sagte sie und nahm Sage die Zahnbürste aus der Hand. Vorsichtig legte sie die auf dem Bett ab und konzentrierte sich. Wieder umgab sie der intensive Schein und erhellte das Zimmer auf seine Weise. Dann schwebte die Zahnbürste in die Luft. Carly dirigierte sie mit dem Kopf zum Waschtisch und ließ sie mit einem lauten Klappern in die leere Waschschüssel fallen. Danach versuchte sie, den Krug anzuheben. Instinktiv wusste Carly, dass es ihr dieses Mal gelingen würde. Nur Sekunden später schwebte der Krug in die Luft, unsicher und wackelig, aber er hing in der Luft. Carly neigte den Kopf zur Seite und der Krug neigte sich ebenfalls. Das Wasser ergoss sich in der Waschschüssel, und als Carly den Kopf aufrichtete, tat der Wasserkrug dasselbe. Vorsichtig senkte Carly ihr Haupt und stellte so den Krug zurück auf den Tisch.

Sage starrte sie an. „Wie machst du das?"

„Nur mit meinen Gedanken und mit Kopfgesten. Bisher zumindest. Ich muss noch mehr probieren, aber das ist das, was ich schon kann. Außerdem kann ich mit meinen Händen einen heißen Nebel erzeugen, den ich dann als Flamme abschieße. Erinnerst du dich an vorhin, als du so hungrig warst, dass du selbst mir kaum widerstehen konntest?"

Sage nickte.

„Als du den Raum verlassen hast, zerfaserten diese Kugeln in meinen Händen. Ich warf einzelne Fasern in das Feuer und jedes Mal loderte es auf. Als ich die Kugel, die inzwischen ganz klein war, hinterher schleuderte, gab es eine Stichflamme. Ich habe mich selbst fast in Brand gesteckt, deshalb werde ich das jetzt nicht wiederholen. Nicht hier im Raum." Carly wischte sich den Schweiß von der Stirn. Die Magie, die sie benutzte, strengte sie mehr an, als sie zugeben wollte. Sie zwang sich, nicht sofort alles auszuprobieren, was ihr die Stimme zuschrie, sondern sich jetzt eine Erholungspause zu gönnen.

„Dann kannst du mir jetzt richtig gefährlich werden, was?", neckte Sage sie und beugte sich über ihren Kopf.

„Könnte ich, aber was ich bei dir kann, kann ich dann erst recht bei deinem Vater. Ich bin so müde. Wo schläfst du?", fragte Carly.

„Neben dir. Jede Nacht!", flüsterte Sage.

„Dann mach das Licht aus und komm ins Bett", bat Carly, während ihr die Augen bereits zufielen.

Sage gehorchte, zog eingedenk Mariettas Worten die Schutzgitter vor das Feuer und legte sich neben Carly, die bereits schlief. Trotzdem nahm sie seine Gegenwart sofort wahr und drehte sich zu ihm, legte ihren Kopf auf seine Brust und umschlang seinen Körper mit einem Arm und einem Bein.

Sage lehnte sich entspannt zurück und reagierte nicht auf das

Klopfen an der Tür. Seiner Wahrnehmung nach war es ohnehin nur Marietta, die wahrscheinlich das Tablett holen wollte.

15

Das Leben ist eine Reise, die heimwärts führt.
Herman Melville

Mathis füllte seine Wasservorräte auf. Wenn seine Berechnungen stimmten, dann sollte er nach fast zwei Wochen Fußmarsch heute endlich die Landesgrenze überschreiten. All die Lehrstunden, die er wochenlang von seinem Vater und Benedicta erhalten hatte, rief er nun ab. Er hatte nur eine vage Vermutung, wie lange er bis zur Dunklen Burg brauchen würde. Doch auch hier erinnerte er sich an Masons Informationen. Und wenn Mason der Sohn von Nalar war, dann sollten diese Angaben stimmen. Mathis setzte sich und verstaute die Wassersäcke in seinem Rucksack. Er könnte es natürlich auch so handhaben, wie seine Mutter es getan hatte. Sobald er die Grenze überschritten hatte, könnte er den Namen seines Großvaters aussprechen, der ihn dann abholen würde. Mathis schüttelte sich. Nein, das wollte er keinesfalls. Am liebsten wäre es ihm, wenn er seinen Vater zuerst treffen würde. Mason musste einiges erklären und Mathis war sehr gespannt darauf, was er zu sagen hatte.

Entschlossen stand er auf und schulterte seinen Rucksack. Dann lief er weiter. Der Schnee unter seinen Füßen knirschte, Mathis fror, wenn auch nicht sehr stark, denn die Bewegung hielt ihn warm. Die Tage waren so kurz, dass ihm nur wenig Zeit blieb, bei Tageslicht zu laufen. Die Monde waren bereits aufgezogen. Mathis wusste, dass hinter ihm Puti und Pula über den Himmel wanderten, doch seine Augen waren nur auf Itim gerichtet, er war der Wegweiser, dem er folgte.

Ein letztes Mal errichtete er sein Lager auf der Liwanag Gilid. Auch an diesem Abend hatte er Glück, fand einen hohlen Baum, in den er kroch. Direkt vor der Öffnung und mit Steinen umgeben, damit der Lichtschein ihn nicht verriet, brachte er ein kleines Feuer in Gang, dass seine Wärme in das Bauminnere abstrahlte. Die Decken, in die sich Mathis hüllte, waren klamm und ungemütlich. Trotzdem fror er in keiner Nacht.

Bereits vor Sonnenaufgang erwachte Mathis wieder, frierend, denn das Feuer war ausgegangen. Verschlafen blinzelte er in den bedeckten Himmel, den er nur ahnte, denn neuer Schneefall hatte eingesetzt. Nach einem kargen Frühstück packte er zusammen und zog weiter. Als die Vegetation plötzlich vollständig verschwand, wusste er, dass er den Niemandsstreifen erreicht hatte.

Mathis seufzte. Halb erleichtert, dass er so weit gekommen war, ohne dass die Lichtkämpfer ihn eingeholt und zurückgebracht hatten, andererseits kroch nun doch die Angst über seinen Rücken, griff mit ihren Klauenhänden nach seinem Herzen und Mathis war versucht, umzudrehen und diesen Plan zu verwerfen. Doch dann kam ihm Mason in den Sinn und er erinnerte sich, wie Mason mit ihm umgegangen war, als sie noch in der neuen Welt gewohnt hatten. Er musste es wenigstens versuchen. Außerdem wollte er unbedingt wissen, wie es dazu kam, dass Mason sein Vater war, seine Mutter davon jedoch nichts ahnte.

Plötzlich blieb Mathis wie angewurzelt stehen und starrte auf die einzelne Blume, die vor ihm aus der dicken Schneedecke ragte. Instinktiv trat er zwei Schritte zur Seite und ging weiter, ohne sie aus den Augen zu lassen. Dabei horchte er in sich hinein. War ihm schwindlig? Vielleicht ein bisschen. Mathis Knie begannen zu zittern. Als der Schneefall nachließ und der aufdringlich süße Geruch in seiner Nase immer stärker wurde, sah er sich hektisch um. Er stand inmitten eines Feldes, das von der Todesrose übersät war. Mathis ließ seinen Rucksack nach unten gleiten und wollte in die Richtung zurücklaufen, aus der er gekommen war, doch seine Beine versagten. Er sackte nach unten, fiel von den Knien zur Seite und kippte in den Schnee. Direkt vor seinen Augen sah er eine winzige Nachtrose, die ihn zu verhöhnen schien. Mathis schlief sofort ein.

16

Bei Enthüllung der Wahrheit sündigt man nie, weder in der
Beichte noch bei anderen Gelegenheiten.
Giovanni Boccaccio

Carly erwachte ausgeruht und fühlte sich viel kräftiger als die
Tage zuvor. Sage musste schon aufgestanden sein, denn sein
Platz neben ihr war leer und strahlte die vertraute Kühle nicht
mehr aus.

Marietta hatte ihr Kleidung hingelegt, die sie nach einer kurzen Wäsche überstreifte. Es war, dem Wetter angemessen, ein
warmes Wollkleid, in einem wunderbaren Rot eingefärbt. Dann
ging sie nach unten, wo sie die Hausherrin mit dem Geschirr
klappern hörte. Bevor sie die Küche betrat, lauschte Carly, ob sie
fremde Stimmen vernahm. Sage hatte ihr von dem Versprechen
erzählt, dass er Antonio und Marietta gegeben hatte. Deswegen
hatte sich Carly in den letzten Tagen angewöhnt, alles was sie tat,
leise zu erledigen und zu lauschen, bevor sie einen anderen

Raum betrat. Doch sie hörte nur Antonio, der mit seiner Frau sprach.

„Was glaubst du, wie lange sie noch bleiben werden? Die Nachbarn schöpfen bereits Verdacht und wir müssten uns zudem dringend um den Wolf kümmern, der unsere Herden und Hirten reißt. Ich möchte dich aber ungern mit ihnen alleinlassen."

„Ach Antonio! So musst du doch nicht denken! Ich glaube nicht, dass ich in Gefahr bin. Mehr Sorgen mache ich mir um dich, wenn du das Tier jagst. Master Sage und seine Gattin sind harmlos und wollen nur in Ruhe gesundwerden. Ich habe noch nie eine so innige Liebe gespürt, wie die beiden sie ausstrahlen. Wie er mit ihr umgeht … Es ist einfach zauberhaft und ich sehe so gern zu, wenn sie bei mir in der Stube sitzen."

Carly spürte, wie sich ein Gefühl in ihr ausbreitete, dass der Scham wohl am nächsten kam. Sie lauschte nicht gerne, doch es war notwendig. Und nun konnte sie sich nicht losreißen und hörte länger als nötig zu. Sie biss sich auf die Lippen und klopfte leise an der Tür, die sie, ohne eine Antwort abzuwarten, sofort öffnete.

„Meine Liebe", begrüße Marietta sie. „Habt Ihr gut geschlafen?"

„Danke. Das habe ich. Wie jede Nacht. Ich kann Euch gar nicht sagen, wie dankbar ich bin, dass Ihr uns Unterschlupf gewährt habt."

„Ach, das würde jeder gute Christ machen, mein Kind. Setzt Euch. Ich mache Euch sofort ein kräftiges Frühstück. Sind Eure Wunden frisch verbunden?"

Carly schüttelt den Kopf. Zwei der Verletzungen benötigten noch immer einen Verband und zwickten hin und wieder. Doch alles andere war verheilt. Das Einzige, was Carly nun fehlte, war körperliche Kraft, die noch nicht in ausreichendem Maße zurückgekehrt war. Heute wollte Sage mit ihr spazieren gehen, um ihre Muskeln zu stärken.

Marietta stellte einen Teller vor Carly ab. Der Duft von dampfenden Eiern und Speck stieg ihr in die Nase. Das warme Brot, das Marietta ihr dazu reichte, komplettierte ein perfektes Frühstück. Carly begann mit großen Appetit zu essen. Während Marietta ihr einen zweiten vollen Teller hinstellte, kam Sage zur Hintertür hinein und klopfte sich den Schnee von der Jacke. Als sein Blick auf Carly fiel, hellte sich sein Gesicht auf und um seinen Mund erschienen die kleinen Lachfältchen, die ihn jünger machten, als er eigentlich war.

„Guten Morgen, meine Liebe, wie geht es dir? Bist du bereit, die Nase länger in die Luft zu halten?"

Carly nickte.

Marietta schaute missbilligend zwischen Sage und Carly hin und her, und auch Antonio schüttelte den Kopf.

„Ich halte es nach wie vor für keine gute Idee, wenn Ihr draußen herumspaziert", sagte der Hausherr.

„Wir werden hinten hinausgehen, die Schneeberge sind so hoch, dass wir ungesehen bis zum Waldrand kommen und im Wald wird uns niemand entdecken", versuchte Sage den Mann zu beruhigen.

Doch Antonio schüttelte wieder den Kopf. „Ich weiß, dass Ihr nahezu unsichtbar von einem Ort zum anderen kommt. Darum mache ich mir keine Gedanken mehr, aber da draußen ist irgendwo ein bösartiges Tier. Wir vermuten einen Wolf, und er fällt Menschen an. Es ist einfach zu gefährlich."

Sage huschte ein Lächeln über das Gesicht. „Ihr seid so um unsere Sicherheit besorgt, aber Ihr vergesst, mein Herr: Ich bin kein normaler Mensch. Ein Wolf kann mir so schnell nichts tun. Wenn ich ihn erwische, bringe ich Euch das Fell mit."

*

Carlys Arm lag locker um Sages Schulter, der sie durch das kurze Stück Garten hinter dem Haus in Richtung Wald trug. Kaum hatten sie die Baumgrenze passiert, flog Sage mit ihr förmlich den Hang hinauf. Nur wenige Minuten später setzte er sie sicher auf der Bergkuppe ab.

„Es gibt gar keinen Wolf, oder?", fragte Carly misstrauisch.

„Nein", antwortete Sage nachdenklich und blickte über das Panorama vor ihnen. Schneebedeckte Berge umfassten einen silbern schimmernden See. Hier und da stiegen Rauchsäulen auf, die auf die spärlich verstreuten Dörfer in der Gegend hinwiesen. Dann drehte er sich um und zog Carly in seine Arme. „Ich weiß, dass du es nicht gut findest, aber ich kann mir kein weiteres Band leisten. Nicht jetzt und nicht hier. Und ich kann es nicht riskieren, dass die Menschen reden. Essen muss ich trotzdem. Und um jederzeit mit dir fliehen zu können, muss ich immer kräftig genug sein. Das geht nur mit Menschenblut."

„Ich weiß. Deswegen sollten wir hier bald verschwinden, es geht mir inzwischen gut genug."

„Ein bisschen noch. Gib dir noch ein wenig mehr Zeit. Du warst schwer verletzt, unterschätze das nicht. Aber jetzt lass uns ein Feuer für dich anzünden!"

Sage musste schon am Morgen hier gewesen sein, denn hinter einem Felsen, gut geschützt vor dem eisigen Wind, war Holz zu einem kleinen Feuer aufgestapelt und Weidenstöcke in den

Schnee gesteckt und zu einer kleinen Kuppel zusammengebunden, unter der unzählige Decken und Felle lagen, die Carly die nötige Wärme spenden würden.

Carly zog einen Handschuh aus. Eine kurze Bewegung ihrer Finger spie die Lichtkugel direkt in den Holzstapel und ließ das Feuer aufflammen.

Sage grinste sie an. „Das sah aus, als fiele es dir nicht mehr schwer."

„Nein, das tut es auch nicht, genau wie das hier." Carly bewegte ihren Kopf nur minimal, um die Decken auf dem Boden auszubreiten, und legte sich selbst, ebenfalls ohne es berühren zu müssen, eines der wärmenden Felle um den Körper. „Aber viel mehr ist da noch nicht. Ich sehe die Auren aller, sehr klar und deutlich, aber ich kann sie nicht deuten. Bisher gehe ich einfach davon aus, das freundliche Farben auch nur freundlichen Menschen anhaften. Und weißt du, was spannend ist?"

Sage schüttelte den Kopf.

„Deine Aura. Sie wird jeden Tag heller. Als Sephora sie mir zeigte, war sie von weißen Fäden durchzogen, aber jetzt weicht das letzte Grau einem sehr hellem Creme-Ton. Ich bin gespannt, wann sie tatsächlich ganz weiß sein wird."

Sage lachte. Er fand das ebenfalls spannend, aber es gab eine Sache, über die sie noch nicht gesprochen hatten. Heute schien ihm ein guter Tag, um das Thema endlich auf den Tisch zu bringen. Nach Worten suchend, druckste er herum. „Es gibt da etwas. Also… Ich weiß nicht, wie ich anfangen soll…"

„Ich weiß, worauf du hinauswillst."

„Woher?" Einigermaßen verblüfft zog Sage seine Brauen nach oben.

„Unser Band. Oder funktioniert es nicht mehr, seit ich …",
nun stockte Carly, „… seit ich fast tot war?"

„Fast", Sage schnaubte verächtlich. „Du warst tot, mehr als ein
paar Sekunden. Ich habe noch nie in meinem Leben solche Angst
gehabt." Er legte den Arm um Carly und zog sie fest an sich.

Kurz saßen sie eng aneinandergeschmiegt beieinander und
sagten gar nicht. Doch dann seufzte Carly. „Egal, ich weiß, dass
du über Mason und Mathis sprechen willst, stimmt's?"

Sage nickte nur, ließ Carly die Entscheidung, ob und wann sie
weiterreden wollte.

„Als die Magie in mir geweckt wurde, stellten sich meine Kräfte erst nach und nach ein. Es dauerte, bis sich herauskristallisier-
te, wozu ich fähig bin und ich denke, dass das noch nicht alles
ist. Aber zeitgleich hob sich in meinem Kopf so etwas wie ein
Schleier. Einer, der viel verborgenes Wissen versteckte, aber auch
etwas anderes. Es geschah nur stückchenweise, langsam, doch
jetzt ist es vollständig, glaube ich."

„Was? Erzählst du es mir? Warum sehen sich Mathis und Mason so derart ähnlich, dass sie als Zwillinge durchgehen
könnten?"

„Ich habe dir erzählt, dass ich keine Erinnerung an die Zeu-
gungsnacht habe, und das stimmte. Bis vor kurzem. Jetzt weiß
ich, dass Mason mich mittels Magie vergessen ließ. Er vergrub die
Erinnerung daran und alles, was damit zusammenhing unter einer Schicht, die für mich vor dem Erwachen meiner Kräfte undurchdringlich war. Willst du alles wissen?"

Sage nickte ernst.

„Gut. Alles begann schon mehrere Tage vorher. Wochen, würde ich sagen. Mason lief mir immer wieder über den Weg, eine

deutlich jüngere Ausgabe als der, den wir kennen. Er muss also sehr zeitig aus der alten Welt in die neue gewechselt haben. Er war damals selbst noch ein Teenager. Sein Interesse schmeichelte mir, obwohl er keine Geschenke machte, nichts, was an ihn erinnern würde. Heute ist mir der Grund vollkommen klar, doch damals war ich hin und wieder ein wenig enttäuscht. Nicht ernsthaft, nicht genug, um ihm den Rücken zuzukehren. Und dann kam der Abend meiner ersten Party. Eine Freundin feierte ihren fünfzehnten Geburtstag, ihre Eltern waren verreist. Mason und ich trafen uns dort. An diesem Abend war er besonders nett und sehr um mich bemüht, las mir nahezu jeden Wunsch von den Augen ab und außerdem küsste er gut. Ich war vollkommen geblendet und dumm genug, mitzugehen, als er vorschlug, dass wir in das Schlafzimmer der Eltern meiner Freundin gehen sollten. Tja und dann passierte genau das, was nicht passieren sollte."

„Er hat dich gezwungen?" Sages Hände waren zu Fäusten geballt.

„Nein. Das musste er gar nicht. Ich träumte von der großen Liebe, von dem Märchenprinzen auf dem weißen Pferd und genauso verhielt er sich an dem Abend. Er zwang mich zu nichts, ich wollte das ebenso wie er. Nur war meine Motivation eine andere und vor allem war mein Ziel kein Kind. Seins offenbar schon. Er legte nach dem Akt seine Hände auf meinen Bauch und sprach mit ihm. Ich dumme Gans kicherte nur, hoffte, dass nichts passiert sei und ignorierte das warnende Bauchgefühl. Meine Freundin erwischte mich, als ich ins Bad huschte. Sie nahm mich ordentlich in die Mangel und anschließend stauchte sie mich zusammen, weil ich nicht an ein Kondom gedacht hatte. Ich hatte daran wirklich keinen Gedanken verschwendet. Es ohne zu tun erschien mir richtig, obwohl ich ansonsten sehr vernünftig war. Vermutlich war ich damals schon manipuliert worden, damit ich die Verhütung vergesse. Als meine Freundin wieder ging, kehrte ich mit schlechtem Gewissen ins Schlafzimmer zurück. Mason zeigte Verständnis, meinte aber, dass sicher nichts passiert sei, so schnell ginge es nicht. Um auf Nummer sicher zu gehen, sagte ich ihm, dass ich nun nach Hause wolle und gleich morgen früh zum Arzt gehen und mir die Pille danach holen würde. Ich weiß noch, dass er in dem Moment sauer wurde. Aber dann beruhigte er sich, nahm meinen Kopf zwischen seine Hände und küsste mich. Danach murmelte er Worte in einer Sprache, die mir unbekannt war. Das muss der Moment gewesen sein, in dem er sich aus meinem Gedächtnis löschte. So sehr ich mich später anstrengte, nach dem möglichen Zeitpunkt der Zeugung zu suchen, nachdem wir feststellten, dass ich schwanger war, da war nichts. Ich konnte mich an die Party erinnern, auch daran, dass wir viel Spaß hatten, aber die Zeit zwischen dreiundzwanzig Uhr und ein Uhr nachts, die war stets wie ausgelöscht. Auch meine Freundin sprach mich nie wieder darauf an. Vielleicht hat er sie auch manipuliert. Und alle anderen Menschen wussten nichts von unserem Zusammensein. Da war nur einer, der sich erinnerte. Bis vor kurzem. Er hatte all das geplant." Eine Träne rollte über Carlys Wange.

Sage küsste sie sanft. „Mason ist ein Mistkerl. Fühl dich nicht schlecht, du hättest nichts davon verhindern können."

„Ja, das weiß ich. Und ich bin sehr froh, Mathis zu haben. Ich würde ihn für nichts auf der Welt hergeben. Trotzdem hat Mason mich benutzt. Einfach so, als wäre es das normalste auf der Welt für ihn. Und jetzt ist mir auch klar, warum alles an ihm so vertraut für mich war, als er in mein Leben platzte. Ich kannte ihn längst, nur hatte er mich das vergessen lassen. Weißt du noch, dass du mich mal gefragt hast, ob irgendwas Besonderes passiert sei, bevor das mit den Träumen und Perlen losging? Mathis ist zwölf geworden damals. Ich frage mich, ob es damit zu tun hat."

„Hat es! Und ich Idiot bin nicht eher darauf gekommen!" Sage schlug sich mit der Hand vor die Stirn.

„Worauf? Das konnte doch niemand ahnen."

„Es gab noch niemals einen Tagatanod für die Auserwählte, denn noch niemals hatte sie ein Kind. Aber du hast eines. Und das ist außergewöhnlich, denn alle Schwestern der Lux und Umbra Linie können nur mit bestimmten Personen oder zu bestimmten Zeiten Kinder zeugen."

Aufgeregt rutschte Carly ein Stück von ihm ab, damit sie ihn besser ansehen konnte. „Ich habe es gelesen. In deinem Haus war ein Buch: Die Geschichte der alten Welt oder so ähnlich. Da steht geschrieben, dass die Lichtfrauen sich die Männer zu einem bestimmten Zeitpunkt einluden und nur in dieser einen Nacht die Kinder zeugten."

„Beltane. Wann war deine Party? Wann ist Mathis geboren?"

„Die Party war vor den Frühlingsferien. Das könnte um den ersten Mai herum gewesen sein. Da ist doch Beltane, oder? Mathis ist im Februar geboren. Das passt. Warum? Warum zeugt er ein Kind mit mir? Und warum lässt er mich das vergessen und kümmert sich zwölf Jahre nicht um seinen Sohn? Und dann taucht er plötzlich auf? Das ergibt doch keinen Sinn?"

„Eins weiß ich sicher: Es muss alles irgendwie einen Sinn ergeben. Wir sehen es nur noch nicht." Sage boxte wütend mit der Hand gegen den Unterstand, der sofort auseinanderflog. „Ent-

schuldige", murmelte er und begann die Weidenäste wieder aufzustellen.

„Mason ist also Mathis Vater, und damit ist der Dunkle König
sein leiblicher Großvater", sinnierte Carly und schüttelte sich.

„Lass uns zurückgehen", sagte Sage, der es aufgab, die wider-
spenstigen Zweige wieder zusammenzubinden. Das erste Stück
gingen Carly und er Hand in Hand durch den Schnee, doch als
Carlys Kräfte nachließen, nahm Sage sie auf seine Arme. Sie ließen sich Zeit, nutzten seine besondere Schnelligkeit nicht und
kamen erst am Abend wieder bei Antonio und Marietta an.

17

Wenn dich Familienbande fest umstricken,
So darf dein Geist nach Freiheit nicht mehr blicken.
Saadî

Enndlin saß mit baumelnden Beinen auf einem Ast vor ihrer Hütte. Der Schnee störte sie nicht, überraschte sie nur, denn kalt war es hier selten. Dieses Jahr schien der Winter allerdings auch in Gegenden der neuen Welt Einzug halten zu wollen, in denen das eher unüblich war. Sie hatte sich in dicke Felle eingewickelt und strahlte zudem von Natur aus Wärme ab. Ein Vorteil einer Lichtschwester. Ihre grüne Aura pulsierte aufgeregt um sie herum, der Blick ihrer glasigen Augen ging weit in die Ferne. Ana stand unter dem Baum, sah zu ihr auf und beobachtete Enndlin genau. Die pulsierende Aura war ein sicheres Zeichen dafür, dass Enndlin etwas sah. Vielleicht war die Auserwählte auf dem Weg zu ihnen. Ana spielte nervös an der Bogensehne herum, die quer über ihrer Brust lag. Ungeduldig kaute sie auf ihrer Unterlippe, bis sie Blut schmeckte. „Verdammt", murmelte sie leise.

Doch Enndlin reichte der schwache Laut aus, um zu dem Mädchen hinabzublicken. „Ana", sprach sie die junge Jägerin an. „Was tust du da? Solltest du nicht jagen gehen? Von Luft allein werden wir nicht satt werden."

Ana zuckte schuldbewusst zusammen, sah auf und nickte. „Doch, aber …", stammelte sie. „… was hast du gesehen?", platzte es endlich aus ihr heraus.

Die Anführerin des Waldclans schmunzelte und ließ sich elegant an einem Seil entlang nach unten gleiten. „Sie wird herkommen. Schon sehr bald. Deshalb ist es wichtig, dass wir unsere Lager auffüllen und Fleisch räuchern und trocknen. Wenn sie unsere Hilfe benötigt, müssen wir bereit sein und dürfen keine Zeit mit Dingen wie der Jagd vergeuden. Willst du helfen?"

Ana nickte heftig.

„Dann solltest du jetzt jagen gehen. Wir können nicht auf dich verzichten. Du bist eine unserer besten Bogenschützen. Geh und sorge für volle Lager!"

Ana schwang den Köcher auf ihren Rücken und lief in den Wald hinein. Enndlin sah ihr seufzend nach. Sie hatte auch Ana gesehen, doch deren Zukunft war ungewiss. Die Sorgenfalte, die sich stets zeigte, wenn Enndlin um eine der ihren bangen musste, grub sich in ihre Stirn. Sie konnte nur hoffen, dass Ana den bevorstehenden Kampf überstehen würde, bei dem es unweigerlich Opfer geben musste.

Mit grimmiger Miene wandte Enndlin sich ab, um in das Lager zu gehen und selbst nach dem Bestand an Nahrung zu schauen. Außerdem wollte sie anweisen, dass bereits die Provianttaschen gepackt wurden. Das gesamte Waldvolk würde zu Sephora reisen, wenn die oberste Lichtschwester sie rief.

*

Nalar stand am Fenster und sah dem Lichtstrahl wieder einmal dabei zu, wie er in den Himmel tanzte und die Lichtwesen zu sich rief. Ihm war nicht entgangen, wie er vor wenigen Tagen des Nachts flackerte, kurz drohte, in sich zusammenzubrechen. Was auch immer dort geschehen war, konnte nur positiv für ihn sein. Er hatte dieses Flackern schon einmal beobachtet. Damals als Masons und Sages Mutter zum zweiten Mal in ihrem Leben aus dem Lichtpalast floh, um dem Italiener zu folgen, zeigte der Lichtstrahl dieselbe Reaktion. Heftiger als die vor wenigen Nächten, und doch war es dasselbe Verhalten.

„Bringt mir den Prinzen!", befahl Nalar einem der Masama, der neben der Tür auf Befehle wartete.

Der Diener kam nur wenige Minuten später zurück und stellte sich wieder an seinen Platz, während Mason mit eiligen Schritten in den Thronsaal lief. „Vater", sagte er, „Ihr habt nach mir rufen lassen?"

„Ja. Mir ist etwas aufgefallen und ich brauche deine Meinung!" Mit wenigen Worten beschrieb Nalar seine Beobachtungen, bevor er mit der Frage endete: „Glaubst du, dass Mathis aus dem Lichtpalast fliehen würde? Du kennst ihn besser. Traust du ihm zu, dass er dich suchen kommt?"

In Mason schien plötzlich sehr viel mehr Leben zu stecken. „Ja, vielleicht. Er ist mutig, wie seine Mutter. Ich kann mir vorstellen, dass er herkommt. Allerdings muss er dann …" Mason erbleichte.

„Nimm dir einen Trupp und reite los. Den Masama macht es nichts, den Duft der Todesrose einzuatmen. Beeil dich, und bring mir meinen Enkel lebend!"

Der Dunkle König hatte noch nicht ausgesprochen, als Mason schon den Raum verließ. Vom Fenster aus sah Nalar seinen Sohn nur wenig später hinausreiten, im Gefolge zehn seiner besten Masama. Zufrieden lächelte er und ging in den Kerker.

Rose sah auf, als die Zellentür sich quietschend öffnete. Als sie die Gestalt in der Tür erkannte, rutschte sie erschrocken an die Wand, besann sich jedoch und stand auf, wacklig und mit letzter Kraft, doch sie wollte dem Dunklen König auf Augenhöhe begegnen.

„Keine Angst, meine Liebe", sagte Nalar süffisant lächelnd. „Ich möchte nur sehen, ob ihr alles habt, was ihr benötigt, und ob ihr eure Meinung geändert habt."

Rose kniff die Augen zusammen. Die gute Laune des Herrschers machte sie noch misstrauischer, als sie ohnehin schon war. Doch er rührte sich nicht vom Fleck, drohte mit keinem Wort. Nichts.

Langsam schüttelte sie ihren Kopf. „Lieber sterbe ich", murmelte sie.

„Nun, das höre ich ungern. Ich werde es außerdem nicht zulassen. Ihr seht schwach aus. Vielleicht hilft euch eine Ration Essen mehr am Tag, um zu erkennen, dass ihr auf die falsche Seite setzt."

Rose schnaufte. Essen konnten sie alle gebrauchen. Einige ihrer Schwestern, die, die noch übrig waren und deren Köpfe nicht vor den Zellentüren baumelten, konnten gar nicht mehr aufstehen. Sie würden die zusätzlichen Rationen benötigen. Sie konnte sie nicht aus falschem Stolz abschlagen, konnte nicht heroisch auf ihre Meinung beharren, während ihre Schwestern immer schwächer wurden und starben. Deshalb sagte sie vorsichtig: „Ja, vielleicht."

Nalar grinste und nickte. Ohne ein weiteres Wort zu verlieren, verließ er den Kerker.

Rose sackte zusammen und lehnte sich gegen die kalte und nasse Wand. Tränen liefen ihre Wangen hinab. Lange würde sie nicht mehr durchhalten.

18

Seinen Freund benutzen, ist Weisheit; noch größere Weisheit,
jeden seiner Feinde zu seiner Rettung benutzen.
Johann Kaspar Lavater

Benedicta verfolgte Mathis seit Tagen. Er hatte sich keine besondere Mühe gegeben, seine Spuren zu verwischen. An der Grenze
zur Gilid Kadiliman zögerte die junge Lichtschwester kurz, doch
der Drang, Mathis zu helfen, war stärker als ihre Angst, von den
Schattenwesen bedroht zu werden.

Sehr vorsichtig sah sie sich immer wieder um, suchte die Umgebung nach möglichen Fallen ab, doch es blieb ruhig. Vor einem großen Feld Todesrosen, die ihre Blüten trotz der Kälte in
die Luft streckten, blieb Benedicta stehen, zog ihren Schal vor die
Nase und suchte die Umgebung mit Blicken ab. Würde Mathis so
dumm gewesen sein, dort hineinzulaufen? Hatte er sich an ihre
Warnungen erinnert? Benedicta spürte den Schwindel, der sie ergriff, und lief eilig einige Meter zurück. Mit Unbehagen verkroch

sie sich in einem Gestrüpp, das an einem klobigen Felsen empor-
kroch.

Im Schutz der dornigen Zweige kletterte die Lichtschwester
den Felsen hinauf und bäuchlings liegend suchte sie erneut mit
den Augen das Feld ab. Als sie Mathis auf dem Boden liegen sah
– reglos – setzte ihr Herzschlag einen winzigen Moment aus.
Einen Moment verspürte sie den Wunsch, sofort loszustürmen
und ihn zu retten, doch ihr Verstand gewann die Oberhand. Niemanden wäre geholfen, wenn sie ebenfalls kopflos in das Feld
rennen würde. Sie brauchte eine bessere Lösung. Schnell und
sicher. Benedicta wühlte in ihrer Umhängetasche, suchte verzweifelt nach einem Kraut, dass sie nah genug an Mathis heran-
bringen könnte, ohne dass sie selbst das Bewusstsein verlieren
würde. Sie wusste längst, dass es sinnlos war, denn ein solches
Wundermittel war ihr gänzlich unbekannt. Aber aufgeben kam
nicht in Frage.

Als sie gerade die Tasche ausschütten wollte, hörte sie Hufe,
die über die gefrorene Schneedecke galoppierten. Benedicta
presste sich eng an den Felsen und sah in die Richtung, aus der
die Geräusche kamen. Ein Teil der Leibgarde des Dunklen Königs kam zusammen mit Mason auf Wesen der Finsternis angerit-
ten, die das Mädchen bisher nur aus ihren Büchern kannte. Klo-
bige Körper wurden von Platten aus Horn abgedeckt, die Beine
glichen denen von Elefanten, die sie ebenfalls nur aus Büchern
kannte. Doch im Gegensatz zu den pflanzenfressenden Tieren
der neuen Welt schienen diese hier Fleischfresser zu sein. Die
Nase ähnelte einem kurzen Rüssel, der sich ununterbrochen
schnüffelnd über den Boden bewegte. Eines der Tiere hob sein
Riechorgan in die Luft und öffnete sein Maul. Lange, spitze Zäh-

ne erschienen und als das Tier brüllte, rutschte Benedicta auf ihrem Stein weiter nach hinten in das Dickicht hinein. Ihre Hände zitterten, als sie die Finger vor ihren Mund presste, um zu verhindern, dass sie aus Versehen ein Geräusch von sich gab. Doch ihre Augen klebten an dem Geschehen im Feld der Todesrosen.

Einer der Masama zeigte auf Mathis reglosen Körper und Mason schwang sich vom Rücken der Bestie.

„Herr", hielt ihn der Masama zurück, während er es seinem Herrn gleichtat und abstieg. „Ich hole ihn. Mir macht der Geruch der Rosen nichts, doch Ihr würdet ebenfalls in das Reich der Träume hinübergleiten."

Mason nickte und zeigte seinem Diener mit einer Kopfbewegung an, dass er sich unverzüglich zu Mathis begeben solle.

Geschickt, beinah schon anmutig, eilte der Masama über das Feld, ohne zu schwächeln, und war binnen Sekunden bei Mathis. Er legte seine Finger an Mathis Hals und drehte seinen deformierten Kopf zu Mason.

Benedicta hielt die Luft an. Ihr Herz wummerte so stark gegen ihre Rippen, dass sie befürchtete, die Tiere mit den übernatürlich großen Ohren würden es hören. Trotz der Kälte, die erbarmungslos durch ihre Kleidung drang, rann ihr der Schweiß den Körper hinab.

Als der Masama nickte und Mathis hochhob, weinte sie lautlos. Erleichterung durchströmte sie, auch wenn Mathis nun in Masons Gewalt war. Doch sie war sicher, dass sein Vater ihm nichts antun würde. Die Substanz, die die Rosen mit ihrem Duft verströmten, wären nicht so gnädig gewesen.

Der Masama lief zu seinem Herrn zurück und übergab ihm Mathis. Mason zischte etwas, woraufhin sich sein Tier flach auf die Erde legte. Er stieg auf, drückte Mathis sicher und fest an seine Brust, und sofort ritt der Trupp in die Richtung zurück, aus der sie gekommen waren. Trotzdem die Tiere einen unglaublich klobigen Körperbau besaßen, legten sie eine Geschwindigkeit an den Tag, der Benedictas Augen kaum folgen konnten.

Benedicta blinzelte gegen die Tränen und die aufziehende Abenddämmerung an und sah ihnen nach. Im Horizont baute sich bedrohlich die Dunkle Burg auf.

Benedicta wusste, dass sie umkehren und zu Sephora zurückkehren sollte, doch als sie das Dornendickicht verlassen hatte, nahmen ihre Beine unwillkürlich einen anderen Weg und schlugen einen Bogen um das Todesfeld ein, um danach in Richtung Dunklen Burg zu laufen.

19

Auch die Kühnsten streben dem Tode zu entrinnen,
wenn er naht und sie in's Auge schau'n dem furchtbar erns-
ten.
Sophokles

Nalar beobachtete seit Tagen die Welt mit einem Blick, der deutlich zeigte, dass er über den Horizont hinausschaute. Seine Augen waren glasig, konzentrierten sich auf irgendetwas, was sich weit weg abspielte, und um seine Mundwinkel herum zuckte es verdächtig. „Masama!", donnerte seine Stimme durch den Saal.

Sofort öffnete sich die große Flügeltür und der neue Hauptmann der Masama trat ein. Er verbeugte sich tief. „Mein Herr?", fragte er ehrfürchtig, aber ohne jede Spur von Unsicherheit.

„Ich nehme einen magischen Schein wahr, der seit Tagen stärker wird. Ich bin mir sicher, zu wissen, wo sich die Bago aufhält. Stell einen Trupp zusammen und nimm auch ein paar der Alten mit. Ich will die Bago lebend! Bringt sie mir!"

„Sehr wohl, mein Herr. Wir brechen sofort auf. Ist sie allein?"

„Nein. Mein Ziehsohn ist bei ihr."

„Wie lautet Euer Befehl ihn betreffend?"

„Wenn ihr müsst und könnt, dann tötet ihn. Wenn es eine Gelegenheit gibt, bringt ihn lebendig mit. Es wird mir eine Freude sein, dieses Experiment selbst auszulöschen." Nalar kritzelte die Koordinaten und das Jahr auf ein Blatt Papier und übergab es dem Hauptmann. Der entfernte sich sofort.

Die Tür war noch nicht hinter dem Hauptmann ins Schloss gefallen, als er bereits Anweisungen erteilte. Eine halbe Stunde später ritten die Masama aus dem Hof. Ihre Waffen schlugen gegen die Rippen der Tiere, die sich deutlich unter dem glanzlosen Fell abzeichneten. Die eng an die Körper gepressten Flügel wirkten beinah unsichtbar. Seit vielen Jahrhunderten waren die mageren Puruma nicht mehr aus ihrem unterirdischen Gefängnis gekommen. Nun preschten sie mit einer Kraft, die man ihnen nicht zutraute, die Berge hinab. Zwei Handvoll der Schatten begleiteten sie und schlängelten sich zischelnd um die Beine der Wesen.

*

Carly bewarf Sage mit Schneebällen, sodass er seine Arbeit mehrfach unterbrechen musste. Der Schnee türmte sich inzwischen mehr als meterhoch hinter dem Haus auf. Antonio und Marietta hätten es allein nicht geschafft, den Weg, den Sage zum Wald hin freihielt, zu beräumen. Sage dagegen schaufelte Tag für Tag mit Leichtigkeit den schmalen Weg frei, so dass sich inzwischen ein geheimer Gang bis in den Wald hinein gebildet hatte. Dort hatte Sage abseits des Weges eine kreisrunde Fläche geschaffen, die von dicken Schneemauern umgeben war. Zu dick für einen Menschen, um durchzudringen, doch eine Kleinigkeit für Sage, der Carly auf seine Arme nahm und einfach über die eisige Wand aus Schnee sprang. Niemand konnte die Stelle einsehen, folglich wusste auch niemand davon.

Carly ging es inzwischen viel besser. Sie hatte ihre Kräfte weiter optimiert, übte täglich und half, indem sie die Schneemassen mit ihren Feuerkugeln einfach wegschmolz. Marietta hatte sich auch daran gewöhnt und liebte ihre Besucher mit jedem Tag mehr. Als Sage und Carly leise im Hinterhof rumalberten, trat sie zu ihnen. In den Händen ein Tablett mit dampfender Milch, die mit Honig gesüßt war.

Carly stürzte sich auf das Getränk, das sie mehr noch liebte als ihren Kaffee, den sie inzwischen inbrünstig herbeisehnte. Starbucks würde das Erste sein, was sie in der neuen Welt nach der Rückkehr in ihrer Zeit aufsuchen musste, dachte sie, als sie den heißen Becher an ihre Lippen führte und trank.

Sage trank mit, um den Schein zu wahren, doch Carly sah und noch viel mehr spürte sie, wie er sich innerlich schüttelte. Milch, dazu noch heiß und gesüßt, war ihm absolut zuwider. Doch bevor Carly ihn deswegen aufziehen konnte, flog die Hintertür des Hauses auf. Antonio kam aus dem Haus gestürzt, ohne Jacke, nur dürftig den Schal um den Hals geschlungen und mit gehetztem Blick. „Flieht!", sagte er nur tonlos und griff nach Mariettas Hand.

Carly sah zu Sage, der seinen Becher in den Schnee warf, mit einem kräftigen Sprung nach oben die Dachrinne umklammerte und sich hochzog. Absolut lautlos schob er sich über das Dach bis nach oben, wo er ohne Probleme über den First schauen konnte, und blieb wie erstarrt liegen.

Der Anblick ließ selbst ihm einen eiskalten Schauer über die Haut fahren. Auf dem Dorfplatz wurden die Menschen zusammengetrieben. Zwischen ihnen liefen Masama hin und her und schauten jeden genau an. Manchen von ihnen brachen sie mit einem Ruck das Genick, andere überließen sie den Schatten, die sich um ihre Körper wickelten, sie zusammendrückten, bis das Blut aus ihren Körperöffnungen schoss. Sage hatte genug gesehen. Dieses Dorf war nicht zu retten. Er drehte sich um und rutschte das Dach herunter, zog sich dabei die warme Jacke aus und drückte sie Antonio in die Hand. „Nehmt Eure Frau und verschwindet im Wald. Sofort! Ich mache hinter Euch die Schneewand dicht. Ihr müsst Euch dort verstecken und still verhalten!"

„Aber was ist mit Euch?", fragte Antonio, der sich beeilte die Jacke überzuziehen und hinter Sage herzulaufen, der Marietta bereits in Richtung Wald zog.

„Was ist mit dem Wolf?", jammerte die Hausherrin ängstlich.

„Es gibt keinen Wolf mehr!", sagte Carly sehr bestimmt, die hinter ihnen herlief und sich immer wieder umdrehte.

„Der Wolf wäre im Vergleich nur ein kleines Problem. Das da vorn ist ein Übel, das Ihr nicht überlebt. Geht jetzt und kommt erst wieder, wenn es ganz sicher ist!" Sage hob das Ehepaar in das Schneeversteck im Wald und eine Schaufel hinterher, damit sich Antonio und Marietta später befreien konnten.

„Was ist mit Euch?", fragte nun auch Marietta ängstlich und fasste Carlys Hand. „Kommt mit uns!"

„Nein, Ihr seid sicherer ohne uns! Wir fliehen auf andere Art. Sie müssen es sehen, sonst ziehen sie nicht ab. Geht jetzt endlich!" Sage wurde ungeduldig und auch Carly spürte, dass die Bedrohung näherkam.

Während Marietta und Antonio auf die wenigen Quadratmeter des Schneeplatzes im Dickicht kauerten und sich nicht mehr zu rühren wagten, eilten Sage und Carly zum Haus zurück. Carly ging rückwärts, den Blick auf die Seitenwände des Gangs zwischen den Schneewänden gerichtet, und schleuderte ihren Kopf hin und her. Der Schnee, der von Sage tagelang aufgeschichtet worden war, flog durcheinander, kreuz und quer, bis er den Durchgang vollständig verdeckte. Niemand würde zwischen den Schneemassen die kleine, nun letzte Überlebensinsel vermuten. Während Carly ihre Magie benutzte, ertönte vor dem Haus ein einheitliches Zischen der Alten, beinah schon ein Kreischen. Carly beeilte sich, ihre Arbeit abzuschließen. Sage legte den Arm um sie. „Bereit?", fragte er. „Wir müssen warten, bis sie auf den Hinterhof treten."

Carly nickte, war in Gedanken noch bei Antonio und Marietta, schmiegte sich jedoch eng an Sage, die Hände geballt und bereit, um sofort ihre Lichtmagie auf die Eindringlinge zu schießen, wenn sie durch die Tür kamen. „Sind sie sicher?", fragte Carly leise. Sie fürchtete das Schlimmste für ihre Gastgeber der letzten Wochen.

Sage verstand sie sofort. „Sie haben eine realistische Chance. Mehr können wir nicht tun. Wir haben gewusst, dass das …" Weiter kam er nicht. Die Tür flog aus den Angeln und mehrere Masama stürmten hindurch. Von vorn über das Dach kamen gleichzeitig die Schatten. Carly wartete einen Moment, bis sich mehr von ihnen im Hinterhof gesammelt hatten und warf eine riesige Feuerkugel auf die Eindringlinge.

Sage umfasste sie fester und murmelte die Worte, denen der Lichtblitz folgte und sie mit sich nahm.

Der Hauptmann der Masama schrie wutentbrannt auf. Die Feuersbrunst aus Carlys Händen zerfetzte die Reihen der Alten. Die Masama gingen in Deckung, als die Schatten glühend vom Dach rutschten. Der Lichtblitz, der den Zeitsprung signalisierte, blendete alle Anwesenden. Der oberste Masama sprang zu der Stelle, an der vor einem Augenblick noch die Gesuchten gestanden hatten, und hielt seine Nase in die Luft. Lichtmagie, zu der auch Sages Art zu Reisen gehörte, hinterließ immer Spuren. Es musste ihm möglich sein, dieser Spur zu folgen. Doch da war nichts. Der Vampir musste gesprungen sein, ohne sein Ziel zu bestimmen. Der Masama war nicht fähig, eine Spur aufzunehmen.

„Tötet die Menschen! Tötet sie alle und brennt ihre Häuser nieder!", knurrte er seinem Gefolge zu und starrte auf die Stelle, auf der sich vor wenigen Sekunden noch Sage und Carly befunden hatten. Mit einer solchen Stärke der Bago hatte er nicht gerechnet. Er wagte kaum, seinem Herrn davon zu berichten. Erst als die Schreie der Dorfbewohner an seine Ohren drang, stapfte er wütend zurück in die in die Dorfmitte. Die Alten hatten es übernommen, die Menschen hinzurichten, und lebten ihre Freude darüber auf bestialische Weise aus. Die Leichen türmten sich, das Blut färbte den Schnee purpurrot. Eines nach dem anderen zündeten die Masama die Häuser an. Die Frauen und vor allem Kinder, die es geschafft hatten, sich darin zu verstecken und jetzt panisch ins Freie fliehen wollten, zwangen sie mit Waffengewalt drinnen zu bleiben und sahen ihnen dabei zu, wie sie bei lebendigem Leibe verbrannten.

Als die Sonne unterging, stiegen Rauchsäulen in den Himmel, stank die Luft nach verbrannten Fleisch und herrschte eine gespenstige Stille. Kein Laut war zu hören, als die Masama und die Schatten abzogen.

Nur zwei Menschen kauerten lebend zwischen Schneemassen, hielten einander fest umarmt und weinten.

20

Wer die Gefahr verheimlicht, ist ein Feind.
Johann Wolfgang von Goethe

Schon während Sage sprang, spürte er, dass er sein Ziel nicht anvisieren konnte. Er umklammerte Carly, die ihm unverwandt in die Augen sah, mit beiden Armen. Beinah hätte er sie losgelassen, so sehr erschrak er.

Carlys Iris war verschwunden, auch von der Pupille war nichts mehr zu sehen. Ihre Augäpfel leuchteten. Das Licht floss gespenstig aus ihnen heraus, wob sich um Sage, wie eine Spinne ihr Netz um ihre Beute spinnt. Carly hing regungslos in seinen Armen, reagierte nicht auf ihn, nicht auf seinen Kuss, den er ihr vorsichtig auf die Lippen drückte. Sie kamen ins Trudeln, stürzten durch die Schwärze, noch immer fest miteinander verbunden.

Dann war es vorbei. Beide fielen umschlungen auf eine schneebedeckte Fläche. Im nächsten Moment wurde ihm Carly entrissen und in seinen Hals, seine Brust und seinen Rücken drückten sich Holzspitzen, die an langen Stäben befestigt waren und sich in den Händen von Frauen befanden, die den Lichtschwestern der Liwanag Gilid sehr ähnlichsahen und einen geschlossenen Kreis um sie bildeten.

„Nicht schon wieder", stöhnte Sage und hob die Arme, um zu signalisieren, dass er keinen Widerstand leisten würde und nichts Böses im Schilde führte.

Die Frauen lockerten den Druck, den sie ausübten, nahmen jedoch die Waffen nicht von seinem Körper und fixierten ihn mit ihren Blicken. Letzteres jedoch taten sie nur halbherzig, denn auch diejenigen, die zu den Kämpferinnen gehören mussten, sahen immer wieder zu Carly, die benommen auf dem Boden lag. Noch immer glühten ihre Augen weiß, doch sie war wieder sie selbst, nicht so steif und fremd und erschreckend, wie sie sich in Sages Armen vor wenigen Sekunden angefühlt hatte.

Eine Gruppe Frauen trat an Carly heran. Vorsichtig, nicht zu nah. Vermutlich sahen auch sie das, was Carly tat, zum ersten Mal. In ihrer Mitte stützte sich eine sehr alte Frau auf ein junges Mädchen und gab den anderen Frauen ein Zeichen.

Sage beobachtete fasziniert, wie die Greisin trotz ihrer sichtbaren Angst vor Carly niederkniete, ihren Kopf senkte und leise murmelte: „Willkommen Kotetahi!" Für einen Moment vergaß er die bedrohlichen Holzspitzen, die sich in jeden Moment in seine Haut bohren konnten und beobachtete Carly. Als hätte die Begrüßung, der Klang des Wortes in ihr noch mehr Magie ausgelöst, hob sich ihr Körper vom Boden ab und schwebte in der Luft. Wie durch unsichtbare Hände wurde Carly auf die Füße gestellt, die Arme weit ausgebreitet. Das Licht schoss förmlich aus ihren Augenhöhlen und blendete so stark, dass Sage seinen Blick abwenden musste.

Im selben Moment wurden ihm Handfesseln angelegt und wie bereits im Lichtpalast ein Kraut in den Mund gestopft, dass verhinderte, dass er Magie ausübte. Als eine der Frauen ihm ein Tuch um über die Lippen legte und hinten am Kopf zuband, sprach Carly.

Ihre Stimme klang nicht wie sie selbst, sie tönte hallend und gleichzeitig rau und blechern. Sie duldete keinerlei Widerspruch. „Lasst ihn frei!", forderte sie. Weitere Frauen traten aus dem Schutz der Bäume auf die Lichtung und sahen zu der weißhaarigen Alten in der Mitte. Deren Blick hing an Carly. Langsam schüttelte sie ihren Kopf. Dann knickten ihre Beine ein. Das junge Mädchen ließ ihren Köcher mit Pfeilen zu Boden gleiten und stütze die Alte nun mit beiden Armen ab.

Durch Carlys Körper ging ein Ruck, das Licht verschwand mit einem Wimpernschlag. Ihre Füße sanken auf den Boden und sie streckte ihre Arme nach vorn. Mit gespreizten Fingern, um die nun ein grauer Nebel waberte, wiederholte sie ihren Befehl: „Lasst ihn frei!"

Unschlüssig sahen die Frauen sich an, griffen zu ihren Waffen, warteten jedoch weiter ab.

Das junge Mädchen, das die Alte stützte, murmelte: „Großmutter, vielleicht sollten wir tun, was sie will. Sie ist unsere Kotetahi!"

„Nein Kind, noch ist sie das nicht. Und wie es aussieht, wählt sie die Dunkelheit. Bereitet euch vor!" Mit einer Kraft, die Sage ihr nicht zugetraut hatte, fasste die Alte an ihren Gürtel und zog einen Dolch hervor. Dabei flüsterte sie beschwörende Worte, die

Sage nicht verstand. Die alte Frau blieb als Einzige an ihrem Platz stehen, als alle einen Schritt zurückwichen.

Sage sah zu Carly und robbte instinktiv ebenfalls zurück. Unter ihrer Haut waren die Adern sichtbar geworden. Pechschwarz zeichneten sie sich auf dem elfenhaften Perlmutt ihres Körpers ab. Schwarze Schwaden quollen aus ihren Händen, ihr Gesicht war zur Fratze verzerrt. Plötzlich holte sie aus, schleuderte die Schwaden auf die Frauen der ersten Reihe und warf mehrere von ihnen um. Die alte Frau jedoch hatte ihren Dolch gehoben, einige Bewegungen vollzogen, so schnell, dass selbst Sages Vampirblick Mühe hatte, der Bewegung zu folgen, und zerschnitt die Schwaden, die ihr selbst zu nahekamen. Niemand sonst schien dazu in der Lage zu sein. Rote Striemen zeigten sich auf der Haut der Kriegerinnen, die am Boden lagen.

Nahezu sanft zerschnitten dieselben Nebelschwaden die Fessel an Sages Hand- und Fußgelenken. Den Knebel nahm er sich selbst ab und stellte sich schleunigst zu Carly.

Im selben Moment traten andere Kriegerinnen aus den Reihen der Frauen hervor. Kämpferinnen, die sich bisher versteckt gehalten hatten. Sie umzingelten Carly und Sage, schotteten all die anderen Anwesenden ab. In beiden Händen hielten sie Dolche derselben Art, wie die Alte ihn besaß. Sage schluckte. „Bist du dir sicher, dass es schlau ist, zu kämpfen? Ich weiß nicht mal, mit wem wir es zu tun haben", sagte er leise zu Carly.

„Stell dich genau hinter mich und halt mir den Rücken frei!", wies Carly ihn an.

„Es sind zu viele. Ergib dich. Sie werden mich gefangen nehmen, aber mir nichts tun. Da bin ich sicher", versuchte Sage es ein letztes Mal.

„Ich nicht", sagte Carly. „Es beginnt. Los! Hinter mich!"

Sage sah ihr ein letztes Mal in die Augen. Noch vor wenigen Minuten strahlte helles Licht aus ihnen, doch nun war da nichts mehr. Nur Schwärze. Der komplette Augapfel war schwarz. Ein Schaudern lief ihm über den Rücken, trotzdem gehorchte er, drückte seinen Rücken an Carlys.

Und die Dunkelheit ergriff ihn.

21

Wer in seinem eigenen Hause fremd sein könnte,
das wäre die wahre Armut.
Meister Eckhart

Mason ließ sich von seinem Behemoth gleiten, noch bevor es zum Stehen kam. Mathis hing noch immer regungslos in seinen Armen. Zwei Stufen auf einmal nehmend eilte er die breite Burg-treppe nach oben. Die Wachen öffneten ihm die Türen bereitwil-lig. Ohne Anhalten zu müssen, erreichte Mason sein Zimmer. Vorsichtig legte er seinen Sohn auf dem Bett ab.

Er strich ihm einzelne Haarsträhnen aus dem blassen Gesicht und lauschte seinem ruhigen Atem. Wie lange hatte Mathis in dem Feld gelegen? Wann würde er erwachen und warum über-haupt war allein unterwegs? Fragen über Fragen wirbelten durch Masons Kopf. Er sprang auf und lief unruhig im Zimmer auf und ab, derart in Gedanken vertieft, dass er es nicht einmal mitbe-kam, als sich die Tür öffnete und Nalar den Raum betrat. Erst als sein Vater ihn leicht am Arm berührte, sah Mason erschrocken auf und kehrte ins Jetzt zurück.

„Wie geht es meinem Enkel?", fragte Nalar nicht unfreundlich. Mason meinte, so etwas wie Sorge aus der Stimme des Dunklen Herrschers herauszuhören.

„Er scheint gesund. Ein bisschen unterkühlt vielleicht, aber gesund. Wir fanden ihn auf dem Rosenfeld. Ich habe keine Ahnung, wie lange er dort gelegen hat."

Nalar trat an das Bett und sah auf Mathis hinab. Die nächsten Sekunden schienen sich für Mason wie Stunden zu strecken. Sein Vater blieb stumm, sah nur eindringlich den Jungen an, als wollte er Mathis mit seinen Gedanken zwingen, die Augen aufzuschlagen. Doch der lag unverändert unter den dicken Fellen, in die Mason ihn eingewickelt hatte.

„Ich denke, er schläft den Rausch der Blüten aus und dann wird er erwachen. Mach dir keine Gedanken. War sonst niemand bei ihm?", löste Nalar endlich die Spannung.

„Nein", antwortete Mason und schüttelte zur Bekräftigung den Kopf. Er würde auf keinen Fall zugeben, dass er daran nicht einmal gedacht hatte. Er hatte sich nicht umgesehen, auch keine Masama zur Suche ausgesendet. Nicht einmal die Behemoths hatte er andere Menschen erschnüffeln lassen. Aber all das wusste sein Vater nicht und würde es nie erfahren. Sollten Mathis einige der Schwestern gefolgt sein, würden sie es ohnehin bemerken, wenn sie in der Burg eintrafen. Aber das war unwahrscheinlich, so lebensmüde konnte keine der Schwestern sein. Mason hatte das noch nicht zu Ende gedacht, da erschien ein Gesicht, umrahmt von roten Locken, vor seinem inneren Auge. Benedicta! Ja, sie wäre vielleicht so selbstlos, dass sie Mathis bis die Burg folgen würde. Doch wenn sie das tatsächlich wagte, hatte Mason keinerlei Einfluss darauf. Dann sollte sie kommen. „Gibt es etwas Neues?", fragte er seinen Vater, um sich selbst und ihn von Mathis abzulenken.

„Ja, in der Tat", sagte Nalar, „ich denke, wir haben die Bago und den italienischen Abschaum gefunden. Ich habe meine Truppen ausgesandt. Offenbar konnten sie ohne Probleme und vollständig die Grenze überqueren." Ein Lächeln huschte über das Gesicht des Dunklen Herrschers und wieder sah er auf seinen Enkel. „Dank ihm bilden wir nun die notwendige Dreiheit, um ohne Probleme in die neue Welt wechseln zu können. Komm, Sohn! Wir müssen eine Schlacht planen!"

Ohne Masons Antwort abzuwarten, drehte sich Nalar um und verließ das Zimmer. Die Tür ließ er gleich offen, da er erwartete, dass Mason ihm sofort folgen würde. Der jedoch zögerte noch. Unschlüssig trat er von einem Fuß auf den anderen, wusste nicht, ob er Mathis allein lassen konnte. Was, wenn er aufwachte und sich ohne Erklärung hier wiederfand? Wie würde er reagieren? Doch sein Vater hasste es, wenn man ihn warten ließ. Deshalb gab Mason den Wachen an seiner Tür strikte Anweisungen, ihn sofort zu informieren, wenn Mathis erwachte und ihm keinesfalls ein Leid zuzufügen, und eilte dann hinaus.

22

Der Kampf ums Recht ist die Poesie des Charakters.
Rudolf von Jhering

Carly presste ihren Rücken fest an Sage. Die sonst grün schimmernden Auren der Kriegerinnen verfärbten sich, wechselten binnen Sekunden ins Blau, weiter in ein intensives Blaurot. Instinktiv wusste Carly, dass diese Farben die des Krieges darstellten. Hier ging es um Leben und Tod.

Kälte stieg in Carly auf, klammerte sich eisig um ihr Herz. Sie ließ es zu, denn mit der Kälte kam Stärke. Wie eine Woge überrollte sie ihr Innerstes, legte sich um jeden Muskel, verwandelte ihren Körper in eine Kampfmaschine. Carly wusste, dass jede ihrer Handbewegungen die finsteren Schwaden, die aus ihren Händen quollen, wie ein peitschendes Schwert durch die Reihen der Frauen vor ihr gleiten lassen würde. Keine Peitsche mehr, die nur rote Striemen hinterließ. Die neuen, kraftvollen Waffen aus ihren Händen würden Messern gleich durch die Körper der Angreifer schneiden.

„Tötet den Vampir, wenn es sein muss, aber lasst die Kotetahi am Leben", wies die größte der Kriegerinnen ihre Mitstreiter an.

Carly zuckte zusammen, verengte ihre dämonischen Augen zu Schlitzen: „Niemand wird ihn anrühren, oder ihr werdet alle sterben."

Sie erhielt keine Antwort. Stattdessen erhoben die Kriegerinnen ihre Schilde und trommelten rhythmisch mit ihren Dolchen auf ebendiese. Carlys Rücken versteifte sich. Die Schläge wurden lauter. Schneller. Die Frauen murmelten im Gleichklang Worte einer Sprache, die Carly nicht kannte. Das alles ließ die letzte Hemmschwelle in Carlys Innerem weichen. Sie ließ es zu, dass die dunkle Magie vollends von ihr Besitz ergriff und schleuderte den Kriegerinnen die ersten Schwaden entgegen.

Die Angegriffenen rissen ihre Schilde nach oben. Sie standen dicht genug, um ein einheitliches schützendes Dach zu bilden, das Carlys Angriff abwehrte. Lautes Gebrüll ertönte hinter dem Schildwall, aus den Lücken zwischen den Schilden sahen jetzt auch einige Langschwerter heraus, und zusammen machten sie einen Schritt nach vorn, zogen den einkesselnden Kreis um Sage und Carly enger zusammen.

Sage schrie auf, als eines der Langschwerter, sein Bein traf. Erst jetzt begriff Carly, dass er ihr den Rücken mit seinen bloßen Händen deckte. Instinktiv ließ sie den Nebel weicher werden, nicht mehr gleich einer Klinge, eher einem Lasso, das unterhalb der Schilde nach den Waffen der Frauen griff. Es gelang ihr, drei der Schwerter aus den Händen der Kriegerinnen zu reißen. Sage griff danach und im nächsten Augenblick hörte Carly das Klirren von Metall. Aus den Augenwinkeln heraus sah sie, dass Sage in jeder Hand ein Schwert hielt und jetzt ohne Schwierigkeiten die Vorstöße der Gegner parierte.

Auch sie selbst wurde nun mit Schwertern angegriffen. Die Kriegerinnen zielten auf ihre Beine, doch der schwarze Dunst aus Carlys Händen sorgte dafür, dass die Klingen abprallten und sie nicht verletzten. Sage hatte diesen Schutz nicht. Da er noch immer hinter ihr stand, spürte sie durch ihr Band die sich häufenden Verletzungen. Unbändige Wut ergriff sie, als Sages Schmerz sie in Besitz nahm, so intensiv und heftig, dass sie jede Kontrolle über die Dunkelmagie aufgab, um dem zu entfliehen. Die Stränge aus ihren Fingern verdoppelten, verdreifachten sich. Carly begann sich zu drehen, wob mit den Armen in kunstvollen Gebilden durch die Luft, riss den Angreifern die Schilde vom Körper, die Schwerter aus der Hand. Pures Entsetzen spiegelte sich in den Augen der Kriegerinnen, als sie erkannten, dass Carly jeder Lichtmagie entsagt hatte und als personifizierte Finsternis vor ihnen stand.

Auch Sage spürte diese Veränderung durch das Band. Er ließ die Schwerter sinken, denn keine der Kriegerinnen griff ihn mehr an. Einige von ihnen flohen bereits, andere fielen auf die Knie, die Gesichter von Tränen überströmt. Das junge Mädchen, das die Alte gestützt hatte, stand abseits, starrte Sage an und sah immer wieder von ihm zu Carly. Langsam griff sie zu ihrem Köcher und zog einen Pfeil heraus. Selbst aus der Entfernung konnte Sage sehen, wie sehr ihre Hände zitterten, als sie den Bogen spannte und auf Carly zielte. Doch sie schoss nicht. Sie hielt inne, starr vor Entsetzen, und Tränen rannen ihre Wangen hinab. Carly metzelte jetzt die Kriegerinnen auf ihrer linken Seite nieder, obwohl die sich bereits ergeben hatten. Der Kreis, der sie bis vor wenigen Minuten noch eingekesselt hatte, war längst aufgebrochen. Sage nutzte die Chance und rannte auf die junge Bogenschützin zu. Auch in ihm brach nun die Kälte aus, wie er sie nur aus seiner Anfangszeit als Vampir kannte. Das Verlangen nach Blut und die Gier zu töten beherrschte ihn ebenso, wie Carly von der Dunkelmagie an den Rand ihrer Menschlichkeit gedrängt wurde. Doch bevor er die junge Frau packen konnte, erschien eine andere Kriegerin vor ihm, stieß das Mädchen zur Seite und schrie sie an: „Lauf weg! Lauf und bring Kwne in Sicherheit!"

Die junge Frau gehorchte auf der Stelle, ließ Pfeil und Bogen fallen und rannte los. Schnell verschwand sie zwischen den Bäumen.

Sage riss der sich ihm entgegenstellenden Kriegerin die Waffen aus der Hand und den Kopf nach hinten. Blut sprudelte Sekunden später aus dem Hals der Frau, die sofort zusammenbrach. Er wirbelte herum und griff die nächste der Kriegerin an, die weit genug entfernt stand, um nicht von Carlys todbringenden Schwaden erfasst zu werden. Der Schnee verfärbte sich rot.

Es wurde ruhig. Totenstill. Nur wenige Minuten vergangen, seit die Kriegerinnen mutig auf ihre Schilde einschlugen, um den Kriegsgesang anzustimmen. Jetzt standen nur noch zwei Personen aufrecht und ohne größere Verletzungen auf dem blutgetränkten Feld. Carly und Sage sahen sich an. Beide mit schwarzen Augäpfeln, in denen ein Feuer glühte. Beide von einer dunklen Aura umgeben, die sich nun rot einfärbte. Sie hatten gesiegt, hatten ihre Angreifer in die Flucht geschlagen. Gemeinsam waren sie unbesiegbar.

Ohne Eile stieg Carly über die leblosen Körper und ging zu Sage. Sie nahm seinen Kopf zwischen ihre Hände und küsste ihn, umwob sie beide mit ihrem Dunst.

*

Ana hockte zitternd im Unterholz und weinte stumm.

Kwne saß neben ihr. „Sie ist die Auserwählte, unsere Kotetahi. Sie hat sich entschieden. Aber für die falsche Seite. Das Leben, das wir bisher kannten, wird sich verändern. Schwere Zeiten kommen auf uns zu, in der alten und der neuen Welt, Kind. Mach dich zum Aufbruch bereit. Wir müssen uns ein neues Versteck suchen." ·

Ana wollte nicht glauben, dass bereits alles zu spät war. So einfach konnte es doch nicht sein, dass die Dunkelheit die Oberhand gewann? Dieser Prozess musste umkehrbar sein. Wie gebannt sah sie der sinnlichen Umarmung zu, der Carly und Sage sich auf dem Feld hingaben. Ein Wesen, auch eines der Dunkelmagie, dass Liebe und Zuneigung empfand, konnte nicht ganz verloren sein. Ana spürte, dass neue Hoffnung in ihr erwachte. Trotzdem gehorchte sie und folgte Kwne, die sich bereits weiter in den Wald Malabotta zurückzog. Mussten sie wirklich fortgehen? Sizilien war Anas Heimat. Hier war sie geboren und aufgewachsen. Sie konnte sich nicht vorstellen, diesen Platz nun zu verlassen und nie zurückzukehren.

Als Ana hinter Kwne in ihrem Dorf ankam, stellte sie fest, dass die Zurückgebliebenen bereits gepackt hatten. Das Marschgepäck, die Lebensmittelrucksäcke und die Schlitten mit ihrem Hab und Gut waren aufgestellt. Kurz beriet man darüber, ob man Carly bitten sollte, ihre Toten und Verletzten einsammeln zu dürfen, doch niemand wollte sich ihr nähern. Deshalb beschloss der Rat der Waldschwestern, abzuwarten, bis Carly weitergezogen war, denn ihre Ankunft hier war offensichtlich nicht geplant gewesen, sondern schien eher einem Zufall geschuldet zu sein.

Ana trat von einem Fuß auf den anderen, während sie unschlüssig abseits neben dem Gepäck stand. Schließlich begann sie, einen der Lebensmittelrucksäcke zu sich zu ziehen. Unauffällig schnürte sie eine Decke an die Riemen, steckte sich einen Feuerstein in die Hosentasche und legte sich ein Fell über den Arm. Noch immer waren alle zu sehr mit dem Schock der Niederlage beschäftigt. Niemand beachtete sie. Auch als sie sich langsam in den Wald zurückzog, sah ihr niemand dabei zu. Doch kurz bevor sie sich umdrehen wollte, um zum Feld zurückzugehen, traf ihr Blick den von Kwne. Die trüben Augen der Alten blitzten auf und ihre Mundwinkel verzogen sich zu einem Lächeln. Sie nickte ganz leicht mit dem Kopf und gab ihr Einverständnis.

Ana atmete erleichtert auf, verbeugte sich und schickte Kwne einen Luftkuss, bevor sie endgültig im Unterholz verschwand. Ohne sich umzudrehen, rannte sie zurück zum Feld und kam gerade rechtzeitig an, um zu sehen, wie Sage und Carly im Wald verschwanden. Glücklicherweise schlugen sie die entgegengesetzte Richtung zum Dorf ein. Ana lief auf das Feld und sammelte ihren Köcher, die Pfeile und den Bogen auf. Als sie alles beisammen hatte, wollte sie Carly folgen. Doch um ihren Fußknöchel legte sich eine Hand und hielt sie fest.

„Wohin willst du gehen?", fragte Enndlin mit schwacher, kaum hörbarer Stimme.

„Ich werde ihnen folgen. Jemand muss die Kotetahi einweisen, wenn sie zu Sinnen kommt", sagte Ana bestimmt, kniete sich jedoch zu ihrer Mutter hinunter.

„Sie ist verloren. Und du bist es auch, wenn du ihr nachgehst. Lass davon ab!"

„Nein. Ich gebe so schnell nicht auf. Bleib hier liegen. Die anderen kommen gleich und werden dir helfen. Bitte Mutter, ich muss das tun. Sie ist die Eine, die alles ändern kann. Wir dürfen sie nicht so schnell abschreiben."

„Doch, mein Kind. Das dürfen und das müssen wir. Wir wussten immer, dass sie sich auch für die Dunkelheit entscheiden könnte – und das hat sie getan. Sie hat die Hälfte unserer Kriegerinnen abgeschlachtet, ohne mit der Wimper zu zucken. Sie ist keine von uns!"

Ana versteifte sich trotzig. Obwohl es ihre Mutter war, die hier verletzt vor ihr lag und es ihr das Herz zerriss, dass sie sie zurücklassen musste, war sie sicher, dass es die Schuld dieser Frau war, dass Carly ihre Entscheidung zur dunklen Seite getroffen hatte. Ungeduldig befreite Ana ihren Knöchel aus den Fingern ihrer Mutter und trat zurück. Bevor sie jedoch ging, sagte sie: „Wir hätten den Vampir nicht angreifen sollen. Menschen, die man liebt, verteidigt man eben. Und nichts anderes hat die Kotetahi getan. Es gibt noch Hoffnung, Mutter. Und egal, was mir passiert, vergiss nicht, dass ich dich liebe und du mich zu einem freidenkenden Menschen erzogen hast. Ich glaube, dass sie sich noch umentscheiden kann. Ich passe auf, ich verspreche es, aber ich muss es versuchen."

Bevor ihre Mutter antworten konnte, lief Ana los und schaute nicht zurück. Hätte ihre Mutter ein weiteres Wort an sie gerichtet, sie unbedingt zurückhalten wollen, dann hätte sie vielleicht der Mut verlassen und sie hätte ihren Entschluss fallen lassen. Doch sie war überzeugt, das Richtige zu tun.

23

Es ist viel größerer Wert in der kindlichen
als in der elterlichen Liebe; denn diese ist unwillkürlich
und jene ist eine freie Empfindung.
Friedrich von Schiller (1759 - 1805)

Mathis spürte einen dumpfen Schmerz hinter den Schläfen. Sein Gesicht glühte, aber er fühlte sich nicht fiebrig. Er blinzelte. Der fremde Raum wurde schwach von Kerzenschein erhellt. Die Felle auf seinem Körper schienen ihn mit ihrer Last zu erdrücken und Mathis schob sie von sich. Langsam setzte er sich auf und zuckte zusammen, als sich neben der Tür eine Gestalt regte. In einer langen, dunklen Kutte eingehüllt, durch die sie mit der Wand hinter ihr förmlich verschmolz, war ihm die Wache vorher nicht aufgefallen.

Ohne ein Wort zu sagen, verließ die Gestalt das Zimmer. Mathis dämmerte, dass er auf der Dunklen Burg angekommen sein musste. Nervös rutschte er hin und her. War Mason hier und würde er kommen? Oder würde der Dunkle König selbst ihn begrüßen? Immerhin lag er nicht in Ketten im Kerker. Mathis wertete das als Erfolg.

*

Nalar saß auf seinem Thron und musterte Mason nachdenklich. „Er ist tatsächlich aus freien Stücken gekommen. Ich sagte dir doch, dass wir ihn nicht verloren haben, mein Sohn. Ich bin gespannt, was er hier will."

„Bitte überlass mir den ersten Kontakt allein. Ich glaube, dass ..." Mason wurde von einem lauten Klopfen unterbrochen. Ein Masama stürzte in den Thronsaal und warf sich vor Nalar auf die Knie.

„Herr", sagte er mit zitternder Stimme.

Eine Falte erschien auf der Stirn des Königs. Doch noch blieb er ruhig auf seinem Thron sitzen. „Was habt ihr zu berichten?", fragte er nach. „Erheb dich und erzähl!"

Der Masama stand auf, sah Nalar jedoch nicht in die Augen. Den Blick auf den Boden gerichtet, stammelte er unverständliche Worte. Nur Fetzen drangen an Masons Ohren. „Entkommen ... Hilfe ... Dorf ... niedergebrannt ..."

„Ihr habt die Bago entkommen lassen?", fragte Nalar nun deutlich verärgert und erhob sich.

„Ja", hauchte der Masama angstvoll. „Sie war zu stark und schien uns zudem bereits erwartet zu haben. Der Vampir ist bei ihr und sie sprangen ohne konkretes Ziel. Wir hatten keine Chance, einer Spur zu folgen."

„Unfähiges Pack!", donnerte Nalar los und feuerte mit einer

kurzen Bewegung des Handgelenks eine dunkle Rune auf den Masama. Der brach sofort tot zusammen.

„Vater!", ermahnte Mason, „wir haben nicht unendlich Wachen zur Verfügung. Du kannst nicht jeden umbringen, der dir eine negative Botschaft überbringt!"

Nalar drehte sich zu Mason um, die Augen zu Schlitzen verengt. „Du willst mir sagen, was ich darf und nicht darf?"

„Nein, Vater. Ich sage nur, dass wir nicht bei jedem kleinsten Anlass unsere eigenen Leute umbringen können. Es tut mir leid, aber wir haben sie nur begrenzt zur Verfügung."

Stille breitete sich im Saal aus. Keiner der Anwesenden wagte es, sich zu bewegen oder auch nur zu atmen.

„Du hast Recht", gab Nalar schließlich mit klirrend kalter Stimme zu. „Deshalb wirst du in den Untergrund der Burg gehen und all die Wesen nach oben holen, die seit Jahrhunderten auf ihren Einsatz warten."

Mason erblasste und geriet ins Schwanken. Ungläubig starrte er seinen Vater an.

„Und finde heraus, was Mathis hier will!", fügte der Dunkle König hinzu, wandte sich ab und verließ den Saal. Durch die großen Flügeltüren, die er offengelassen hatte, trat der Wächter aus Masons Zimmer ein.

„Er ist aufgewacht!", teilte er mit und trat zur Seite, als Mason prompt aus dem Saal rannte.

Leise öffnete er die Tür zu dem Zimmer, in dem Mathis mit angezogenen Beinen auf dem Bett hockte und ihn mit aufgerissenen Augen anstarrte. „Mason", stieß der Junge erleichtert hervor, als er den Prinzen der Finsternis erkannte.

„Warum bist du gekommen?", fragte Mason augenblicklich und ohne Umschweife nach, trat an Mathis Bett und setzte sich auf die Kante.

Mathis schaute auf seine Finger, die sich krampfhaft immer wieder in die Felle krallten. Er kaute nervös auf seiner Unterlippe herum. Mason wartete ab, sagte nichts, legte lediglich seine Hand auf Mathis Finger und unterbrach das fahrige Spiel. Der Junge sah auf.

„Du bist mein Vater und hast mir nichts gesagt!", warf er ihm ebenso ohne Umschweife vor. Seine Stimme zitterte und doch klang der Trotz deutlich heraus.

Sie starrten sich gegenseitig an. Keiner ließ den anderen aus dem Blick, beide unsicher, was sie als Nächstes sagen oder tun sollten.

„Wieso nicht?", flüsterte Mathis schließlich.

„Das ist kompliziert, aber ich bin froh, dass du es nun weißt. Und es freut mich, dass du zu mir gekommen bist, auch wenn es sehr unvernünftig war, in das Feld der Todesrosen hineinzugehen. Haben wir dir nicht alles beigebracht, um genau so etwas zu vermeiden? Was hast du dir nur dabei gedacht?"

„Das war keine Absicht. Nur ein Versehen und es geht mir ja gut. Wieso weiß meine Mutter nicht, dass du mein Vater bist? Wieso tat sie so, als hätte sie dich gerade erst kennengelernt? Und wieso bist du hier und nicht bei Sephora? Zwingt er dich?"

Mason hob die Hand und unterbrach Mathis Fragen. „Es tut mir leid. Alles. Aber was hätte ich tun sollen? Deiner Mutter sagen, dass ich derjenige war, der sie viel zu jung geschwängert hat? Das ging einfach nicht. Und sie erinnert sich nicht, weil ich sie mittels Magie habe vergessen lassen. Deswegen war ich für sie zwar vertraut, aber eben doch eine neue Bekanntschaft. Das ist etwas, was ich mit ihr klären muss. Nicht mir dir. Als mir klar wurde, dass ich sie wiedergefunden hatte, wollte ich nicht alles zerstören. Ich habe es genossen, mit ihr und ganz besonders mit dir meine Zeit zu verbringen. Kannst du mir das glauben?"

Mathis überlegte. Er zögerte, denn diese Informationen warfen zu viele neue, misstrauische Fragen auf. Doch sein Herz, das sich sein Leben lang nach dem Vater gesehnt hatte, entschied, dass er ihm glauben würde. Und mehr noch. Er würde ihm eine Chance einräumen, wieder gut zu machen, was er nach Mathis Ansicht falsch gemacht hatte. Vorsichtig nickte er.

Mason atmete erleichtert auf und nahm Mathis in seine Arme. „Aber jetzt verrat mir, warum du hergekommen bist!", forderte er seinen Sohn auf.

„Ich will dich mitnehmen. Zu Sephora. Damit wir zusammen sein können. Niemand dort glaubt mir. Alle denken, dass du Böses willst und voller Absicht meine Mutter verletzt hast. Das hast du doch nicht, oder?"

Mason wog seine Antwort genau ab. „Nein. Ich habe nicht damit gerechnet, dass Carly sich vor den Vampir werfen würde. Ich weiß, dass sie eine Schwäche für ihn hat, aber dass sie ihr eigenes Leben für ihn opfern würde, das hat mich überrascht." Das Gesagte entsprach zum großen Teil der Wahrheit. Auch Mathis schien das zu spüren.

„Aber ich kann dich nicht zu Sephora begleiten. Sie würde mich sofort einsperren. Hier jedoch können wir zusammen sein. Du bist mein Sohn, Nalars Enkel. Hier kannst du dich frei bewegen und musst nichts befürchten. Bleib bei mir, Mathis!" Dass Nalar ihn nicht gehen lassen würde, behielt Mason lieber für sich. Er sah, dass Mathis zögerte.

„Aber meine Mutter... Wenn sie zurückkommt und ich bin nicht bei Sephora, dreht sie durch. Wirklich. Ich kann nicht hierbleiben, denn sie kann nicht herkommen."

„Dinge ändern sich. Wir werden abwarten, nur ein bisschen. In Ordnung? Ich versuche herauszufinden, wo deine Mutter sich gerade aufhält, und dann sehen wir weiter. Kannst du damit leben?"

Mathis nickte.

24

Um an das Gute zu glauben,
muss man es ausüben beginnen.
Leo Tolstoi

Vorsichtig tastete Sage nach Carlys Hand und sah zu ihr herüber. In ihrem Gesicht spielte sich ein Kampf der Gefühle ab. Triumph über den Sieg, Schuld über die vielen Leben, die sie genommen hatte, Zuneigung, die sie ihm entgegenbrachte, inniger denn je, und Verzweiflung, weil sie nicht wusste, was sie als Nächstes tun sollte.

Als ihr Kopf herumruckte, sah Sage in Augen, die noch immer die Schwärze der Nacht spiegelten. Die Dämonen in ihrem Inneren hatten sie fest im Griff. Sage sah es, doch noch mehr spürte er es durch das Band, dass sie in diesem Moment aneinander schnürte. Die eisige Kälte in ihrem Inneren legte sich auch um sein Herz.

Ziellos liefen sie weiter durch den Wald, achteten nicht darauf, wohin sie traten und bemerkten auch ihre Verfolgerin nicht, die Not hatte, mit ihnen Schritt zu halten.

Als die Nacht längst angebrochen war, hielten sie endlich an. Carly entdeckte eine kleine Öffnung zwischen den Hügeln in einer felsigen Wand. Mit kurzen Handbewegungen entzündete sie ein Feuer vor der Höhle, bevor sie sich in den Felsspalt zurückzogen.

Ana, die in einigem Abstand stehengeblieben war, sackte auf den Boden. Hinter einem Busch fand sie Schutz, zerrte ihre Decke hervor und knabberte an einem Stück Pökelfleisch. Ihre Beine schmerzten, denn sie hatte sich keine Pause gönnen können. Als sie den vertrauten Wald von Malabotta verlassen und auf freiem Feld weiterlaufen musste, hatte sich eine Beklommenheit um ihr Herz gelegt, dass sie noch immer im Griff hielt. Nie zuvor hatte sie ihr Zuhause verlassen. In der baumlosen Umgebung fühlte sie sich schutzlos. Die Angst hatte sich wie eine schwere Last auf ihre Brust geheftet. Doch tief in ihrem Inneren wusste sie, dass der Moment kommen würde, an dem Carly zur Besinnung kam und dann würde sie da sein, würde ihre Kotetahi einweisen in die Regeln der Lichtmagie. Sie, die kleine Ana, die als Tochter immer im Schatten ihrer Mutter Enndlin gestanden hatte. Sie kannte alle Geschichten ihres Volkes, wusste, dass Carly und Sage sich dem einzigen Portal zur alten Welt auf Sizilien näherten, aber bisher waren es eben nur Geschichten gewesen. Das hier war die Realität, wie ihr der harte Boden unter ihr klarmachte. Kein moosbedeckter Waldboden, auf den sie sonst einfach sank, der selbst den aktuellen Schnee trotzte und sie weich abfing, wenn sie müde war.

Voller Hoffnung, dass sie nicht zu lange warten musste, rollte sich Ana in ihre Decke ein und schloss die Augen.

*

Weit weg vom schneebedeckten Boden Siziliens rollte sich ein weiteres Mädchen in eine Decke ein. In einem der hohlen Bäume hockend, die es auf der Gilid Kadiliman glücklicherweise haufenweise gab, wagte auch sie nicht, ein Feuer zu entzünden. Im schwachen Licht von Itim zeichnete sich die Dunkle Burg bedrohlich groß vor Benedicta ab. Sie war wider alle Vernunft weitergelaufen tatsächlich ungesehen vorangekommen. Was sie tun wollte, wenn sie die Burg erreichte, wusste sie noch nicht. Voller Vertrauen hoffte Benedicta auf eine glückliche Fügung des Schicksals.

Die Welten waren in Aufruhr, kamen in Bewegung. Das spürte sie mit jeder Faser ihres Körpers. Und sie war ein Teil davon, hatte in dem Moment ihre Aufgabe erhalten, als sie Mathis zum ersten Mal gegenüberstand. Erschöpft schloss sie ihre Augen.

*

Kwne führte den Rettungstrupp an, der auf das Schlachtfeld zurückkehrte. „Sie sind alle tot", sagte eine der überlebenden Kriegerinnen mutlos.

„Seht richtig hin. Ich spüre noch Leben auf diesem Boden. Einige könnten nur bewusstlos sein. Wir müssen unsere verletzten Schwestern finden und dann zu Sephora aufbrechen. Einen anderen Platz gibt es jetzt nicht für uns", wies Kwne an. Die Frauen des Waldvolkes verteilten sich auf der Lichtung, knieten immer wieder nieder, fühlten den Puls ihrer Schwestern. Rufe nach Hilfe ertönten, wann immer eine Überlebende gefunden wurde.

„Kwne, kommt hierher. Es ist Enndlin. Sie lebt."

Als die Alte bei dem Oberhaupt der Waldschwestern ankam, war Enndlin wieder bei Bewusstsein.

„Ana", sagte Enndlin schwach. „Sie ist der Kotetahi und dem Vampir gefolgt."

„Ich weiß", nickte Kwne. „Ich gab ihr meine Zustimmung. Und ich denke, sie hat Recht."

„Ich hoffe, dass du richtig damit liegst", murmelte Enndlin, bevor sie ihre Augen wieder schloss.

„Kwne, ich fürchte, mir müssen unsere Abreise verschieben. Es sind zu viele Verwundete, die nicht reisefähig sind. Unsere Heilerinnen sind gut, aber ich halte es für besser, wenn wir noch zwei bis drei Tage warten, bevor wir zu Sephora aufbrechen. Wir könnten sonst noch mehr unserer Schwestern verlieren."

Kwne ließ ihren Blick über die Lichtung schweifen. Die vielen Tragen, auf denen nun die Verletzten lagen, überzeugten sie. Sie nickte und die Kriegerin eilte davon, um die neue Entscheidung allen anderen mitzuteilen.

*

Ana erwachte, bevor der Morgen anbrach. Die ersten grauen Schlieren zogen sich über den Himmel. Ihre Knochen schmerzten noch immer und die Kälte ließ ihre Zähne klappern. Sofort überprüfte sie mit einem Blick, ob das Feuer vor der Höhle noch brannte. Erleichtert nahm sie einen schwachen Schein wahr. Carly und Sage schienen also noch zu schlafen.

In der Höhle erwachte Sage als Erster und sah auf Carly hinab. Noch immer überzogen die dunkel gefärbten Adern ihre Haut, herrschte die Dunkelheit in ihr. Er spürte es und seufzte. Dieses Gefühl, das Zulassen der dunklen Seite in ihm, hatte er seit Jahrhunderten nicht mehr gespürt. Durch das Band, das ihn mit Carly verband, wurde er unweigerlich hineingezogen in den Strudel der Finsternis. Doch mit ihr an seiner Seite genoss er es und ließ es zu. Sanft legte er seine Lippen auf ihre Stirn und hauchte ihr einen Kuss auf die kalte Haut.

Carly öffnete die Augen. Dämonische Schwärze. Doch zugleich brannte in ihnen das Feuer der Leidenschaft. Sie schmiegte ihren Körper an Sage. Seufzend fuhr sie mit der Hand über seine Brust.

Sage keuchte auf, als ihr Duft ihn erreichte. Er roch ihr Verlangen und es überwältigte ihn fast. Nur mühsam behielt er sich im Griff und schob Carly ein winziges Stück von sich. Ihr Kopf ruckte nach oben und sie sah ihn fragend an.

„Nicht hier", flüsterte er. „Nicht jetzt."

„Warum nicht?"

Sage lief ein Schauer über den Rücken, als er den Klang ihrer Stimme vernahm. Er strich ihr eine Haarsträhne aus dem Gesicht. „Es sollte ein Kamin und Kerzenschein den Raum erhellen und erwärmen. Dein Bauch sollte mit köstlichen Speisen und Wein gefüllt sein. Keine Verfolger im Nacken, viel Zeit vor uns und ein Bett. Ich will dich auf eine weiche Matratze legen, deinen Körper liebkosen bis er vollständig mit Gänsehaut überzogen ist. Nicht weil dir kalt ist, wie es hier der Fall sein könnte, sondern weil es meine Lippen sind, die das vollbringen. Ich will dich lieben, ohne dass du einen Fetzen Stoff am Körper trägst. Licht soll den

Raum erfüllen, wenn wir zusammen sind. Aber jetzt ist nicht die Zeit für Licht. Jetzt brauchen wir die Finsternis. Und wir müssen aufbrechen."

Carly musterte ihn aufmerksam. Das Kribbeln in ihrem Bauch, dass sich bei seinen Worten ausgebreitet hatte, verschwand langsam wieder. „Du hast Recht – vermute ich. Es klingt zumindest danach, als könnte es mir gefallen. Und wir müssen weiterziehen, aber was ist das Ziel? Ich weiß nicht, wohin wir gehen sollen. Gestern wollte ich nur von diesen Hexen fort, die dich töten wollten, aber das sind wir. Und sie sind uns nicht gefolgt. Wohin also wollen wir gehen?"

„Ich schlage vor, wir versuchen aufs Festland zu kommen. Ich möchte ungern in der Zeit springen. Wenn ich das tue, dann hinterlasse ich eine Spur. Mein Vater wird uns noch immer jagen."

„Dann soll er kommen!", zischte Carly und richtete sich auf.

„Noch nicht. Du musst die Magie erst trainieren und du musst lernen, die Dunkelheit auch wieder abzulegen."

„Aber warum? Ich bin viel stärker mit ihr. Hast du gesehen, wie ich kämpfen konnte? Das verdanke ich nur der Dunkelmagie. Ich verstehe nicht, warum alle etwas dagegen haben, dass wir sie benutzen. Wir könnten deinem Vater auf die Art ebenbürtig gegenübertreten und ihn besiegen." Carlys Gesicht hatte sich wieder komplett verschlossen und wilde Entschlossenheit spiegelte sich darin wider.

Sage schüttelte den Kopf. „Du bist stark, das stimmt. Aber gegen meinen Vater kämen wir noch nicht an. Jede Schwarzmagie, die du auf ihn feuern würdest, nähme er nur auf. Sie würde ihn nicht verletzen können."

Carly sagte nichts, dachte nach und starrte in die Glut vor

der Höhle. Das Feuer war heruntergebrannt. Zeit aufzubrechen. „Okay, dann erst einmal aufs Festland!", sagte sie und stand auf.

Ana sah, wie ihre Kotetahi und der Vampir aus der Höhle traten. Sie selbst hatte bereits alles reisefertig gemacht und hockte aufbruchbereit hinter dem Busch, der sie gut versteckte. Sie seufzte. Um beide Gestalten schwebte ein dunkler Dunst. Sie waren noch immer in der Gewalt der Dunkelmagie. Ana konnte ihnen nur versteckt folgen und abwarten.

25

Die Irrtümer des Menschen machen ihn eigentlich liebenswürdig.
Johann Wolfgang von Goethe

Mathis folgte seinem Vater, der ihn in den Thronsaal führte. Drei Tage, solange hatte Mason dem Dunklen Herrscher klarmachen können, dass Mathis noch Zeit zum Erholen brauchte, und ihn somit abgeschirmt. Doch Nalar war nicht dumm. Es wäre kaum möglich gewesen, Mathis länger von seinem Großvater fernzuhalten, ohne dass der misstrauisch geworden wäre.

Als Mason die großen Flügeltüren öffnete, blieb Mathis kurz stehen.

„Vielleicht war es ein Fehler herzukommen?", fragte der Junge zaghaft.

„Das war es ganz bestimmt. Aber nun bist du hier. Hab keine Angst. Er wird dir nichts tun. Komm jetzt. Er hasst es, wenn man ihn warten lässt." Mason schob Mathis in den Saal hinein.

Nalar stand wie immer am Fenster und beobachtete den Lichtschein, den Sephora in den Himmel schickte. Als er Schritte hinter sich hörte, drehte er sich um.

„Du bist also mein Enkel, der zu uns kam. Komm her und lass dich ansehen!", forderte der Dunkle König Mathis auf.

Unsicher ging Mathis auf ihn zu.

„Keine Angst. Ich tue dir nichts. Ich möchte dir etwas zeigen, was dir deine Unsicherheit nehmen wird. Auch deine Mutter hat sich für unsere Seite entschieden."

Als Nalar seine Mutter erwähnte, vergaß Mathis seine Angst. „Wie meinst du das?", fragte er forsch nach.

Der Dunkle Herrscher lächelte fast gütig. Doch Mason ließ sich nicht täuschen, er sah den Triumph in den Augen seines Vaters. Irgendetwas war passiert, von dem auch er noch keine Kenntnis besaß.

Nalar ließ dunkle Schwaden aus seinen Händen quellen, die sich in der Mitte des Raumes sammelten. Ähnlich wie Sephora am Tag der Entscheidung, erzeugte nun Nalar eine Leinwand.

„Meine Späher haben die Bago gefunden. Deine Mutter. Ich kann dir alles zeigen, was sie beobachten. Sieh hin!"

Der Nebel in der Raummitte flackerte kurz, dann erschienen Bilder. Mathis Mutter und Sage liefen einen Weg entlang. Links und rechts säumten kleine Häuser die unbefestigte Straße. Aus den Händen seiner Mutter hingen lange, schwarze Dunststreifen. Menschen, die es wagten, aus ihren Häusern zu treten, peitschte Carly kurzerhand weg. Wen die schwarze Wut traf, brach zusammen. Rote Schlieren auf der Haut waren noch die harmloseste Verletzung, die sie davontrugen. Schlimmer erging es jenen, die sich mit Stöcken, Mistgabeln und alten Schwertern bewaffnet den beiden in den Weg stellten, um ihr Dorf zu schützen. Blut breitete sich auf der Dorfstraße aus. Carly und Sage wüteten gleichermaßen. Carlys Opfer brachen augenblicklich tot zusammen, wenn die jetzt tödlichen Schwaden sie trafen, doch Sages Opfer mussten länger leiden. Der Vampir riss ihnen die Adern auf und warf sie dann achtlos zur Seite. Sie verbluteten langsam und qualvoll.

Mathis starrte auf das Bild, das sich ihm bot, dann auf seinen Vater. Auch dessen Blick hing fassungslos auf der künstlichen Leinwand und beobachtete Carlys blutigen Streifzug. Er fand keine Erklärung für ihr Verhalten. Mathis riss ihn aus seinen Grübeleien.

„Ist das echt?", fragte er flüsternd.

„Ja. Mein Vater kann viel, aber keine Trugbilder erzeugen, die so echt aussehen. Es ist echt. Deine Mutter hat sich für die dunkle Magie entschieden."

Mathis war noch immer unsicher, trotzdem bestärkte ihn das Gesehene darin, dass seine Mutter und er selbst die dunkle Seite falsch eingeschätzt hatten. Er sah sich zu Nalar um, der ihn anlächelte.

Mason zuckte zusammen. Der Dunkle König lächelte – freundlich.

„Nun, mein Junge, da du zu uns gekommen bist, kann ich davon ausgehen, dass du bleiben wirst? Wenigstens bis deine Mutter bei uns eintrifft?" Nalar legte einen Arm um Mathis Schulter.

Ein eiskalter Schauer rollte Mathis den Rücken hinunter. Bis seine Mutter eintraf? Das konnte wohl nicht verkehrt sein. Er vertraute Nalar keineswegs, auch wenn er gerade jetzt überaus freundlich war. Doch Mason war sein Vater, und der schien ihm zu vertrauen. Mathis nickte zögerlich und öffnete den Mund. Aber er traute sich nicht, die Frage, die ihm auf der Zunge brannte, auszusprechen.

Nalar bemerkte es. „Sag, was du zu sagen hast. Du musst nichts befürchten. Du bist mein Enkel. Wir sind die Dreiheit!", ermutigte der Dunkle Herrscher ihn.

Mathis holte tief Luft. „Ihr wollt meine Mutter also nicht mehr töten, wenn sie hier erscheint?"

Nalar lachte schallend los. „Nein. Warum sollte ich? Deine Mutter hat eine Wahl getroffen, du hast es selbst gesehen. Sie gehört nun genauso zu dieser Familie, wie Mason und du."

„Und Sage?", fragte Mathis noch leiser nach, der den Vampir noch immer sehr mochte. Er hatte offenbar für seine Mutter gesorgt, denn von ihren Verletzungen war nichts mehr zu sehen gewesen. Auch schien sie alles andere als schwach zu sein.

„Nun, das ist etwas anderes. Wir werden sehen, wie er kooperiert, wenn er mit ihr hier eintrifft. Ich bin geneigt, ihn dir zuliebe zu verschonen."

Eine Lüge, die Nalar aalglatt über die Lippen kam. Mathis bemerkte es nicht, doch Mason kannte seinen Vater gut genug, um zu wissen, dass er den Vampir nicht davonkommen lassen würde. Doch er schwieg, denn er hatte Angst, dass Mathis sonst versuchen würde, zu flüchten. Natürlich würde ihm das nicht gelingen, aber das Wohlwollen, das Nalar gegenüber seinem Sohn aktuell aufbrachte, würde dadurch schwinden.

„Ich habe etwas für dich", sagte Nalar, die momentane Stille durchbrechend. „Masama", rief er.

Die Tür öffnete sich und einer der Leibwachen trat ein.

„Bringt mir den kleinen Trupp, den wir aufgestellt haben. Vollständig. Ich führe sie jetzt ihrer Bestimmung zu."

Der Masama verneigte sich und verließ rückwärts den Saal.

Ein anderer brachte einen kleineren Thron in den Raum und stellte ihn neben dem Herrscherthron ab. Nalar betrachtete die neue Einheit auf der Empore. „Ist das nicht wundervoll?", fragte er vergnügt nach. „Drei Generationen nebeneinander. Damit habe ich, ehrlicherweise, nicht mehr gerechnet."

Mason schluckte. Der Herrscherthron war in der Mitte platziert. Links und rechts daneben standen der deutlich niedrigere Thron von Mason und der noch kleinere von Mathis.

Mathis ging die Stufen nach oben. Mason bemerkte erst jetzt, dass die üblichen in Ketten gelegten Gefangenen am Fuße des Throns fehlten. Er sah zu seinem Vater.

„Wir wollen ihm nicht gleich am ersten Tag zu viel zumuten", wisperte der König ihm zu.

Mathis strich mit den Fingern über das Ebenholz. Die Sitzfläche war schlicht gehalten, doch der Rahmen bestand aus kunstvoll geschnitzten Figuren. Wesen, die Mathis noch nie gesehen hatte. Auch in den unzähligen Büchern, die er bei Mason im ehemaligen Lichtpalast gewälzt hatte, waren sie nicht verzeichnet. Bevor er sich alles genauer ansehen konnte, erklang ein Klopfen an der Tür.

Herein kamen Wesen, die genauso aussahen, wie die Leibwachen des Königs. Ihre Umhänge waren leuchtend grün und neu. Seitlich klirrten die Waffen. Der Unterschied zur Leibwache war ihre Körpergröße. Einige waren so groß wie Mathis, viele jedoch deutlich kleiner als er selbst. Mathis sah zu Mason. „Wer ist das?", fragte er, und dieses Mal flüsterte er nicht.

„Das ist deine persönliche Garde", mischte Nalar sich belustigt ein. „Ich habe sie holen lassen. Es waren meine ersten halbwegs geglückten Versuche. Bisher haben sie im Hintergrund nur die Burg geputzt und niedrigere Arbeiten erledigt, trotzdem haben sie eine exzellente Ausbildung im Kampf erhalten. Sie gehören dir und gehorchen deinem Befehl. Auf niemanden sonst werden sie hören."

„Sie gehören mir? Du schenkst mir eine eigene Armee?" Mathis lief die Stufen der Empore hinab.

„Nun, es ist nicht gleich eine Armee, eher ein Aufklärungstrupp, aber ja. Geh zu ihnen. Sie werden dir nichts tun."

Mathis ging langsam auf die Gestalten zu. Der Größte von ihnen stand zwei Schritte vor den restlichen Mannen. Mathis vermutete, dass er der Anführer war. Als er fast bei ihnen war, knieten sich alle nieder und senkten die Häupter. Verblüfft blieb Mathis stehen und sah sich hilfesuchend um. Er wusste einfach nicht, was er nun tun sollte.

Mason kam ihm zu Hilfe. „Sie wissen, dass sie dich ehren müssen und bedingungslos gehorsam sein sollen. Sie hören auf deinen Befehl. Wenn du willst, dass sie aufstehen, dann musst du ihnen das sagen. Von allein tun sie nichts."

„Erhebt euch", sagte Mathis sehr würdevoll und betrachtete den Trupp. Als Erstes fiel ihm auf, dass sie nicht stanken, wie die Leibgarde des Herrschers es tat. Aber er konnte nichts sehen. „Nehmt eure Kapuzen ab!", befahl er in sanften Ton.

Die kleinen Masama gehorchten. Mathis schrak zurück. Ihre Gesichter waren deutlich verunstalteter als die ihrer größeren Artgenossen. Doch ihre Augen strahlten nicht deren Boshaftigkeit aus. Im Gegenteil, sie blickten ihn wohlwollend an, unsicher und auch ein wenig ängstlich. Mathis war erleichtert.

„Danke", sagte er an Nalar gewandt. „Wo wohnen sie?"

„Das entscheidest du. Entweder scharst du sie um dich. Dann müsstest du jedoch in einen extra Flügel ziehen, denn um Masons Gemächer herum ist nicht genug Platz für eine zweite Wachgarde. Oder sie kehren in die Kerker zurück, in denen sie bisher wohnten, und du lässt sie rufen, wenn du sie brauchst."

Mathis zuckte bei dem Wort Kerker zusammen. Seine Entscheidung erleichterte es jedoch enorm. „Nein, ich möchte dann lieber meinen eigenen Flügel und meine Armee um mich haben. Gibt es genug Zimmer und Betten für sie?"

„Betten?" Nalar zog die Brauen amüsiert nach oben. „Sie sind Diener und schlafen auf Strohballen, nicht auf Betten!"

„Aber du hast gesagt, es sind meine Diener. Und ich möchte gern, dass sie auf Betten in richtigen Zimmern schlafen. Ich möchte auch, dass sie richtig essen können und was sie sonst noch brauchen. Ich bin ihr Herr und ich kann entscheiden. Das hast du gesagt!" Mathis diskutierte so selbstverständlich mit dem Dunklen König, dass selbst dem der Mund offen stehenblieb.

Dann schüttelte Nalar sich kurz und ein Zucken umspielte seine Mundwinkel. „Wie du möchtest. Bekommst du jedoch Probleme mit ihnen, weil sie mit deiner Großzügigkeit nicht umgehen können, dann entsorgst du sie auch selbst. Verstanden?"

Mathis nickte. Und schluckte. Probleme? Er schaute sich noch einmal um, direkt in die Augen des Anführers seiner Garde. Erleichtert atmete er aus. Er sah Erstaunen, Erleichterung und Ungläubigkeit. Aber kein Hass, keine Häme, keine Zwietracht.

Nalar kam nun zu seinem Enkel und musterte Mathis´ Garde. „Ihr habt ihn gehört. Bereitet für euch alle den Ostflügel vor und stellt euch Betten hin!" Der Dunkle Herrscher legte so viel Spott in seine Stimme, dass die Truppe den Blick wieder senkte. Doch sie bewegten sich nicht, machten keine Anstalten den Saal zu verlassen.

Der König seufzte und stupste Mathis an. „Ich habe sie mit einem Eid dir zu Untergebenen gemacht. Sie hören nicht auf mich. Du musst ihnen sagen, dass sie abtreten können!"

„Oh, also … ja, dann macht, was mein Großvater …" Mathis stockte erneut, als er Nalar zum ersten Mal Großvater nannte. Es fühlte sich durch und durch falsch an. Tief holte er Luft, bevor er weitersprach: „… also was der Dunkle Herrscher euch gesagt hat. Und vergesst die Betten nicht!"

Die Garde verließ augenblicklich den Thronsaal.

*

Mathis saß mit dem größten der merkwürdigen, zu klein geratenen Masama am Feuer, während alle anderen ein Lager aufschlugen.

Benedicta sah Mathis lachen und mit dem offensichtlichen Oberhaupt der Truppe reden. Es wirkte fast freundschaftlich auf sie. Und auch ein anderer Fakt stach ihr sofort ins Auge. Auf dem Feuer kochte in einem Kessel eine Suppe. Sie hatte die Wachen beobachtet, als sie die Zutaten in die Brühe geworfen hatten. Nichts davon war verdorben. Sie fügten ausschließlich frische Zutaten hinzu. Mathis konnte diesen Kessel voll unmöglich allein essen wollen. Benedicta schüttelte den Kopf. Sie hatte solche Wesen noch nie zu Gesicht bekommen. Nicht einmal von ihnen gewusst hatte sie. Doch ihre Mäntel trugen eindeutig das Zeichen des Dunklen Königs.

Benedicta wollte sich in ihren Baum zurückziehen, denn Mathis und sein Gefolge hatten offenkundig vor, hier zu übernachten. Sie würde die Nacht abwarten und sich in sein Zelt schleichen, damit sie gemeinsam fliehen konnten. Doch als sie nach hinten rutschte, bohrte sich eine metallene Spitze in ihren Rücken.

„Aufstehen", knurrte es hinter ihr.

Langsam tat sie, was man ihr befohlen hatte.

„Hände seitlich ausstrecken und losgehen!"

Unsanft wurde Benedicta in die Mitte geschubst. Mathis sprang auf und starrte sie an.

„Benedicta!", sagte er fassungslos.

„Ihr kennt sie, mein Herr?", fragte der Masama, der neben ihm gesessen hatte.

„Ja. Sie ist eine Schwester des Lichts und wird mir gefolgt sein, als ich den Lichtpalast verlassen habe."

„Mathis", sagte Benedicta leise und legte all ihr Flehen in ihre Stimme. Beide starrten sich an und schwiegen. Auch die Wachen um sie herum waren still und warteten ab.

„Ihr müsst entscheiden, was mit ihr geschehen soll, mein Herr!", forderte der Masama Mathis endlich leise auf.

„Ich …" Mathis war vollkommen überfordert. Wenn er Benedicta gehen ließ, würde mindestens einer der Wächter seinen Mund nicht halten können. Sein Großvater würde es erfahren. Außerdem war er nicht sicher, dass sie tatsächlich ging. Und er war nicht bereit, ihr zu folgen. Mathis kaute unschlüssig auf seiner Unterlippe herum. Seine Männer wurden unruhig, das spürte er. Er musste eine Entscheidung treffen. Da sein Großvater es ohnehin erfahren würde, war es am besten, wenn er Benedicta auf die Burg brachte. Bisher hatte Nalar nichts von den Schrecken gezeigt, die ihm seinen fürchterlichen Ruf eingebracht hatten. Wenn er für sie bat, würde Benedicta zwar gefangen sein, aber ihr würde nichts geschehen. Ja, so konnte es funktionieren. Er holte tief Luft. „Bringt sie in eines der Zelte. Wir übergeben sie morgen dem Dunklen Herrscher. Ich will, dass sie niemand anrührt. Ihr soll kein Leid geschehen. Bringt ihr Essen, Trinken und warme Decken!"

Von drei Wachen begleitet, stolperte Benedicta in Richtung eines Zeltes, in das der Masama hinter ihr sie stieß. Ihren Blick konnte sie nicht von Mathis abwenden. Er nahm sie gefangen? Sie waren doch befreundet! Das konnte er doch nicht machen! Und er wollte sie tatsächlich dem Dunklen König übergeben? Benedicta schossen die Tränen in die Augen, doch Mathis hatte sich bereits abgewandt. Er sah ihren Kummer nicht, sah nicht, wie sie an seinem Verrat knabberte.

In Benedicta zerbrach etwas, als sich die Zeltplane senkte. Widerstandslos ließ sie sich Füße und Hände fesseln und sank auf das Strohlager.

26

Oft ist's Gefolgschaft,
Was Erfolg schafft.
Peter Sirius

Carly hockte am Ufer und wusch sich die Blutreste vom Körper. Sage tauchte in den Fluss, denn ihm machte die Kälte nichts aus. Doch der Blutgeruch wollte nicht weichen. Zu viele der Dorfbewohner waren durch Carly und ihn gestorben. Er schauderte.

Als der erste Mann ihnen entgegengetreten war, bewaffnet mit einem Gewehr, das er nicht einmal auf sie gerichtet hatte, tickte Carly sofort aus. Ungehindert wütete sie durch das Dorf, metzelte jeden nieder, der ihr in die Quere kam. Sage hatte sich mitreißen lassen, das Band mit Carly führte ihn in zu große Versuchung. Doch jetzt regte sich sein schlechtes Gewissen. Die Dunkelheit, gegen die er sich so lange gewehrt hatte, nahm noch nicht vollständig von ihm Besitz. Carly hingegen spülte hochzufrieden ihren Körper ab. Sie genoss die neu gewonnene Stärke, die offenbar kein Gegner stoppen konnte.

Sage tauchte ab und schwamm den Fluss hinauf. Er brauchte einen klaren Kopf, er musste nachdenken. Es fiel ihm schwer, denn Carly war stets bei ihm, in seinen Gedanken, seinen Gefühlen. Aber wenn sie zudem noch körperlich so nah war wie in den letzten Tagen, gelang es ihm gar nicht, zu seinem alten Ich zurückzufinden. Die Kälte des Wassers und der Abstand, den er schaffte, brachten endlich die Rückkehr normaler Gedanken.

Entspannt ließ er sich auf dem Rücken treiben, das Gesicht vollständig unter Wasser und mit geöffneten Augen. Nur ein Stück den Fluss wieder herunter. Er musste nachdenken, sich überlegen, wie er Carly von ihrem Weg abbringen könnte. In diesem Moment, im eiskalten Wasser und mit Abstand zu Carly, entspannte er. Wie hatte es so weit kommen können? Carly hatte sich doch bei ihrer Genesung in Italien der Lichtseite zugewandt, die Lichtmagie hatte Besitz von ihr ergriffen. Aber dann, binnen weniger Sekunden, hatte sie sich umentschieden, zur dunklen Magie gegriffen und sich vollkommen vereinnahmen lassen. Sie dachte gar nicht daran, damit aufzuhören. Die Gefahr für Sage war gebannt, sie hatten gesiegt, waren entkommen. Aber Carly war nicht mehr sie selbst. Wie konnte er sie auf die Lichtseite zurückführen?

Sein Körper trieb in dichtes Schilf. Es schnitt in seine Haut ein. Sage spürte nichts. Er wollte nichts spüren. Zu groß war die Scham, die er nun, da er Licht in die dunkle Seite ließ, empfand.

Plötzlich sah er in ein hellgrün leuchtendes Augenpaar im Schilf, das ihn ängstlich anstarrte. Sage tauchte auf. Leise. Er legte einen Finger auf seinen Mund und deutete dem jungen Mädchen an, dass sie still sein sollte. Sie hatte sich gut versteckt, wohl aber nicht damit gerechnet, dass jemand aus dem eiskalten Wasser auf sie zutreiben würde.

„Ich erkenne dich!", sagte er leise.

Sie nickte.

„Du warst beim Kampf auf der Lichtung dabei und hast direkt auf Carly gezielt, aber nicht geschossen. Warum nicht?" Trotzdem er nur wisperte, klang seine Frage wie ein Befehl.

„Sie ist unsere Kotetahi. Sie kann sich immer noch von der Dunkelmagie abwenden. Ich glaube nicht, dass sie sich bereits endgültig entschieden hat." Stolz reckte das Mädchen ihr Kinn in die Höhe.

„Und deswegen folgst du uns? Bist du lebensmüde?"

„Wenn sie nur den geringsten Zweifel an ihrem Tun verspürt, wenn sie die Dunkelmagie nur ein wenig von sich schiebt, muss jemand da sein, der ihr hilft, die Lichtmagie zu verstehen, jemand, der sie führen kann. Es war niemand anderes mehr da nach dem Kampf, der die Notwendigkeit gesehen hat, also ging ich."

„Das war gleichermaßen dumm wie auch tapfer. Wenn sie dich entdeckt, wird sie dich töten. Das weißt du, oder?"

Sie nickte.

„Wie heißt du?"

„Ana"

„Gut, Ana, ich will, dass du noch mehr Abstand zu uns hältst. Du bist viel zu dicht dran. Wie machst du dir ein Feuer, ohne dass wir es bemerkt haben?"

„Gar nicht", sagte sie. „Ich habe Felle und Decken. Darin wickele ich mich ein."

Sage schüttelte den Kopf. „Das kann auf Dauer nicht reichen. Du wirst erfrieren, wenn du dir kein Feuer machen kannst. Halte mehr Abstand. Viel mehr. Ich weiß jetzt von dir und werde nach dir sehen. Wir müssen einen Anker finden, der Carly den Weg aus der Dunkelheit weist. Bis mir was eingefallen ist, können wir sie nur begleiten."

Ana kicherte.

„Warum lachst du?", fragte Sage sichtlich verunsichert nach. Es gab keinen Grund zum Lachen.

„Carly. Das klingt so, als wäre sie ein gewöhnliches Mädchen." Wieder kicherte Ana.

„Nun, das ist sie eigentlich auch. Ich bevorzuge jedoch, sie als Frau zu sehen. Für ein Mädchen ist sie zu alt", erwiderte Sage.

„Oh nein. Sie ist unsere Kotetahi, die, auf die wir seit Ewigkeiten warten. Das Wissen um die Kotetahi, die Königin der Lichtseite, die alle lichten Völker wiedervereinen und ihr absolutes Oberhaupt bilden wird, wird von Generation zu Generation weitergegeben. Wir wachsen damit auf. Sie vereint Licht- und Waldschwestern … Sag wenigstens Charlotte. Das klingt ein wenig würdevoller als Carly." Ana lächelte und auch Sage musste grinsen.

„Also gut. Aber denke daran, halte Abstand. Ich bringe dir heute Abend etwas zu essen vorbei."

„Danke, aber davon habe ich genug mit. Verrat mich einfach nicht. Hilf ihr! Zeig ihr ihren Anker. Sie muss einen haben, jeder Mensch hat etwas, für das sich das Leben lohnt."

Sage nickte langsam. Dann tauchte er aus dem Schilf hervor und schwamm in großen Zügen zu Carly zurück.

Äste waren zu einem Tipi aufgerichtet, Decken ausgebreitet und ein Feuer brannte lichterloh vor dem Eingang, als Sage aus dem Wasser stieg. Carly mühte sich damit ab, ein Huhn auf den Metallstab aufzuspießen.

„Lass mich das machen", sagte Sage und nahm ihr das Tier aus der Hand. Geschickt schob er es auf den Spieß und hängte ihr Abendessen über das Feuer. „Wir müssen zurückkehren!", sagte er unvermittelt.

Carly sah auf. „Wohin?"

„In die alte Welt. Der Kampf ist noch nicht vorbei."

„Okay", sagte Carly gedehnt. „Dann springen wir morgen. Ich kann es mit deinem Vater aufnehmen. Da bin ich sicher!"

Sage schüttelte den Kopf. „Nein, das kannst du nicht. Du bist stark, das stimmt. Aber gegen meinen Vater, der jeden Kniff der Dunkelmagie kennt, bist du machtlos. Er wird uns vernichten. Und es ist auch nicht deine Aufgabe, ihn mit dunkler Magie zu vernichten. Das wäre falsch."

Carlys Miene verdunkelte sich. Die fast schwarzen Adern traten vor Wut hervor. Sie presste ihre Lippen aufeinander, schüttelte den Kopf. „Das glaube ich nicht. Du hast gesehen, was ich mit einem ganzen Heer Hexen gemacht habe, trotz ihrer Magie."

„Weil sie nur halbherzig gegen dich gekämpft haben. Sie wollten dich nicht unbedingt töten. Und es sind keine Hexen, es sind Schwestern des Waldes. Sie gehören zu Sephora und den Lichtschwestern. Sie sind deine Familie. Genau wie Mathis."

Beim Klang des Namens sprang Carly auf und starrte Sage entgeistert an. „Mathis", flüsterte sie. Wie hatte sie ihn vergessen können? War er in Sicherheit? „Wo ist er?"

„Ich denke, er ist bei Sephora."

Gerade noch rechtzeitig fing Sage die zusammensackende Carly auf. Ihr Körper zitterte in seinen Armen, die Augen waren weit aufgerissen. In den Ecken ihrer Augäpfel sah Sage weiße Punkte aufglimmen. „Ja. Komm zurück zur Lichtseite!", forderte er sie auf, als er die geringe Chance erkannte.

Doch dann verschwand das Weiß wieder, Schwärze bedeckten Carlys Augen erneut und sie wurde ruhiger. „Ich esse nachher. Ich muss schlafen", murmelte sie und kroch in den Unterschlupf. Sage wickelte die Decken und Felle um ihren Körper und küsste ihr sanft auf die Haare.

„Schlaf!"

Doch Carly hörte ihn nicht mehr. Eine unfassbare Müdigkeit hatte sie übermannt, ihren Körper geschwächt. Sie schlief sofort ein.

Immer wieder sah Sage zu Carly, die in einen so tiefen Schlaf gefallen war, dass sie davon nichts mitbekam. Er hatte das Feuer kleingehalten, doch der Mond schickte genug Licht auf die Erde. Die sternenklare Nacht sorgte für eine eisige Kälte. Sage beschlich ein ungutes Gefühl. Aus den Augenwinkeln heraus nahm er eine Bewegung im Gebüsch wahr. Als sein Kopf herumruckte, knackste seine Kleidung, die ihm steifgefroren am Körper klebte. Angestrengt starrte er in die Büsche.

Hellgrüne Augen, weit aufgerissen, die Iris schimmerte wie ein tiefer See. „Verdammt", zischte Sage und schlich so leise er konnte zum Gebüsch. „Was verstehst du nicht, wenn ich sage, dass du Abstand halten sollst? Das hier ist absolut kein Abstand." Nervös sah er zu Carly, die sich jedoch nicht rührte.

„Ich will euch warnen. Die überlebenden Dorfbewohner suchen nach euch. Deshalb habe ich kein Feuer entzündet, es hätte ihnen den Weg gewiesen. Ihr müsst hier weg." Anas Zähne schlugen aufeinander.

Sage sah sie lange an, schüttelte dann seinen Kopf. „Du musst ins Warme, sonst erfrierst du. Geh in den Unterschlupf und leg dich auf die Felle. Sie halten warm. Wenn Carly aufwacht, werde ich es spüren. Mir wird schon etwas einfallen, um sie zu überzeugen, dass du keine Gefahr bist."

Ana zögerte, nickte dann aber. Aufstehen konnte sie nicht mehr. Ihre Finger waren feuerrot und vor Kälte ganz verkrümmt. Auf allen vieren kroch sie unter den Verschlag, so weit es ging, weg von Carly. Doch ihre Augen ließ sie auf der Kotetahi geheftet.

Sage machte im Tipi eine kleine Stelle frei und schaffte dann die Glut hinein, während Ana sich in ihre eigenen Decken wickelte. Es musste reichen. Ob sie damit warm werden würde, bezweifelte Sage, aber zumindest würde sie nicht mehr erfrieren. Er selbst hockte sich vor den schmalen Eingang und verdeckte mit seinem Körper den ohnehin sehr schwachen Lichtschein der Glut. Aufmerksam beobachtete er die Gegend.

Vor Erschöpfung schlief auch Ana schnell ein. Sage horchte über das Band in Carly hinein. Er hatte keine Erklärung für diesen Schwächeanfall und hoffte, dass sie recht bald wieder aufwachen würde. Vielleicht wieder der Lichtmagie zugewandt. Er hatte diesen komatösen Schlaf schon einmal erlebt. Er könnte sie heilen.

Sage wurde immer unruhiger. Anas Warnung ging ihm nicht aus dem Kopf. Sie hatten viel zu früh gerastet, waren nicht weit genug vom Dorf entfernt. Carly schien komplett außer Gefecht gesetzt. Wie viele Dorfbewohner folgten ihnen? Konnte er es mit ihnen allein aufnehmen? Beide Frauen hinter ihm waren momentan nicht fähig zu kämpfen und er konnte auch nicht mit beiden gemeinsam springen. Er schlich zu einer nahen Anhöhe. Dank des Mondscheins und seinen außergewöhnlichen Vampirfähigkeiten konnte er weit schauen, ohne sich selbst in Gefahr zu bringen. Er sah die Gruppe Menschen sofort. Etwa zwanzig Mann, die sich mit Holzpflöcken und rostigen Schwertern bewaffnet durch die Landschaft bewegten. Wenn sie die eingeschlagene Richtung beibehielten, drohte ihnen keine Gefahr. Sie würden an Carly und ihre Gefährten vorbeiziehen. Aber selbst, wenn sie die Richtung änderten, würden sie bis zum Morgengrauen brauchen, um bei ihnen anzukommen. Sage kehrte zurück, setzte sich wieder vor den Unterschlupf und wartete weiter.

Graue Schleier verdrängten die Schwärze der Nacht, als Carly sich endlich bewegte. Sage hatte immer wieder kontrolliert, wohin die Dorfbewohner gingen. Zurzeit drohte ihnen keine Gefahr von außen. Doch Ana schlief gemeinsam mit Carly hinter ihm und Carly hatte keine Ahnung, dass das junge Mädchen nur helfen wollte. Vorsichtig setzte sich Sage genau zwischen die Frauen und wartete ab.

Carly erwachte als Erste. Zu Sages Bedauern waren ihre Augen noch immer vollkommen pechschwarz. Sie schien Ana mehr zu spüren als zu sehen, denn sofort schoss sie nach oben und ließ ihre Schwaden aus den Händen quellen.

„Warte", hielt Sage sie zurück und schützte das Mädchen mit

seinem Körper. Versöhnlich streckte er seine Hände in die Luft und sah Carly an.

„Sie gehört zu den Hexen aus dem Wald", zischte Carly. „Geh weg von ihr! Ich beende das!"

„Nein. Das wirst du lassen!", widersprach Sage und erntete einen erstaunten Blick, in dem sich gleichzeitig Zorn widerspiegelte. Er bemerkte, wie sich Ana hinter ihm aufrappelte. Eine Hand nach hinten gestreckt, deutete er der jungen Kriegerin an, einfach hinter ihm zu bleiben. Ana verstand und rührte sich nicht mehr. Schnell sprach er weiter: „Sie kam, um uns zu warnen. Sie will uns nichts Böses. Ich habe sie auf dem Kriegsfeld schon bemerkt. Sie hätte dich töten können, niemand stand zwischen dir und der Spitze ihres Pfeils. Niemand. Aber sie tat es nicht. Sie ließ den Bogen sinken und lief stattdessen weg. Sie will uns nichts tun, glaub mir!"

„Sie hatte Angst, das ist alles!"

„Nein. Oder sicher auch, aber das war nicht der Grund. Sie wollte, dass niemand uns Leid zufügt, deswegen hat sie auch selbst die Chance nicht genutzt, als sie sich bot."

„Warum?", fragte Carly scharf, beugte sich dabei ein Stück zur Seite, um einen Blick auf Ana zu erhaschen.

„Weil Ihr unsere Kotetahi seid. Ich möchte helfen, nicht kämpfen. Nicht gegen Euch, meine Königin!", sagte Ana ängstlich, aber mit fester Stimme.

„Königin? Ich bin keine Königin. Warum sagst du das?", fragte Carly ungeduldig.

„Noch seid Ihr es nicht, aber Ihr solltet es sein. Es war falsch von meinem Volk, Euren Partner anzugreifen. Das habe ich ihnen auch gesagt, aber sie wollten nicht auf mich hören. Ihr habt sie doch nur deswegen bekämpft, oder? Nur, weil sie Euren Gefährten töten wollten. Habe ich Recht?"

Carly runzelte die Stirn. Widerwillig nickte sie. Genau das war der Grund gewesen.

Auch Ana beugte sich nun zur Seite und sah Carly an. „Ich will das nicht. Weder Euch, noch Sage möchte ich etwas antun. Ich möchte helfen, Euch zu Eurer wahren Bestimmung zu führen."

„Die da wäre?" Die schwarzen Schwaden aus Carlys Fingerspitzen verschwanden.

„Nur Ihr könnt alle Lichtwesen zusammenführen und den Kampf gegen den wahren Feind anführen. Das war Euch lange vor Eurer Geburt schon vorbestimmt."

„Ich habe meine Entscheidung bereits getroffen. Ich bin eine Dunkelmagierin und kein Lichtwesen wird mir folgen."

„Ich tue es, oder?" Ein verschmitztes Grinsen huschte über Anas Gesicht. „Und die anderen werden es auch tun, wenn Ihr Euch zur Lichtseite bekennt und den Weg dorthin zurückfindet. Ich kann helfen!"

„Wie?", fragte Carly.

„Ihr müsst euren Anker finden. Der Person zuliebe, der ihn bildet, werdet ihr die Kraft aufbringen, zur Lichtseite zurückzufinden. Vertraut mir! Bitte!", flehte Ana nahezu verzweifelt.

„Ich habe keinen solche Anker. Da ist Sage, aber er ist bei mir, und trotzdem nutzt das nichts", stellte Carly fest. Noch immer saß sie angespannt und kampfbereit auf ihrem Platz.

„Weil er nicht Euer Anker ist. Ihr habt einen Tagatanod. Er ist es."

Carlys Hals wurde trocken, ihr Herz raste und sie sah sich unsicher um. Ihr Blick blieb an Sage hängen. „Ich ...", stammelte sie, „... ich dachte, du ...", redete sie zusammenhangslos weiter. „Wer ...?" Tränen schossen in ihre Augen.

Sage streckte seine Hände aus und legte sie auf Carlys. „Mathis", flüsterte er. „Mathis ist dein Anker. Er würde nicht wollen, dass du dich auf die dunkle Seite schlägst. Ihm zuliebe! Streng dich an und kehre zurück!"

Carlys Brust schien immer enger zu werden. Das Blut wich aus ihrem Kopf, begleitet von einem Summen, das stetig anzuschwellen schien, bis es in ihren Ohren dröhnte. Die äußeren Geräusche wurden verworrener, dünner, bis sie ganz verschwanden. Sage und Ana verschwammen, lösten sich auf und wichen der Dunkelheit, die sich wie ein Kreis von außen zusammenzog. Als ihre Gliedmaßen zu zucken begannen, sackte Carly auf die Felle zurück. Aus ihrem Bauch bahnte sich ein heftiger Schmerz seine Bahn und breitete sich in ihrem kompletten Körper aus.

Sage war zu ihr geeilt und stützte sie und legte sie vorsichtig ab. „Was hat sie?", fragte er hilflos. Carly Gesicht war nass vor Schweiß. Sie zitterte inzwischen so stark, dass Sage sie kaum halten konnte.

„Ich weiß nicht genau." Jetzt beugte sich auch Ana über Carly. „Ich hoffe, dass es die Lichtmagie ist, die sich ihren Platz zurückerobert."

„Du hoffst?", fragte Sage nach und zog die Brauen nach oben.

Carly begann zu würgen.

„Dreh ihren Kopf zur Seite!", wies Ana an. „Ich weiß halt nicht so viel darüber. Ich bin viel zu jung. Meine Mutter hätte das machen müssen. Mich haben sie noch nicht eingeweiht. Alles was ich weiß, habe ich mir erlauscht oder heimlich erlesen. Das wird erst einmal helfen, aber voll ausbilden kann ich sie nicht."

„Na wunderbar", murmelte Sage.

Carlys Atem wurde schneller und tiefer.

„Sie hyperventiliert. Hast du so etwas wie einen dichten Sack oder ein fest gewebtes Stück Stoff dabei? Irgendwas, in das sie atmen kann?", fragte Ana und sah Sage an.

„Einen Lederbeutel, in dem wir eigentlich Wasser transportieren würde, wäre es nicht so kalt", sagte er, zog den Beutel mit der freien Hand unter den Schlafdecken hervor und reichte ihn an Ana weiter.

„Besser als nichts. Hilf mir und heb ihren Kopf an. Sie muss dort hinein atmen."

27

Verrat trennt alle Bande.
Friedrich von Schiller

Die groben Seile rieben unangenehm an Benedictas Gelenken und die Kälte hatte ihren ganzen Körper steif werden lassen. Am späten Abend war einer der zu klein geratenen Masama noch einmal zu ihr ins Zelt gekommen, hatte die Handfesseln gelockert, gewartet, bis sie gegessen und getrunken hatte und ihr dann, nachdem er die Fesseln wieder enger gezogen hatte, mehrere Decken über den Körper gelegt. Vergeblich hatte sie auf Mathis gewartet. Darauf, dass er kommen und ihr sagen würde, dass er einen Plan hatte, dass er sie nicht zum Dunklen König bringen würde. Bei jeder stärkeren Bewegung verrutschten die Decken. Bald schauten hier und da Körperteile heraus, die sofort schmerzhaft kalt wurden. An Schlaf war unter solchen Umständen nicht zu denken.

Als sich die Zeltplane am frühen Morgen hob, warf sie einen

kurzen Blick nach draußen. Mathis stand mit einem der Masama am glimmenden Feuer und schien Anweisungen zu geben. Kein einziger Blick glitt zu ihrem Zelt.

„Aufstehen!", fuhr der Masama sie an und zerrte schmerzhaft an Benedictas Oberarm. Immerhin spürte sie seinen harten Griff noch. Ein sicheres Zeichen, dass ihr Arm nicht erfroren war. „Essen!", forderte er sie im gleichen Tonfall auf und knallte ihr eine gefüllte Schale auf den kleinen Tisch. Unwillkürlich musste sie kichern, denn die piepsige Stimme passte einfach nicht zu der erschreckenden Macht, die diese missgestalteten Wesen verkörperten. Wie eine Verhungernde machte sie sich über die karge, doch sehr wohlschmeckende Mahlzeit her.

„Wir sind in fünfzehn Minuten abmarschbereit, mein Herr!", sagte der Masama zu Mathis.

Mathis sah sich um und zog die Brauen fragend nach oben. „Aber es stehen noch alle Zelte. Wie wollt ihr das schaffen?"

„Ein Vorteil, den wir unseren großen Brüdern gegenüber haben. Wir sind viel schneller als sie. Was sie nicht wissen, und in ihrer Arroganz vielleicht auch nicht wissen wollen: Das trifft auch auf den Kampf zu. Uns fehlt die Kraft, mächtige Schwerter zu schwingen, aber unsere Dolche sind genauso scharf und wir sind flink und wendig. Wir könnten es ohne Probleme mit ihnen aufnehmen." Stolz zeichnete sich auf dem Gesicht des Anführers ab und Mathis musste grinsen.

„Gut, dass ich es weiß", sagte er. „Dann lass uns aufbrechen. Ich bin sicher, dass mein Großvater uns längst erwartet." In seinem Inneren schüttelte sich Mathis bei diesen Worten. Es fiel ihm noch immer schwer, den Dunklen König so zu nennen, doch er war nun einmal sein Großvater. Er behandelte ihn auch ausgesprochen freundlich. Und das Wichtigste, was Mathis ihm hoch anrechnete: Er traute ihm etwas zu. Er behandelte ihn nicht, als sei er ein kleiner Junge, der vor allen Gefahren geschützt werden musste. Er hatte ihm einen Trupp Soldaten anvertraut, über den Mathis ganz allein bestimmen durfte. Seine Mutter würde staunen. Er brannte darauf, sie endlich wiederzusehen und sich mit ihr auszutauschen. Und er wollte ihr seine neuen Theorien mitteilen. Unabhängig voneinander hatten sie beide eine neue Bestimmung gefunden. Seine neue Gedankenwelt hatten noch Lücken, erklärte den Sinn noch nicht ganz und die Gewalt, die sein Großvater anwendete, erschreckte Mathis. Noch zweifelte er, aber wenn er mit ihr sprechen könnte, würden sich diese Zweifel bestimmt auflösen. Der kurze Blick auf seine Mutter hatte ausgereicht, um zu sehen, dass Gewalt manchmal notwendig war, um ein höheres Ziel zu erreichen. Er musste dringend mit ihr reden. Sobald es möglich war.

Der Anführer der Masama behielt Recht. Nur wenige Minuten nach ihrem Gespräch stand die gesamte Truppe abmarschbereit auf dem nächtlichen Lagerplatz. Die Zelte und Utensilien waren auf die Behemoths geschnallt und Mathis sah dabei zu, wie einer der Masama Benedicta zu einem der Tiere geleitete. Nach einem kurzen Zischen legte es sich flach auf den Boden und beide stiegen auf.

Benedicta spürte die großen Schuppenplatten des Tieres, auf das sie stieg, durch ihre Kleidung hindurch. Es mussten dieselben Kreaturen sein, auf denen sie Mason vor wenigen Tagen beobachtet hatte, als er Mathis aus dem Feld der Todesrosen gezogen hatte. Doch sie sah nichts. Über ihren Kopf war ein Sack gezogen, in ihrem Mund befand sich ein Knebel. Sie musste sich ganz auf ihre anderen Sinne verlassen. Der Masama, der sie aus dem Zelt geführt hatte, setzte sich hinter sie und hielt sie mit einem Arm fest, als das Tier sich erhob.

Anders als die großen Vertreter ihrer Spezies rochen diese Wachen nicht unangenehm. Benedicta nahm den Geruch von Seife wahr, der von hinten zu ihr wehte. Optisch unterschieden sie sich nur in ihrer Körpergröße, doch diese zu klein geratene Truppe wusch sich, hatte keinerlei Gewürm an sich und schien auch frische Lebensmittel zu bevorzugen. Diese kleinen Masama labten sich nicht an Aas. Benedicta hatte viele Bücher gelesen, die sie jetzt gedanklich durchging, doch sie war sicher, dass diese Wesen ihr völlig fremd waren. Die Lichtseite wusste nichts von einer Unterart der herkömmlichen Masama.

Mathis nickte dem Anführer kurz zu und der Tross setzte sich auf dessen Befehl hin in Bewegung. Für einen winzigen Moment prickelte Angst auf Mathis Haut. Wie kleine Nadelstiche bohrte sich eine Vorahnung in ihn. Sein Blick glitt zu seiner Freundin hinüber. Vielleicht hätte er doch mit ihr sprechen sollen? Sie fragen sollen, warum sie ihm gefolgt war? Doch nun war es zu spät. Zwar waren die Masama ihm ergeben, doch er befürchtete, dass sich das ändern würde, wenn er sich gegen die Befehle des Dunklen Königs stellte.

Ihr Tagesmarsch zur Burg zurück verlief ohne Zwischenfälle. Das große, schwarze Tor schwang auf, als Mathis als Erster des Trosses die Dunkle Burg erreichte. Er ritt auf den Innenhof und glitt von seinem Tier, während er beobachtete, wie seine Soldaten unter dem höhnenden Gelächter ihrer großen Brüder durch das Tor ritten. Erst als die Masama die Gefangene erblickten, verstummten sie. Als sich ihre Köpfe zur Burg drehten, folgte auch Mathis ihrem Blick.

Nalar trat in Begleitung von Mason auf den Hof. Mathis ging ihnen entgegen.

„Wie ich sehe, mein lieber Enkel, bringst du eine Gefangene mit. Wer ist das?", begrüßte der Dunkle König seinen Enkel.

Seine Zunge leckte hektisch einmal über seine Lippen und erinnerte Mathis an eine Schlange, die ihre Beute fixierte. Das Magengrummeln machte sich erneut bemerkbar, stärker als zuvor. Mathis spürte, wie sein Gesicht heiß wurde. Er riss sich zusammen und antwortete: „Benedicta. Sie ist eine der Schwestern des Lichts und ist mir vermutlich gefolgt. Ich habe noch nicht mit ihr gesprochen, da ich sie erst hierherbringen wollte." Mathis wich dem erstaunten Blick seines Vaters bewusst aus.

„Gut gemacht, Junge!", lobte Nalar ihn und ging auf Benedicta zu, die im selben Moment durch einen Masama vom Behemoth gehoben wurde. Unsanft stieß die Wache das Mädchen in die Mitte. Nalar gab mit einer kurzen Handbewegung den Befehl, dass ihr jemand den Sack vom Kopf ziehen sollte. Die Wache gehorchte sofort. Benedictas rote Locken lagen kreuz und quer über ihrem Gesicht.

Mühselig versuchte sie die störende Haarpracht wegzublinzeln, doch es gelang ihr nicht. Als sie die kalten Finger des Dunklen Königs an ihrer Wange spürte, der ihr die gröbsten Strähnen zur Seite strich, zuckte sie zusammen. Sofort suchte sie nach Mathis, doch Nalar versperrte ihre Sicht.

„Sieh an. Das gerettete Mädchen kommt ganz freiwillig in mein Land. Du hättest bei Sephora bleiben sollen, meine Liebe. Oder hast du uns etwas zu sagen?" Nalar bemühte sich nicht, seine boshafte Freude zu unterdrücken.

192

Der Masama befreite Benedicta nun auch vom Knebel. Sie japste nach Luft, bevor sie sprechen konnte. „Ich will Mathis abholen. Mehr nicht."

„Mehr nicht? Du willst mir nicht erzählen, was Sephora als nächstes vorhat?"

Benedicta schüttelte den Kopf. Was dachte er sich? Dass sie als Spionin herkam, und ihm brühwarm von Sephoras Plänen berichtete? Darauf könnte er lange warten. „Eher sterbe ich", flüsterte sie und ihr Blick bohrte sich in Nalars.

Der Dunkle König musterte Benedicta lange. Die Haut ihrer Wangen war von der Kälte gerötet. Ihre vollen Lippen bebten vor Zorn. Oder vielleicht war es auch Angst. Wahrscheinlich beides. Trotzig hatte sie das Kinn in die Höhe gereckt und erinnerte Nalar in dem Moment sehr stark an Carly. Der Blick, den Benedicta zurückwarf, sprach für sich. Sie strahlte eine Stärke aus, die nicht einmal er so einfach brechen konnte. Unendliche Entschlossenheit lag darin. Er durfte nicht zulassen, dass sie allein mit Mathis redete. Es war eine Schande, ihr Leben einfach zu beenden, doch diese junge Schwester schien eine besondere Rolle zu spielen. Es gab zu viele Beteiligte mit besonderen Rollen und Nalar war zu weit gekommen, um sich das kaputtmachen zu lassen. Sie musste weg, auch wenn es seinen Enkel nicht recht wäre. Doch damit würde er sich später befassen. Der Junge war freiwillig bei ihnen und würde es verstehen müssen. „Dann stirb!", zischte er und trat einen Schritt zurück.

„Bringt sie in den Garten zum Pavillon und bindet sie an einen der Masten. Dann treibt mein Volk zusammen und holte die anderen Schwestern aus dem Verlies, die noch am Leben sind. Sie alle sollen meine Zeugen sein." Abrupt drehte sich Nalar um und ging zu Mathis.

„Komm Junge, wir müssen uns vorbereiten. Es ist deine Gefangene." Damit Mathis nichts Unüberlegtes tun konnte, zog Nalar ihn mit sich in die Burg hinein. Bevor die Tür sich schloss, sah der Junge noch einmal zurück. Benedicta stand verloren mitten im Hof. Die Masama nahmen ihr die Fesseln von den Füßen. Sie ließ es geschehen, sah einfach zu Mathis. Und trotz der Entfernung konnte er sehen, wie Tränen über ihre Wangen liefen. Sein Magen zog sich zusammen. Dann fiel die Tür ins Schloss.

*

Sage presste die Öffnung des Lederbeutels über Carlys Mund und Nase. Ihr Atem blieb hektisch, doch das Zittern verschwand. Sage sah, dass sich ihre Augäpfel verdrehten. Sie waren nach wie vor schwarz wie die Nacht.

Ganz langsam beruhigte sie sich, blieb aber bewusstlos. Ratlos sah Sage zu Ana. „Und nun?", fragte er.

„Habt Ihr irgendetwas mit, dass ihr helfen könnte, zur Lichtmagie zu finden? Etwas von Mathis vielleicht? Oder die Perlen, die ihr den Übergang in die alte Welt gestatteten."

„Die Perlen hat sie um ihre Handgelenke geknotet. Aber wie sollen sie helfen?", sagte Sage und schob den Stoff an Carlys Armen nach oben.

Ana betrachtete die beiden Armbänder aufmerksam. „Es würde schon helfen, wenn wir das Band mit der weißen Perle auf ihre Herzseite knoten. Schließlich steht es für die Lichtmagie. Warum hast du ihr das nicht gesagt?", zischte sie Sage fast wütend an und begann den Knoten auf ihrer Seite zu lösen. Mit ihren eiskalten Fingern wollte es jedoch nicht gelingen.

Sage hingegen hatte keine Mühe und das andere Armband bereits in der Hand. „Ich habe es ihr gesagt, aber Carly macht nicht unbedingt das, was man ihr rät, sondern das, was sie will und für richtig hält. Als mir klar war, dass Mason nicht auf der Lichtseite steht, dachte ich, dass die Bänder dann schon richtig angebracht wären. Wie kann die weiße Perle aus seiner Hand ihr zur Lichtmagie helfen?"

„Es ist vollkommen egal, wie oder durch wen sie an die Perle kommt. Es ist ein magisches Relikt, stammt direkt aus dem Magiebrunnen im Lichtpalast und ist sehr stark. Es hätte von vornherein auf ihre Herzseite gemusst. Mich wundert, dass sie überhaupt als Lichtmagierin wiederkam." Ana knüpfte das Armband, das Sage ihr reichte, wieder an Carlys Handgelenk und reichte ihm das ihre.

„Sollten wir dann die schwarze Perle nicht lieber weglassen?", fragte er unsicher.

„Nein. Es ist wichtig, dass ein Gleichgewicht zwischen Licht und Schatten herrscht. Nur so kann sich die Kotetahi bewusst entscheiden. Lassen wir eines der beiden Relikte weg, zieht die verbliebene Macht zu sehr an ihr und würde alles viel schlimmer machen. Sie muss ihre Entscheidung alleine fällen. Wir können nur warten und hoffen, dass es schnell geht."

„Es ist mir egal, wie lange es dauert. Wichtig ist nur, dass sie zur Lichtmagie zurückfindet." Sage setzte sich mit grimmiger Miene neben Carly.

Ana nickte und beschloss, nichts zu sagen. Es war keineswegs sicher, dass Carly sich der Dunkelmagie noch einmal entziehen konnte. Sie hatte keinerlei Einweisung erhalten, weder für die eine, noch für die andere Seite. Trotzdem war es ihr gelungen, lichte wie auch dunkle Magie anzuwenden. Einfach so und absolut selbstsicher. Sie war die mächtigste Kotetahi, von der Ana je gehört hatte. Wenn Carly zu Lichtmagie fand und darin unterwiesen werden würde, wenn sie den Segen des Magiebrunnens entgegennahm, wäre sie nahezu unbesiegbar. Mächtiger als Anas Mutter Enndlin, mächtiger als selbst Sephora.

Plötzlich bäumte Carly sich auf. Sage kniete sofort neben ihr, bereit einzugreifen, wenn sie Hilfe brauchte. Doch dann fiel ihr Körper wieder schlaff auf den Boden.

„Ist das gut oder schlecht?", fragte Sage.

„Gut, schätze ich."

„Schätzt du?" Sage konnte seine aufsteigende Wut kaum zurückhalten. Seelenruhig saß die junge Kriegerin neben Carly und tat nichts. Als wäre es das Normalste auf der Welt. Doch Sage hatte genug von einer ohnmächtigen Carly. Irgendetwas musste er tun. Behutsam legte er sich neben sie. „Komm zurück, kleines Kätzchen", flüsterte er.

Anas schien eine Änderung zu bemerken, ihre Aufmerksamkeit war geweckt. „Mach weiter! Sie reagiert auf deine Stimme", wies sie ihn aufgeregt an.

„Irgendwo in dir drin musst du Licht sehen. Greif danach! Lass dich nicht von den dunklen Schwaden einhüllen. Streif sie ab!" Sage sah zu Ana, wagte aber nicht, sich aufzusetzen, um bei Carly nach einer Veränderung zu suchen.

„Ihre Adern. Die Schwärze schwindet. Mach weiter. Bring ihren Sohn ins Spiel!" Ana vergaß die Kälte. Die Aufregung sandte Hitze durch ihren Körper und wärmte sie von innen.

Sage sah sie fasziniert an. Anas Haut war jetzt mit einem grünen Schimmer überzogen, der zart leuchtete. Er hatte zwar gewusst, dass sie zum Waldvolk gehörte, und theoretisch war ihm klar, dass diese abgesplitterte Gruppe der Lichtschwestern die Magie der Natur in sich trug, doch gesehen hatte er es noch nie. Dann besann er sich wieder auf Carly. „Wir können sehen, dass du kämpfst. Mach weiter. Tu es für dich! Wende dich dem Licht zu, lass die Finsternis hinter dir! Tu es für mich. Ich bin der Prinz des Lichts, doch nur mit dir kann ich mich der Lichtmagie zuwenden. Tu es für deinen Sohn. Er will eine Mutter, die Gutes tut, keine, die bestialisch abschlachtet. Tu es für Mathis!"

Kaum hatte Sage den Namen ausgesprochen, bäumte sich Carly erneut auf. Ein lautes Keuchen entfloh ihren Lippen. Ihre Augen schlossen sich, den Mund riss sie weit auf, als würde sie schreien. Doch kein Ton kam aus ihrer Kehle.

Ana und Sage saßen völlig regungslos neben Carly und starrten sie an. Mit seitlich ausgebreiteten Armen, weit aufgerissenem Mund und steif gefrorener Kleidung glich sie einer Leiche. Doch Sage hörte ihr Herz schlagen. Es schlug zu schnell, aber im Rhythmus.

Dann öffnete Carly die Augen. Der Augapfel strahlend weiß, die Iris im gewohnten Blau. „Mathis", flüsterte sie und sah Sage an.

„Ja! Er ist dein Anker. Du hast es geschafft, Carly, du bist zur Lichtmagie zurückgekehrt!" Überschwänglich zog er sie in seine Arme und presste sie an sich.

„Wie konnte ich ihn vergessen?", schluchzte Carly auf.

„Das habt Ihr nicht, meine Königin, sonst wäre Euch die Rückkehr nicht gelungen", sagte Ana.

Carly fuhr herum und sah Ana mit großen Augen an. „Wer bist du?"

„Ana, Tochter der Enndlin, den Waldschwestern angehörig. Sephora ist auch unsere Königin, und ihr werdet ihre Nachfolgerin, sobald ihr die Lichtmagie beherrscht!" Das Mädchen hatte sich hingekniet und verbeugte sich nun.

Carly sah irritiert zu Sage, doch der zuckte nur mit den Schultern. „Ich weiß darüber nichts", flüsterte er.

„Das müsst Ihr auch nicht", fiel Ana ihm ins Wort. „Auch Ihr werdet lernen müssen, aber das hat Zeit. Vorerst müssen wir uns um die Kotetahi kümmern. Und wir sollten zum Portal gehen und in die alte Welt wechseln." Ana wollte aufstehen, doch Carly hielt sie am Ärmel fest.

„Warte", bat sie. „Nenn mich bitte Carly, mit allem anderen kann ich nichts anfangen."

„Aber das wäre absolut unangebracht, meine Königin. Dem würde jeder Respekt fehlen."

Carly seufzte. Daran würde sie sich nicht so schnell gewöhnen. Noch verstand sie nicht einmal, was Ana ihr zu sagen versucht hatte. Aber dass sie es eilig hatten, das hatte Carly verstanden. Deshalb entschloss sie, die Königinnen-Karte auszuspielen. „Es ist deine Aufgabe, meine Befehle auszuführen?", fragte Carly.

Ana nickte.

„Dann befehle ich dir, mich Carly zu nennen!"

„Aber ...", wollte Ana diskutieren, doch Sage unterbrach sie.

„Du sagtest, wir müssen zu einem Portal. Gibt es denn noch ein unbeschädigtes in der Nähe?"

„Ja. Unbeschädigt, geheim und unbenutzt. Aus dem Grund ist es wohl auch offengeblieben, als Sephora die Portale schloss. Unter anderem deshalb zogen wir nach Sizilien, um schnell wechseln zu können, sollte es nötig werden."

„Wie weit ist es?", fragte Sage.

„Nur zwei Stunden Fußmarsch. Aber wir müssen noch einmal an dem Dorf vorbei, deren Bewohner ihr gestern …", Ana schluckte, „… mächtig verärgert habt", schloss sie ab.

Sage legte die Stirn in Falten. Die überlebenden Männer hatte er dabei beobachtet, wie sie in die entgegengesetzte Richtung aus dem Dorf gezogen waren. Da auch sie irgendwann müde geworden sein mussten, war er sicher, dass sie noch nicht zurückgekehrt waren. Er nickte. „Ich glaube nicht, dass es ein Problem ist. Wir versuchen, uns seitlich daran vorbeizudrücken. Lasst uns einpacken und losgehen!", forderte er die Frauen auf.

Ana steckte ihre Messer, die achtlos auf dem Fell lagen, zurück in ihre Halterungen und schulterte Rucksack, Bogen und Pfeile. Sage, dem es zu lange dauerte, bis Carly alles zusammengeräumt hatte, wirbelte in seiner üblichen Vampirgeschwindigkeit herum und setzte dann das fertige Bündel auf seinen Rücken. Schweigend liefen sie in die Richtung zurück, aus der sie am Vortag gekommen waren.

Als die Sonne sich endlich ihren Weg durch die dicke Wolkendecke gebahnt hatte, lag das Dorf genau vor ihnen. Carly sah schon aus der Ferne die roten Flecke im Schnee leuchten und wurde langsamer. Schließlich blieb sie ganz stehen.

„Ich kann da nicht entlang gehen", flüsterte sie.

„Ich weiß, wie schwer es ist, aber wir können es uns nicht erlauben, einen Umweg zu nehmen. Wir müssen so schnell es geht zu diesem Portal. Nimm meine Hand. Ich führe dich hindurch!", sagte Sage und streckte seinen Arm aus.

Unsicher griff Carly danach und ließ sich weiterziehen. Erst als Ana neben ihr auftauchte und ihr eine Hand auf den Rücken legte, um sie zu schieben, wurde Carly richtig bewusst, wie sehr es ihr widerstrebte, den Weg am Dorf entlang zu nehmen.

Trotz der Mittagszeit waren die Läden der Häuser fest verschlossen. Niemand bewegte sich im Freien. Nur der Rauch, der aus den Schornsteinen aufstieg, verriet, dass hier Menschen lebten. Sie kamen näher an die Häuser heran. Sage zog Carly zur Seite, um sich durch den dichten Bewuchs am Flussufer einen Weg zu bahnen, seitlich am Dorf vorbei. Doch Carlys Blick heftete sich auf das Blut im Schnee, die roten Schleifspuren, die an nahezu jede Tür des Dorfes führten und ihr zeigten, dass die Bewohner ihre Toten zu sich geholt hatten. Tote Menschen, deren Leben Carly auf dem Gewissen hatte. Ihr Mund wurde trocken und ihr Körper zitterte. Doch Sage und Ana zogen und schoben sie am Dorf vorbei, und Carly ließ es geschehen.

Glücklicherweise öffnete sich keine der Türen. Sie musste niemanden erklären, wieso sie die Männer umgebracht hatte. Sie hätte es auch nicht gekonnt. Carly hatte keine Erklärung dafür und schon gar keine Entschuldigung. Ihr wurde nur wenig leichter ums Herz, als sie das Dorf endlich im Rücken hatten. Doch das schlechte Gewissen nagte an ihr. „Das kann ich nie wieder gutmachen", flüsterte sie.

„Vielleicht doch, irgendwann", sagte Ana. „Aber vorerst müsst Ihr eine andere Schlacht gewinnen. Und glaubt mir, wenn der Dunkle König es schafft, die Macht an sich zu reißen, haben die Bewohner dieses Dorfes Euch bald vergessen. Alles, was er ihnen antun wird, ist wesentlich schlimmer als Eure Tat. Da vorn ist es. Das Portal" Ana streckte ihren Arm aus und zeigte auf eine Felswand.

Carly kniff die Augen zusammen. So sehr sie sich anstrengte, sie konnte ausschließlich puren Fels erkennen. „Da ist nichts!", sagte sie.

„Nichts Offensichtliches", antwortete Sage. „Erinnerst du dich an den Tag, als ich dich vor dem Heer gerettet habe? Ich habe dich ebenfalls in eine Felswand gezogen, die scheinbar keine Öffnung hatte. Ich vermute, das Portal versteckt sich nach ähnlichem Prinzip."

„Hier entlang", wies Ana sie an und kletterte über herabgefallene Steine.

Carly und Sage folgten ihr, bis Ana stehenblieb. „Hier ist es. Ich aktiviere das Portal gleich, aber es gibt noch eine Sache, die ich euch bisher nicht gesagt habe." Verlegen zog sie ihre Unterlippe ein und sah unsicher zu Carly und Sage.

„Was?", fragten beide im Chor.

„Dieses Portal ist unbenutzt. Niemand weiß, wo wir herauskommen werden. In der alten Welt, das ist klar, aber es kann mitten in der Gilid Kadiliman sein. Es könnte sogar auf der Dunklen Burg selbst sein. Das solltet Ihr wissen, dachte ich."

Sage stieß die Luft aus seinen Lungen. „Das fällt dir ja früh ein!"

„Es ist ja im Grunde auch egal", erwiderte Ana.

„Egal? Wenn wir mitten in der Burg des Namenlosen landen?" Sage sah die Kriegerin verständnislos an.

„Ja", sagte sie und zog die Schultern kurz nach oben. „Wir haben ohnehin keine andere Wahl und müssen es riskieren."

„Da hat sie Recht", unterbrach Carly die Diskussion und betrachtete den Felsen vor ihr. „Dann aktiviere das Portal!"

Ana drehte sich zur Wand und legte die Hände auf den kalten Stein. Um sich besser konzentrieren zu können, schloss sie die

Augen. Wie das meiste ihres Wissens hatte sie auch die Worte, die zur Aktivierung nötig waren, nur erlauscht.

Carly sah der jungen Frau dabei zu, wie ihre Lippen sich bewegten. Sie murmelte unverständliche Worte. Dann erschien ein Lichtblitz, der dem von Sage ähnelte, wenn er in der Zeit sprang. Die Oberfläche des Steines veränderte sich und Ana nahm ihre Hände herunter. Sie sah auf und sagte zu Carly: „Es ist offen. Wer geht zuerst?"

Bevor Sage reagieren konnte, war Carly schon an den Felsen herangetreten und verschmolz förmlich mit ihm. Im nächsten Augenblick war sie verschwunden. Ana folgte ihr unmittelbar. Kopfschüttelnd trat auch Sage an den Stein heran und spürte, wie er die Welten wechselte. Sehr viel angenehmer als seine eigenen Zeitsprünge. Kaum befand er sich in der alten Welt, schloss sich das Tor hinter ihm.

Bevor er dazu kam, sich umzusehen, zogen ihn die Frauen rasch nach unten. Hinter einer flachen Mauerruine versteckt hockten sie auf dem auch hier schneebedeckten Boden. Sage wusste sofort, wo sie sich befanden. Der alte, fast zerfallene Turm stammte aus der ursprünglichen Wehranlage, die Nalar errichtet hatte, als er in die Gilid Kadiliman verbannt wurde. Später, als der Dunkle König genug Wesen geschaffen hatte, ließ er die Burg umbauen. Der Turm verlor seinen Nutzen, lag direkt neben dem Garten, jedoch außerhalb der gesamten Anlage. Hinter ihm befand sich die trostlose Landschaft der Gilid Kadiliman, weshalb Nalar es als überflüssig betrachtete, diese Seite gesondert abzusichern. Niemand aus dem Land der Finsternis würde seinen Herrn angreifen. Von ihrer Position aus hatten sie vollen Einblick in den Innenhof mit seinem Garten. Offenbar waren sie unbemerkt geblieben. Sage sah sich um.

„Ob uns jemand gesehen hat?", fragte Ana leise.

„Unwahrscheinlich. Ich weiß genau, wo wir sind. Wenn wir dorthin kriechen", sagte Sage und zeigt auf eine freie Fläche direkt hinter einer Stelle in der Mauer, die mehrere Löcher auswies, „sollten wir unentdeckt in den Hof schauen können."

Wie auf Kommando robbten beide Frauen los, die Körper fest an den Boden gedrückt und so leise, dass selbst Sage Schwierigkeiten hatte, sie zu hören.

Am Rand der Fläche angekommen, sah Carly, dass Sage Recht hatte. Unter ihr befand sich ein Garten, in dem mehrere Pavillons standen. Feuer brannten und in der Mitte war ein Pfeiler in den Boden gerammt, an dem mehrere Eisenringe befestigt waren. Durch die Ringe war eine Kette gezogen, die eine Gefangene festhielt und ihr kaum Spielraum gab. Rote Locken hingen wirr in ihrem Gesicht. Benedicta.

Carly sah irritiert zu Sage. Hatte er ihr nicht erzählt, dass Sephora sie und Mathis mit sich genommen hatte? Was tat Benedicta hier? Wie hatte es passieren können, dass sie gefangen wurde?

Carlys Blick wanderte zurück in den Garten. An den Rändern standen die Masama, vollkommen bewegungslos, so dass man sie für Skulpturen halten konnte. Doch Carly wusste es besser. Mit der Annahme ihrer Magie hatte sich auch ihre Sehkraft verändert. Sie zoomte einzelne Wachen so nah heran, als würde sie vor ihnen stehen. Die Augen verrieten sie. Unruhig hüpften die Augäpfel der Kreaturen hin und her, verfolgten jede winzige Bewegung Benedictas. Auch Carly sah sich die junge Schwester näher an. Sie wirkte unverletzt, doch in ihrem Blick lag Qual. Und eine Spur Trotz. Ein Schauer rann über Carlys Rücken. Sie tippte

Sage an. „Können wir ihr helfen?", fragte sie, so leise sie es vermochte.

„Im Moment nicht. Es wäre glatter Selbstmord. Vorerst können wir nur beobachten."

Kaum hatte er ausgesprochen, kam Bewegung in das Geschehen unten. Die Masama an der Peripherie strafften ihre Haltung. Auf dem Weg, der von der Burg heranführte, marschierten kleine Masama. Geordnet, und als Carly sie genauer betrachtete, bemerkte sie, dass sie anders waren. Sie wirkten – sauberer. Carly hob die Augenbrauen. „Wer ist das?" Fragend sah sie Sage an.

„Ich habe keine Ahnung!", erwiderte er.

Den Miniaturwachen folgte Nalar und dahinter – Carly spannte sich an. Direkt hinter ihnen liefen Mason und – Carlys Herz setzte für einen kurzen Moment aus. Im selben Moment legten sich Anas Hand auf ihren Mund und Sages Arm auf ihren Rücken.

„Warte ab!", wisperte er. Er konnte spüren, dass Carly bereit war, sofort aufzuspringen. Mathis lief neben Mason her. Er wirkte bedrückt, jedoch nicht ängstlich. Auch er schien unverletzt. Keine Fesseln zwangen ihn, dem Dunklen König zu folgen. Und doch tat er es. Direkt neben ihm schritt einer der zu kleinen Masama, der deutlich stattlicher gekleidet war als der Rest. Carly fiel auf, wie vertraut ihr Sohn und die Wache nebeneinander liefen. Sie wollte Sage etwas fragen, doch Anas Finger drückten sich fester auf ihre Lippen.

*

In Mathis Bauch wuchs der Kloß an, der sich seit dem Morgen formte. Seine Unsicherheit verstärkte sich. Kein Wort hatte er mit

Benedicta wechseln können. Er hätte es gestern tun sollen, als er noch die Chance hatte. Sein Großvater hatte ihm gesagt, dass er sie verhören wolle, doch das Bild, das sich Mathis bot, wirkte eher wie eine bevorstehende Hinrichtung. Er wollte nicht, dass Benedicta etwas passierte. Sie gefangen zu nehmen, war eine Sache, sie zu verletzen oder gar zu töten eine andere. Doch Mathis wagte es nicht, den Dunklen König darauf anzusprechen. Er sah zu Mason. Leise flüsterte er: „Ihr wird doch nichts passieren?"

„Ich weiß es nicht. Wir werden sehen, was mein Vater vorhat. Aber vertraue darauf, dass alles seinen Grund hat, was er tut. Und jetzt sei still. Er hasst es, wenn er unterbrochen wird."

Mathis schwieg, doch seine Angst wuchs. Unwillkürlich öffnete er seinen Umhang, denn plötzlich wurde ihm heiß und sein Herz wummerte. Mathis war sich sicher, dass sein Gesicht inzwischen rot wie eine Tomate war.

Benedicta stand in der Mitte eines freien Platzes, an einen Pfeiler angekettet, und sah hasserfüllt zu Nalar herüber. Blickkontakt zu Mathis mied sie. Mathis schluckte, doch sein Mund war staubtrocken. Mit einem unguten Gefühl setzte er sich auf den ausladenden Sessel neben seinem Großvater. Sein Vater Mason nahm auf der anderen Seite neben dem Dunklen König Platz. Mit einer knappen Handbewegung wies Nalar an, die Gefangene zu ihm zu bringen. Sein eigenen Wachen lösten die Ketten vom Pfeiler und stießen Benedicta unsanft in Richtung ihres Herrschers.

„Du bist also in mein Land gekommen. Einfach so und allein. Bist du besonders mutig oder sehr dumm?", fragte Nalar und erntete das wohlwollende Lachen seiner Untergebenen. Mathis lachte nicht, er knetete nervös seine Finger und sah unentwegt zu Benedicta.

Die junge Schwester spuckte dem König vor die Füße, schob ihr Kinn trotzig nach vorn und schwieg.

„Oh, du willst also nicht reden, was? Aber ich bekomme dich dazu, das weißt du, oder?" Nalar erhob sich und ging ein Stück auf Benedicta zu.

„Niemals. Ihr werdet absolut gar nichts von mir erfahren!"

Mathis wusste, dass Benedicta diese Aussage völlig ernst meinte. Er wünschte sich, dass sie weniger stolz war, dass sie kooperieren würde. Jetzt, in diesem Moment in dem Hof, erkannte er seinen Fehler. Dumm war Benedicta ganz sicher nicht, aber er selbst war der größte Narr auf Erden. Wie hatte er Benedicta nur in diese Gefahr bringen können? Was hatte er sich nur gedacht, sie zu seinem *Großvater* zu bringen? Übelkeit stieg in ihm auf. Er musste seiner Freundin helfen, doch er wusste nicht wie. Hilfesuchend sah er zu Mason, doch der schüttelte nur leicht den Kopf, als könne er seine Gedanken lesen.

Verzweifelt sah Mathis wieder zu Benedicta. Sobald sich eine Gelegenheit bot, würde er sie befreien und mit ihr abhauen. Vielleicht überzeugte er sogar seinen Vater, ihm zu helfen, denn Mason schien wirklich an ihm interessiert und Mathis glaubte nicht, dass er durch und durch böse war. Leise seufzte er. Niemals zuvor hatte ihm seine Mutter so gefehlt. Wäre sie hier, würde sie handeln. Sie würde nicht zulassen, dass Benedicta etwas passierte. Seine Gedanken waren so beschäftigt, dass er nur am Rande mitbekam, wie Nalar versuchte, Benedicta über Sephoras Pläne auszufragen. Doch die Lichtschwester blieb trotzig, gab ihm keine Antworten auf seine Fragen, aber warf ihm eine Beleidigung nach der anderen an den Kopf.

„Du könntest es dir so viel einfacher machen, meine Liebe", sagte Nalar und trat noch näher an Benedicta heran. „Es ist fast schade um dich. Du bist die jüngste der Schwesternschaft, nicht wahr, und eine der ersten, die ich für die Bago hielt. Mein Fehler. Aber was soll´s. Immerhin konntest du so ein Kind bleiben!"

„Ich bin kein Kind", antwortete sie trotzig. „Ich bin älter als deine Söhne!"

„Nein. Du bist körperlich kaum mehr als ein Kind, gerade an der Schwelle des Erwachsenwerdens. Und auch dein Wesen entspricht deinem optischen Alter. Nur dein Wissen, das ist nahezu unbegrenzt, nicht wahr? Das ist das einzige, was deinem tatsächlichen Alter entspricht. Du hattest Jahrhunderte, um es dir anzueignen. Und das verdankst du mir. Und jetzt? Jetzt willst du es nicht mit mir teilen? Das ist schade, weißt du. Ich hätte dich als meine Gespielin behalten."

Benedicta verzog angewidert das Gesicht. „Danke, ich verzichte!", spie sie ihm entgegen.

„Vielleicht hätte ich dich auch meinem Enkel als neues Spielzeug überlassen. Ich weiß, dass du ihn magst, also hätte es dir vielleicht sogar gefallen. Ja, diese Annehmlichkeit hätte ich dir zugestanden und vor allem ihm. Vielleicht hätte ich dich vorher einmal gekostet, aber danach wärst du ganz die Seine gewesen. Das ist es doch, was dein kleines Herz begehrt. Habe ich Recht?" Nalar stand nun sehr nah an Benedicta. Er roch an ihr und stieß einen Seufzer aus. Dann leckte er ihr mit der Zunge über die Wange.

Mathis sprang auf, aber Benedicta wehrte sich bereits. „Niemals!", zischte sie und stieß ihr Knie zwischen Nalars Beine.

Der Dunkle König stieß keuchend den Atem aus, krümmte sich und taumelte rückwärts. Sein Gesicht lief rot an und er baute sich in sicherer Entfernung zu seiner vollen Größe auf. Zornig hob er die Hände.

Mathis hatte die Luft angehalten, doch als er die Bewegung seines Großvaters sah, wollte er schreien. Das durfte nicht passieren. Der Klumpen in seinem Bauch schwoll an, drohte zu zerbersten. Er musste handeln.

In dem Moment, als er brüllend losrennen wollte, spürte er Masons Arme um seinen Körper geklammert und eine Hand, die sich auf seinen Mund legte. „Es ist zu spät", flüsterte sein Vater. „Sieh nicht hin!"

Doch Mathis konnte den Blick nicht abwenden. Er starrte Benedicta an, die endlich auch zu ihm sah. Nie zuvor hatte Mathis in solch traurige Augen geschaut. Aus den Augenwinkeln sah er, wie der Dunkle König eine schwarze Rune formte und im selben Moment auf Benedicta schleuderte.

Ihr Blick hing an Mathis, sie sah gar nicht zum Namenlosen und auf den Tod, der auf sie zuraste. Ihre Lippen formten einen letzten Satz. „Du musst hier weg!" Dann schlug die Rune in ihre Brust ein und Benedicta hing leblos in den Ketten. Mathis sah noch immer in ihre Augen. Ohne Glanz. Ohne Leben.

Er meinte zu spüren, dass sein eigenes Herz zerbrach. Es schlug noch immer in seiner Brust, aber es war genauso tot wie seine Freundin. Der Klumpen in seinem Bauch wich einer schmerzenden Leere. Tränen strömten ihm über die Wangen. Ohne Widerstand ließ er sich von Mason an dessen Brust ziehen und vergrub sein Gesicht in der Jacke seines Vaters. Umringt von den eigenen kleinen Masama brachte Mason seinen Sohn weg vom Ort des Geschehens.

Als Benedicta ihr Knie in die Genitalien des Dunklen Königs rammte, legte sich Sage vorsorglich auf Carly, um sie am Boden zu halten. Er wusste, was jetzt folgen würde. Sein Ziehvater war stolz und noch nie hatte sich eine seiner Gefangenen auf diese Weise gewehrt. Normalerweise waren sie zu schwach, zu ängstlich oder hatten sich selbst bereits aufgegeben. Doch die junge Lichtschwester war nichts von dem. Ihr Kampfgeist war ungebrochen und sie ließ Nalar ohne Scheu spüren, was sie von ihm hielt. Dafür konnte es nur ein Ende geben.

Doch Sage ahnte voraus, was der Mord an Benedicta in Carly auslösen würde. Auch Ana schien es zu ahnen, denn sie presste ihre Finger so fest auf Carlys Mund, dass ihre Knöcheln weiß hervortraten.

Und genauso kam es. Im dem Augenblick, als die Rune die junge Schwester traf, wollte Carly schreien, sich auf den König der Gilid Kadiliman stürzen.

28

*Man muss viel lernen, um zu erkennen, dass man wenig
weiß.*
Michel de Montaigne

„Schickt einen Teil der Schwestern auf unseren schnellsten Tieren aus und informiert alle Lichtvölker, egal ob menschlich oder tierisch, dass sie sich bei mir einfinden sollen", befahl Sephora seufzend und wand sich endlich vom Fenster ab.

Seit Tagen starrte sie in die Ferne, als beobachtete sie Dinge, die sonst niemand sehen konnte. Tatsächlich sah sie es wirklich. Die Grenzen, die die Dunkelmagie daran hinderte, in die neue Welt einzudringen, wurden dünner. Nalars Runen, die er versuchsweise immer wieder ausschickte, schafften es zunehmend, durchzudringen. Der Untergang der neuen Welt hatte begonnen. Der Dunkle König würde Chaos und Verderben ausschicken, sobald er sicher wusste, dass die Grenze keine Hürde mehr war. Eisige Kälte hatte sich über die neue Welt gelegt. Selbst Landstriche, in denen der Winter vordem unbekannt war, waren unter einer dünnen Schneedecke begraben. Der Anfang vom Ende. Sephora hatte keine Wahl. Sie konnte nicht auf Carlys Rückkehr warten, sondern musste sofort handeln. Es wurde Zeit, das Heer der Lichtkrieger aufzustellen. Mit oder ohne Carly, der finale Kampf war unausweichlich, wenn auch ohne die neue Königin kaum erfolgversprechend.

„In alle uns bekannten Länder, Sephora?", fragte die Schwester nach.

„Ja. Unbedingt und schnell. Ich gehe in den Hof und erwarte sie. Sie erhalten Botschaften von mir und einen Schutzzauber, der sie vor möglichen ersten Angriffen schützt." Sephora lächelte und vor ihrem inneren Auge tauchten die Sylphen auf. Die winzigen, zarten Wesen in Gestalt von Frauen, die im Licht kaum sichtbar waren, lebten so zurückgezogen, dass sie jeden Eindringling als Feind betrachteten, selbst wenn er von Sephora höchstpersönlich geschickt wurde. Sie hatten ihre eigene Magie und nur Sephora verfügte über das Wissen, wie sie angewandt wurde. Ihren Palast und alle bei ihr lebenden Untertanen hatte sie mit Hilfe dieser Magie über viele Jahrhunderte getarnt. Das Licht machte die Gebäude und alle in ihnen lebenden Personen unsichtbar.

Die Schwester an der Tür verbeugte sich und verließ den Saal.

Sephora nahm den Stapel Umschläge, die sie vor Tagen geschrieben hatte, und ging die Stufen nach unten, um ihre Ansage einzuhalten.

Jede Schwester, die aufbrach, wurde von Sephora mit einem Schutzzauber ausgestattet. Die Briefe wurden übergeben und Anweisungen erteilt. Als die letzte Schwester den Hof verließ, waren die Schneemassen auf dem Weg nach draußen so platt getrampelt, dass das Tier keine Schwierigkeiten hatte, aufzuholen.

„Dahlia", rief Sephora. Eine junge Frau, deren Kleid aus Eisblumen bestand, erschien neben ihr.

„Meine Herrin?", fragte sie.

„Bereitet die Baumkammern vor. Wenn die Hamadryaden wirklich kommen, dann brauchen sie sofort ein Bett, in das sie schlüpfen können. Ich weiß, dass die Baumkammern seit Jahren verschlossen sind, aber ich bin sicher, dass die Pflanzen und Bäume es geschafft haben, zu überleben. Geh und mach dich an die Arbeit. Wenn es jemand schafft, die Kammern wiederherzustellen, dann du. Nimm dir so viele deiner Schwestern mit, wie du brauchst", sagte Sephora und scheuchte Dahlia mit einer Handbewegung weg.

Das junge Blumenmädchen drehte sich mit weit aufgerissenen Augen noch einmal um. „Ihr meint, die Dryaden kommen her? Hier, zu uns?"

„Ja. Das hoffe ich. Doch sie sind schneller wieder verschwunden, als wir unser Anliegen vortragen können, wenn sie sehen, wie sehr wir die Baumkammern vernachlässigt haben. Also beeil dich jetzt!"

Dahlia gehorchte und lief über den Hof. Dabei rief sie nach ihren Schwestern, die ihr ohne zu fragen folgten. Die Aufregung war allen anzusehen.

*

Sage drückte Carly mit seinem Gewicht in den Schnee. Ana hielt ihr den Mund zu. Ihre Schreie wurden so effektiv gedämpft.

„Hör auf! Wir helfen ihm, aber nicht, indem du dich wie ein

212

Kamikaze auf die gesamte Gefolgschaft der Gilid Kadiliman stürzt." Sage flüsterte Carly diese Worte immer wieder ins Ohr. Er spürte, wie sie versucht war, auf die dunkle Seite in ihrem Inneren zuzugreifen, doch seine Barriere hielt stand. Trotz allem brachte Carly eine immense Kraft auf, die selbst er kaum zu halten vermochte. Würde der Lichtblitz sie nicht verraten, wäre er mit Carly sofort und gegen ihren Willen weggesprungen, doch damit wäre Ana, die er dann nicht mitnehmen konnte, dem Feind ausgeliefert. Sage brachte es nicht übers Herz, die junge Kriegerin zu verraten. Also hielt er aus und wartete ab.

Dann wurde Carly ruhiger, hielt schließlich ganz still und nickte.

„Ich kann dich loslassen und du bleibst hier liegen?", fragte Sage vorsichtshalber nach.

Wieder nickte Carly.

Sage sah Ana an. Vorsichtig zog sie ihre Hand zur Seite, bereit, sie jederzeit wieder auf Carlys Lippen zu pressen, sollte sie versuchen, sie zu täuschen. Doch Carly blieb still. Langsam rollte sich Sage neben sie in den Schnee.

„Ich weiß, dass es schwer ist, aber wir wissen zu wenig. Wir haben keine Ahnung, ob Mathis freiwillig hier ist. Er wirkt nicht wie jemand, der unter Zwang bei ihnen lebt. Wir finden einen Weg. Ich verspreche es", raunte Sage Carly zu.

„Aber was tut er hier? Du meinst, er ist freiwillig hier? Wie konnte das passieren? Warum hat Sephora nicht aufgepasst? Und es ist einfach nicht möglich, dass Mathis Benedicta aus freien Stücken dieser Gefahr ausgesetzt hat. Sogar bei ihrer Tötung zusieht! Hast du seine Reaktion gesehen? Er ist fertig. Wir können ihn nicht hierlassen."

„Ja, ich habe seine Reaktion gesehen, aber ich habe auch gesehen, dass Mason sich gekümmert hat. Er ist sein Vater und ich glaube, er mag ihn wirklich. Mathis wird vorerst nichts passieren. Wir müssen hier weg."

Während Sage auf Carly einredete, beobachtete er, wie die Masama Benedictas Ketten lösten und vorsichtig zur Burg trugen. Er stutzte kurz, doch dann konzentrierte er sich wieder auf Carly.

„Ich gehe hier keinesfalls ohne Mathis weg. Das kannst du nicht von mir verlangen. Sage, bitte, wir müssen ihn mitnehmen!" Carly machte sich keine Mühe mehr, zu flüstern. Doch die wenigen Masama, die sich noch im Garten befanden, waren zu sehr beschäftigt, als dass sie die ungebetenen Besucher hoch über ihnen hören könnten, solange sie nicht schrien.

„Hör mir zu! Selbst wenn es uns gelingt, unbemerkt in den Palast einzudringen, kommen wir anschließend nicht mehr raus. Ich kann aus der Burg heraus nicht in der Zeit springen. Ich muss die magische Abschirmung der Mauern verlassen, um das zu tun. Deine Lichtmagie ist zu jung und zu schwach, um es mit allen gleichzeitig aufzunehmen. Wir müssen erst zu Sephora, du musst lernen, mit der Magie umzugehen, und wir brauchen zudem einen Plan. Ich bin ganz sicher, dass Mathis hier nichts passiert. Mason wird das nicht zulassen." Über das Band, das Sage mit Carly teilte, versuchte er, ihr beruhigende Gefühle zu schicken. Es funktionierte nicht ganz, trotzdem nickte Carly.

„Wir kommen zurück. Sobald es geht, versprochen?" Carly sah Sage an.

„Versprochen."

„Kannst du von hier aus springen? Ich meine, ist das außerhalb genug?" Carly machte bereits Pläne. Sie würde darauf beste-

214

hen, dass er zuerst Ana von hier fortbringen würde. In der Zeit bis zu seiner Rückkehr würde sie runterschleichen und einen Weg hinein suchen.

„Wir werden sehen. Ich probiere es", sagte Sage und schaute nach unten. Der Innenhof war nun fast leer und wahrscheinlich würde niemand den Lichtblitz bemerken. Sofort begann er die Worte zu murmeln. Ein Blick zu Ana genügte, sie verstand. Fest presste sie sich auf den Boden, während Sage Carly in den Arm zog. Bevor sie protestieren konnte, hüllte die Dunkelheit sie bereits ein und im nächsten Moment stand sie vor einem großen Bauwerk. Sage ging einige Schritte zurück, sprach die Worte erneut aus und verschwand vor ihren Augen in einem Lichtblitz. Er hatte sie durchschaut und entsprechend gehandelt. Wut kochte in Carly hoch. Als Sage im nächsten Moment mit Ana auf dem Arm wiederauftauchte, stürmte Carly auf ihn zu und trommelte ihm gegen die Brust.

„Wie konntest du nur?", rief sie vorwurfsvoll.

„Ich halte mich an unseren Plan. Was man von dir nicht behaupten kann. Du hast nur darauf gewartet, dass ich mit Ana verschwinde, stimmts? Ich habe es dir gesagt. Wir haben allein und so spontan keine Chance, Mathis mit uns zu nehmen. Es passiert ihm schon nichts."

„Was macht dich da so sicher? Verdammt!" Carly trat wütend zur Seite, so dass Schnee in die Luft stieb. „Wo sind wir hier überhaupt?"

„Im Lichtpalast", antwortete Ana und sah ehrfürchtig auf die Anlage, die sich direkt vor ihnen befand. Das große Tor öffnete sich bereits und heraus trat Sephora, die ihre Röcke raffte und eilig auf die Ankömmlinge zulief.

„Aber …", setzte Carly an, verstummte jedoch. Das war nicht der Lichtpalast, den sie kennengelernt hatte, nachdem sie das erste Mal in die alte Welt gewechselt waren. Doch was war hier eigentlich so, wie es sein sollte? Es gab nicht mehr viel, was Carly überraschte. Und da Sephora höchstpersönlich zu ihnen eilte, verschränkte sie die Arme und wartete ab.

Sage spürte, wie die Schwaden der Wut immer wieder Carlys Inneres überschwemmten. Diese Wut richtete sich momentan gegen jeden und alles. Sie fühlte sich von Sage hintergangen, weil er sie von der Dunklen Burg ohne ihr Einverständnis weggebracht hatte, von Sephora enttäuscht, weil sie nicht auf Mathis geachtet hatte und was sie von Ana halten sollte, war ihr völlig unklar. Mit der Wut schwappte auch die Dunkelmagie an die Oberfläche. Er sah zu Carly. Die Adern unter ihrer Haut färbten sich immer wieder für einen kurzen Moment schwarz ein. Erleichtert stellte er jedoch fest, dass ihre Augäpfel weiß blieben.

„Meine Güte", sagte Sephora, als sie endlich bei der Gruppe ankam. „Ihr habt euch Zeit gelassen. Ich habe euch deutlich früher erwartet. Wie geht es dir, mein Kind?", wandte sie sich an Carly und zuckte zusammen, als Carlys Wange, auf die sie gerade ihre Hand legen wollte, im selben Augenblick erneut ein schwarzes Muster aufwies.

„Sie ist noch instabil", erklärte Ana und beugte vorsichtig den Kopf zur Begrüßung. „Ich konnte ihr nur helfen, die Dunkelmagie abzulegen und sich der Lichtseite zuzuwenden, doch ich bin zu unerfahren, um ihr mehr beizubringen. Die Kotetahi braucht eure Hilfe, meine Königin!"

Interessiert sah Sephora das junge Mädchen an. Sie bemerkte sofort die sanft pulsierende, grünlich schimmernde Aura um die

Kriegerin herum und lächelte. „Wie ist dein Name?", fragte sie.

„Ana, Tochter der Enndlin. Ich bin Nachfahrin der Waldschwestern, meine Königin. Mein Volk hat einen gravierenden Fehler begangen, den sie inzwischen sicher bereuen, aber aufgrund dieses Fehlers wandte sich die Kotetahi der Dunkelmagie zu und brachte den Tod über viele Menschen meines Volkes und etliche Bewohner der neuen Welt. Ich hielt es für meine Pflicht, wenigstens zu versuchen, sie zur Lichtmagie zurückzuführen." Unsicher trat Ana von einem Fuß auf den anderen.

„Das ist dir gelungen. Gut gemacht. Deine Mutter wird stolz auf dich sein! Kommt mit mir herein. Wir haben viel zu besprechen", forderte Sephora sie alle auf.

„Nein", widersprach Carly.

„Nein? Warum nicht?", fragte Sephora nach.

„Wir müssen deinen Fehler wieder ausbügeln. Mathis. Er ist auf der Dunklen Burg. In den Fängen des Namenlosen. Ich werde ihn befreien und du wirst mir helfen!" Carlys Tonlage ließ Ana und auch Sage zusammenzucken. Die Schwestern, die Sephora begleitet hatten, wichen sogar einige Schritte zurück. Niemals zuvor hatte es jemand gewagt, auf die Art mit ihrem Oberhaupt zu reden. Doch Carly stand unbeeindruckt und mit abweisend verschränkten Armen vor Sephora.

„Das werde ich. Mathis jedoch ist freiwillig auf der Dunklen Burg. Es war seine Entscheidung. Was auch immer du durchführen willst, du musst vorher deine volle Macht entfalten können und wir müssen planen, wie wir es tun wollen. Also kommt nun mit mir in den Palast. Mir persönlich ist es zu kalt hier draußen." Sephora wartete nicht ab, sondern drehte sich um und ging, ohne einen Blick zurückzuwerfen, zum Palast.

Widerwillig folgte Carly ihr. Sie wusste, dass Sephora Recht hatte, doch es fiel ihr schwer zu akzeptieren, dass sie für einen Versuch, Mathis zu retten, eine gewisse Vorbereitung benötigten. Also stapfte sie mürrisch hinter der alten Schwester her und hatte nicht einen Blick übrig für die Schönheit des Anwesens, in das sie schritten.

29

Im Leben muss man den Sorgen,
Enttäuschungen und Kümmernissen ihren Anteil lassen
und bescheiden genießen, was übrigbleibt.
Marie de Vichy-Chamrond

Mason führte Mathis in seinen Bereich und drückte ihn sanft auf einen Schemel. Die Hände ließ er auf den Schultern seines Sohnes liegen, während er ihn intensiv beobachtete.

„Ich bin so dumm", murmelte Mathis. Tränen liefen ihm über die Wangen. Völlig regungslos saß er einfach nur da mit aschfahlem Gesicht und starrte durch seinen Vater hindurch.

„Mathis?", fragte Mason vorsichtig und rüttelte ihn sanft an den Schultern.

„Sie wollte mich nur zurückholen. Mehr wollte sie gar nicht. Und dieses Scheusal bringt sie einfach um. Er hat überhaupt kein Herz. Ich habe mich getäuscht. Wie konnte er mir das antun? Ihr habt mich doch von Anfang an beobachtet, oder nicht?", wandte er sich nun an seinen Vater, schüttelte dessen Hände von seinem Körper und sprang auf. „Wenigstens du wusstest, dass sie mir viel bedeutet. Wieso hast du nicht eingegriffen? Benedicta war meine Freundin und du hast ihr nicht geholfen!" Der Vorwurf war nicht zu überhören. Doch das Gewissen nagte an Mathis. Seine Schuld war zu groß. Er hatte sie hierhergebracht, er wollte sich bei seinem Großvater beliebt machen, wollte so erreichen, dass er ihn eventuell lenken konnte, den bevorstehenden Krieg abwenden. Nach diesem bitteren Fehlschlag jedoch empfand er nur noch Hass auf den alten Herrscher, auf Mason und auch auf sich selbst. Mathis wünschte sich inständig seine Mutter herbei. Sie hätte die richtigen Worte gefunden. Aber er war auf sich allein gestellt und er vermisste sie mehr, als er aushalten konnte.

„Ich will sie begraben", sagte Mathis plötzlich und sprang auf. Wenigstens eine anständige Grabstätte sollte Benedicta bekommen. Doch als er den Ausdruck im Gesicht seines Vaters sah, wurden seine Beine weich und gaben nach.

„Es ist viel zu spät dafür. Ich bin sicher, dass die Masama sie bereits beseitigt haben", erwiderte Mason. Seinem Tonfall nach tat es ihm aufrichtig leid. „Warum hast du sie überhaupt vor meinen Vater gebracht? Was hast du dir dabei gedacht?"

„Gar nichts", sagte Mathis und diese Erkenntnis traf ihn unvermittelt. „Ich weiß nicht mal, was ich mir dabei gedacht habe, den Lichtpalast überhaupt zu verlassen. Wäre ich nicht gegangen, hätte sie mir nicht folgen müssen und würde noch leben."

„Warum bist du denn hergekommen?", fragte Mason.

Mathis sah seinen Vater an, entdeckte wieder diese Zuneigung in seinen Augen, die versteckt loderte, aber immer mehr an die Oberfläche trat. „Ich weiß nicht. Ich habe immer gewusst, dass

John nicht mein echter Vater ist. Auch wenn er ein toller Ersatz war, war er eben nur das. Ein Ersatz. Ich habe mir oft vorgestellt, wie es sein würde, wenn mein richtiger Vater Kontakt zu mir suchen würde. Als Sephora es mir erklärte, sah ich einfach eine Chance. Ich erinnerte mich an die Tage, die du bei uns warst. Und plötzlich ergab das alles einen Sinn. Diese Vertrautheit, das Gefühl dich schon lange zu kennen."

„Ach Mathis", sagte Mason nur und zog ihn seine Arme.

Mathis ließ es geschehen.

„Ich muss hier weg", schluchzte er leise. „Es tut mir leid, aber es funktioniert nicht. Ich kann nicht hierbleiben. Hilfst du mir, zu fliehen? Er wird mich nicht einfach gehen lassen, oder?"

„Nein, das wird er nicht. Und er wird uns beide beobachten. Im Moment sehe ich keine Möglichkeit, dich von hier fortzubringen. Vorerst wirst du hierbleiben müssen", sagte Mason und drückte Mathis enger an sich. Bevor er seinen Sohn im vergangenen Sommer kennenlernte, hatte er nicht geahnt, wie es sich anfühlte, Verantwortung für ein Kind zu haben. In diesem Moment schlug die Erkenntnis mit aller Wucht auf ihn ein. Er liebte Mathis und würde ihn gegen jeden und alles beschützen. Selbst wenn er seinen eigenen Vater dafür verraten musste. Er würde einen Weg finden, Mathis von hier weg und zu seiner Mutter zurückzubringen. Vielleicht würde auch Carly ihm dann verzeihen.

Mathis ließ die Nähe seines Vaters zu, starrte jedoch in den leeren Raum hinter ihm. Er empfand in diesem Moment gar nichts für ihn. Der Unterschied zwischen seiner Mutter, die er aufrichtig liebte und seinem Vater, den er gern lieben wollte, war deutlich erkennbar. Seine Mutter hätte nicht aufgegeben und ihn hier um jeden Preis herausgeholt. Doch sein Vater kuschte, sorgte sich zu sehr um sich selbst. Von ihm konnte Mathis keine Hilfe erwarten. Er musste sich selbst helfen. Genau das würde er tun. Er war bereits einmal aus einem sicheren Palast ausgebrochen. Es würde ihm auch ein zweites Mal gelingen. In seinem Kopf reifte ein Plan heran. Allerdings brauchte er dazu Helfer. Doch konnte er ihnen vertrauen? Er musste alles auf eine Karte setzen und es versuchen.

*

„Du hättest sie nicht gleich töten müssen", sagte Mason zu Nalar, als sie am Abend gemeinsam am Fenster standen.

„Doch. Ich musste ein Zeichen setzen. Und Mathis wird das verstehen. Er ist unser Blut und muss lernen, diese Weichherzigkeit abzulegen. Findest du ihn nicht verhätschelt? Guck dir an, wie er mit dem Wachtrupp umgeht, den ich ihm gegeben habe. Stellt ihnen Zimmer in seinem Flügel zur Verfügung, sorgt für Betten und Kamine. Sie sollen uns dienen und nicht lieben. Ich werde da bald eingreifen müssen, bevor meine eigenen Wachen noch auf Ideen kommen." Der Namenlose schüttelte unwirsch den Kopf.

Mason wusste, dass er nur mit Geschick an die Sache herangehen konnte. Es musste ihm gelingen, seinen Vater auszutricksen. „Du hast Recht. Ich werde mit ihm auf Erkundungsreise gehen, ihn mit mir und meinen Wachen mitnehmen. Nur ein kleiner Trupp, den ich hart rannehme. Da kann er lernen, wie er mit niedrigen Dienern umgehen muss …"

Der Dunkle Herrscher unterbrach ihn. „Nein. Zu riskant. Ich glaube, er will nicht hierbleiben und würde dir weglaufen. Er ist ja kein Dummkopf. Aber wir brauchen ihn. Ich spüre, dass er sich heute schon mental abgewandt hat. Die Macht, mit der wir Grenzen überwinden konnten, schwindet bereits. Die Dreiheit ist auf der emotionalen Ebene zerstört. Solange Mathis jedoch hier auf der Gilid Kadiliman ist, wird sie niemals vollends verschwinden. Ich habe die Wachen bereits verdoppelt. Mir ist klar, dass er gehen will. Ich habe es ihm angesehen. Er hasst mich, aber damit kann ich leben. Wichtig ist nur, dass er bleibt. Das ist mein letztes Wort. Du kannst aber gerne auf Spähtour gehen. Ich überlasse es dir." Der Namenlose drehte sich um und ließ seinen Sohn einfach stehen.

Für eine Weile starrte Mason weiter in die Dunkelheit der Nacht, bis die Kälte ihn schaudern ließ. Dann ging er in seine Räume. Morgen würde er Mathis warnen. Der Junge musste abwarten und bleiben.

*

Mathis wartete, bis es ganz still auf der Burg wurde. Dieses Mal war er absolut nicht vorbereitet, hatte keinerlei Nahrung zusammengepackt. Lediglich die Hälfte seines Abendessens hatte er aufgespart und eingepackt. Doch er würde eine Lösung finden. Vorerst musste er weg. Er öffnete die Tür und spähte vorsichtig in den Flur. Die Fackeln an den Wänden waren fast heruntergebrannt und strahlten nur noch spärliches Licht aus. Mathis war das Recht. Leise schloss er die Tür hinter sich und schlich geduckt bis an das Ende des Flures. Gerade als er um die Ecke linsen wollte, legte sich von hinten eine Hand auf seinen Rücken. Mathis konnte gerade noch einen Schrei unterdrücken, erstarrte jedoch. Langsam wurde er umgedreht. Der Anführer seiner Masama legte einen seiner verkrüppelten Finger auf die eigenen Lippen und bedeutete Mathis so, leise zu sein. Dann wies er ihn mit einer Handbewegung in die andere Richtung. Mathis folgte auf Zehenspitzen, vorbei an den Zimmern seines kleinen Trupps bis in eine Galerie, für deren Einrichtung er noch keine Zeit gefunden hatte. Die Bilder standen durcheinander einfach auf dem Fußboden, nur wenige hingen schief an der Wand. Sein Großvater hatte nicht viel übrig für Kunst und Schönheit, weshalb dieser Raum ungenutzt geblieben war. Mathis trat zitternd vor Kälte in den Raum, während der Masama ein letztes Mal die Flure musterte. Dann schloss er die Tür. Stumm zog er Mathis mit sich in die Ecke des Raumes, die am weitesten vom Eingang entfernt lag.

„Ihr werdet es nicht hinausschaffen, mein Herr", flüsterte der Masama.

„Du willst mich also nicht verraten?", fragte Mathis erstaunt.

„Nein. Ich unterstehe Eurer Befehlsgewalt und ich weiß zu schätzen, wie Ihr Euch um uns sorgt. Ihr seid ein guter Herr. Ich werde Euch helfen. Doch fliehen könnt ihr vorerst nicht. Ihr müsst Euch verstecken, bis Euer Großvater davon überzeugt ist, dass Ihr es geschafft habt, seine Wachen zu umgehen und auf dem Weg zurück zu Sephora seid. Erst dann kann ich Euch wegbringen."

„Aber wo soll ich mich verstecken? Hier? Meinst du nicht, dass sie alle Räume durchsuchen?"

Der kleine Wachmann lächelte. Das Gesicht wirkte bedrohlich, wenn es so verzogen wurde, aber in den Augen des Masama sah Mathis, dass er es ehrlich meinte. „Wir waren lange Gefangene Eures Großvaters. Er hatte keine Verwendung für uns. Wir waren zu klein geraten, nicht bedrohlich genug und unser Wesen kann noch zwischen Recht und Unrecht unterscheiden. Etwas, was unseren großen Brüdern fehlt. Sie gehorchen blind, wir nicht. Wir waren in den Kerkern der Burg eingesperrt. Jahrhunderte, aber wir fanden uns dort unten immer besser zurecht. Es gibt geheime Katakomben, von deren Existenz nicht einmal der Herrscher selbst weiß. Wir machten diese Katakomben bewohnbar, richteten uns ein. Ein paar von uns blieben stets in dem Loch von Zelle, das der Namenlose uns zugeteilt hatte. Wir wechselten, damit niemand zu lange dort hausen musste. Über geheime Gänge gelangten wir in unsere selbstgeschaffene Heimat tief unter der Erde. Ich werde Euch dorthin bringen und Ihr müsst mir versprechen, dass Ihr keine Streifzüge allein unternehmt. Ich bringe Euch Essen, alles andere ist vorhanden."

„Aber wird mich denn keiner der anderen Masama deines Trupps verraten? Ich bin dankbar für deine Loyalität, doch ich weiß nicht, wie die anderen denken …"

Der Masama unterbrach Mathis, indem er abwinkte. „Sie stehen alle hinter Euch, mein Herr. Niemand wird dem Dunklen König irgendetwas verraten. Dafür bürge ich."

„Okay. Wie kommen wir denn dahin?", fragte Mathis und sah sich in dem kleinen Zimmer um.

Die Wache hob die Arme und begann Linien in die Luft zu zeichnen, die sanft glühten. Vor ihnen lehnte ein lebensgroßes Porträt des jungen Nalar an der Wand. Fasziniert sah Mathis, wie die Linien sich umeinander schlängelten und sich so verbogen, dass sie aussahen wie ein überdimensional großes Schlüsselloch. Langsam schwebte das Gebilde auf das Bild seines Großvaters zu und legte sich quer darüber. Das Innere der Form bildete eine

Öffnung, durch die der Masama nun trat. „Kommt mein Herr!", forderte er Mathis auf.

Mathis starrte mit offenem Mund auf den Durchgang, der gerade eben noch nicht vorhanden gewesen war. Kaum war er ebenfalls hindurchgetreten, verschwand die Öffnung hinter ihm. Mathis legte eine Hand auf die Stelle. Kalter, nasser Stein. Sonst nichts. „Ihr beherrscht Magie? Und was ist jetzt auf der anderen Seite?", fragte er, vor Staunen noch immer unfähig, vernünftige Sätze zu bilden.

„Nur wenige von uns können die Magie benutzen und auch nur einen winzigen Teil, der aber sehr nützlich ist. Im Zimmer auf der anderen Seite steht nur das Portrait des großen Herrschers ...", antwortete der Masama spöttisch, „... wie vorher auch. Niemand wird Euch hier finden. Folgt mir nun. Ich bringe Euch ins Warme."

Die Wache zündete eine Fackel an der Wand an und nahm sie in die Hand. Dann brachte er Mathis tiefer in die Erde hinein. Anfangs versuchte der Junge noch, sich den Weg einzuprägen, doch nach dem fünften Abzweig gab er auf. Ohne den Anführer der Masama wäre er hier verloren gewesen und hätte sich hoffnungslos verirrt. Zwei weitere Male beschwor die Wache mittels Magie einen Durchgang. Dann standen sie vor einer kleinen Tür aus Holz. Mathis musste sich bücken, um durch sie hindurchzutreten. Er fand sich in einer großen Halle wieder, in der kleine Nischen gemütliche Schlafplätze bereithielt. Nahe der Mitte befand sich ein hölzerner Esstisch. Auf den Stühlen lagen Kissen und an den Wänden standen Regale mit unzähligen Pergamentrollen darin.

„Unsere Chronik", sagte der Masama, als er Mathis Blick bemerkte. „Ihr könnt sie lesen, wenn Ihr unserer Sprache mächtig seid. Zeit genug werdet Ihr haben, mein Herr."

Zentral befand sich eine Feuerstelle, auf die der Masama nun zuging. Er entzündete ein Feuer, dass den Raum sofort angenehm aufwärmte.

„Meint Ihr, Ihr könnt es hier eine Weile alleine aushalten?", fragte der Masama.

„Ja. Danke. Ich werde mich erkenntlich zeigen, sobald ich kann", antwortete Mathis und drückte die verschrumpelte Hand seines Beschützers.

„Das habt Ihr bereits, mein Herr. Wir haben nicht erwartet, dass wir jemals wieder Tageslicht zu sehen bekommen. Ich werde Euch einmal am Tag besuchen kommen, doch sollte ich nicht auftauchen, dann bleibt ruhig. Ihr habt Wasser und Lebensmittel für ungefähr eine Woche. Wenn mir irgendwas passiert, übernimmt einer meiner Gefährten, doch wenn wir merken, dass wir beobachtet werden, gehen wir kein Risiko ein. Ihr bleibt in dieser Halle. Mit einer Ausnahme …" Er deutete auf eine andere Tür, die nur angelehnt war. „Wenn Ihr von dort Geräusche hört, dann flieht in die Gänge, durch die wir gekommen sind. Ich finde euch, aber bleibt auf keinen Fall hier, wenn von dort jemand kommt."

„Was ist dort?", fragte Mathis und ging neugierig drei Schritte auf die verbotene Tür zu.

Die Wache hielt ihn am Arm zurück. „Das ist der Gang in die Kerker. Es gibt keinen Abzweig. Man kommt definitiv in dieser Halle raus. Der Gang hallt und erfüllt diesen Raum mit seinem Klang, sobald sich dort jemand bewegt. Der Eingang von der Zelle aus ist mittels Magie gut versteckt, aber wer ihn erahnt, wird ihn finden. Wie schon erwähnt: Wir beherrschen nur wenig Magie. Es reicht nicht aus, um dauerhaft Durchgänge zu verstecken und der Durchgang von der Zelle zum Gang wurde zu oft benutzt. Geht bitte niemals dort entlang!"

„In Ordnung. Ich habe verstanden", sagte Mathis mit einem Nicken und zog seinen Schal auf.

„Ich gehe jetzt. In der Nische dort hinten findet Ihr genug Feuerholz, um nicht auszukühlen. In der anderen Nische liegt Kohle, um auch über Nacht die Wärme im Raum zu halten. Wir sehen uns morgen!" Der Masama verließ den Raum, ohne sich noch einmal umzudrehen. Stille legte sich um Mathis. Stille, die ihn zu erdrücken drohte. Jetzt, wo er außer Gefahr war, übermannte ihn die Schuld an Benedictas Tod mit einer Heftigkeit, die ihn aufschluchzen ließ. Mathis weinte und weinte und weinte, bis der Schlaf ihn übermannte.

*

Nalar hieb der Wache mit nur einem Schlag den Kopf von den Schultern. „Ihr elenden Versager", fluchte er und feuerte eine Rune auf eine weitere Wache seiner Garde ab. Die Wut des Herrschers war unermesslich. Selbst das Gewürm der getöteten Masama floh eilig in alle Ecken des Raumes.

Der Dunkle König fuhr herum zu Mason. „Wo ist er?", fauchte er seinen Sohn an.

„Ich weiß es nicht, Vater. Ich schwöre, dass ich ihn das letzte Mal in seinem Zimmer sah. Er war traurig, weil du seine Freundin getötet hast ..."

„Der Narr, er hat sie doch selbst zu mir gebracht. Was hat er sich gedacht? Dass ich ihr mit Rosenblättern einen Weg in meine Burg auslege und sie hofiere? Das Weibsbild hat es nicht anders verdient, das sollte er als mein Enkel begreifen, aber als das sah er sich nie, nicht wahr? Und du hast es gewusst. Du wusstest, dass er mich nicht akzeptiert hat." Das Gesicht des Namenlosen verzerrte sich zu einer Grimasse.

„Du hast es ihm nicht unbedingt leicht gemacht", murmelte Mason und biss sich sofort auf die Zunge. Er hätte still bleiben sollen, besser keine Widerworte aufbringen. Doch nun war es zu spät.

Nalars Augen verengten sich zu Schlitzen, als er seinen Sohn taxierte. „Du verstehst ihn auch noch?"

Mason nickte.

„Warum? Du hast mich nie in Frage gestellt, warst stets einverstanden mit meinen Entscheidungen. Warum soll es bei Mathis anders sein?"

„Er ist ein Kind, Vater", gab Mason vorsichtig zurück.

„Na und? Du warst auch ein Kind. Du bist bei mir groß geworden. Zum Teufel mit Sephora, die uns zwang, den Jungen so lange bei seiner Mutter zu lassen. Wir hätten ihn bereits als Baby holen sollen, dann wäre er nicht so verweichlicht geworden." Nalar schnaufte, bevor er sich den Wachen im Raum wieder zuwandte. „Sucht ihn. Er kann keinesfalls durch meine Tore nach draußen marschiert sein. Er muss sich hier irgendwo verstecken. Und bringt mir diese kleine Brut. Alle. Ich will sie einzeln verhören."

Die Wachen verbeugten sich und verließen, so schnell sie es vermochten, den Saal.

„Komm mit mir!", wies Nalar seinen Sohn barsch an.

Mason folgte seinem Vater, der sich auf direkten Weg in den Kerker begab. Vor der Zelle der Lichtschwestern blieb er stehen.

Die Gruppe der Gefangenen war inzwischen deutlich geschrumpft. Rose rappelte sich mühsam auf die Füße, als der Dunkle König vor ihr erschien. Sie war schwach, ihr Atem rasselte.

„Öffnet!", befahl Nalar. Er trat in die Zelle ein, besah sich jede einzelne Schwester und begann die, die des Stehens noch mächtig waren, in Richtung der Zellentür zu zerren. Die anderen ignorierte er und blieb vor Rose stehen.

Die Lichtschwester erhob den Kopf und sah dem König trotzig ins Gesicht. Irgendetwas schien ihn sehr wütend zu machen. Auch wenn Rose nicht wusste, was passiert war, freute sie sich und konnte ein schmales Lächeln nicht unterdrücken. Der König trat einen Schritt zur Seite und einer seiner Wachen schlug die Faust in Roses Bauch. Die junge Schwester krümmte sich und übergab sich. Es war nicht viel, bei dem wenigen Essen, das man ihnen zukommen ließ, kam fast nur Galle.

„Verlegt sie. Eine Ebene tiefer. Nasser, dunkler und verseuchter. Mehr verdient diese Brut nicht. Nehmt die hier mit", sagte Nalar und trat Rose noch einmal in den Bauch. „Die anderen tötet und lasst sie liegen. Sie verwesen von allein!"

Ohne eine weitere Erklärung eilte Nalar heraus aus der Zelle und die Stufen wieder nach oben. Mason folgte seinem Vater rasch und hatte Mühe ihn einzuholen.

„Ich verstehe nicht …", sagte er, als er ihn eingeholt hatte.

„Ich will nur auf Nummer sicher gehen. Irgendwas rollt auf uns zu. Ich spüre es seit Tagen. Ich will kein Risiko eingehen und sie in den bekannten Zellen lassen. Deshalb werden sie ab sofort eine Ebene weiter unten hausen. Von deren Existenz wissen die wenigstens meiner Untertanen."

Nalar blieb vor seinen Gemächern stehen. „Was dich angeht –

du solltest schnellstens meinen Enkel auffinden. Und lass dich nicht von deinen Gefühlen überrollen. Du kannst mir nichts vormachen. Du liebst ihn. Das ist aber nicht der Plan. Sieh zu, dass du dich in den Griff bekommst", drohte er Mason. Dann schlug er die Tür hinter sich zu.

Mason holte tief Luft und ging in den Flügel, den Nalar seinem Enkel überlassen hatte.

30

Es gibt eine einzige Rettung, eine einzige, für die müde Seele:
Die Liebe zu einem anderen Menschen.
Baltasar Gracián y Morales

Mathis hörte die Schreie wie durch einen Schleier. Dumpf und sehr leise erklangen sie in der Halle, als er sich vom Bett aufrappelte. Verschlafen rieb er sich die Augen. Er war allein. Trotzdem hörte er Frauen weinen.

Leise warf er wahllos trockene Lebensmittel auf eine Decke und knotete sie zusammen. Vorsichtig legte er sie neben die Tür, durch die er mit dem Anführer seiner Masama gekommen war, griffbereit, falls er nachher schnell von hier fliehen musste. Dann schlich er zu der verbotenen Tür, zog sie ein Stück weiter auf und lauschte. Die Wache hatte ihm geraten, zu verschwinden, sobald er Geräusche von dort hörte, doch sie wurden nicht lauter.

Mathis ging ein Stück in den Gang hinein und lauschte auf Schritte. Nichts. Er zog seine eigenen Stiefel aus, stellte sie griffbereit auf einen Felsvorsprung und lief dicht am Felsen entlang, genau auf die Stimmen zu. Vor jeder Abbiegung blieb er stehen und lauschte erst vorsichtig, bevor er seinen Weg fortsetzte. Mühsam unterdrückte er seinen keuchenden Atem, doch der steile Weg bergauf setzte ihm zu. Hinter der nächsten Kurve sah er ein schwaches Licht glimmen. Mathis legte sich auf den Bauch und robbte so nah ans Licht, wie er sich gerade noch traute. Tief verborgen in der dunklen Röhre konnte er sehen, wie eine Wache Rose in die davorliegende Zelle stieß. Dann verschloss der Masama die Tür. Sein höhnisches Lachen dröhnte in Mathis Ohren.

Rose schlurfte zu ihren Schwestern. Ihre Haltung war gebückt, die Haare hingen ihr strähnig übers Gesicht, ihr Kleid war schmutzig und zerrissen. Die anderen Schwestern sahen nicht besser aus. Alle wiesen Wunden auf und weinten. Die einst so strahlenden Schönheiten gaben ein jämmerliches Bild ab.

Mathis war unsicher, wusste nicht, was er tun sollte. Was er tun konnte. Waren die Wachen noch in der Nähe? Konnte er es riskieren, den Schwestern zu helfen? Wie würden sie reagieren, wenn sie von seiner Schuld an Benedictas Tod erfuhren? Mathis biss sich nervös auf die Lippen.

Er kroch näher an die Öffnung. Niemand schien ihn zu bemerken, genau wie niemandem die Öffnung in der Wand auffiel, durch die er vollen Einblick in die Zelle hatte. Die Wachen schienen sich hier unten nicht aufzuhalten. Das Brüllen aus eindeutig nichtmenschlichen Kehlen, das aus den anderen Zellen zu Mathis drang, machte es selbst den Masamas zu ungemütlich. Mathis schauderte, nahm dann all seinen Mut zusammen.

„Psst", zischte er leise. Keine der Schwestern reagierte. „Rose!", rief Mathis, so leise es ging.

Die Schwester sah auf, lauschte und schüttelte den Kopf. Sie beugte sich wieder zu einer der anderen Frau hinunter und redete leise auf sie ein.

„Rose!", rief Mathis nun ein bisschen lauter.

Jetzt sprang die Schwester auf die Füße. „Wer ist da?", fragte sie ebenso leise in den Raum hinein und sah sich hektisch um. Als Antwort erhielt sie einen markerschütternden Schrei aus den Tiefen der anderen Zellen, bei dem Mathis ein kalter Hauch über den Körper lief.

Er setzte alles auf eine Karte und stand auf. An Roses nicht vorhandener Reaktion sah er, dass sie ihn noch immer nicht wahrnahm. Offenbar war die Sicht nur von seiner Seite aus frei.

Er ging bis an den Rand der Felswand, bevor er sich hinhockte. „Hier", rief er leise. „Ich bin es. Mathis", fügte er hinzu.

Rose schlug die Hand vor den Mund und folgte seiner Stimme. Auch in die anderen Schwestern kam nun Bewegung. Aufmerksam beobachteten sie Rose.

„Geh in die Hocke", wies Mathis sie an.

Rose gehorchte.

„Du kannst mich nur hören und nichts sehen?", fragte Mathis nach.

„Ja, wo steckst du? Ist das Magie?", fragte Rose.

„Ja, aber ich habe damit nichts zu tun. Ich bin genau neben dir. Versuch deine rechte Hand durch den Felsen zu schieben. Ich weiß nicht, ob ihr von eurer Seite aus zu mir kommen könnt. Von hier scheint es zu gehen."

Rose legte ihre Hand auf den Boden und schob sie zitternd auf den Felsen zu. Sie glitt ungehindert durch die Wand hindurch.

Mathis legte seine Finger auf ihren Handrücken und drückte sie leicht. „Okay, dann könnt ihr alle hier durchtreten. Könnt ihr laufen?"

„Ja, aber ich vermute, wir bekommen noch einmal Besuch nachher. Wir warten es ab. Was ist passiert?"

Mathis schluckte. „Benedicta ist tot", sagte er mit belegter Stimme.

Nun war es Rose, die seine Hand drückte. „Sie war ein tapferes Mädchen."

„Ich bin schuld", fügte Mathis hinzu.

„Wir reden später darüber. Sei still. Da kommt jemand, glaube ich", flüsterte Rose, während sie ihre Hand zurückzog.

Mathis sah, wie zwei Masamas des Dunklen Königs eine seiner eigenen kleinen Wachen vor sich her stießen. Der trug im Arm eine karge Ration Essen. Sein Blick schien Mathis zu fixieren.

Der Junge hielt die Luft an. Konnte der kleine Masama ihn sehen? Oder ahnte die Wache irgendwie, dass er hinter dem Felsen hockte und alles beobachtete?

Der kleine Masama legte die trockenen Brotkanten in die Zelle. „Teilt es euch ein", sagte er und wandte seinen Blick endlich von Mathis ab. „Das muss für einige Tage reichen. Vorher bekommt ihr nichts Neues zum Essen!" Wieder ruckten seine Augen zu Mathis. Der war nun sicher, dass die Wache ihn sah, denn zielgerichtet sah der Kleine ihm in die Augen. „Habt ihr verstanden? Niemand wird kommen, um Nachschub zu bringen!"

Mathis erkannte den Hinweis, den die Wache ihm gab. Die nächsten Tage würde keiner nach den Schwestern sehen. Er sollte sie wohl mit sich nehmen. Mathis nickte und der Masama seiner eigenen Truppe blinzelte zurück. Als er aus der Zelle trat, stießen ihn seine großen Brüder derb in den Rücken. Mathis konnte hören, wie sie ihn unterwegs für sein Benehmen gegenüber den Gefangenen verspotteten. Wenige Minuten später wurde es wieder ruhig in den Gängen.

„Sammelt die Speisen ein. Es ist besser als nichts", wies Rose ihre Schwestern an, während sie sich wieder zu Mathis hockte. „Wohin führt der Weg, auf dem du dich befindest? Ist es überhaupt ein Weg?", fragte sie bei Mathis nach.

„Ja. Geradewegs führt er tiefer unter die Burg. Der Namenlose weiß davon nichts, so wurde mir gesagt."

„Wer hat dir das gesagt?", hakte Rose nach.

„Der Anführer meiner eigenen Wache. Einer der zu kleinen Masama. Ich vertraue ihm!", antwortete Mathis.

„In Ordnung", sagte Rose. Mathis sah ihr an, dass sie nicht überzeugt war. Aber da sie keine andere Möglichkeit sah, beschloss sie, dass sie es wagen mussten. „Kommt zu mir und geht einfach auf den Felsen zu", forderte sie ihre Schwestern auf.

Eine nach der anderen verschwand im Felsen. Als die erste Schwester vom nassen Stein verschluckt wurde, schauderte Rose noch, doch eine nach der anderen folgte und Rose gewöhnte sich an den Anblick. Zum Schluss trat auch sie durch den Felsen und stand Mathis gegenüber. Dem Jungen schossen Tränen in die Augen. Rose konnte nicht anders. Sie war nicht der mütterliche Typ, doch er stand da wie ein Häufchen Unglück, kämpfte so deutlich mit den Tränen, dass sie ihn automatisch in ihre Arme zog und fest an sich drückte.

Mathis schmiegte sich an Rose und genoss für einen winzigen Moment das Gefühl, nur ein Kind zu sein, die große Schuld und Verantwortung abzulegen. Doch er spürte die Unruhe unter den

Schwestern, die sich dicht aneinander im engen Gang drängelten und ihn ansahen.

„Zieht eure Schuhe aus, damit wir keinen Krach machen", sagte er. „Dann folgt dem Weg bis in eine große Halle. Da bleiben wir vorerst. Redet nicht, rennt nicht, aber beeilt euch!"

Alle Schwestern folgten seinen Anweisungen und marschierten mit den Schuhen in der einen und den Brotkanten in der anderen Hand den Gang entlang. Sie kamen langsam voran, denn ihre Verletzungen und der Hunger der letzten Wochen hatten sie geschwächt. Mathis ging am Schluss. Er drehte sich immer wieder um, doch nichts geschah. Es blieb ruhig. Niemand folgte ihnen.

Als alle in der Halle ankamen, schloss Mathis die Tür hinter sich. Er hoffte, dass er es trotzdem hören würde, wenn sich jemand näherte.

*

Carly stand ungeduldig vor dem Lichtbrunnen und wartete auf Sephora. Die Herrscherin hatte ihr zugesichert, dass sie noch heute einen Rettungstrupp zusammenstellen würden.

Vor den Fenstern warf die Nacht noch immer lange Schatten. Im Schloss schienen alle zu schlafen, doch als Carly ans Fenster trat, sah sie, dass sie sich irrte. Auf dem Hof herrschte bereits geschäftiges Treiben. Es wurden Zelte aufgestellt und andere Behausungen, die Carly nicht einzuordnen vermochte. Käfige, die über dem Boden schwebten, im Inneren mit Zweigen ausgestattet auf denen unzählige kleine goldene Kissen lagen. Die Scheunen an der Mauer hatten ihre Tore weit geöffnet und waren hell erleuchtet. Sephora schien Gäste zu erwarten. Carly erlaubte sich nicht, an Mathis zu denken, denn die Dunkelheit in ihr versuchte, bei diesen Gedanken immer wieder an die Oberfläche zu dringen.

Als sich endlich die Tür öffnete und Sephora eintrat, wirbelte Carly herum und lief auf die Weise zu. „Ich dachte schon, ihr würdet den Vormittag verschlafen", sagte sie zu Sephora.

„Kind, es ist nach wie vor Nacht. Von verschlafen kann wohl keine Rede sein. Ich habe mir etwas überlegt. Es gibt vielleicht eine Möglichkeit, ungesehen in die Dunkle Burg zu kommen. Meine Magie funktioniert dort leider nicht. Der Trupp, den ich losschicke, wird ungeschützt sein. Aber ich habe zwei Freiwillige gefunden, die gehen werden."

„Zwei? Wie sollen wir mit nur zwei Schwestern kämpfen?", fragte Carly entsetzt nach.

„Du gar nicht! Du wirst dich hier nicht weg bewegen ..." Weiter kam Sephora in ihren Ausführungen nicht.

„Das kannst du vergessen", fuhr Carly sie wirsch an. „Ich gehe auf jeden Fall mit ihnen."

„Ich sagte es ja", murmelte Sage, der im selben Moment mit Ana und zwei Lichtschwestern zur Tür hereinkam und zu den Frauen trat.

„Kind, es ist zu gefährlich. Ich kann dich nicht mitschicken", erwiderte Sephora.

„Ich gehe. Du kannst mich nicht aufhalten. Wenn du das versuchst ..." Carly ließ die Drohung auf ihren Lippen unausgesprochen, doch unter ihrer Haut färbten sich die Adern schwarz ein.

„Schon gut", warf Ana ein und sah Sephora an. „Ich werde mit ihr gehen und sie beschützen. Ich mag nicht viel Ahnung von der

238

Magie selbst haben, aber ich kann kämpfen. Ich verteidige die Kotetahi mit meinem Leben, wenn es sein muss."

Sephora sah die Anwesenden nacheinander an, Sage, Ana, Carly und die beiden Schwestern, die sich freiwillig gemeldet hatten. Dann nickte sie seufzend. „Also gut. Passt auf. Wenn ich mich recht erinnere, dann ist die Dunkle Burg auf der Rückseite wenig bis gar nicht bewacht. Der Namenlose erwartet niemanden aus seinem eigenen Hinterland und es gelingt auch normalerweise niemandem, die vorderen Reihen zu durchbrechen. Doch wir haben Sage. Er springt nacheinander mit jeder von euch hinter die Burg. Es gibt eine Höhle im Felsen, unterhalb der Gemäuer. Wenn ihr die findet, solltet ihr von unten in die Burg eindringen können. Ich setze darauf, dass der Dunkle König Mathis inzwischen in seinen Verliesen gefangen hält. Dann müsstet ihr nur die zwei bis drei Wachen dort erledigen und verlasst mit Mathis die Burg auf demselben Weg. Rastet nicht und seid leise. Es leben Wesen unter der Burg, die euch besser nicht hören. In jungen Jahren experimentierte der Dunkle König mit Menschen der neuen Welt. Auch Tiere waren Bestandteil dieser Experimente. Heraus kamen ganz schaurige und gefährliche Wesen. Eventuell leben einige von ihnen noch immer. Wenn er sie irgendwo versteckt, dann in den Katakomben der Burg."

„Was tun wir, wenn er nicht in den Verliesen ist? Besondere Gefangene sperrt er oft in die Zimmer innerhalb der Burg ein", fragte Carly, eingedenk ihrer eigenen Erfahrungen.

„Dafür habt ihr mich. Ich habe viele Jahrhunderte auf der Burg gelebt und kenne mich aus. Oberhalb. Aus den Kerkern habe ich mich ferngehalten. Wenn Mathis dort nicht ist, dann entscheiden wir spontan. Wir gehen nicht ohne ihn zurück. Entweder wir retten ihn und kommen wohlbehalten mit ihm zurück, oder wir sterben alle bei dem Versuch", sagte Sage.

Carly nahm seine Hand und drückte sie dankbar. Ein Lächeln huschte über ihr Gesicht. Sephora hingegen stieß laut Luft zwischen den Zähnen heraus.

„Bleib hier!", forderte sie Carly noch einmal bittend auf. „Wenn du bei dem Versuch umkommst, dann werden beide Welten verloren sein. Wir brauchen dich, du musst ausgebildet werden und die Zeit bis zur finalen Schlacht ist knapp. Schon bald werden unsere Verbündeten eintreffen und sie werden nicht begeistert sein, wenn sie erfahren, dass du dich in unnötige Gefahr begeben hast. Du riskierst zu viel."

Carlys Gesicht versteinerte. Sage strich ihr über den Rücken und versuchte sie zu beruhigen. Er sah es ihr an, wie sehr sie Sephora in diesem Moment hasste. Durch das sie verbindende Band spürte er, wie die Dunkelheit sich erneut ihren Weg bahnte. Schnell drehte er Carly zu sich und sah ihr in die Augen. „Nicht!", bat er. „Reiße dich zusammen. Es sind nur ihre Gedanken. Niemand wird dich davon abhalten, Mathis holen zu gehen. Wir schaffen es!" Er zog Carly in seine Arme und drückte sie fest an sich. Seine Nähe gab ihr die nötige Kraft, die Finsternis in ihr zurückzuhalten.

Ana, die die Luft angehalten hatte, stieß sie keuchend aus, als sie sah, wie die dunklen Adern auf Carlys Haut wieder verblassten.

Sephora schüttelte den Kopf. „Dann esst jetzt, macht euch bereit und kommt in einer Stunde in den Hof. Euer Vorhaben ist extrem riskant, aber ich sehe, dass ich niemanden davon abhalten kann. Ihr alle versprecht mir, dass ihr Charlottes Leben an erste Stelle setzt. Schützt sie mit allem, was ihr habt!"

Sage, Ana und die beiden Schwestern nickten.

*

Rose hatte ihre Schwestern so gut es ging verarztet. Die Wunden waren gewaschen und verbunden, die Schwestern satt und sie lagen schlafend in den Nischen. Mathis saß am Tisch und besah sich die ehemaligen Gefangenen. Wann würde einer seiner Wachen kommen und was würde er sagen, wenn er sah, was Mathis getan hatte? Oder wussten sie es bereits? Fest stand, dass es nicht mehr lange dauernd würde, bis sein Großvater entdeckte, dass auch die Letzten der Schwestern verschwunden waren. Mathis bezweifelte, dass der ursprüngliche Plan seines Masama-Anführers noch Bestand hatte. Die Wachen des Dunklen Königs würden den Durchgang in der Zelle finden, da war er sicher. Mehrfach war er zur Tür geschlichen und hatte gelauscht. Aber noch war alles ruhig.

Als sich die andere Tür öffnete, zuckte Mathis zusammen. Er hatte so schnell nicht mit Besuch gerechnet, doch einer seiner eigenen Masama betrat die geheime Halle. Er schien nicht verwundert über die Anwesenheit der Frauen, sondern kam zielgerichtet auf Mathis zu.

„Mein Anführer schickt mich. Er steht zu sehr unter Beobachtung. Einer meiner Brüder sagte uns, dass er Euch hinter dem Durchgang zur Zelle gesehen hat", sagte die Wache.

„Er konnte mich sehen? Wie ist das möglich? Die Masama des Königs sahen mich nicht, oder?", fragte Mathis aufgeregt nach.

„Nein. Sehen kann Euch dort nur jener von uns, der den Durchgang schuf. Es war pures Glück, dass er mit in den Kerker musste. Doch jetzt haben sich die Bedingungen geändert. Der Dunkle Herrscher tobt und tötet seine Untertanen reihenweise. Er ist sehr erzürnt darüber, dass er Euch verloren hat. Wenn er auch noch das Verschwinden der Schwestern durch die verschlossene Zellentür bemerkt, ist es nur eine Frage der Zeit, bis sie den geheimen Gang finden. Ihr seid hier nicht mehr sicher. Packt so viel in die Körbe, wie Ihr tragen könnt, schlingt Euch Decken um die Körper. Ich bringe euch sofort in die Katakomben. Da gibt es genug Abzweigungen. Die machen es schwieriger, Euch aufzuspüren."

Mathis nickte und stand auf. Inzwischen waren die Schwestern alle wach und hatten sich aufgesetzt. „Ihr habt ihn gehört. Packt zusammen, was ihr tragen könnt. Wir verschwinden hier."

Rose trat ein Stück näher an Mathis und die Wache heran. Misstrauisch beäugte sie den kleinen Masama. „Können wir ihm trauen? Wer sagt uns, dass das keine Falle ist?"

„Ich traue jedem von ihnen", sagte Mathis. Doch bevor er weiterreden konnte, legte der Masama eine Hand auf seinen Arm und schüttelte den Kopf.

„Das solltet ihr nicht tun", sagte er. „Nicht jeder von uns ist so loyal. Ich fürchte, es gibt mehr Verräter, als uns lieb sein kann."

„Aber euer Anführer sagte mir ...", warf Mathis ein.

Der Masama winkte ab. „Ich weiß, was er glaubt. Aber er lebt nicht bei uns. Er genießt das Privileg eines Privatzimmers. Das ist in Ordnung, aber so bekommt er nicht alles mit. Ich weiß, dass viele, eigentlich die meisten meiner kleinen Brüder, eher den Weg des geringsten Widerstands gehen und Euch verraten würden, wenn sie damit ihr Leben retten. Wir sind eine Schöpfung des Bösen. Vergesst das niemals!"

Die Lichtschwestern standen unschlüssig im Raum herum. Jede hatte ein Bündel auf dem Rücken und Wassersäcke in der Hand. Sie waren bereit zum Abmarsch.

Nach nur wenigen Minuten folgten sie der Wache in die Gänge außerhalb der Halle. Sie liefen immer tiefer in den Berg hinein, stiegen nach unten. Die Umgebung wurde nasser. Bald schon floss Wasser in kleinen Rinnsalen die Wände herab. Der Masama blieb stehen und übergab Mathis eine magische Fackel. „Nehmt die hier. Sie erlischt nur durch ein magisches Wort und brennt ansonsten für immer. Sollte jemand kommen und Ihr wollt, dass die Flamme ausgeht, dann sprecht dieses Wort!" Die Wache übergab Mathis einen Zettel. *Kutoka* stand auf ihm. „Doch wenn die Flamme einmal gestorben ist, ist sie für immer erloschen. Daher überlegt gut, wann Ihr es tun müsst. Noch etwas zu eurer Sicherheit. Seht ihr die Farbe der Wände?"

Mathis leuchtete den Felsen an und nickte. Rot, durchzogen mit gelben Fäden.

„Solange die Wände eine Farbe besitzen, ganz egal, welche, seid Ihr sicher. Doch kommt Ihr an einen Gang, deren Wände pechschwarz sind, meidet ihn, wenn es geht. In diesen Gängen hausen Kreaturen, deren Gesinnung Euch töten könnte. Nun geht. Nach unten und immer in Richtung Norden. Irgendwo gibt es einen Ausgang, doch wir haben ihn nie gefunden. Er existiert, das wissen wir. Mit ein bisschen Glück findet Ihr ihn. Wir werden uns nicht wiedersehen. Niemand von uns wird kommen. Seht Ihr einen der unseren, rennt!"

Mathis schluckte und nickte. Angst schnürte ihm die Kehle zu.

Nicht fähig, ein Dankeschön auszusprechen, zog er den verkrüppelten Körper der Wache einfach in seine Arme. Der Masama verstand, tätschelte Mathis über den Rücken und rappelte sich frei. Diese Umarmung hatte ihn überrascht, doch in den von wulstigen Lidern umrahmten Augen schimmerte Wasser.

Als der Masama fort war, gingen Mathis und die Schwestern in die Richtung, die er ihnen gewiesen hatte. Mathis als erster, um die Farbe der Wände zu überprüfen, Rose als Letzte, da sie am kräftigsten war und darauf achtete, dass niemand zurückblieb.

*

Die Morgendämmerung zog am Himmel auf, als Carly auf den Hof stapfte. Es hatte erneut geschneit und Schnee drang in ihre Stiefel ein. Doch sie bemerkte es kaum. Sage ging neben ihr, die Schwestern warteten bereits mit Sephora. Als auch Ana eintraf, umarmte Sephora jede einzelne von ihnen und murmelte Worte in einer Sprache, die Carly nicht verstand, die sich jedoch vertraut anfühlten.

„Passt auf euch auf", ermahnte Sephora sie ein letztes Mal. „Und geht kein Risiko ein!"

Carly lachte innerlich. Sie dachte gar nicht daran, ohne Mathis wiederzukommen. Egal, welches Risiko dafür nötig war. Doch sie schwieg, ließ sich ebenfalls von Sephora umarmen und sah Sage über die Schulter der Alten hinweg dabei zu, wie er mit der ersten Schwester im Lichtblitz verschwand. Es dauerte einen Moment, bis er wieder auftauchte. „Alles in Ordnung", sagte er. „Er stellt tatsächlich keine Wachen hinter seiner Burg auf. Niemand hat uns gesehen." Kaum hatte er ausgesprochen, sprang er mit der zweiten Schwester, kam wieder, nahm Ana auf den Arm und erschien in dem Moment zurück, als Carly panisch ein Gedanke durch den Kopf schoss.

Kaum tauchten sie in die Dunkelheit des Zeitsprungs ein, klammerte sie sich an Sage und murmelte: „Ich befürchtete einen Moment lang, dass du dich mit Sephora verbündet haben könntest und mich nicht holst!"

Sage tauchte mit Carly hinter der Burg auf und hielt sie weiterhin auf seinen Armen.

„Das würde ich niemals tun!", versicherte er.

Carly legte ihre Arme enger um seinen Hals und küsste ihn. Für einen Moment vergaß sie alles um sich herum. Viel zu lange waren sie sich nicht nahe gewesen, hatten keine Zeit gefunden, um sich um ihre Beziehung zueinander zu kümmern. Und auch jetzt drängte die Zeit. Ana räusperte sich im Hintergrund.

„Wir sollten losgehen", sagte sie und schaute verlegen auf ihre Füße.

Carly lachte. „Du hast Recht. Lasst uns diese Höhle finden. Wenn Sephoras Berechnungen stimmen, sollte sie ganz in der Nähe sein. Am besten ist, wir verteilen uns. Dann finden wir sie schneller."

Alle nickten und schwärmten in Richtung der Felswand aus.

Carly musste nicht lange suchen. Schon nach wenigen Metern griffen ihre Hände ins Leere. „Ich hab sie", rief sie leise. Doch es reichte, die anderen hörten sie.

Sage zündete eine Fackel an und gemeinsam betraten sie den Felsen unterhalb der Burg. Die Höhle war nicht besonders groß, trotzdem führten gleich sechs Röhren aus ihr raus, tiefer in den Felsen hinein.

„Welchen Gang sollen wir nehmen?", fragte Carly und sah ratlos auf die allesamt schwarzen Löcher. Sie ging auf eine der

Steinröhren zu und leuchtete hinein. Ihre Fackel leuchtete gerade die ersten paar Meter aus, danach herrschte tiefe Finsternis. Die Wände des Steins waren pechschwarz und jagten Carly einen Schauer über den Rücken. Nacheinander überprüfte sie die anderen Gänge. Stets erhielt sie dasselbe Ergebnis. Keine Hinweise darauf, dass eine der Röhren die richtige sein könnte, alle beherbergten pure Dunkelheit, die Wände allesamt wie mit Pech bestrichen.

„Wir müssen uns entscheiden", sagte Sage. „Wohl ist mir bei keinem der Gänge, aber einer muss reinführen."

Ana räusperte sich.

„Hast du eine Idee?", fragte Carly das junge Mädchen.

„Naja, ich versuche mich hineinzudenken. Wäre ich der Erbauer dieser Gänge, egal ob ich nun heimlich in die Burg gehen wolle oder von innen heraus fliehen wollte, dann würde ich den Weg nicht offensichtlich machen. Daher würde ich persönlich jetzt den unbequemsten der Gänge wählen. Den Pfad, den eher niemand freiwillig gehen würde." Bei diesen Worten starrte sie auf eins der Öffnungen in der Wand. Die Ränder des Loches waren gezackt und auch innen wiesen die Wände abstehende Spitzen auf, im Gegensatz zu den anderen Gängen, deren Wände fast schon glattpoliert waren.

Carly nickte. Sie würden vorsichtig sein müssen. „Wahrscheinlich liegst du damit genau richtig. Lasst uns zwei Fackeln mehr anzünden, damit wir besser sehen."

Wieder war es Ana, die zögerlich das Wort ergriff: „Im Grunde bräuchten wir sie nicht. Ihr, meine Kotetahi, könntet die Lichtmagie in Euch nach außen drängen. Über Eure Aura, die heller leuchtet, als jede Fackel es vermag, wären wir nicht nur gegen die Fallen im Gang geschützt."

„Nicht nur gegen Fallen?", fragte Carly nach und zog die Augenbrauen nach oben.

„Ich vermute, dass hier Wesen hausen, die die Lichtmagie eher scheuen. Fackeln hingegen würden sie wohl nur kurz abschrecken." Ana umklammerte ihren Bogen fester, den sie abschussbereit in den Händen hielt, seit sie Sage auf der Gilid Kadiliman abgesetzt hatte.

„Aber wie mache ich das?", fragte Carly und sah sich hilfesuchend um. Doch alle zuckten nur mit den Schultern oder schüttelten den Kopf. Niemand schien zu wissen, wie sie diese geniale Idee umsetzen sollte. Zum ersten Mal dachte Carly, dass Sephora wohl Recht gehabt hatte, als sie darauf bestand, Carly erst auszubilden. Doch jetzt war es zu spät. Carly hatte ihren Kopf durchgesetzt. Bis auf die wenigen Übungen mit ihrer Magie, die sie in dem italienischen Dörfchen ausprobiert hatte, vermochte sie ihre Lichtmagie nicht zu handhaben. „Gut", sagte sie entschieden, nicht bereit, jetzt einen Rückzieher zu machen, „dann müssen die Fackeln ausreichen. Lasst uns drei anzünden. Sage geht voran und trägt eine der Fackeln. Ana, du gehst hinter ihm. Halte deinen Bogen immer kampfbereit. Eine von euch geht in der Mitte, die andere am Ende. Beide mit ebenfalls einer Fackel. Ich werde ebenfalls kampfbereit zwischen euch gehen. Seid ihr bereit?"

Den Lichtschwestern war ihr Unbehagen anzusehen, doch darauf konnte Carly keine Rücksicht nehmen. Ana und Sage hingegen traten schon an die ausgewählte Öffnung des Weges.

Sie kamen nur langsam voran. Immer wieder mussten sie armdicken Felsspitzen ausweichen, die wie Speere aus den Wänden herausragten. Der Weg führte erst tief hinab, dann steil bergauf. Nicht selten krochen die Gefährten auf allen vieren weiter, weil

sie sich sonst nicht hätten halten können. Jetzt kamen ihnen die
Unebenheiten der Wände gelegen, denn sie dienten als Kletter-
hilfe.

*

Mathis irrte mit den Schwestern immer tiefer in den Berg hinein.
Die Wände wurden dunkler, verloren immer mehr an Farbe. Einmal hörten sie im Hintergrund Geräusche, die nach trappelnden
Füßen klangen. Um sich nicht durch das Leuchten ihrer Fackel
zu verraten, stellten sie sich alle eng aneinander, nahmen die
Lichtquelle in ihre Mitte und deckten ihre Leuchtkraft weitest-
gehend ab. Inzwischen war es jedoch wieder sehr ruhig.

Mathis stand jetzt vor einer Gabelung. Er konnte zwischen
drei Wegen wählen. Trotzdem blieb er unschlüssig. Die Schwestern setzten sich auf den Boden, dankbar für die unfreiwillige
Pause. Auch wenn sie inzwischen gegessen und geschlafen hatten, waren sie schwach. Nur weil sie sich gegenseitig stützten,
hielten sie sich auf den Beinen.

„Warum gehst du nicht weiter?", fragte Rose, die sich ihren
Weg zu Mathis gebahnt hatte.

„Wir haben ein Problem", sagte Mathis.

„Was ist?", fragte Rose alarmiert.

„Die Wände. Alle Gänge besitzen schwarze Wände. Wir können nicht weiter, wenn wir uns an das halten, was der Masama
uns riet."

„Dann gehen wir zurück und wählen einen Abzweig weiter
vorn einen der anderen Gänge", schlug Rose vor.

Doch Mathis schüttelte den Kopf. „Macht keinen Sinn. Schon

die letzten vier oder fünf Abzweigungen boten nur einen einzigen Gang, der nicht schwarz war. Wir würden unseren Verfolgern in die Arme laufen. Was machen wir jetzt?"

Rose schluckte. Die Angst stand ihr ins Gesicht geschrieben. Dann atmete sie hörbar aus. „Dann wähle irgendeinen der Wege hier. Wir riskieren es. Lieber sterbe ich hier unten, als in die Gefangenschaft des Dunklen Königs zurückzukehren", sagte sie entschieden. Die Frauen auf dem Boden nickten, murmelten ihre Zustimmung. „Ich auch … nie wieder … nichts ist schlimmer, als er es sein könnte …" Mit dem Mut der Verzweiflung strahlten sie Optimismus aus, der auf Mathis überging.

„Gut. Wir nehmen den Mittleren Gang. Vorher rasten wir hier, essen etwas, ruhen uns aus. Der Weg sieht beschwerlicher aus. Wir müssen noch mehr aufpassen als bisher. Und er führt steil bergab."

Rose nickte, leuchtete jedoch in die gewählte Röhre hinein. Sie zitterte, als sie die spitzen Felsformatierungen sah. „Wir werden mehr Licht brauchen", sagte sie.

„Wir haben unsere eigenen Fackeln. Wir zünden sie an, sobald wir losgehen. Setz dich hin und ruhe dich aus!", wies Mathis an.

*

Der Rettungstrupp um Carly kam trotz der widrigen Umstände gut voran. Aus der Ferne erklang hin und wieder ein Knurren, doch es kam nicht näher. Trotzdem kribbelte Carly der Nacken. Beinah wie damals im Park, als alles begann. Der Unterschied zu dem prickelnden Gefühl vor mehr als einem Jahr war, dass dieses Gefühl jetzt zwar ähnlich war, ihr jedoch Angst einjagte. Immer wieder versuchte sie, während sie lief, auf ihre Lichtmagie zuzugreifen und sie nach außen zu drängen. Doch es gelang ihr nicht im Ansatz. Jeder Versuch scheiterte kläglich. Inzwischen trat ihr vor Anstrengung der Schweiß auf die Stirn und sie spürte, wie ihre Kräfte schwanden. Plötzlich blieb Sage stehen.

„Wir legen eine kleine Rast ein", sagte er bestimmt und sah Carly an. Durch das Band fühlte auch er ihre Schwäche.

Carly widersprach nicht und nickte. Erschöpft sank sie auf den Boden. Sofort entspannte sich ihr Körper. Sage nahm sie in den Arm und Carly schloss die Augen.

*

Mathis schrak aus seinem Dösen auf, als die Lichtschwestern um ihn herum plötzlich unruhig wurden. Sofort wurde ihm bewusst, was der Grund dafür war. Aus einer der Gänge neben ihnen dröhnte ein näher kommendes Knurren. Doch beängstigender war im Moment, dass aus dem Gang, aus dem sie selbst gekommen waren, Stimmen und Schritte zu hören waren. Sehr nah und offenbar von sehr vielen Männern. Hatten sie bisher noch gehofft, dass die vorher gehörten Geräusche nicht ihnen galten, bekamen sie nun Gewissheit. Der Dunkle König hatte seine Schergen ausgesandt, sie einzufangen. Mathis musste keine Anweisungen geben. Von allein verstanden die Schwestern die Dringlichkeit, standen auf und sammelten ihre Sachen zusammen. Sie achteten darauf, nichts zurückzulassen, was sie verraten würde. Ohne zu Zögern betraten sie den ausgewählten Weg. Sie trauten sich nicht, mehr als nur einige wenige zusätzliche Fackeln anzuzünden. Nicht zuletzt dadurch erwies sich der Weg als deutlich beschwerlicher, als sie erwartet hatten. Niemand redete. Über allen lastete die Angst, die sich spürbar um die Gruppe legte. Was lauerte in diesem Gang, von dem der Masama so dringend abgeraten hatte? Und würden die Schergen Nalars es wagen, ihnen zu folgen?

Zumindest über Letzteres mussten sie sich offenbar keine Gedanken machen. Entweder hatten ihre Verfolger einen anderen Weg gewählt oder sie trauten sich nicht, in die schwarzen Röhren zu gehen. Die Stimmen wurden leiser, bis sie schließlich verstummten.

„Mathis", flüsterte Rose. „Ich bin nicht sicher, ob wir es alle schaffen, weiterzugehen. Viele meiner Schwestern haben sich bereits verletzt. Ich kann ihre Wunden nicht verbinden, während wir laufen. Meinst du, wir können es wagen, hier eine Rast zu machen?"

„Das müssen wir wohl einfach", sagte Mathis, den der Mut inzwischen verließ. Wo verdammt liefen sie hin? Verstohlen wischte er sich eine Träne von der Wange, während er Rose dabei zusah, wie sie ihre Gefährtinnen erneut verband. Sie brauchten mehr Licht, wenn sie weitergingen und nicht in die lebensgefährlichen Hindernisse prallen wollten. Mathis selbst hatte mehrfach erst im letzten Moment Spitzen entdeckt, die ihn, wäre er nicht ausgewichen, wahrscheinlich dermaßen verletzt hätten, dass er um sein Leben hätte bangen müssen.

Gerade als Rose fertig war und sie mehr Fackeln entzündet hatten, erklang ein Fauchen. Sehr nah und mitten aus der Dunkelheit hinter ihnen. Die Lichtschwestern wimmerten, einige schrien auf.

„Weiter", rief Mathis. „Nehmt jeder eine Fackel und geht weiter." Er starrte in die Dunkelheit. Das Fauchen war zu einem tiefen Grollen geworden. Er war nicht sicher, ob die Wände ein Echo warfen oder ob ihnen mehrere Wesen folgten. Mathis hoffte inständig, dass sie diesen dunklen Gang bald verlassen konnten. Am liebsten hätte er sich zusammengerollt und in die Arme seiner Mutter gekuschelt. Das war der sicherste Ort der Welt für ihn gewesen, solange er denken konnte. Doch sie war nicht hier. Und vielleicht würde er sie nie wiedersehen. „Mama", murmelte er traurig und wünschte sich in diesem Moment inständig nichts anderes, als dass sie einfach auftauchen würde. Der Kloß in seinem Hals wurde dicker, die Augen nasser. Mathis schüttelte sich. Er musste sich zusammenreißen.

Gemeinsam mit Rose bildete er nun das Schlusslicht.

*

Carly schreckte plötzlich hoch. „Mathis!"

„Was?", fragte Sage verwirrt nach. Bis eben hatte Carly in seinen Armen geschlafen. Er hatte ihren ruhigen Herzschlag gespürt, gefühlt, wie sich ihre Energie wieder auffüllte. Doch dann, von einem Moment zum anderen, schreckte sie auf und stieß Mathis Namen aus, als stünde er neben ihr.

„Er ist hier. Ganz in der Nähe. Ich kann es spüren. Los, wir müssen weiter!" Carly lief so schnell voran, dass Ana und die Lichtschwestern ihre Mühe hatten, ihr zu folgen.

Sage vernahm das Knurren als Erster. Carly lief genau darauf zu. Doch er hörte auch etwas anderes, dem Grollen vorgelagert. Schritte. Schwer, schleppend, müde. Leises Schluchzen und Weinen. Schniefende Nasen. Keuchender Atem. Ihnen kamen Menschen entgegen. Menschen, die flohen und Angst hatten. Kurz darauf roch er bereits ihre Angst, die sie wie eine Fahne vor sich her schwenkten.

„Carly!", rief er und holte auf. „Warte!"

„Nein, er ist hier. Ich fühle es. Glaub mir!" Carly wollte sich losreißen, doch Sage hielt ihren Arm wie ein Schraubstock fest.

„Nicht nur er. Da kommt eine Gruppe auf uns zu", informierte er Carly.

„Masama?", fragte Carly alarmiert.

„Nein. Diese Gruppe hat Angst. Ich rieche es. Sie fliehen."

Schnell informierte er die anderen und sie machten sich bereit.

„Aber ihnen folgt etwas. Ich rieche den fauligen Geruch des Atems. Was da auf uns zurollt, ist gefährlich. Wenn die Gruppe auf uns trifft, müssen wir sofort umkehren und bis in die Höhle fliehen. Habt ihr verstanden?"

Alle nickten, bis auf Carly. Sie sah Sage trotzig an. „Nur, wenn Mathis dabei ist. Ansonsten kehre ich nicht um. Macht euch zum Kampf bereit!"

Ana gehorchte sofort. Sie kniete sich hin und spannte ihren Bogen. Die Pfeilspitze zeigte in die Dunkelheit vor ihnen. Sage legte ihr einen Arm auf die Schulter. „Nicht sofort abschießen, wenn sich was bewegt. Da kommen erst Menschen, die unsere Hilfe brauchen. Hast du verstanden?"

Ana nickte kurz. Die beiden Lichtschwestern hatten ihre Schwerter gezogen. Sage selbst schwang das schwere Schwert mit zweischneidiger Klinge in die Luft und wartete. Carly verließ sich voll auf ihre Magie. Als die erste Schwester im Lichtkegel erschien, stoppte sie abrupt. Getrieben von ihrer Angst, hatte sie sich nur auf den Verfolger von hinten konzentriert und nicht bemerkt, dass es vor ihr immer heller wurde. Doch als der Schein der Fackeln sie traf, bremste sie ab. Entsetzt starrte sie auf Carly und den restlichen Befreiungstrupp.

Die mitreisenden Lichtschwestern fassten sich zuerst. „Kommt weiter, an uns vorbei. Wir sind hier, um euch zu retten. Wir halten die Stellung. Geht einfach immer weiter. Der Gang hat keine Abzweigungen und mündet in einer Höhle. Verlasst sie nicht. Wartet dort auf uns!" Die müden Augen der Schwester erfüllten sich mit neuem Leben, sie schöpfte wieder Hoffnung, wie auch die ihr folgenden Frauen. Sage bemerkte die Veränderung sofort. Jede Schwester, die sich an ihm vorbeischob, legte ihm eine Hand auf den Arm, den Rücken, auf irgendeine Stelle, die sie erreichen konnte, und murmelte ihren Dank.

Als Rose im Lichtkegel auftauchte und Carly entdeckte, griff sie nach hinten. Sanft zog sie Mathis zu sich und drehte ihn um.

Als Carly ihren Sohn erblickte, vergaß sie jede Vorsicht. Sie stürzte nach vorn, um ihn in ihre Arme zu ziehen, und überhörte Sages entsetztes „Nein, es ist direkt hinter ihm!".

Mathis klammerte sich an seine Mutter, schmiegte sein Gesicht an ihre Schulter und brach sofort in Tränen aus. Im selben Moment spürte er, wie heißer Atem auf seine Rücken traf. Er hörte, wie die Zähne der Bestie hinter ihm aufeinander schlugen, weil sie ihn knapp verfehlt hatte, aber er spürte, wie der Stoff seiner zu großen Jacke riss. Der nächste Biss würde ihn erwischen.

Auch Carly traf der heiße Atem. Sie sah nichts, soweit reichte das Licht der Fackel nicht, aber sie spürte, wie das Wesen sich bereitmachte, ihr den Sohn aus den Armen zu beißen. Etwas Mächtiges erwachte in ihr. Wie ein Tsunami überrollte sie gleißendes Licht, explodierte aus ihr heraus und ließ ihr Umfeld erstrahlen.

Die Bestie schrie gellend. Carly sah sie an. Schuppen wie bei einem Drachen. Gab es Drachen in dieser Welt? Aber der Körper war zu plump, wirkte deformiert. Auch fehlten die Flügel, es gab nicht mal einen Ansatz. Der ganze Körper des Wesens vibrierte vor Schmerzen, als Carlys Licht ihn traf. Die wulstigen Beulen auf seinem Leib begannen zu glühen, schienen sich in dem Licht von selbst zu entzünden.

„Geht! Geht alle zurück in die Höhle!", schrie sie Sage zu. „Nimm Mathis mit dir und springe zuerst mit ihm!"

Mathis wollte protestieren, doch Sage hob ihn einfach hoch und warf ihn über seine Schultern. Er hatte keine Chance, sich anders zu entscheiden. Alle begriffen, dass Carly die Einzige war, die sie retten konnte, also befolgten sie ihre Abweisungen und eilten den vorangegangenen Schwestern hinterher.

„Du auch!", befahl Carly Rose, die noch immer neben ihr stand. „Geh!"

Mathis trommelte auf Sage Rücken herum. „Lass mich runter!", brüllte er.

„Nein", widersprach Sage.

„Dann spring doch sofort und kehre dann zu meiner Mutter zurück! Hol sie!" Mathis weinte.

„Geht nicht. Ich muss erst in der Höhle sein. Ich kann nur außerhalb des Anwesens des Dunklen Königs springen. Hier funktioniert es nicht. Deine Mutter ist stark!" Sage hoffte darauf, dass seine Worte der Wahrheit entsprachen. Wenn sich Carly bisher so verausgabt hatte, fiel sie anschließend einfach um und schlief ein. Die eine Bestie hatte sie wohl besiegt, aber Sage hatte gehört, dass mehr folgten. Er musste sich beeilen. Kaum kam er in der Höhle an, wo die Frauen sich dicht zusammendrängten, trat er nur einen Schritt vor den Eingang und sprang sofort mit Mathis im Arm vor Sephoras Lichtpalast, setzte Mathis einfach im Schnee ab und verschwand erneut im Lichtblitz.

Nacheinander brachte er die Schwestern weg. Zuerst die Schwächsten, dann Rose, dann die beiden, mit denen er gereist war. Als er zurückkam, kniete die tapfere Ana noch immer vor dem Eingang des Ganges, den sie genommen hatten. Das Licht, dass Carly bis in die Höhle abstrahlte, wurde schwächer und flackerte.

„Jetzt du", sagte Sage zu Ana. Doch die schüttelte ihren Kopf.

„Nein. Hol sie. Nutz deine Geschwindigkeit und hol sie da raus, sonst schafft sie es nicht. Ich halte euch den Rücken frei." Ana stand auf und trat ein paar Schritte zurück. Dann nahm sie ihre Grundstellung wieder ein. Sage wusste, dass sie Recht hatte, trotzdem hätte er auch sie gerne erst in Sicherheit gewusst. Sobald Carlys Licht erlosch, würde die Horde, die im Dunkeln wartete, in die Höhle stürzen. Sage wusste nicht, ob er schnell genug zurückkehren würde. Doch er sah der jungen Kriegerin an, dass sie keinesfalls von ihrem Plan abweichen würde.

Und er spürte, dass Carly am Ende ihrer Kräfte war. Sage schoss in den Gang hinein, wich geschickt allen Barrieren aus und war in wenigen Sekunden bei Carly. Gerade rechtzeitig. Die Bestie lag vor ihr und atmete schwer. Sie schien lebensgefährlich verletzt zu sein.

Carlys Licht verlosch und sie sank bewusstlos zusammen. Sage fing sie auf und spürte im selben Moment, wie eine gewaltige Lawine schwerer Körper auf ihn zukam. Diese Geschwindigkeit hatte Sage bei den schweren Körpern und den allgegenwärtigen Felshindernissen nicht vermutet. Er drehte sich um und rannte zurück, sprang aus dem Gang und sofort auf die Höhlenöffnung zu. Der erste Pfeil Anas zischt an ihm vorbei, prallte auf harte Schuppen und zerbrach, ohne den geringsten Schaden angerichtet zu haben.

Sage sprang. Er legte Carly vor dem Lichtpalast ab und sprang sofort zurück. Als er vor der Höhle ankam, hörte er, wie Fleisch zerrissen wurde, und roch Anas Blut. Er griff von außen in die Höhle, bekam Ana zu fassen und zerrte sie heraus. Mit dem blutüberströmten Mädchen verschwand er im Lichtblitz, als Zähne erneut nach ihr schnappten. Zitternd kam er vor dem Lichtpalast an und legte Ana auf eine bereitstehende Bahre. Eines Ihrer Beine blutete, doch schlimmer war ihr Arm in Mitleidenschaft gezogen. Dort, wo ihre Hand gesessen hatte, spritzte Blut aus einem Stumpf.

31

Begründetes Misstrauen und berechtigte Hoffnung –
wie oft werden beide getäuscht!
Luc de Clapiers, Marquis de Vauvenargues

Carly erwachte und schob die dicke Decke von ihrem Körper. Erst da nahm sie den kleineren, warmen Körper neben sich wahr. Sie drehte den Kopf zur Seite und sah in das schlafende Gesicht ihres Sohnes. Seine Gesichtszüge wirkten friedlich, doch die hektischen Bewegungen seiner Augen unter den Lidern zeigten Carly deutlich, dass er intensiv träumte. Vorsichtig weckte sie ihn. „Mathis", rief sie leise.

Mathis räkelte sich, ließ die Augen aber geschlossen. „Noch nicht", murmelte er.

Carly strich ihm die Haare aus der Stirn und fuhr mit der Fingerspitze über seinen Nasenrücken. Als er noch ein Baby war, hatte sie ihn mit dieser Liebkosung zum Einschlafen gebracht. Nur wenige Male waren nötig und Mathis hatte die Augen geschlossen und war eingeschlafen.

Doch dieses Mal funktionierte es genau gegenteilig. Mathis riss die Augen erschrocken auf und brauchte einen Moment, um sich zurechtzufinden.

„Hey, alles ist gut", versuchte Carly ihn zu beruhigen.

„Mama", schluchzte Mathis auf und umarmte sie. Dann kamen die Tränen wie ein Sturzbach.

Carly hielt ihn fest, streichelte seinen Rücken und wartete einfach ab. Manchmal, das wusste sie, musste man einfach solange weinen, bis die Tränen verweint waren und nichts mehr nachkam. Das schien auch bei Mathis der Fall zu sein.

Nach mehr als einer halben Stunde schien er sich zu beruhigen. Seine Augen waren feuerrot, als er seine Umklammerung löste.

„Möchtest du mir erzählen, was passiert ist?", fragte sie.

„Ja, aber Sephora muss es auch hören. Ich schaffe es nicht, alles zweimal zu erzählen. Lass uns aufstehen und zu ihr gehen!", sagte Mathis.

„Okay", stimmte Carly zu, auch wenn es ihr nicht passte, wie sehr Mathis Sephoras Regeln verinnerlicht hatte und wie gut er sie wohl kannte. Letztlich hatte er aber Recht, Sephora als Anführerin musste alles erfahren, das wusste Carly.

Als sie den Saal betraten, saß Sephora mit einem Nachmittagstee am Tisch. Enndlin leistete ihr Gesellschaft.

„Da seid ihr ja endlich", begrüßte Sephora Carly und Mathis. „Setzt euch und esst. Und dann möchte ich alles wissen."

Mathis bekam keinen Bissen herunter, aber er trank seinen Tee, während er sich die Worte zurechtlegte, mit denen er beginnen wollte. „Es tut mir leid, dass ich weggelaufen bin", begann er schließlich.

Sephora nahm die Entschuldigung nickend an.

Stockend berichtete Mathis von seiner Reise zur Dunklen Burg, seiner Ankunft, von Mason und dem Namenlosen. Je länger er redete, desto mehr sprudelte es aus ihm heraus. Carly zuckte zusammen, als Mathis davon berichtete, dass Nalar ihm gezeigt hatte, wie sie selbst sich der Dunkelmagie zugewandt hatte. Doch Sephora schien das alles nicht zu erschrecken. Sie akzeptierte offenbar jede einzelne Entscheidung Carlys. Enndlin dagegen fixierte Carly mit deutlich weniger freundlichen Blicken. Als Mathis davon berichtete, wie er Benedicta aufgegriffen hatte, begann er wieder zu weinen.

Sephora umarmte ihn und ließ ihm Zeit.

Enndlin richtete das Wort derweil an Carly: „Du hast uns großen Schaden zugefügt", sagte sie.

„Ich weiß. Es tut mir leid. Aber ihr wolltet Sage angreifen, das konnte ich nicht zulassen" verteidigt sie sich.

„Als reine Schutzmaßnahme. Das hast du nicht verstanden. Es war unnötig und grausam, uns anzugreifen. Du kannst deine Entscheidungen nicht ständig von persönlichen Gefühlen leiten lassen. Das musst du begreifen!" Enndlins Tonfall ließ keinen Zweifel an ihre Wut auf Carly. Sie wahrte den Respekt ihr gegenüber, aber sie machte keinen Hehl aus ihren Zweifeln.

„Enndlin!", ermahnte Sephora ihre Schwester.

„Du weißt, dass ich Recht habe. Sie hat bei Sage unüberlegt gehandelt und nun bei Mathis wieder. Sie soll unsere Kotetahi werden und ist nicht in der Lage, Entscheidungen ohne persönliche Gefühle zu treffen. Sie muss mehr an das Allgemeinwohl der

Lichtvölker denken, wenn sie unsere Königin sein will."

„Will ich gar nicht", warf Carly trotzig ein.

„Da hörst du es", sagte Enndlin und sah von Carly zu Sephora. „Ich verschwende wirklich meine Zeit hier. Ich glaube, wie haben uns geirrt und sie ist die Falsche."

„Nein, das ist sie nicht und das weißt du", gab Sephora streng zurück. „Jede Diskussion diesbezüglich ist überflüssig. Sie wird lernen, die Lichtmagie zu benutzen und einzuschätzen, und sie wird lernen, was es heißt, eine Kotetahi zu sein."

„Hallo? Ich bin anwesend", sagte Carly, nun sichtlich sauer darüber, dass die beiden Frauen sich über ihren Kopf hinweg stritten und sie der Grund dafür war.

Sephora und Enndlin schauten zu Carly.

„Siehst du? Trotzig und frech wie ein Kind. Mathis ist reifer, er steht immerhin zu seinen Fehlern und erkennt sie", triumphierte Enndlin.

„Jetzt reicht es mir aber", protestierte Carly und sprang auf. Wütend warf sie die Serviette auf den Tisch. „Was hättest du denn an meiner Stelle getan? Wenn man dir die Liebe deines Lebens nehmen will? Wenn dein Kind in den Fängen des Bösen ist? Alles stillschweigend hingenommen?"

Auch Enndlin stand auf. „Nicht stillschweigend, denn Ana ist dir gefolgt, trotz meines Protestes, aber ich habe keinen Versuch unternommen und Leben meiner Untergebenen riskiert, um meine Tochter zurückzuholen. Du dagegen rennst in die Höhle des Bösen und bringst Menschen in Gefahr, nur deiner Gefühle wegen. Es ist vollkommen egal für die Sicherheit der Welten, ob Mathis oder Sage leben. Deine Aufgabe ist es, die Grenzen zu sichern, dich um dein Volk zu kümmern. Nicht die, deinen eigenen Interessen hinterherzujagen. Bevor du das nicht begreifst, wirst du niemals unsere Kotetahi sein. Dieser Wahl werden wir nicht zustimmen ..."

„RAUS!", unterbrach Sephora die Streithähne. „Alle beide. Es reicht! Wenn ihr eine Ebene gefunden habt, wo ihr ohne Streit miteinander umgehen könnt, dann kommt wieder. Bis dahin will ich euch nicht gemeinsam mit mir in einem Raum sehen. Und jetzt verschwindet. Ich werde mit Mathis allein weiterreden."

Carly machte sich durch die große Eingangstür davon, Enndlin durch eine kleine Nebentür. Mathis saß zusammengesunken auf seinem Stuhl.

„Das wird schon wieder", tröstete Sephora ihn. „Beide Frauen sind Sturköpfe. Ihnen beiden fehlt noch das nötige Verhandlungsgeschick. Darum kümmere ich mich später. Jetzt will ich erst wissen, wie es mit Benedicta weiterging."

Mathis erzählte stockend weiter. Als er endete, kämpfte er schon wieder mit den Tränen. „Ich bin schuld an ihrem Tod", schluchzte er.

Sephora ließ das Eingeständnis unkommentiert, aber sie musterte ihn eindringlich. „Ich werde dir jetzt ein paar Fragen stellen und es ist wichtig, dass du dich genau erinnerst. War es eine erkennbare Rune, die der Namenlose auf Benedicta abfeuerte?"

Mathis überlegte und schüttelte dann den Kopf. „Nicht ganz klar. Es sah nach einem geformten Gebilde aus, aber man konnte darin nicht genau eine Rune erkennen. Mason sprach davon, deshalb nenne ich es so. Warum?"

Sephora hob die Hand. „Warte noch. Floss Blut, als Benedicta zusammenbrach?"

Mathis schüttelte vehement den Kopf. Da war er sich sehr sicher.

„Stieg schwarzer Rauch aus ihrem Körper auf?", fragte Sephora weiter.

Wieder überlegte Mathis, rief sich die Szene genau in Erinnerung. Zum ersten Mal in seinem Leben war er regelrecht dankbar für sein fotografisches Gedächtnis. Dann schüttelte er den Kopf. „Nein, kein Rauch. Nicht mal ein bisschen. Meinst du, sie ist gar nicht tot?"

Sephora zögerte, doch dann trat ein Lächeln auf ihr Gesicht. „Ja, genau das glaube ich. Ich denke, der Dunkle König wollte nur, dass es so aussah. Er wusste, dass ich deine Freundin mit mir genommen hatte, also ahnte er, dass Benedicta deutlich mehr Informationen hat als alle anderen Schwestern in seiner Gewalt. Das erklärt auch, warum er die anderen eine Ebene tiefer verlegen ließ. Ich bin mir sicher, dass Benedicta noch lebt."

Mathis sprang auf. Seit einer gefühlten Ewigkeit fühlte er zum ersten Mal wieder Hoffnung. „Dann müssen wir sie befreien. Wir gehen zurück und durch die Katakomben in die Burg."

Sephora schüttelte den Kopf. „Viel zu gefährlich. Ihr habt mit eurem Ausbruch eine Macht geweckt, die nun aktiv ist. Wir würden nicht einmal mit deiner Mutter mehr durchkommen. Wir brauchen einen anderen Plan. Benedicta ist zu wertvoll für den Namenlosen. Er wird sie nicht töten. Alles andere, was er ihr antun kann, ist nicht schön und schmerzhaft, aber sie wird es überstehen. Sie ist das stärkste Mädchen, dass ich kenne."

32

Wer bei Kleinigkeiten keine Geduld hat,
dem misslingt der große Plan.
Konfuzius

Die Tage im Lichtpalast vergingen. Ana erholte sich von ihrer Verletzung, doch die Tatsache, dass sie ihre Hand eingebüßt hatte, machte ihr schwer zu schaffen.

Wie so oft, saß Mathis an ihrem Krankenbett. Die junge Kriegerin erinnerte ihn an Benedicta und tröstete ihn über deren Abwesenheit hinweg. Anfangs noch scheu, freuten sich inzwischen beide, wenn Mathis sie besuchte.

„Deine Mutter sagt, dass du ohnehin eher in die Fußstapfen deiner Großmutter Kwne treten solltest. Kriegerin war für dich nie vorgesehen", versuchte er, Ana positiver zu stimmen.

Ana drehte den Stumpf ihrer Hand vor den Augen hin und her. „Mh, ich weiß", erwiderte sie gedankenverloren. „Trotzdem muss ich mich ja irgendwie verteidigen können. Selbst meine

Großmutter kann das im Ernstfall."

„Ernsthaft?" Mathis Augen wurden groß. Er stelle sich die Greisin vor, die er inzwischen kennengelernt hatte und versuchte, sie mit Schwert oder Pfeil und Bogen in der Hand zu sehen, doch es misslang.

Ana grinste. „Jetzt eher nicht mehr. Sie ist mehrere Jahrhunderte alt, aber bis ich so alt bin, wird das noch Ewigkeiten dauern. Früher konnte sie kämpfen, auch wenn sie es ungern tat. Trotzdem war es beruhigend zu wissen, dass sie dazu in der Lage war. Jetzt würde sie es des Alters wegen natürlich nicht mehr können. Aber das ist auch nicht ihre Aufgabe. Sie weiß alles. Sie ist ein wandelndes Geschichtsbuch und kennt jede Pflanze unter der Sonne und wofür sie zu gebrauchen ist."

„Meine Freundin Benedicta würde sich gut mit ihr verstehen. Sie ist auch pflanzenkundig, weißt du?", sagte Mathis und erinnerte sich an die Unterweisungen während seiner Ausbildung. Doch sobald er an Benedicta dachte oder von ihr sprach, und das tat er im Grunde ständig, wurde er unruhig. Die Vermutung, dass sie noch lebte, war tief in seinem Inneren längst zur Gewissheit geworden, doch niemand schien einen Plan auszuarbeiten, wie man sie befreien könnte. Seine Mutter trainierte den kompletten Tag, wurde von Sephora in alle Geheimnisse der Lichtmagie eingewiesen und beendete den Tag nicht selten mit so starken Kopfschmerzen, dass sie nichts mehr hören und sehen wollte. Mathis wollte sie nicht auch noch mit seinen Sorgen strafen. Er hatte daran gedacht, Sage einzuweihen, mit ihm einen Plan auszuhecken, doch der klebte an seiner Mutter und ließ sie keinen Moment aus den Augen. Mathis bezweifelte daher, dass Sage für eine Rettungsaktion zur Verfügung stand.

„Woran denkst du?", riss Ana ihn aus seinen Gedanken.

„An Benedicta. Wenn sie noch lebt, dann braucht sie doch unsere Hilfe. Wir sollten längst unterwegs sein und sie befreien. Doch stattdessen hocke ich hier und tue nichts. Ich traue mich aber auch nicht, wieder allein loszuziehen."

Ana betrachtete ihn aufmerksam, hob dann wieder ihren Stumpf vor die Augen. Plötzlich erhellte sich ihr Gesicht. „Hast du schon mal Stein bearbeitet?", fragte sie unvermittelt.

„Stein? Speckstein in der Schule. Vor sehr langer Zeit irgendwie", antwortete Mathis irritiert. „Warum?"

„Weißt du, ich würde dir helfen. Körperlich geht es mir doch eigentlich wieder gut. Nur, so kann ich keinen Bogen spannen. Hol mal Pfeil und Bogen. Ich versuche, es dir zu erklären", forderte Ana ihn auf.

Mathis lief in die Ecke des Zimmers und holte Anas Bogen und einen Pfeil dazu.

Mit der gesunden Hand nahm Ana ihm beides ab und setzte sich auf die Bettkante. Geschickt nahm sie einen Pfeil zwischen ihre Zähne und legte ihn so auf die vordere Hand, die den Bogen am Griff festhielt. Mit den Augen dirigierte sie Mathis an ihre Seite. Mathis verstand. Er sollte die fehlende Hand, insbesondere die Finger ersetzen. Als sie den Bogen fertig gespannt hatten und abschussbereit auf die Tür zielten, sahen sie beide, was Ana fehlte. Sie brauchte einen Ersatz für die Finger. Die Hand selbst konnte sie mit dem Stumpf weitgehend ersetzen, doch die Finger, die die Sehne spannten und den Pfeil am hinteren Ende hielten, die fehlten ihr.

Mathis spürte, wie sich ein Lächeln über Anas Gesicht ausbreitete. Ihre Wange, die an seiner lag, verzog sich. Das Grinsen steckte an, so dass auch er seinen Mund verzog.

„Mir fehlen nur Finger zum Schießen. Wir müssen eine Prothese bauen, die das ersetzt. Meinst du, das kannst du?" In Anas Stimme schwang so viel mehr Freude, als Mathis es von ihr bislang kannte.

„Ja, das kann ich!", sagte er und zog die Sehne nach hinten.

Um ihren Pakt zu besiegeln, zählte Ana rückwärts: „Drei, zwei, Schuss!"

Zischend surrte der Pfeil auf das Türblatt zu und durchbohrte das Holz. Als die Tür sich plötzlich öffnete und Sage eintrat, zuckten beide Schützen zusammen.

„Spinnt ihr?", fragte Sage und zog den Pfeil mit einem Ruck aus dem Holz. „Wenn jemand vor eurer Tür gestanden hätte, könnte er jetzt einen Pfeil im Kopf haben!"

„Hat ja aber niemand", murmelte Ana.

„Tschuldigung", setzte Mathis hintendran.

„Benutzt einfach nicht die Tür als Zielscheibe, in Ordnung?", lenkte Sage ein und lächelte. „Ich soll euch Bescheid sagen, dass deine Mutter in einer Stunde die Zeremonie durchlaufen wird und sich am Lichtbrunnen offiziell zur Lichtseite bekennen wird. Wer dabei sein möchte, darf es."

„Okay", sagten die Übeltäter im Chor.

„Gut, und keinen Blödsinn mehr. Verstanden?" Sage musste das Grinsen unterdrücken, als er das Zimmer verließ. Beinah hatte es sich wie eine Vaterrolle angefühlt, als er Mathis auf die Art maßregelte.

*

Eine Stunde später standen Ana und Mathis nebeneinander zwischen vielen Lichtschwestern im Saal des Lichtbrunnens. Alle waren aufgeregt, tuschelten miteinander und redeten von der Vorfreude darauf, wie viel Magie Carly in sich tragen würde, die nun gleich für wenige Augenblicke sichtbar wurde.

„Normalerweise", flüsterte Ana Mathis zu, „wird diese Zeremonie abgehalten, wenn eine Lichtschwester noch ein Säugling ist. Der Brunnen zeigt die Stärke ihrer Magie an. Es gibt viele Spekulationen darüber, wie mächtig deine Mutter sein wird. Man sagt, dass sie mehr Magie besitzen wird, als die Oberhäupter aller Lichtvölker zusammen. Deshalb ist sie auch die geborene Kotetahi und wird unsere Königinnen ablösen, denn sie wird alle Lichtvölker unter sich vereinen."

Mathis sah gespannt zu der Tür, als sie sich endlich öffnete. Seine Mutter trug ein schneeweißes, bodenlanges Kleid, das aus sehr feinen Stoff genäht war. Es hatte eine Struktur wie kunstvoll verarbeitete Spinnweben. Leichte Spitze, fast durchscheinend. Sie wirkte gleichermaßen verletzlich wie auch stark. Die Haare trug sie offen und glatt über ihren Rücken hängend. Mathis sah seine Mutter selten mit offenem Haar. Manchmal trug sie einen Pferdeschwanz oder hatte sie hochgesteckt. Doch die meiste Zeit raffte sie ihre Haare einfach zu einem Knuddel auf dem Kopf zusammen und wickelte so viel Gummiband darum, dass es so gut wie alles aushielt. Ihm war nicht bewusst gewesen, wie lang die Haare seiner Mutter tatsächlich waren. Auf Armen und Gesicht trug sie aufgemalte, weiße Runen. Fast sah sie nicht mehr menschlich aus. Hinter ihr ging Sage und ließ sie, wie immer in den letzten Tagen, nicht aus den Augen.

Erst als Carly ihn ansah, bemerkte Mathis, dass er sie mit offenen Mund anstarrte. Schnell klappte er den Mund zu, doch sie hatte es gesehen und lächelte zaghaft.

„Wie sieht man die Magie denn?", fragte Mathis.

„Jedes Mädchen, dass an den Brunnen gebracht wird und mit dem Licht in Berührung kommt, beginnt von innen zu leuchten, wenn sie überhaupt Magie in sich trägt. Es gibt ja auch Neugeborene, die gar nicht magisch sind. Bei den anderen flackert für einen kurzen Moment die Aura in einer Farbe auf, die ihre Stärken kundtun. Ich beispielsweise habe eine grüne Aura, da ich zu den Waldschwestern gehöre und meine Stärke in der Heilkraft durch die Natur liegt. Aber deine Mutter hat ihre Magie schon ohne Brunnen unter Beweis gestellt. Dieses Leuchten hat uns alle gerettet, das weißt du selbst. Jetzt ist es spannend, welche Auren bei ihr aufflackern. Die Legende sagt, dass die geborene Kotetahi gar keine farbige Aura besitzen, sondern alles weiß überstrahlen wird. Sie sagt außerdem, dass der Brunnen, erkennt er die Kotetahi, sie für einen Moment mit sich nimmt und zu den Sternen trägt. Sie wird einen Blick in die Ewigen Magiegründe werfen dürfen. Das kam noch nie vor. Deshalb sind alle so aufgeregt, denn wir alle glauben, dass deine Mutter genau das erleben wird."

Sephora empfing Carly in der Mitte des Raumes direkt am Brunnen. Ganz leise stimmten die Lichtschwestern eine Melodie an, die Mathis bis ins Mark fuhr. Gespannt wartete er auf das weitere Geschehen.

Als Carly beinah bei Sephora ankam und die Lichtschwestern eine Melody anstimmten, durchfuhr sie eine Erinnerung. Sie stockte, blieb stehen und drehte sich zu Sage um. Sie konnte nicht erklären, warum sie das tat, doch sie spürte, dass die Melodie auch bei ihm etwas auslöste. Seine Augen strahlten Erkennen aus. In Carlys Kopf blitzten Bilder auf. Sie sah sich selbst als Kind und neben ihr – Sage. Ebenfalls als Kind. Verwirrt drehte sie sich zurück und schaute auf Sephora, die mit ausgestreckter Hand auf sie wartete.

„Die Melodie?", fragte Carly, als sie neben der Alten stand.

„Ich weiß, mein Kind. Spätestens jetzt sollte dir klar sein, dass alles vorbestimmt war." Sephora lächelte wissend.

„Du kennst den Grund, oder? Diese Bilder, die ich gerade gesehen habe? Sage und ich als Kinder?" Carly war sichtlich verwirrt.

„Ja, ihr wart bereits hier als Kinder. Und schon damals habt ihr am besten zusammen funktioniert und wart unzertrennlich. Deshalb riet ich dir vor dem Tag des Arawgabi auch, dass du auf dein Herz hören solltest. Ich wusste, dass Sage dich niemals verraten würde. Nicht einmal unter Zwang und unbewusst. Dazu verbindet euch zuviel, seid ihr zusammen viel zu stark. Aber jetzt sollten wir die Zeremonie durchführen. Schaffst du es?", fragte Sephora.

„Ja", erwiderte Carly und stieg auf den Rand des Brunnens.

Der Gesang der Lichtschwestern stieg an und die Lichtkugeln im Brunnen begannen um Carly zu kreisen. Sie breitete ihre Arme aus, um sie zu empfangen, und murmelte dabei die Worte, die Sephora ihr beigebracht hatte.

„Onesha Chawi Wako. Onesha Nuvu Yangu! Chukua Uamin Wangu!" Carly sprach langsam und deutlich und die Lichtperlen zogen sich enger um ihren Körper, schmiegten sich an sie.

„Was sagt sie da?", fragte Mathis bei Ana nach. Er tat sich immer noch schwer, die alte Sprache zu verstehen.

„Zeig mir meine Magie, zeig mir meine Macht! Und nimm meine absolute Treue zum Licht!", übersetzte Ana. „Jetzt pass auf. Gleich geht es los. Ich bin so gespannt!"

Carly erstrahlte so hell, dass Mathis seine Augen mit der Hand abschirmen musste. Er blinzelte durch seine Finger und suchte seine Mutter nach Farben ab, doch da war nichts als dieses blendende Weiß. Mit einem Ruck zogen die Lichtperlen seine Mutter in den Strahl, der in den Himmel schoss. Der Brunnen selbst schien dieselbe Melodie zu surren, wie die Frauen sangen. Die Klänge wurden lauter und Mathis beobachtete fasziniert, wie der Lichtstrahl seine Mutter in den Himmel hob. Carly schwebte regungslos, mit noch immer ausgebreiteten Armen nach oben. Als sie durch die Öffnung im Dach verschwand, rannte Mathis auf den angrenzenden Balkon und sah ihr hinterher. Immer höher und höher wurde sie getragen, bis seine Augen sie nicht mehr zu erkennen vermochten.

Ratlos sah er zu Sage, der ihm gefolgt war, jedoch ebenso unwissend dreinblickte. Mathis ging zu ihm. „Kannst du sie noch fühlen?", fragte er zaghaft.

„Nein", antwortete Sage und schüttelte verwirrt den Kopf. „Es ist, als hätte jemand unser Band gekappt."

„Das gibt sich gleich wieder", mischte sich Sephora ein. „Sobald Charlotte in unsere Welt zurückkehrt, kannst du sie wieder spüren." Sephora lächelte selig. „Ich wusste vom ersten Augenblick an, dass sie die Richtige ist."

„Diese Bilder", setzte Sage an. „Wir waren Kinder ..."

„Und bewirktet schon damals Erstaunliches zusammen. Obwohl niemand von euch mit dem Magiebrunnen in Berührung gekommen war, schafftet ihr es gemeinsam, Magie zu erzeugen.

Das war faszinierend. Du solltest derer gar nicht mächtig sein, und trotzdem hast du nicht nur den Fluch deines Vaters, sondern auch die Macht deiner Mutter geerbt."

„Den Fluch meines Vaters?" Sage hob die Augenbrauen.

„Dein Vater entsprang einer alten italienischen Familie. Er wurde sorgfältig von uns ausgewählt, doch wir übersahen den Fluch, mit dem seine Familie behaftet war. Eine uralte Vampirdynastie, die den Fluch nicht selbst auslösen konnte. Lediglich von außen über eine magische Formel konnte jemand den Vampir in dir wecken."

Sage schüttelte verwirrt den Kopf. Es war ihm anzusehen, dass er gar nichts verstand, dass es in seinem Kopf heftig arbeitete.

„Frag mich ruhig", forderte Sephora ihn auf. „Die Zeit ist gekommen, wo du alles wissen darfst. Es dauert auch noch ein wenig, bis Charlotte zu uns zurückkehrt. Also frag mich!"

Sage leckte sich über die Lippen. „Meine Magie ist nicht Teil meines Vampirdaseins?", fragte er.

„Nein, es ist das Erbe deiner Mutter. Die Zeitsprünge waren ihr Spezialgebiet. Nur so war es ihr möglich Kontakt zu ihrer besten und einzigen Freundin zu halten – Carlys Mutter. Auch ohne die Verwandlung hättest du Magie bewirken können, wenn auch wahrscheinlich nur in Verbindung mit Charlotte, aber letzteres ist reine Spekulation." Sephora lächelte ihn ermunternd an.

„Die Tatsache, dass ich ein Vampir bin, ist kein Werk des Namenlosen? Das ist das Erbe meines Vaters? War er denn auch ein Vampir? Und wenn ja, lebt er dann noch?"

Sephora schüttelte leicht den Kopf. „Nein, er lebt nicht mehr und er war auch nie ein Vampir. Niemand behelligte ihn und löste den Fluch aus. Der Namenlose ist nur bedingt an deinem Vampirsein Schuld. Er wollte dich zu einem Werkzeug des Bösen machen, versuchte dich in irgendein Wesen der Finsternis zu verwandeln, wie er es mit tausenden vor dir tat. Bei dir allerdings war es etwas Persönliches, denn er wollte deine Mutter damit verletzen, ihr den Sohn nehmen, den sie mehr liebte als alles andere auf der Welt. Was wahrscheinlich auch er nicht wusste, war die Anwesenheit deines Fluches. Ausgelöst durch die Magie, die er anwandte, erwachte dein Erbe in dir und du wurdest zu einem Vampir. Es gab nur zwei Varianten für den Namenlosen. Entweder du würdest nicht überleben, was auch hätte passieren können, oder du würdest zu einem Wesen der Finsternis. Dein Erbe beeinflusste Letzteres. Wenn eine dunkle Kreatur herauskommen konnte, dann nur ein Vampir. Als lichtdurchfluteter Vampir bist du jedoch einzigartig. Das gab es niemals zuvor."

Sage hatte noch unzählige Fragen mehr, doch die mussten warten. „Sie kommt zurück", sagte er laut, als er Carly endlich wieder durch das Band spürte.

Alle Augen richteten sich auf den Brunnen, alle Gespräche verstummten. Mathis lief bis an den Rand des Lichtbrunnens und schaute nach oben. In derselben Haltung, in der seine Mutter in den Himmel geschwebt war, kam sie auch herab. *Ihr fehlen nur noch Flügel*, dachte er und musste grinsen. Nein, ein Engel als Mutter wäre zu viel des Guten. Eine Magierin reichte vollkommen. Und eine Königin, ergänzte er in Gedanken und schluckte.

Im Saal war es mucksmäuschenstill, als Carly sanft auf dem Brunnenrand abgesetzt wurde. Die Lichtperlen umschwirrten sie ein letztes Mal, wirbelten um sie herum und schossen dann, heller denn je, wieder in den Himmel hinauf.

Carly Leuchten verblasste und langsam stieg sie vom Beckenrand herunter. Ihre Augen glänzten, ihr Mund lächelte. Sage spürte über ihr Band, dass Carly endgültig in der Lichtmagie gefestigt war. Die Dunkelmagie lag tief in ihr verborgen, eingesperrt in einen Kokon aus Licht. Ihre Blicke trafen sich, blendeten für einen Moment alles um sich herum aus. Pure Liebe flog beinah sichtbar zwischen ihnen hin und her.

Dann zog Carly ihren Sohn in die Arme und der Bann zwischen Sage und ihr löste sich auf.

„Es war unglaublich", flüsterte sie Mathis ins Ohr.

„Erzählst du mir, wie es war? Da oben?", fragte Mathis leise.

Carly schüttelte den Kopf. „Das ist das einzige Geheimnis, dass ich nicht mal dir anvertrauen darf. Diesen Eid habe ich abgelegt. Ich darf niemanden von meinen Erlebnissen berichten."

„Okay", sagte Mathis und drückte sich noch einmal an seine Mutter, bevor Sephora bei ihnen ankam und sie beglückwünschte. Nun umringten alle Schwestern Carly und jede Einzelne sprach ihr ein offizielles Willkommen aus.

Mathis stolperte zu Ana zurück.

„Das wäre geschafft", sagte die junge Kriegerin erleichtert. „Genau, wie wir es erwartet haben. Mein Volk könnte langsam den Tatsachen ins Augen sehen und meine Mutter ihr Misstrauen ablegen", sprach sie weiter und fixierte ungehalten Enndlin, die mit dem wenigen Gefolge noch immer am Rand stand und keinerlei Anstalten machte, Carly willkommen zu heißen.

„Was hat sie denn?", fragte Mathis.

„Sie ist noch immer misstrauisch. Deine Mutter griff uns an, tötete viele von meinem Volk. Doch sie stand unter dem Einfluss von Dunkelmagie. Jeder weiß, dass die Schwester, die sich offiziell zur Lichtmagie bekennt und vom Brunnen angenommen wird, in unserem Kreis aufgenommen ist. Ihre Missetaten sind ihr damit vergeben. Würde der Brunnen es nicht verzeihen, hätte er keine Reaktion auf deine Mutter gezeigt, doch er hat verziehen. Nur meine Mutter noch nicht, sie ist stur wie ein Esel. Lass uns nach nebenan gehen. Dort wird es gleich die besten Leckereien geben."

Mathis feierte in dieser Nacht das aufregendste Fest, das er jemals erlebt hatte. Die Lichtmagie hatte eine ihrer größten Magierinnen aufgenommen.

33

Opfer müssen gebracht werden.
Otto Lilienthal

Mathis applaudierte. Er hatte, mit der Hilfe von Sage, für Ana eine Prothese gebaut. Die junge Kriegerin übte Tag für Tag. Inzwischen traf sie ihr Ziel wieder bei jedem Schuss.

Alles war bereit für ihren Abmarsch. Nur eine Sache war noch nicht erledigt. Mathis musste seine Mutter überzeugen, noch einmal in die Dunkle Burg einzudringen.

Er umarmte Ana. „Ich werde jetzt zu meiner Mutter gehen", sagte er.

„Viel Glück", wünschte das Mädchen und sah ihm hinterher.

Mathis legte sich in Gedanken noch einmal die Worte zurecht, die er seiner Mutter sagen wollte. Sie musste einfach zustimmen. Anderenfalls würde er sich ein weiteres Mal aus dem Lichtpalast rausschleichen müssen. Ana und drei Lichtschwestern, ebenfalls noch jung, sowie Rose hatten ihm zugesichert, mitzukommen. Doch Mathis wusste, dass sie mit Carly die besseren Chancen hatten. In den Tagen nach der Zeremonie hatte er mehrfach von Sephora gehört, dass Carlys Ausbildung vorerst abgeschlossen war. Dass sie alles wisse, was Sephora ihr auf klassische Weise beibringen konnte. Und durch den Aufstieg in die Ewigen Magiegründe besaß Carly Wissen und Fähigkeiten, die selbst einer mächtigen Magierin wie Sephora bisher verborgen geblieben waren.

„Mathis", begrüßte Carly ihn freundlich, als er, noch immer in Gedanken versunken, in ihr Zimmer eintrat.

„Mama, hast du etwas Zeit für mich? Ich muss mit dir reden. Es ist wichtig", sagte Mathis eindringlich.

„Für dich nehme ich mir die Zeit", erwiderte sie und klopfte neben sich auf den freien Sitz.

Mathis setzte sich und rutschte unruhig hin und her.

„Na, sag schon!", ermutigte Carly ihren Sohn.

„Es geht um Benedicta. Du weißt, dass Sephora ziemlich davon überzeugt ist, dass sie noch lebt, oder?"

Carly nickte.

„Ich will sie befreien. Das bin ich ihr einfach schuldig. Ana, Rose und ein paar Lichtschwestern werden mich begleiten. Ich werde auf jeden Fall gehen. Doch ich will dich fragen, ob du mir hilfst. Mit dir wären wir so viel stärker. Ich weiß, dass es gefährlich ist, aber ich bin es Benedicta schuldig. Nur meinetwegen ist sie auf der Dunklen Burg und in Gefangenschaft."

Carly musterte ihren Sohn stumm. Sie sah ihm seine Entschlossenheit an. „Es ist lebensgefährlich. Ich möchte nicht, dass du mitkommst!", sagte sie bestimmt.

„Aber ...", wollte er protestieren.

„Ich werde dir helfen, auch wenn ich mich damit gegen den

allgemeinen Rat stelle, es nicht zu tun. Ich weiß, dass das die Beziehung zum Waldvolk nicht verbessern wird. Das ist wieder so eine Herzensentscheidung, die sie nicht verstehen und noch weniger tolerieren werden. Ich werde also heimlich verschwinden müssen. Ich nehme deine Schwestern und Ana gern mit mir. Zusätzlich wird Sage mich begleiten. Aber meine Bedingung ist, dass du hier wartest. Du wirst auf keinen Fall erneut auf die Dunkle Burg gehen. Niemals. Die Rettung findet zu meinen Bedingungen statt oder gar nicht. Haben wir uns verstanden?" Carly war immer lauter geworden. Sie spielte die Mutterkarte nur sehr selten aus, doch in diesem Fall würde sie unerbittlich bleiben. Sie verstand Mathis und hatte selbst schon darüber nachgedacht, wie sie seiner Freundin helfen könnte, aber sie würde unter keinen Umständen dulden, dass ihr Sohn sich ein weiteres Mal der Gefahr durch den Namenlosen aussetzte.

Mathis schmollte und überlegte. Sein erster Impuls war Trotz, doch wenn er die Hilfe seiner Mutter wollte, würde er sich ihrem Willen beugen müssen. Er kannte den Ton, der selten angeschlagen wurde, doch er wusste, wenn sie so mit ihm sprach, würde nichts auf der Welt sie vom Gegenteil überzeugen. Seufzend nickte er. „Einverstanden", sagte er schließlich. „Ich warte hier. Bringt sie zurück und pass auf dich auf! Der Namenlose muss gesehen haben, dass das Licht noch intensiver strahlt, als es vorher der Fall war und er ist nicht dumm. Unterschätze ihn nicht! Er ist wirklich schlau!"

*

Zwei Nächte später verließ ein kleiner Trupp den Lichtpalast durch die hintere Tür. Carly hatte entgegen Sephoras Rat beschlossen, dass sie auf jeden Fall selbst den Versuch machen wollte, Benedicta zu retten. Mit Sage hatte sie überlegt, wohin sie springen würden, denn der Weg durch die Höhlengänge kam nicht mehr in Frage. Letztlich hatten sie entschieden, dass sie auf dem zerfallenen Turm neben der Burg landen würden, wo sie bereits ungesehen Benedictas vermeintlichen Tod beobachtet hatten. Sage vermutete, dass Benedicta auf keinen Fall in die Kerker gesperrt worden war, sondern sich eher in einem der dafür vorgesehenen Zimmer in der Burg aufhalten würde. Sie würden also versuchen, von der Ruine aus in die Burg einzudringen. Wie sie an den Wachen vorbeikamen, war unklar. Wie so vieles ihres nicht besonders guten Plans. „Wir setzen auf die Arroganz meines Vaters", hatte Sage gesagt. „Er wird die Wachen auf den Mauern nicht besonders verstärkt haben. Höchstens die für die Eingänge zur Burg."

Vorsichtshalber hatte Carly, ohne Sephoras Wissen, eine winzige Lichtkugel unter ihrer Kleidung versteckt, die für den Rettungstrupp spionieren würde.

Dieses Mal sprang Sage zuerst mit Carly. Sicher landeten sie hinter der niedrigen Mauerbegrenzung des Turms. Wie erwartet befand sich im Garten unter ihnen keine Wache. Alles war ruhig und friedlich. Als Sage verschwunden war, ließ Carly die Lichtkugel frei. „Such unsere Schwester!", wies sie an und der winzige Lichtpunkt schwirrte sofort in Richtung der Burg. Trotzdem er so klein war, leuchtete er das dunkle Gemäuer erstaunlich hell an. Carly hoffte auf ihr Glück. Glück brauchten sie bei dieser Aktion gehörig. Ginge es nicht um Benedicta und würde sie nicht genau wissen, dass Mathis keine Ruhe geben würde, bevor die junge Schwester nicht gerettet war, wäre Carly dieses Risiko nicht eingegangen.

Ana war die Letzte, die Sage brachte. Alle drückten sich auf den Boden und spähten durch die Löcher in der Mauer. Der Abstieg sollte machbar sein, es gab genug Haken und fehlende Steine in der Mauer des Turms, an denen man sich festhalten konnte. Doch noch war die Lichtkugel nicht zurückgekehrt.

*

Mason saß auf dem Bett und zog sich die Stiefel aus. Die Launen seines Vaters waren in den Tagen seit Mathis Verschwinden und der gleichzeitigen Flucht der Lichtschwestern unerträglich geworden. Die Grenzen zur neuen Welt schlossen sich bereits wieder. Mathis Entschluss, seinem Großvater und damit der Dunkelmagie den Rücken zu kehren, war ein herber Rückschlag für seinen Alten gewesen. Mason zürnte dem Jungen nicht, war froh, dass Mathis wieder bei seiner Mutter war. Doch die Frage, ob er selbst jemals wieder die Chance bekommen würde, Mathis ein Vater zu sein, zermürbte ihn. Jeden Tag kreisten diese Gedanken in seinem Kopf, doch in der Nacht war es am schlimmsten. Es graute ihm davor, die Augen zu schließen und von Mathis zu träumen.

Mason stöhnte und stellte den zweiten Stiefel zur Seite, als er aus dem Augenwinkel heraus ein helles Licht an seinem Fenster vorbeifliegen sah. Er stand auf und trat an die Scheibe. Mit Blicken suchte er die Umgebung ab. Da. Er hatte sich nicht geirrt. Eine der Lichtkugeln Sephoras schwirrte leuchtend um die Burg herum. Vor dem Fenster eine Etage tiefer blieb sie stehen und hüpfte aufgeregt. Es war das Zimmer der jungen Lichtschwester, die sein Vater nur scheinbar umgebracht hatte. Doch sie war schwer verletzt, lag apathisch auf dem Bett und bewegte sich nicht. Bisher hatte Nalar keine Chance gehabt, mit ihr zu reden. Ein Segen für die Schwester, doch die Laune seines Vaters machte es nicht besser.

Die Kugel konnte nur bedeuten, dass sie hier waren. Mason schüttelte den Kopf. Verrücktes Volk. Wer war irre genug, ein zweites Mal hier eindringen zu wollen?

Mason stutzte, als das Fenster unter ihm sich öffnete und die Lichtkugel in den Raum schwebte. Benedicta war allein in diesem Zimmer, wer also öffnete das Fenster? Es dauerte einen Moment, bis Mason es durchschaute.

„Gerissenes kleines Mädchen!", murmelte er, griff zu seinen Stiefeln und zog sie wieder an. Leise verließ er sein Zimmer und eilte eine Etage tiefer. In der Burg war es ruhig. Sein Vater muss- te bereits schlafen, denn auch aus seinen Gemächern erklang kein Ton mehr. Es befanden sich keine Wachen vor Benedictas Tür. Nalar hatte sämtliche Posten vor allen Eingängen, auch vor dem bisher geheimen über die rückwärtige Höhle, verstärkt. Ei- gentlich konnte niemand diese Barriere überwinden, und doch musste es ihnen gelungen sein. Mason huschte in eine der Ni- schen, die sich im Flur befanden und nachts ein gutes Versteck boten. Eingehüllt in absolute Dunkelheit war er praktisch un- sichtbar. Dann wartete er.

*

„Du bleibst hier und wartest ab! Wenn wir schnell flüchten müssen, brauchen wir jemanden, der uns Feuerschutz gibt. Und ohne deine Hand, entschuldige, bist du einfach nicht schnell genug wieder auf dem Felsen. Wir wissen nicht, wie Benedictas Zustand ist und Sage muss sie eventuell tragen, er könnte dir nicht helfen. Hier bist du uns nützlicher, also warte und sei wachsam!", befahl Carly der jungen Kriegerin, der es gar nicht recht war, zurückbleiben zu müssen. Doch dem Befehl ihrer Kotetahi wagte sie nicht zu widersprechen oder sich gar zu widersetzen. Also setzte sie sich, lehnte den Rücken an den Felsen und spannte den Bogen. Niemand, den sie nicht hier oben haben wollte, würde es hier herauf schaffen.

Carly stieg als Letzte hinab. Die Lichtkugel führte sie zu einem kleinen Nebeneingang. Sage, der sich glücklicherweise auskannte, konnte ihrer Beschreibung nach einschätzen, in welchem Zimmer sich Benedicta aufhielt. Carly versteckte die Lichtkugel wieder unter ihrem Umhang. So leise es ging, schlichen sie wachsam in die Burg hinein. Dank Sage kamen sie über Umwege ungesehen in den Flur, in dem Benedictas Zimmer liegen musste. Rose ahmte leise den Ruf eines jungen Waldkauzes nach. Ein kurzer, hoher Ton schallte durch die Burg. Doch er konnte genauso gut von draußen kommen. Es dauerte nur Sekunden, als eine Antwort ertönte. Sage zeigte auf eine Zimmertür. Carly drückte die Klinke nach unten. Vergeblich. Das Zimmer war abgeschlossen. Magie funktionierte in der Burg nicht, aufbrechen würde zu viel Krach machen. „Was nun? Wir scheitern nicht tatsächlich an sowas wie einem fehlenden Schlüssel, oder?", fragte Carly flüsternd. Die Ironie war ihr deutlich anzuhören.

„Zu blöd, nicht wahr?", ertönte plötzlich Masons Stimme. Carly fuhr herum. Entsetzt starrte sie auf Mason, der mit einem triumphierenden Lächeln aus der Nische getreten war.

„Du hast es wirklich gewagt, hierher zu kommen. Persönlich!", sagte er und konnte seinen Hohn kaum unterdrücken.

Carly hatte mit allem gerechnet, doch mit ihm nicht. Sie hörte, wie Benedicta sich von innen am Schloss zu schaffen machte.

„Ausgetrickst hat sie uns, das kleine Luder", sprach Mason weiter. „Liegt apathisch auf ihrem Bett rum und will sich nicht erholen. Das hat sie gut gespielt. Keiner von uns hat es bemerkt. So konnte sie den Fragen meines Vaters ausweichen, ohne dafür gefoltert zu werden."

„Was willst du jetzt tun, Mason? Alarm schlagen? Dann tu es! Aber Mathis wird es dir nie verzeihen", erwiderte Carly und setzte auf das einzige Mittel, das Mason eventuell überzeugen würde, genau das nicht zu tun. Sie sah, wie Bestürzung sich auf seinem Gesicht ausbreitete. Um ihren Worten Nachdruck zu verleihen, ließ sie die Lichtkugel frei. „Flieg! Flieg zurück zu Sephora und wenn wir nicht wiederkehren, dann berichte, was geschehen ist. Mathis soll es wissen. Er soll wissen, dass sein leiblicher Vater dafür verantwortlich ist, dass er seine Mutter und seine Freunde verloren hat. Beeil dich!"

Kaum hatte Carly ausgesprochen, zischte die Lichtkugel den Weg zurück, den sie gekommen waren, und verschwand aus aller Blickfeld.

Mason presste die Lippen wütend aufeinander und verharrte einen Moment regungslos, genau wie Carly, Sage, Rose und die beiden Schwestern, die ebenfalls zu Benedictas Rettung geeilt waren. Dann gab er sich einen Ruck und ging zu der Tür. Carly blieb wie angewurzelt stehen, Sage wich nicht von ihrer Seite.

Beide fixierten Mason, ließen ihn keine Sekunde aus den Augen. Ohne zu Zögern zog der Dunkle Prinz einen Schlüssel aus der Hosentasche und öffnete Benedictas Tür. Dann trat er einen Schritt zurück. „Für Mathis. Nur seinetwegen", zischte er.

Benedicta kam heraus und wurde in die Arme ihrer Schwestern gezogen.

„Los, raus hier!", befahl Sage und zog Carly hinter sich her. Den Schwestern musste er den Befehl nicht zweimal eben, doch Carly stand noch immer reglos auf derselben Stelle.

„Danke", flüsterte sie schließlich, wirbelte herum und folgte Hand in Hand mit Sage den Lichtschwestern. Bevor sie abbogen, drehte sie sich ein weiteres Mal um. Mason verschloss die Tür wieder, steckte den Schlüssel weg und drehte sich dann in die entgegengesetzte Richtung.

So schnell und leise wie möglich lief Mason zurück in seine Gemächer. Er warf die Stiefel von sich und legte sich ins Bett. Als wenige Augenblicke später der Tumult in der Burg losbrach, wunderte er sich nicht. Seine Tür flog auf und Nalar stand schnaubend in seinem Zimmer. „Steh auf!", schrie er. „Sie sind hier. Die Bago höchstpersönlich. Sie fliehen durch den Garten. Steh auf und komm mit!"

Ohne sich zu vergewissern, ob der Garten noch immer leer war, traten die Schwestern, dicht gefolgt von Carly und Sage, durch die Nebentür hinaus. Plötzlich standen sie zwei Masama gegenüber, die ihren Rundgang machten. Geistesgegenwärtig versenkte Rose ihr Schwert in der Brust des einen, doch der andere rannte los. Er schrie aus Leibeskräften. „Alarm! Eindringlinge! Die Bago ist hier!" Sages Dolch traf ihn im Rücken und er sank tot zu

Boden, doch die Burg war wachgerüttelt. Ihnen blieben nur wenige Minuten, um zu verschwinden.

Zu wenig, dachte Carly, als sie durch den Garten auf den rettenden Turm zu rannten. Sie waren noch nicht ganz oben, als eine der Schwestern mit dem Schwert eines Masama im Rücken nach unten fiel. Ana feuerte von oben ihre Pfeile auf die Wachen. Carly, die zuerst bei ihr ankam, unterstützte sie, indem sie Lichtmagie auf einzelne Wachen schoss.

„Bring sie weg!", rief sie Sage zu. „Alle. Ich bleibe und helfe Ana!"

Sage nickte widerwillig, nahm jedoch Benedicta auf den Arm und sprang. Nacheinander holte er die anderen Schwestern. Carly stand aufrecht, hell erleuchtet und bot die perfekte Zielscheibe ab. Gerade als Sage ankam, um Ana zu holen, sah er, wie einer der Masama auf einen gegenüberliegenden Baum geklettert war. Er holte aus und schleuderte sein Schwert auf Carly ab. Doch bevor Sage reagieren konnte, warf sich Ana in die Flugbahn des tödlichen Geschosses. Carly fing sie auf und Sage umklammerte beide Frauen von hinten. Zum ersten Mal sprang er mit zwei Menschen gleichzeitig. Als er in die Dunkelheit eintauchte, spürte er, wie er ins Trudeln geriet. „Wir müssen sie loslassen", rief er Carly zu. „Sonst schaffen wir es nicht."

„Aber wohin fällt sie dann?", fragte Carly und drückte das tote Mädchen an sich.

„Ich weiß es nicht. Aber sie gibt uns nicht frei. Ich darf nicht mit mehreren Menschen gleichzeitig springen. Wir werden ewig hier herumwirbeln. Sie ist tot. Lass sie los!"

Carly liefen Tränen über die Wangen. Sie küsste Ana auf die Stirn und löste dann ihre Arme von der tapferen Kriegerin.

Ana wurde sofort von der Finsternis weggerissen. Nur wenige Sekunden später landeten Sage und Carly vor dem Lichtpalast. Sie musste nichts sagen. Als die Schwestern sie weinen sahen, war ihnen klar, dass Ana es nicht geschafft hatte.

Mathis kam angerannt. Sein Gesicht strahlte pure Freude aus, als er Benedicta sah, doch als er die Tränen seiner Mutter wahrnahm, verschwand das Glück augenblicklich aus seiner Miene. Suchend sah er sich um, gewahrte, wer fehlte. Sofort schoss ihm das Wasser in die Augen.

„Ana?", fragte er tränenerstickt.

„Sie hat sich geopfert, sonst wäre deine Mutter jetzt tot. Sie war sehr tapfer und hat uns gerettet!", informierte Sage ihn.

Mathis schniefte, sah dann jedoch zu Benedicta. Trotzdem er eine Freundin verloren hatte, spürte er jetzt unendliche Erleichterung. Er ging auf Benedicta zu, wollte sie umarmen, sich entschuldigen für seine Dummheit, wollte alles wieder gut machen. Doch die junge Schwester wich entsetzt zurück, wehrte seine Arme ab und trat vorsichtshalber hinter Rose.

„Benedicta, ich ..." Mathis erstarben die Worte auf den Lippen.

„Lass sie erst mal in Ruhe, Mathis. Sie muss ausruhen und nachdenken. Sie ist in Sicherheit. Das muss dir vorerst reichen", ermahnte Rose ihn und führte ihre junge Schwester an Mathis vorbei in den Lichtpalast hinein.

Er stand mit hängenden Armen einfach da und sah ihr nach. Wie sollte er das je wieder einrenken? Benedicta würde ihm keine Chance mehr geben, so abweisend, wie sie ihn angesehen hatte.

Carly zog Mathis in die Arme. Gemeinsam gingen auch sie in den Palast. Das Schwerste stand Carly noch bevor. Sie musste Enndlin über den Tod ihrer Tochter informieren.

*

Sephora wartete mit Enndlin gemeinsam darauf, dass Carly zu ihnen kommen würde. Weil sie die Aktion nicht unterstützt hatten, waren sie auch nicht zum Empfang hinausgegangen.

Carly öffnete voller Schuldgefühle die große Tür zum Saal und trat ein. Ihre Tränen lauerten unter der Oberfläche, doch jetzt musste sie stark sein, ihr Unternehmen verteidigen. Sie wusste, dass Sephora sie zumindest verstehen, wenn auch nicht gutheißen würde, was sie getan hatte. Doch Enndlin war ein anderes Kaliber.

„Ist Benedicta wieder bei uns?", fragte Sephora unverblümt.

„Ja", sagte Carly. Ihre Stimme war rau. „Aber wir haben zwei Frauen verloren."

„Wen?", fuhr Enndlin sie barsch an.

Carly senkte den Kopf. „Eine der Schwestern und ...", sie schluckte, bevor sie kaum hörbar weitersprach, „... und Ana. Sie hat sich vor mich geworfen und das Schwert abgefangen, das mir galt. Sie muss sofort tot gewesen sein. Es traf sie mitten ins Herz. Wir wollten sie mitbringen, aber es war Sage nicht möglich, uns beide sicher hierher zurückzubringen." Carly brachte sofort alle Informationen vor, die sie geben konnte. Dann hatte sie es hinter sich. Doch sie wagte es nicht, aufzusehen. Enndlins Zorn war spürbar, ohne ihr ins Gesicht schauen zu müssen. Im ersten Moment geschah nichts. Stille erfüllte den Saal. Carly hatte damit gerechnet, dass Enndlin toben, sie anschreien, vielleicht sogar, ihr eine Ohrfeige verpassen würde. Mit allem, doch nicht mit dieser Stille. Die Schritte, die durch den Saal führten, waren kaum zu vernehmen, doch das laute Knallen der Tür, die Enndlin hinter sich zuschlug, ließ Carly zusammenfahren. Sie sah auf. Sephora saß müde am Tisch. Zum ersten Mal konnte Carly ihr ansehen, wie alt die Oberste der Schwestern tatsächlich war. Sie eilte zu ihr, kniete sich vor sie und nahm Sephoras Hände zwischen ihre eigenen.

„Es tut mir so leid", flüsterte Carly. „Ana war eine mutige Kämpferin. Ich konnte sie nicht daran hindern, sich zu opfern."

„Ich weiß", sagte Sephora mehr zu sich selbst. „Ich weiß. Es geht auch nicht darum, dass sie tot ist. Jede von uns hätte dich mit ihrem Leben geschützt. Es geht darum, dass du wieder nur aus persönlichen Gründen deine Macht eingesetzt und unser aller Dasein riskiert hast."

„Was wird Enndlin jetzt tun?", fragte Carly.

„Sie wird fortgehen. Die Waldschwestern haben wir verloren. Sie werden dir nicht folgen. Das ist ein herber Schlag. Ziehen sie ab, reisen die Dryaden gar nicht erst an, die Sylphen bleiben fraglich und von allen anderen Völkern weiß ich es nicht genau. Die Waldschwestern sind die naturverbundensten der Lichtschwestern, wenn sie nicht kommen, werden wir auf ziemlich alle lichten Naturvölker verzichten müssen. Das können wir aber nicht, Carly. Wir wären dann zu wenige. Und der Dunkle König wird seine Truppen jetzt zusammenziehen. Du hast dich gezeigt, deine Stärke offenbart. Er weiß, dass er zügig handeln muss."

„Wie viel Zeit haben wir noch?", fragte Carly nach.

„Es geht. Es bleibt genug Zeit, um noch einmal Boten loszuschicken. Aber die Chancen sind nach dieser neuen Aktion so gut wie aussichtslos. Du musst lernen, dein eigenes Wohl hinter das des Volkes zu stellen. Die Lichtgemeinschaft zu führen und zu schützen, ist deine einzige Aufgabe. Nur du bist dazu fähig, der

Brunnen hat dich angenommen und als Kotetahi offenbart. Wir müssen es irgendwie schaffen, sie doch noch zu überzeugen. Ich weiß, du tust das alles nur für Mathis und nicht für dich selbst, aber versprich mir, dass dies die letzte Handlung von dir war, die einen rein persönlichen Grund hat!"

Carly nickte unsicher. Sie konnte nichts versprechen. Sie würde jederzeit wieder Mathis vor das Volk stellen, doch das musste zum jetzigen Zeitpunkt niemand wissen. „Ich werde selbst gehen. Gemeinsam mit Sage reise ich zu jedem einzelnen Naturvolk und bitte sie um Unterstützung. Vielleicht nutzt es etwas."

„Ja, vielleicht", erwiderte Sephora. „Doch jetzt möchte ich erst einmal zu Benedicta gehen. Wir reden morgen weiter. Geh schlafen!"

34

Man muss sich auf etwas verlassen können,
von dem man nicht verlassen wird.
Laotse

Am kommenden Morgen beobachtete Carly, wie Enndlin samt
Gefolge vom Hof marschierte. Zum Zeichen ihrer Trauer trugen
die Waldschwestern ein dunkles Moosgrün, beinah schon schwarz.

„Sie kommen sicher wieder", versuchte Sage sie zu trösten.

„Das bezweifle ich momentan. Aber es nutzt nichts. Vorerst
können wir es nicht ändern. Wir beide werden ebenfalls heute
aufbrechen. Sephora wird mir nach dem Frühstück die Wegbe-
schreibungen mitgeben, wo sie lichte Völker vermutet. Genau
weiß sie es auch nicht. Aber vorher muss ich mit Mathis sprechen. Ich darf mir keine Sorgen um ihm machen, während wir
unterwegs sind und ich kann mir auch keine weiteren Alleingänge zu seiner Rettung erlauben. Es ist sehr wichtig, dass er bleibt,
wo er ist."

„In Ordnung. Ich packe in der Zwischenzeit unser Reisege-
päck. Wir treffen uns beim Frühstück", sagte Sage.

Als Carly schon die Türklinke in der Hand hatte, rief er: „Carly?"

„Ja?"

„Ich freue mich auf unsere Reise. Wir waren lange nicht allein
und gesund unterwegs. Trotz all der Schwierigkeiten, die warten
werden, freue ich mich."

Carly lächelte. Sage hatte Recht. Wahrscheinlich war das ihre
letzte Gelegenheit vor der alles entscheidenden Schlacht, allein
und ungestört zu sein. Sephora ließ es zwar zu, dass Sage am
Morgen in ihr Zimmer kam, doch nachts waren Wachen vor ihrem Zimmer abgestellt, die niemanden, nicht einmal Sage zu ihr
und Mathis ließen. Ihr Sohn war der einzige, der sie auch nachts
besuchen durfte.

Carly fand Mathis auf dem Flur. „Warte" sagte sie und hielt ihn
am Oberarm fest. „Wir beide müssen unbedingt reden." Sie zog
Mathis in die Bibliothek und schloss die Tür und vergewisserte
sich, dass sie allein waren.

„Ich werde heute mit Sage abreisen und versuchen, andere
Lichtvölker dazu zu bewegen, sich uns anzuschließen."

„Ich komme mit", sprudelte Mathis sofort los.

„Nein, auf keinen Fall", sagte Carly schnell. „Deswegen will
ich mit dir reden. Alles ist viel komplizierter geworden, weil ich
zu oft im Alleingang losgezogen bin. Enndlin ist abgereist, verweigert ihre Unterstützung. Es ist wichtig, dass du hierbleibst. Ich
kann nur dann in Ruhe meine Aufgabe erledigen, wenn ich weiß,
dass du in Sicherheit bist. Versprich mir, komme was wolle, dass
du hier im Lichtpalast bleibst. Du bewegst dich hier nicht weg!"

„Aber ..."

„Nein, kein Aber. Ich verlange, dass du gehorchst! Du bleibst hier!"

Mathis nickte und widersprach nicht mehr. Carly nahm ihn in die Arme und küsste ihn auf die Stirn. „Vertrag dich mit Benedicta! Sie ist deine Freundin, du hast sie enttäuscht, aber du hast auch dafür gesorgt, dass sie jetzt wohlbehalten hier ist."

„Sie will gar nicht mehr mit mir reden", murmelte Mathis bedrückt.

„Das wird wieder. Bleib hartnäckig. Erklär ihr, warum du es getan hast. Irgendwann wird sie es verstehen und dir verzeihen. Ich bin sicher, dass ihr wieder Freunde seid, wenn ich zurück bin. Okay?"

Mathis nickte erneut.

„Dann lass uns jetzt frühstücken gehen", sagte Carly, nahm Mathis an die Hand und gemeinsam gingen sie die Treppe hinunter.

Nachdem Carly ihre letzten Anweisungen von Sephora erhalten hatte, trat sie mit Sage in den Hof, und gemeinsam sprangen sie in die neue Welt zurück.

35

Liebe die Wahrheit, aber verzeihe den Irrtum.
Voltaire

Sephora ging zu dem Mädchen, dass ihr Gesicht hinter den roten Locken versteckte.

„Hallo Benedicta", begrüßte sie sie.

„Sephora", erschrak die Angesprochene und sprang auf.

„Bleib sitzen, mein Kind. Wie geht es dir heute?"

„Besser. Ich weiß nur nicht, was ich mit Mathis machen soll", sagte Benedicta betreten.

Sephora musterte sie. „Was willst du denn mit ihm machen? Ihm bis in alle Ewigkeit zürnen? Dafür hast du ihn viel zu gern. Nimm seine Entschuldigungsversuche an. Es tut ihm wirklich sehr leid."

„Ich weiß das eigentlich. Aber ich verstehe nicht, warum er das getan hat. Wie kam er auf die Idee, dem Namenlosen zu vertrauen? Er hat es in Kauf genommen, dass ich getötet werde. So-

293

was tun Freunde doch nicht!" Benedicta kämpfte mit den Tränen. Trotz all der Schmerzen und Demütigungen, die sie auf der Dunklen Burg ertragen musste, wog die Enttäuschung über Mathis deutlich schwerer.

„Er hat eben an das Gute auch in diesen Teilen seiner Familie geglaubt. Dass der Dunkle König nichts Gutes in sich trägt, hat er viel zu spät bemerkt. Er hat sich sofort distanziert, als er sah, wie sein Großvater mit dir umging, insbesondere, als er glaubte, du seist tot. Das hat ihn schwer belastet", sagte Sephora. „Frag ihn! Lass es dir von ihm erklären und gib ihm eine Chance. Dir fehlt er doch genauso, oder habe ich Unrecht?"

Benedicta nickte und lächelte zaghaft. Ihre Gefühle waren komplett durcheinandergewirbelt. Sie wollte Mathis verzeihen, sie glaubte ihm, trotzdem war da die Angst, dass er sie erneut enttäuschen könnte. Aber Zwiespalt in den eigenen Reihen konnten sie am wenigstens gebrauchen. „Okay", sagte sie schließlich. „Wenn du ihn siehst, dann schick ihn zu mir!"

„Das mache ich sofort", erwiderte Sephora und ging zielstrebig in Mathis Gemächer.

Nachdem sie den Jungen losgeschickt hatte, wollte sie nach den Schwestern sehen, die die Baumkammern vorbereiten sollten. Sie hoffte inständig, dass es Carly gelingen würde, die anderen naturverbundenen Völker aufzuspüren und sie dazu zu bewegen, sich ihnen anzuschließen. Auf dem Hof aber stand plötzlich eine der Schwestern, die für die Felder zuständig war, vor ihr.

„Wir haben eine Unregelmäßigkeit auf unseren Feldern festgestellt, Sephora. Es scheint eine Seuche zu sein, die sich von der Gilid Kadiliman ausbreitet. Wenn wir sie nicht in den Griff bekommen, können wir das Saatgut nicht in die Erde bringen, wenn der Winter vorbei ist. Dann wird es eng mit unserer Versorgung im kommenden Jahr", berichtete die Schwester.

„Eine Seuche?", fragte Sephora ungläubig. „Das gab es noch nie. Wie soll ich mir das vorstellen?"

„Es tut mir leid, aber es fällt mir schwer, es zu beschreiben. Ich bin keine Frau der Worte, eher der Tat. Ich würde es Euch gern zeigen, denn vielleicht wisst Ihr einen Rat", antwortete die Lichtschwester.

Sephora sah sie fragend an. Es war unüblich, dass eine Lichtschwester sie bat, ihr in den Arbeitsbereich zu folgen. Normalerweise kam Sephora oft genug ungefragt vorbei. Die neue Seuche musste dieser Schwester gehörig Angst machen, dass sie die Regeln missachtete. Ihre Neugier war geweckt. „Ich bin gleich bei Euch. Zuerst aber will ich mir die Baumkammern anschauen. Charlotte und Sage sind bereits mehrere Tage weg. Ich rechne jeden Tag damit, dass die ersten Lichtvölker eintreffen, daher hat das momentan Vorrang. Bitte versteht, dass ich mich erst darum kümmere, danach komme ich mit Euch. Ist es weit?"

Die Angesprochene schüttelte den Kopf. „Wir können die Kabayo rufen, dann sind wir schnell dort und wieder zurück."

Sephora nickt und eilte in das Gewächshaus zu den Baumkammern.

Als sie in Begleitung zweier Schwestern zurückkam, wartete die andere bereits mit zwei der Kabayos auf ihr Oberhaupt.

„Ich finde es nicht gut, wenn ihr allein reitet", wandte Dahlia ein, die misstrauisch die Schwester vom Feld beäugte. Sie war eine der weniger schönen Frauen, was nicht an ihrem Äußeren selbst lag, eher an ihrer Haltung.

„Ach", lachte Sephora, „wir wollen doch nur auf einem Feld etwas nachsehen. Wie heißt du, mein Kind?", fragte sie bei der Schwester nach, die bereits auf dem Kabayo saß.

„Wilma, meine Herrin. Ich würde so schnell es geht, losreiten wollen, denn ich möchte mich nicht so nah an der Grenze befinden, wenn die Nacht über uns hereinbricht."

„Damit hat sie Recht. Ich passe auf mich auf und ganz allein bin ich nicht. Wilma ist bei mir", wehrte Sephora den erneuten Einwand Dahlias ab. Dann ritt sie mit der Schwester vom Hof und auf die Grenze zu.

*

Mathis betrat die Bibliothek zögernd und blieb an der Tür stehen. Benedicta sah auf und lächelte zaghaft.

„Komm her!", forderte sie ihn auf. Mathis gehorchte und setzte sich neben Benedicta.

„Es tut mir leid", begann er, wie so oft in den letzten Tagen. Der Unterschied zu all den vergangenen Versuchen: Benedicta blieb sitzen, sie ließ ihn nicht stehen, wie sie es bisher getan hatte. Sie war endlich gesprächsbereit. Mathis knetete seine Finger. Er durfte es nicht vermasseln. „Seit ich denken kann, habe ich mich gefragt, wer mein Vater ist. Mein echter Vater. Als ich es dann erfuhr, dachte ich nur an die Zeiten, die Mason bei uns verbracht hat und wie schön es war. Ich dachte, dass er das alles nicht gespielt haben könne. Deswegen ging ich zu ihm. Ich wollte wissen, wie er zu mir steht. Und er empfing mich ja auch freundlich, passte auf mich auf, sorgte dafür, dass auch mein Großvater das akzeptierte."

Benedicta schüttelte sich, als Mathis den Dunklen König als seinen Großvater betitelte. „Ich verstehe das mit deinem Vater. Ich weiß nur nicht, warum du mich zum Namenlosen gebracht hast. Das eine hat doch mit dem anderen nichts tu tun. Wieso hast du ihm vertraut und mich ihm ausgeliefert?"

„Ich dachte zu dem Zeitpunkt wirklich, dass ich sie beide beeinflussen könnte. Außerdem hatte ich gesehen, dass auch meine Mutter sich zu diesem Zeitpunkt der Dunkelmagie zugewandt hatte und entwickelte plötzlich andere Theorien."

„Und es kam dir nie in den Sinn, dass du gewaltig falsch liegst?", fragte Benedicta ungläubig.

„Doch, natürlich. In dem Moment, in dem wir auf dem Burghof ankamen und der Namenlose zu uns stieß, wusste ich, dass ich einen gewaltigen Fehler gemacht hatte. Doch ich konnte es nicht mehr stoppen. Mein Vater war auch keine Hilfe. Er fand es nicht gut, wie der Dunkle König mit dir umging, aber er handelte nicht."

„Er handelte später. Wusstest du, dass wir ohne seine Hilfe niemals entkommen wären?"

Mathis sah seine Freundin wie vom Donner gerührt an. „Ernsthaft? Wie?"

„Das hat dir wohl niemand erzählt? Er schloss die Tür zu meinem Zimmer auf, als deine Mutter dich ins Spiel brachte. Sie sagte ihm, dass du ihm nie verzeihen würdest, wenn ihr etwas passierte. Das hielt ihn wohl davon ab, sie zu verraten. Er half uns. Ich glaube wirklich, dass er dich liebt. Und ich weiß, dass du dafür gesorgt hast, dass sie loszog, mich zu befreien, und dass du es auch selbst getan hättest."

„Sie hat es zur Bedingung gemacht, dass ich hier warte", warf Mathis ein.

„Ich weiß und ich bin froh, dass du nicht da warst. Noch einen mehr hätte Sage nicht rechtzeitig wegbringen können und wer weiß, wie Mason reagiert hätte, wenn du dabei gewesen wärst."

„Sind wir denn jetzt wieder Freunde?", fragte Mathis vorsichtig.

Benedicta überlegte, nickte dann. „Ja. Du fehlst mir. Ich vermisse es, mit dir zu reden und durch den Palast zu streifen. Und Bücher lesen sich allein nicht mehr so gut. Bevor ich dich kannte, war das kein Problem, jetzt möchte ich dich dabei an meiner Seite haben. Aber versprich mir, dass du nie wieder so handelst. Nie wieder, ohne mit mir geredet zu haben!"

„Ich verspreche ich", sagte Mathis so schnell, dass seine Stimme sich überschlug.

Dann endlich umarmte er seine Freundin wieder. Nach all der Zeit zog er ihren Körper in seine Arme, vergrub sein Gesicht in ihren roten Locken und roch den vertrauten Duft ihres blumigen Parfüms.

In Benedictas Bauch breitete sich das bekannte, süße Flattern aus und ihr wurde im selben Moment klar, dass sie ihm alles verziehen hatte, was es zu verzeihen gab.

*

„Ich kann beim besten Willen keine Veränderungen erkennen. Bist du sicher, dass wir am richtigen Feld sind?", fragte Sephora.

Wilma glitt vom Rücken des Kabayo. „Ja, Herrin. Ihr müsst absteigen und euch den Boden von Nahem ansehen", forderte sie Sephora auf.

Die Oberin der Lichtschwestern wurde nun doch misstrauisch. Sie sah sich um. Nichts hier deutete auf unmittelbare Gefahr hin. Ein paar Büsche, die Grenze war sichtbar, aber doch noch etwas entfernt. Wilma hockte zu ihren Füßen und sah unschuldig zu ihr hinauf. Trotzdem riet ihr sechster Sinn dazu, nicht abzusteigen, umzukehren und so schnell es ging hinter die schützenden Mauern des Lichtpalastes zurückzukehren. Wenn sich ihr plötzliches schlechtes Gefühl als Fehlinterpretation erweisen sollte, würde sie vor Wilma das Gesicht verloren haben, doch sie war nur eine von vielen Schwestern, damit konnte sie leben. Wenn sie aber Recht hatte … Sephora irrte sich selten, also lenkte sie das Kabayo herum.

„Wo wollt ihr hin?", fragte Wilma, deutlich wacher und schärfer, als sie bisher gewesen war.

Über ihr Gesicht zog ein hämisches Grinsen, zwischen ihren Fingern quoll dunkler Rauch hervor. Bevor Sephora das Kabayo antreiben konnte, sprang Wilma vor das Tier und schleuderte die Rune auf ihre Herrin. Sephora war so überrascht, dass sie nicht schnell genug reagieren konnte und die Rune sie mitten in der Brust traf. Sie spürte, dass sie fiel, war jedoch wie gelähmt, unfähig sich festzuklammern. Das Kabayo stieg und trat mit seinen Hufen nach Wilma, doch die Schwester wich geschickt aus und ging hinter ihrer Herrin in Deckung.

„Wie hast du das gemacht?", wollte Sephora keuchend wissen.

„Eine Rune meines Herrn. Sie lähmt das Opfer. Du kannst dich nicht bewegen, aber reden. Die Wirkung hält mehrere Stunden an. Die Masama können dich in Ruhe zur Burg bringen. Mein König wird mich belohnen." Wilma lachte laut auf, so groß war ihre Freude darüber, dass sie die oberste Lichtschwester besiegt hatte. Sie legte die Hände um ihre Lippen und stieß mehrere hohe Schreie aus. Dann nahm sie Sephoras Kopf und drehte ihn in Richtung Grenze. „Siehst du sie? Sie kommen und werden dich mitnehmen. Du bist meine Trophäe, meine Eintrittskarte in ein besseres Leben."

„Du Närrin", schalt Sephora die Schwester. „Glaubst du ernsthaft, dass der Namenlose dich belohnen wird? Dass du aus dem Sklavendasein emporsteigen kannst? Das wird er niemals zulassen. Flieh, solange du noch kannst, und bitte um Vergebung!"

Der Anführer der Masama war als Erster bei den Frauen. Das Kabayo schreckte von ihm zurück und ergriff die Flucht. Der Masama sah auf Sephora herab und nickte kurz. „Gut gemacht!", brummte er zu Wilma. „Nimm die Dankesgrüße meines Herrn entgegen!" Er holte mit seinem Schwert aus und schlug Wilma den Kopf mit einem Hieb ab. Der Körper, der neben Sephora kniete, blieb aufrecht, während ihr Blut aus dem Halsstumpf pulsierte und auf Sephoras Gesicht herabregnete, bis der Masama seine Gefangene unter den Armen fasste und hinter sich her zerrte.

Er fesselte ihr Hände und Füße, sicherte Sephora zusätzlich mit einer extra Rune und warf sie über den Rücken seines Behemoths. Das Tier knurrte, gehorchte jedoch. Nach wenigen Minuten verschwand die Horde der Masama mitsamt ihrer Beute hinter der Grenze zur Gilid Kadiliman.

Stunden später kehrte Dahlia mit Schwester Wilmas abgeschlagenem Kopf zurück in den Palasthof. Sie rief die Lichtschwestern zusammen. Auch Benedicta rannte in den Hof, gefolgt von Mathis.

„Sie haben Sephora", informierte Dahlia die Frauen. Entsetzte Gesichter, vereinzelte Schreie und bestürztes Gemurmel setzte ein. Dahlia musste laut rufen, um sich Gehör zu verschaffen: „Carly ist unterwegs. Wir wissen, was das bedeutet", rief sie einfach nur. Plötzlich richteten sich alle Blicke auf Mathis.

Er zuckte zurück, wollte einige Schritte nach hinten weichen, doch Benedicta hielt ihn fest. „Du bist jetzt der einzig von Lux und Umbra im Palast. Damit hast du vorübergehend die Befehlsgewalt. Es liegt in deiner Verantwortung, die Vorbereitungen voranzutreiben."

Mathis Mund wurde staubtrocken. „Das …", stammelte er, „… kann ich nicht. Ich weiß gar nicht, was ich machen soll. Das ist zu viel."

„Wir helfen dir", sagte Benedicta sanft und hielt die Lichtschwestern mit einer Handbewegung zurück.

36

Es sind nicht die Vollkommenen, sondern die Unvollkommenen,
welche der Liebe bedürfen. Wurde einem eine Wunde zugefügt,
sei es durch die eigene oder durch fremde Hand, dann sollte
die Liebe herannahen und ihm Heilung schenken –
aus welchem Grunde sonst existierte die Liebe?
Oscar Wilde

Mit ausgebreiteten Armen kniete Carly vor einem einzelnen Olivenbaum mitten in einem dichten Mischwald. Sephoras Wegbe-
schreibungen hatten sie und Sage auf Anhieb hierhergeführt.
Trotz des Schnees trugen die Bäume allesamt noch ihr Blattwerk,
Kauze riefen trotz Tageslicht und ein dauerhaftes Summen und
Zirpen verschiedener Insekten erfüllte die Luft. Allein daran erkannten sie, dass sie richtig waren, dass dies kein normaler Wald
war.

Sage hielt sich im Hintergrund, beobachtete Carly, wie sie
stumm und regungslos einfach nur im Schnee hockte, die Augen

geschlossen und hochkonzentriert. Einzig ihr Leuchten signalisierte eventuell anwesenden Dryaden, wer sie war und dass sie reden wollte. Sein Blick glitt über die Baumstämme. Verknorpelt und uralt, jeder auf seine Weise unbeschreiblich schön. Doch mehr gab es nicht zu sehen, niemand zeigte sich. Sie würden ausharren, egal wie lange es dauerte. Ohne mit den Dryaden zu sprechen, war Carly nicht bereit, abzuziehen. Sage setzte sich in den Schnee, die Beine bequem zum Schneidersitz verschränkt, zwischen den Fingern drehte er gedankenverloren einen heruntergefallenen Zweig. Er achtete darauf, ihn nicht noch mehr zu zerstören, er wusste nicht, wie die Dryaden auf Zerlegung von Körperteilen reagierten. Selbst von eigentlich toten und vom Baumkörper gelösten Teilen. Aber vielleicht war genau das die Lösung? Vielleicht sollte er, um eine Reaktion zu erreichen, einen Zweig direkt von einem der Bäume abbrechen? Dann, da war er sicher, würden sich die Dryaden zeigen. Aber ein Akt der Zerstörung bot alles andere als optimale Voraussetzungen für ihr Anliegen. Also verwarf er den Gedanken, steckte sich den toten Zweig zwischen seine Zähne und lauschte einfach den Geräuschen dieses sonderbaren Waldes.

Carlys Knie schmerzten. Seit Stunden hockte sie in derselben Haltung im Schnee. Die Kälte trug inzwischen ebenfalls zu ihrem Gefühl des Versagens bei. Lange würde sie es nicht mehr aushalten, so zu warten. Sie spürte durch ihr Band auch Sages Ungeduld. Waren sie überhaupt an der richtigen Stelle? Wie viel Sinn machte es, hier weiterzumachen? Vielleicht war es besser, zu den Sylphen weiterzureisen oder zu den Salamandergeborenen. Doch Letzteres verwarf sie gleich wieder. Bei der Feuerspezies war ihr vollkommen unklar, welcher Seite sie angehörten. Nein, die Dryaden waren ihre beste Option. Sie waren die einzigen, bei denen Carly sicher wusste, dass sie zur Lichtseite gehörten. Bedingungslos. Doch ihre Knie versagten bald. Wenn das geschah, würden sie abbrechen müssen, in das Wirtshaus zurückkehren, in dem Sage und sie ein Zimmer genommen hatten und morgen wiederkommen. Dann könnte sie ein Bad nehmen, schlafen gehen und die Wärme eines Bettes genießen.

Gerade als sie aufgeben wollte, hörte sie ein Knacken. Nur zart, sanft, doch eindeutig das Knacken aufbrechender Rinde. Carly öffnete die Augen.

Der Stamm der Olive vor ihr öffnete sich. Licht strömte heraus, ähnlich dem Licht, das sie selbst verstrahlte. Eine junge Frau trat ins Freie. Ihr Kleid war lang, die Haare von einem dichten Blätterwerk bedeckt. Ihre Haut wirkte wie Papier. Anmutig setzte sie ihre schlanken, nackten Füße auf den Schnee, als wäre er ein weicher Teppich.

„Wer seid ihr?", fragte sie mit singender Stimme.

Carly nahm die Arme herab, legte die Handflächen aufeinander und verbeugte sich kurz, bevor sie aufstand. „Mein Name ist Charlotte von Lux und Umbra. Sephora schickt mich, um eure Hilfe zu erbitten."

Die junge Frau ging um Carly herum, betrachtete sie genau und blieb dann direkt vor ihr stehen. „Mein Name ist Syke. Ich bin das Oberhaupt dieser Dyradengruppe, aber das wusstet ihr wahrscheinlich. Sephora sandte mir bereits einen Boten. Warum dich auch noch?"

„Man sagt, ich wäre sehr mächtig. Man sagt auch, dass ich die geborene Kotetahi bin und somit zu unser aller Königin werden könnte", antwortete Carly und hielt den Blick fest auf Syke gerichtet.

„So. Du bist das? Ich hörte davon. Wenn du redest, was du sagst, klingt nicht so, als wärest du bereit dafür. Du willst nicht unsere Kotetahi sein?" Syke zog abschätzend die Brauen nach oben.

Carly dachte einen Moment nach. Tatsächlich wollte sie nichts von alledem. Das einzige, was sie wirklich wollte, war mit Mathis in ihre Welt zurückzukehren und ein ganz normales, irdisches Leben führen.

„Ich kann deine Gedanken lesen. Hat dir das niemand gesagt?", sagte Syke plötzlich.

Carly sah sie entsetzt an und schüttelte den Kopf.

„Nun, das ist wirklich unpraktisch, aber gut für mich. Ein irdisches Leben also, ja? Kommt er da auch drin vor?" Mit dem Kopf zeigte Syke auf Sage, der noch immer entspannt im Schnee hockte. Äußerlich entspannt. Da hatte er sich nicht bewegt. Innerlich allerdings war er so angespannt und bereit aufzuspringen, um Carly zu helfen, wie ein Raubtier nur sein konnte.

„Natürlich kommt er darin vor. Und du kennst nur einen Teil meiner Gedanken. Nur das, was ich dem Moment deiner Frage dachte. Ja, ich möchte am liebsten einfach zurückkehren, meinen Sohn zur Schule schicken und so normal wie möglich weitermachen. Doch ich werde vorher alles in meiner Macht stehende tun, um den Namenlosen zu bändigen, das Böse nicht an die Herrschaft lassen."

„Das reicht aber nicht", fuhr Syke sie an. „Du musst eine Entscheidung treffen, ohne jeden Vorbehalt, zwischen deinem alten Leben und dem Leben, zu dem du bestimmt bist. Erst wenn diese Entscheidung gefallen ist, werden wir uns dir vielleicht anschließen. Mehr gibt es momentan nicht zu sagen. Wir kommen nicht mit dir mit."

„Aber, bitte, hört mich doch weiter an", stammelte Carly.

„Es ist alles gesagt, was es aktuell zu sagen gibt", erwiderte Syke. „Geht jetzt und stört nicht länger unsere Ruhe!" Sie ging zu ihrem Stamm zurück, drehte sich jedoch noch einmal um. Mit einem amüsierten Lächeln wandte sie sich an Sage: „Übrigens, deine Gedanken um unsere Körperteile waren ganz richtig. Deine Vorlieben sind jedoch … eigenartig."

Sage sah sie fragend an.

„Du kaust auf einem abgestoßenen Zehennagel einer meiner Schwestern. Das ist ekelhaft!" Sykes zarte Gestalt schmiegte sich in das Innere des Baumstammes, der sich daraufhin wieder schloss.

Sage spuckte den Zweig zwischen seinen Zähnen angewidert aus. „Das war es also? So einfach?", schrie er den Olivenbaum an. „Nein, und weg bist du? Ihr seid Feiglinge!"

Ein Rascheln und Knacksen zog sich durch das Blätterdach. Die Dryaden verstanden sie also auch, wenn sie in ihren Stämmen hockten.

„Lass uns gehen", sagte Carly müde. „Wir erreichen heute nichts mehr. Morgen kommen wir wieder." Sie griff nach Sages Hand und zog ihn eilig hinter sich her. Da ihr Licht nicht mehr strahlte, spürte sie die Kälte umso mehr. Sie wollte nur noch zurück zum Auto und in ihre Unterkunft.

*

Erleichtert ließ Carly sich in das warme Wasser der extra großen Badewanne gleiten. Nach Orangen duftender Schaum bedeckte ihren Körper vollständig. Sie seufzte und vergaß für einen Moment all die Sorgen und Probleme, mit denen sie sich herumärgerte. Viel zu lange hatte sie die Annehmlichkeiten ihres Jahr-hunderts nicht genossen. Dieses Bad empfand sie als das luxuri-öseste, was sie sich vorstellen konnte. Doch auch das Bad konnte ihre Verzweiflung nicht vertreiben. Endlich bahnten sich die Trä-nen ihren Weg nach außen.

Im Nebenzimmer spürte Sage, wie die Traurigkeit Carly über-rollte, unterlegt mit einer gehörigen Portion Verzweiflung. Sofort eilte er zu ihr ins Bad. Der süße Lilienduft ihres Blutes vermisch-te sich mit dem intensiven Orangengeruch ihres Bades. Sie sah zerbrechlich aus, wie sie so still vor sich hin weinte. Sage wollte sie beschützen, wollte einen Teil der Last auf ihren Schultern selbst tragen, alles, wenn es ginge. Doch er konnte nur bei ihr sein. Mehr vermochte er nicht beizutragen. Er beugte sich zu ihr hinunter. „Was ist los?", fragte er.

„Wie sollen wir einen Kampf bestehen, wenn sich nicht einmal die Wesen der Lichtseite dazu durchringen, uns zu folgen? Was soll ich nur machen?", fragte Carly unglücklich.

„Heute gar nichts mehr. Du musst ausruhen und den Kopf freibekommen. Morgen gehen wir wieder hin und versuchen es erneut", antwortete er.

Carly schlang die Arme um seinen Hals und zog ihn an sich. Den Kopf durch etwas Anderes freizubekommen, war ein guter Gedanke. Sie legte ihre Lippen auf die seinen, spürte sofort sein Verlangen. Die Gier nach ihrem Blut war weit in den Hinter-grund gerückt. Sage wartete seit gefühlten Ewigkeiten darauf, ihr endlich so nahe sein zu können, wie es Liebende nun mal gerne waren. Doch bisher hatte ihnen jede Zeit für Zweisamkeit ge-fehlt. Erst war Carly zu krank gewesen, dann zu bestialisch und nur an Meucheleien interessiert, und seit sie zum Licht zurückgefunden hatte, waren sie nie allein gewesen. Dies war die erste Nacht, in der sie wirklich nur zu zweit waren, in der keine Störung oder Katastrophe zu erwarten war. Carly zog fester an Sage. Er leistete keinen Widerstand und glitt inklusive Kleidung zu ihr in die Wanne. Sie kicherte leise, was er mit einem zärtlichen Knurren, das eher einem Schnurren glich, erwiderte. Ihre Hände suchten den Bund seines Oberteils und zogen es nach oben. Sage half nach und warf das Shirt achtlos auf den Boden. Klatsch. Ihm folgten die restlichen Kleidungsstücke und binnen Sekunden war der Fußboden unter Wasser gesetzt. Doch das interessierte weder Carly noch Sage.

Sage wurde von seinen Gefühlen überwältigt. Er wusste, dass sie sich zum ersten Mal so nah sein würden, wie er es seit Jahrhunderten herbeigesehnt hatte. Das wollte er genießen, wollte sich Zeit nehmen. Deshalb bremste er sich, nahm das Duschöl vom Wannenrand und drehte Carly um. Seine Hände verteilten das Öl sanft auf ihrem Rücken, streichelten die zarte Haut, massierten ihre verspannten Schultern. Er spürte, wie sie zur Ruhe kam, wie sie ihren Kopf befreite und ihre Gedanken nur noch ihrem Beisammensein widmete. Als seine Hände über ihre Brüste glitten, schauderte sie vor Wohlbefinden.

Mit Leichtigkeit hob er sie aus dem Wasser, trug sie vorsichtig in das Zimmer und legte sie auf das Bett. Nur schwer trennte er sich von ihren Lippen, wanderte mit seinem Mund ihren Hals hinab. An ihrer Halsschlagader verharrte er. Das Blut pulsierte, lockte ihn mit seinem aromatischen Geruch. Carly drückte die begehrte Stelle an seine Lippen, gab still ihr Einverständnis. Vorsichtig ließ er seine Zähne in sie gleiten, nahm nur ein paar Tropfen. Doch es reichte aus, um ihr Band zu intensivieren. Die körperlichen Grenzen verschwammen, sie verschmolzen zu einer Person, empfanden alles doppelt so stark als wenige Sekunden vorher. Carly vergrub ihre Hände in seinen Haaren, drückte seinen Kopf fester an sich. Doch Sage leckte und verschloss die Wunde bereits, liebkoste dann ihren Körper weiter, wechselte zwischen Kuss und Biss, bis er jede einzelne Stelle erkundet hatte.

Carly keuchte heftig, konnte das süße Verlangen kaum aushalten und genoss doch jede Sekunde, die Sage es weiter herauszögerte. Als er sie, nach Erkundung ihres Körpers, wieder auf die Lippen küsste, hielt sie das Warten nicht mehr aus. Ihre Beine umklammerten seine Hüfte und zogen sie an sich heran, versuchten, das Verlangen des Mannes, der so viel stärker war als sie, zu intensivieren, seine Handlungen zu beschleunigen. Doch Sage hatte sich vorgenommen, es langsam angehen zu lassen, jeden Millimeter zu genießen. Hob sie ihm ihr Becken entgegen, zog er seines im selben Moment zurück. Sie spürte, wie seine Liebe nach ihrem Innerem griff, wie sich die Ranken ihrer Gefühle nach so langer Zeit wieder miteinander verwoben, sich umschlängelten und emporreckten. Als Sage endlich in sie eindrang, glaubte Carly zu explodieren. Wie eine Ertrinkende klammerte sie sich an seinen Körper, wollte ihn noch näher bei sich haben. Sie spürte, dass sie ihr Leuchten nicht zurückhalten konnte. Ungeachtet dessen, dass sie entdeckt werden könnten, ließ sie ihrem neuen Wesen freien Lauf. Der Raum war gleißend weiß, die zarten Bänder ihrer Magie umschlangen beide Körper, woben einen dichten Kokon aus Liebe und Leidenschaft um sie herum, in dem sie versanken und vergaßen.

Erst als der Morgen bereits graute, schlief Carly erschöpft in Sages Armen ein.

37

*Es ist ein Rausch, Mutter zu sein,
und eine Würde, Vater zu sein.*
Sully Prudhomme

„Mathis, das kann nicht dein Ernst sein! Du willst dich nicht wirklich erneut in diese Gefahr begeben?" Benedicta lief aufgeregt quer durch den Raum.

„Ich will doch nicht auf die Gilid Kadiliman gehen. Ich will mich nur mit meinem Vater treffen. An der Grenze. Ich weiß einfach nicht, was wir anderes tun sollen. Meine Mutter ist irgendwo unterwegs, Sephora gefangen, die wenigen verstreuten Lichtschwestern, die in der neuen Welt leben, sind ebenfalls abgereist."

„Und ausgerechnet dein Vater soll uns jetzt helfen? Wie kommst du auf diese absurde Idee!", frage Benedicta.

Mathis grinste trotz der Verzweiflung, die ihm immer noch ins Gesicht geschrieben stand. „Naja, eigentlich hast du mich darauf gebracht. Er hat euch geholfen. Er hätte euch verraten können, als meine Mutter kam, um dich zu befreien. Doch er hat es nicht getan. Mir zuliebe. Ich bin sicher, dass ich ihn überzeugen kann, für uns zu arbeiten. Ich muss ihm ja nicht sagen, wie aussichtslos es momentan für uns aussieht", sagte er.

Benedicta kam nicht umhin, ihm teilweise zuzustimmen. Sie selbst hatte diesen Gedanken ebenfalls gehabt, anders als Mathis jedoch gleich wieder verworfen. Aber er hatte recht. Man konnte es versuchen. Sie stieß laut die Luft aus. „Also gut. Aber du wirst dich auf keinen Fall mit ihm alleine treffen. Wir werden dich begleiten und beim kleinsten Versuch, dir zu schaden, werden wir eingreifen. Ungeachtet dessen, dass er dein Vater ist. Wir verteidigen dich und wir töten dazu notfalls auch deinen Vater. Hast du verstanden?"

Das war Mathis gar nicht recht, doch er wusste, dass sie keine Ruhe geben und es ihm unmöglich machen würde, sich mit seinem Vater zu treffen, wenn es nicht zu ihren Bedingungen stattfand. Er nickte.

„Hast du denn eine Idee, wie du Kontakt zu ihm aufnehmen willst? Das ist für mich aktuell das größte Rätsel. Wie soll das passieren?", fragte Benedicta.

„Das habe ich bereits in die Wege geleitet", antwortete er knapp.

Zu knapp für Benedictas Geschmack. „Wie?", fragte sie schärfer als beabsichtigt.

„Ich habe eine Lichtkugel zu ihm geschickt. Er wird es verstehen und ihr folgen. Er ist ja nicht dumm."

Benedicta sah ihn entgeistert an. Ihr Gesicht wurde kreidebleich. „Du hast was?", flüsterte sie entsetzt.

„Na, eine von den Kugeln aus dem Brunnen …"

„Ich weiß, woher die Lichtkugeln kommen", unterbrach sie ihn. „Ich will wissen, wie du es angestellt hast!"

Mathis zuckte mit den Schultern und verstand den Wirbel nicht, den seine Freundin jetzt veranstaltete. „Na wie schon? Ich bin an den Brunnen gegangen, habe eine herausgefischt und …"

Weiter kam er nicht, da Benedictas Schrei ihn erschreckte.

„Was ist denn?", fragte er völlig verständnislos.

„Du darfst überhaupt nicht an den Brunnen! Männliche Nachkommen, selbst wenn sie Magie in sich tragen, dürfen niemals mit dem Brunnen in Berührung kommen. Bisher ist dieses Gebot nur einmal gebrochen worden, und was aus ihm geworden ist, wissen wir alle. Der Dunkle König ist als Kind zum Brunnen geschlichen und hat hineingefasst. Mathis, wie konntest du nur?" Sie schluckte. Jede Farbe war ihr aus dem Gesicht gewichen.

„Aber es war doch in Ordnung. Ich habe vorher gefragt. Ich habe mich wie ein Idiot vor den Brunnen gestellt und mit dem Licht geredet. Habe ihm alles erzählt, was hier los ist, habe ihm gesagt, dass ich nur eine Chance sehe und die einzige Möglichkeit, wie ich meinen Vater um ein Treffen bitten kann, darin sehe, dass wir eine der Kugeln zu ihm schicken. Dann summte es so komisch in der Luft und ich wusste, ich hatte die Erlaubnis, in den Brunnen zu greifen. Es ist auch absolut nichts passiert. Ich habe nicht mal im Ansatz geleuchtet. Also beruhig dich wieder!", forderte Mathis Benedicta auf.

Das Mädchen schüttelte den Kopf. „Ehrlich, Mathis. Ich weiß nicht, was ich sagen soll. Das gab es noch nie, ich habe noch niemals von einer ähnlichen Sache gehört. Das ist vollkommen neu. Wir müssen es den anderen Schwestern berichten."

„Okay. Das kannst du übernehmen. Und wenn du schon einmal dabei bist und deinen Plan unbedingt durchziehen willst: Ich treffe meinen Vater morgen Abend an der Grenze zur Gilid Kadiliman. Bei dem kleinen Wald, an der Stelle, wo meine Mutter das erste Mal verschleppt wurde. Sag ihnen das. Und teile ihnen auch mit, dass ich auf jeden Fall gehe. Ganz egal, was sie dazu sagen."
Mathis verließ den Raum. Er hatte wirklich genug von den ständigen Diskussionen. Außerdem wollte er nicht mit Benedicta streiten. Nichts fürchtete er mehr, als einen erneuten Bruch mit ihr.

*

Am folgenden Abend ritt Mathis auf einem Kabayo und umringt von zahlreichen Lichtschwestern zu dem Treffpunkt, den er mit seinem Vater ausgemacht hatte. Benedicta ritt an seiner Seite. Die Kabayos hielten sich inzwischen dauerhaft in der Nähe des Lichtpalasts auf, denn ihre Dienste würden bis zur finalen Schlacht häufig benötigt werden. Sie waren die einzigen Lichtwesen, die geblieben waren und uneingeschränkt hinter Carly standen.

Wie erwartet hatten die Schwestern nicht mit Begeisterung auf seinen Plan reagiert. Dennoch und zu Mathis Erstaunen überzeugte Benedicta sie von der Notwendigkeit seines Vorhabens. Als sie an dem Wäldchen ankamen, hielten sie ihre Tiere zwischen den Bäumen an. Mathis stieg ab und ging sofort bis an den Rand. Sein Vater stand allein kurz hinter der Grenze und ging vorsichtshalber ein paar Schritte zurück, als er das Aufgebot sah, mit dem Mathis erschien.

„Ich dachte, wir würden uns allein treffen", sagte er erstaunt.

„Bist du allein", fragte Rose scharf dazwischen, bevor Mathis etwas erwidern konnte.

Mason nickte.

„Komm hierher. Wir geben euch ein paar Minuten. Aber keine Tricks. Wir sind in Sichtnähe. Vergiss alle Pläne, die du vielleicht mitgebracht hast!", fuhr sie ihn erneut an.

Mathis wollte seinem Vater entgegengehen, doch Benedicta hielt ihn zurück. „Er soll herkommen. Das ist sicherer für dich!"

Mason schloss seinen Sohn in die Arme, als er ihn erreichte, und Mathis ließ es zu. Es war ein guter Start für das Gespräch, das er führen wollte. „Danke, dass du gekommen bist", begann Mathis und lächelte.

„Du bist mein Sohn. Was hast du erwartet? Außerdem hätte die kleine Nervensäge da keine Ruhe gegeben." Die angesprochene Lichtkugel schwirrte noch einmal um Masons Kopf herum und schoss dann auf direktem Weg zum Lichtpalast zurück. Ihr Auftrag war erfüllt.

In Mathis Kopf herrschte plötzlich gähnende Leere. Vergessen waren die Worte, die er sich zurechtgelegt hatte. Mit den Fingernägeln zwischen den Zähnen überlegte er, wie er anfangen sollte. Mason kam ihm zuvor und machte es ihm einfach.

„Ich glaube, dass du meine Hilfe willst", setzte er an und lächelte Mathis aufmunternd zu. „Was genau soll ich machen?"

Damit traf er genau den Kern des Gesprächs und Mathis konnte sofort einsteigen. „Ich weiß, dass du mich wirklich magst. Deshalb dachte ich, du könntest dich doch noch umentscheiden. Wenn du auf die Lichtseite wechseln würdest, dann würde der Namenlose noch mehr geschwächt sein und unsere Chancen erhöhen sich."

„Was sagt denn deine Mutter dazu?", fragte Mason nach, um sich Zeit zu verschaffen. Er hatte beinah so etwas erwartet, doch genau das konnte er auf keinen Fall tun. Er war nicht fähig, sich gegen seinen Vater zu stellen.

„Sie weiß es noch nicht, aber ich bin sicher, dass sie einverstanden wäre. Ich kenne sie gut. Du musst uns helfen!"

„Mathis, das geht nicht so einfach, wie du dir das vorstellst. Ich kann mich meinem Vater nicht einfach so widersetzen. In mir herrscht genauso viel Dunkelheit wie in ihm. Ich lasse sie nur nicht so sehr an die Oberfläche ..."

„Aber deine Mutter ist lichtdurchflutet. Es muss also auch Lichtmagie in dir geben. Geh einfach. Befrei Sephora und flieh mit ihr zu uns." Mathis Worte erstarben, denn Mason schüttelte heftig den Kopf.

„Sephora zu befreien, übersteigt jede Macht, die irgendjemand von uns aufbringen könnte. Mein Vater bewacht sie höchstpersönlich in seinen eigenen Gemächern. Sephora ist verloren. Niemand kann sie befreien. Sie ist tapfer, sagt kein Wort, lässt sich nicht beirren. Aber ich bekomme sie nicht frei. Selbst wenn es mir gelänge, meinen Vater wegzulocken, die Ein- und Ausgänge sind derart bewacht, dass wir nie durchkämen. Die Masama wachen jetzt rund um die Burg, es gibt keine freie Seite mehr. Ein Fluchtversuch wäre für jeden ein glattes Todesurteil. Ich befürchte, ich kann dir da nicht helfen", beendet Mason die Antwort auf Mathis Idee.

Dem Jungen stiegen Tränen in die Augen. „Aber du bist doch mein Vater. Es geht nicht, dass wir uns bekämpfen. Wir müssen eine Lösung finden. Wenn du nicht gehen kannst, hilfst du uns auf andere Weise?"

Masons Herz zog sich schmerzhaft zusammen, als er die Enttäuschung seines Sohnes sah. Auch wenn er wollte, konnte er Sephora nicht helfen. Er befürchtete sogar, dass sein Vater an ihr ein Exempel statuieren würde. Wenn Nalar die große, mächtige Lichtkriegerin, diejenige, die ihn in die Verbannung geschickt hatte, besiegte, dann würde das die Natur- und Lichtvölker einschüchtern. Das wusste er und darauf setzte er. Außerdem würde sich sein jahrhundertelanger Hass endlich entladen können. Doch es gab etwas, dass er für Mathis tun konnte. „Ich kann euch Informationen zukommen lassen. Das wenigstens ist eine Möglichkeit. Wir treffen uns alle drei Tage hier und ich berichte euch alles, was ich weiß, von den Vorbereitungen zur Schlacht. Doch mehr könnt ihr nicht von mir erwarten. Wenn die finale Schlacht stattfindet, muss ich an der Seite meines Vaters kämpfen. Niemand wagt es, sich ihm zu widersetzen. Außerdem, wenn ihr gewinnt, er vernichtet ist, dann bin ich sein Nachfolger. Ich habe diesen Eid schon vor vielen Jahren geschworen und bin an ihn gebunden."

Mathis grübelte. Es war nicht das, was er erwartet hatte, doch am Ende mehr, als er für möglich gehalten hatte. Sein Vater würde für die Lichtseite spionieren. „Dann machen wir das so. Danke Vater!", sagte er.

Mason hielt seinem Sohn die Hand hin. Mathis schlug ein. Sie hatten einen Pakt geschlossen. Mason spürte, wie sich das zarte Band der Liebe in ihm weitete. Er würde eine Möglichkeit finden, wie er Mathis noch mehr helfen konnte. Als sein Sohn aufstand und ihm die Arme um den Hals schlang, war Mason sicher, dass er das Richtige tat.

„Ich weiß aber nicht genau, was wichtig für uns ist und was

316

nicht", sagte Mathis. „Ich würde es gern Rose überlassen, die Details mit dir abzusprechen. Sie kann mit den Informationen mehr anfangen als ich. Bist du damit einverstanden? Und wenn ihr fertig seid, dann nehmen wir uns immer noch ein paar Minuten für uns allein."

„Das machen wir", sagte Mason, während Mathis nach Rose winkte.

Auf dem Weg zurück zum Lichtpalast ritt Rose neben Mathis. „Es war eine gute Idee von dir, auch wenn ich anfangs gezweifelt habe. Masons Wissen wird uns sehr weiterhelfen. Gut gemacht, Mathis!", lobte sie ihn.

Mathis lächelte und sah zu Benedicta. Die grinste verschmitzt. „Wettreiten?", fragte sie.

Mathis nickte. Dann preschten die Tiere auf gleicher Höhe über die Felder. Mathis breitete die Arme aus, rief sich das Gefühl des Fliegens wieder ins Gedächtnis, das ihn beim ersten Mal so erfüllt hatte, und fühlte sich so befreit, wie schon lange nicht mehr.

38

*Nur der ist glücklich, und wahrhaft glücklich, der sagen
kann: "Willkommen das Leben, was immer es auch bringen
möge!
Willkommen der Tod, wie immer er sei!"*
Henry St. John

Nalar stand, die Hände in die Hüfte gestemmt, vor Sephora. Mit
hochrotem Kopf, das Gesicht zur Fratze verzogen, zischte er:
„Das wirst du bereuen. Ich habe es dir damals gesagt, als du mich
verbannt hast. Viele Jahrhunderte musste ich warten, doch jetzt
wird meine Drohung wahr. Wenn du nicht bereit bist, mir das zu
sagen, was ich wissen will, dann brauche ich dich auch nicht als
Gefangene. Morgen Abend wirst du meine Rache zu spüren bekommen."

Sephora hob stolz den Kopf. Die Haare, die wirr und schmutzig vor ihren Augen hingen, verdeckten ihr beinahe die Sicht.
Ihre Lippen waren blutig, mehrere Hämatome verunstalteten ihr

Gesicht. Nalar hatte es sich nicht nehmen lassen, selbst an ihr Hand anzulegen. Ihre sonst so königliche Kleidung hing in Fetzen an ihr runter. Trotzdem strahlte sie Anmut aus. Stolz blickte sie Nalar an. „So soll es sein!", war alles, was sie antwortete. Dieser Mann würde sie nicht brechen. Er könnte und würde sie töten, dessen war sich Sephora sicher, aber sie nahm ihr Wissen mit ins Grab, würde kein Geheimnis preisgeben. Sie bedauerte nur, dass sie Carly nicht alles hatte sagen können. Dazu hatten sie schlicht zu wenig Zeit gehabt. Außerdem war sie hier im Palast ihrer Magie nicht mächtig, sie konnte sie nicht benutzen. So sehr sie sich auch anstrengte, das ungenutzte Wissen zu senden, Carly all die Erinnerungen zu schicken, die sie abgespeichert hatte, es misslang. Es gab nur einen Weg, doch der schien versperrt.

*

Mathis begrüßte seinen Vater. Sie trafen sich bereits das dritte Mal an der Grenze. Mason war inzwischen dazu übergegangen, die Informationen für Rose aufzuschreiben und kurz ihre Fragen zu beantworten. So hatte er mehr Zeit für Mathis.

„Morgen Abend findet die Hinrichtung statt. Das Heer um den Dunklen König ist vollständig", berichtete Mason seinem Sohn. „Seid in Gedanken bei Sephora. Mein Vater wird sie töten, daran besteht kein Zweifel."

„Kommst du zu ihr? Kannst du ihr etwas ausrichten?", fragte Mathis.

Mason schüttelte den Kopf. „Nein. Niemand hat Zutritt. Nur der Alte selbst. Bleibt fern! Das würde auch Sephora wollen. Ihr dürft das große Ganze nicht aus den Augen verlieren. Es wird sonst ein ewiger Kreislauf. Du versuchst sie zu retten, bist dann wieder in der Gewalt meines Vaters, Carly wird dich retten wollen, und wenn er sie bekommt, ist die Schlacht verloren, bevor sie überhaupt angefangen hat."

Mathis schluckte beklommen.

„Was ist?", hakte Mason nach. „Ist sie noch nicht zurück?"

„Nein. Und es ist auch noch keins der Lichtwesen eingetroffen. Ich weiß nicht, ob meine Mutter es schaffen wird, überhaupt jemanden zu überzeugen. Wenn jetzt auch noch Sephora stirbt, dann weiß ich nicht, was werden soll." Wütend trat Mathis gegen einen Kienapfel. Schnee stieb in alle Richtungen.

„Sie wird es schaffen. Irgendwie", sagte Mason zuversichtlich. „Bisher hat sie alles geschafft, was sie wollte. Auf den letzten Drücker, aber ich bin sicher, dass ihr gelingen wird, was niemand für möglich hält. Es gibt noch etwas anderes, was ich dir sagen will. Ich habe mit meinem Vater gesprochen, habe versucht, mich aus der Schlacht rauszuhalten. Aber er lenkt nicht ein, meint, ich gehöre neben ihn aufs Kampffeld. Wir werden uns also gegenüberstehen. Ich möchte, dass du in der Reihe kämpfst, in der auch ich auf meiner Seite stehe. Nur so ist es mir möglich, auf dich aufzupassen. Ich werde dafür sorgen, dass niemand dir etwas tut." Masons Miene war grimmig geworden.

Mathis nickte. Er würde es versuchen, konnte sich jedoch nicht vorstellen, dass Mason das Unmögliche gelingen würde. Und ob seine Mutter ihn mit in den Kampf ziehen lassen würde, bezweifelte er auch stark. Doch momentan kreisten seine Gedanken mehr um Sephora. Sie verkörperte für ihn die Großmutter, die er nie kennenlernen durfte, und es schnürte ihm die Kehle zu, wenn er daran dachte, dass sie am kommenden Abend sterben würde. Es musste einen Weg geben, ihr wenigstens eine Nachricht zukommen zu lassen.

*

Am selben Abend saß Mathis auf dem Rand des Lichtbeckens und spielte gedankenverloren mit den Lichtkugeln. Die samtige Oberfläche der Objekte beruhigte ihn und half ihm dabei, besser zu denken. In nicht einmal mehr vierundzwanzig Stunden würde Sephora tot sein und ihm war immer noch nicht eingefallen, wie er ihr mitteilen konnte, dass sie nicht allein war. Mathis ertrug den Gedanken, dass sie sterben würde, kaum. Den Lichtschwestern ging es ebenso, doch alle wussten, dass Sephora es nicht gutheißen würde, wenn sie in einem aussichtslosen Rettungsversuch ebenfalls umkämen. Außerdem war die Zeit zu knapp. Sie hatten Sage nicht hier, müssten also laufen oder reiten. Niemals würde es ihnen gelingen, unbemerkt bis an die Dunkle Burg zu kommen, geschweige denn hinein. Es gab keine Chance, Sephora zu retten, doch die Schwestern hatten entschieden, dass sie am morgigen Abend zusammenkommen wollten und für ihre Anführerin eine Schweigestunde einlegen würden.

Plötzlich musste Mathis lachen, denn eine winzige Lichtkugel, kaum größer als der Kopf einer Stecknadel, hatte sich an seinem Arm entlang nach oben gerollt, kitzelte jetzt hinter seinem Ohr und neckt ihn ganz offensichtlich. Er hielt die Handfläche auf und der Winzling hüpfte darauf.

„Mir ist nicht zum Lachen", sagte Mathis in gespielter Strenge. Doch die Kugel rollte wild hin und her, schien unbeeindruckt.

Mathis wusste von seiner Mutter, dass sie mit dem Licht reden konnte, dass sie Antworten bekam. Das Gleiche galt für alle Schwestern, einschließlich Sephora, doch er vermochte es nicht. „Ach, könnte ich euch doch auch hören. Vielleicht hättet ihr eine Idee, wie ich Sephora eine Nachricht schicken kann."

Die Lichtkugel hüpfte auf und ab. In dem Moment fiel es Mathis wie Schuppen von den Augen. „Ihr könnt mit ihr reden, oder?"

Wieder hüpfte die Lichtkugel mehrmals, blieb dann still in Mathis Handfläche liegen.

„Verstehst du mich?", fragte Mathis neugierig.

Ein Hüpfen.

„Kannst du Sephora alles sagen, was ich will?" Vor lauter Aufregung rutschte er vom Beckenrand hinunter und setzte sich auf den Fußboden. Die Kugel hüpfte erneut.

„Und Licht ist das schnellste, was sich fortbewegen kann. Ihr würdet es schaffen, noch vor dem Anbruch des Morgens bei ihr anzukommen, oder?"

Hüpfen.

„Dann flieg so schnell du kannst. Sag ihr, dass wir alle morgen Abend hier sitzen und in Gedanken bei ihr sind. Sie war das beste Oberhaupt, das man sich vorstellen konnte. Sag ihr, dass es mir sehr leidtut, wenn ich ihr Kummer gemacht habe, aber dass ich sie sehr liebhabe. Ich bin froh, dass ich sie kennenlernen durfte. Und sag ihr, dass sie keine Angst haben soll, wenn das irgendwie geht. Und jetzt flieg los!" Mathis war aufgesprungen. Noch während er redete, ging er zum Fenster, öffnete es nun weit und schickte den winzigen Schimmer in die Nacht hinaus. Ihm wurde ein wenig leichter ums Herz. Zumindest wusste Sephora nun, wie er fühlte. Er hoffte, dass sein Plan klappen würde. Vielleicht konnte Benedicta ihm ihre Antwort vermitteln, wenn die Lichtkugel wiederkehrte.

*

Sephora hing auch die letzte Nacht mit gestreckten Armen an den Ketten. Ihre Handgelenke waren wund. Die Eisen hatten blankes Fleisch freigelegt. Frisches Blut lief bei jeder Bewegung über die Krusten vom Vortag. Am Rücken war ihr Kleid zerfetzt. Nalar hatte sich nicht die Mühe gemacht, ihr Kleid vor den Peitschenhieben zu entfernen. Die Widerhaken an den Enden der Riemen sorgten dafür, dass es nach wenigen Schlägen keinen Schutz mehr bot. Anfangs wollten die versklavten Frauen die Wunden an Sephoras Rücken noch reinigen, doch der Namenlose hatte auch das verboten. Ihm gefiel der Anblick, der sich ihm bot. Zwischen Kleider- und Hautfetzen gab es keine Unterschiede mehr. Beides hing lose am Rücken herunter. Sephora war froh, dass ihr Martyrium morgen endete. Sie würde es keinen Tag länger aushalten. Jetzt biss sie tapfer die Zähne zusammen und führte stille Zwiesprache mit dem kommenden Tod. Immer wieder wurde sie durch die Schmerzen bewusstlos. Als die winzige Lichtkugel um ihren Kopf schwirrte, hielt sie es erst für eine Halluzination, doch als das Lichtwesen langsam über ihren Rücken fuhr, wusste Sephora, dass es echt war. Das Licht konnte die Wunden nicht heilen, aber es nahm einen Teil des Schmerzes in sich auf und verschaffte ihr Erleichterung.

Willkommen, begrüßte Sephora den unerwarteten Gast in Gedanken. Statt einer Antwort erhielt sie Weinen und Schluchzen.

Sei nicht traurig, tröstete die oberste Lichtschwester, den kleinen Magiefunken, *ich wusste schon lange, dass dieses Schicksal
mich erwartet. Nur auf die Weise wird es Carly gelingen, die
Lichtvölker davon zu überzeugen, sich auf ihre Seite zu stellen.
Ich habe nur nicht so schnell damit gerechnet. Du musst etwas
für mich tun!*

Dazu kommen wir gleich, wisperte das Licht zurück. *Mathis
schickt mich. Ich soll dir sagen, wie sehr dich alle vermissen,
wie leid es ihnen tut und dass sie morgen zum Gebet zusammenkommen werden, um dich in die Ewigen Magiegründe
zu leiten. Mathis selbst lässt dir ausrichten, dass es ihm leidtut,
wenn er dir Kummer bereitet hat und dass er dich sehr liebhat.
Du warst die Großmutter für ihn, die er nie hatte.*

*Er ist ein lieber Junge. Richte ihm meinen Dank aus. Sag ihm,
dass er sich keine Vorwürfe machen soll. Alles ist genauso geschehen, wie es sein musste. Ich habe ihn ebenfalls sehr gern.
Und in vielen Jahrhunderten, wenn seine Zeit gekommen ist,
werden wir uns wiedersehen. Ich erwarte ihn an der Pforte zu
den Magiegründen. Aber jetzt brauche ich deine Hilfe. Gib mir
meine Schmerzen wieder!,* forderte Sephora die Lichtkugel auf.

Was? Nein, auf keinen Fall! Warum willst du das?, fragte das
Licht verständnislos.

*Weil ich weiß, dass du randvoll damit bist. Doch du musst
etwas anderes, viel Wichtigeres von mir mitnehmen. Dich
schickt der Himmel. Die Zeit war zu knapp, um Charlotte in alles einzuweihen. Nimm die Erinnerungen und das alte Wissen
mit, dass sie dringend braucht. Transferiere es in ihren Kopf. Es
wird ihr helfen und ich brauche es nicht mehr,* wies Sephora an.

Sanft strich die Magiekugel über Sephoras Rücken, gab vorsichtig dosiert einen Teil der Schmerzen zurück und nahm dafür eine Erinnerung auf. Das wiederholten sie so lange, bis Sephoras Kopf leer war, ihr Körper jedoch wieder voller Schmerzen. Sie ertrug es tapfer. Zum Schluss fügte sie noch eine Nachricht nur für Mathis hinzu. Er sollte es sein, der es verkündete. Als diese wichtige Aufgabe erledigt war, schmiegte sich die Kugel an die Wange der Lichtschwester und schenkte ihr die alles durchströmende Liebe des Magiebrunnens. Die Kraft, die den Brunnen am meisten vorantrieb, aus dem er seine Stärke zog.

„Geh jetzt, bevor er dich entdeckt", flüsterte Sephora. „Sag Mathis, dass er mir einen großen Dienst erwiesen hat und ich zufrieden von dieser Welt gehen werde."

Ein Schluchzen. Ein letztes zärtliches Streifen und die Lichtkugel versteckte sich in der Ecke neben der Tür. Keine Sekunde zu früh, denn die Tür wurde aufgerissen und Nalar stürmte hinein. Der Winzling nutzte die Chance und schwirrte hinaus. Er war klein genug, um im Licht der Fackeln ungesehen zu bleiben. Doch sein Innerstes war nun tonnenschwer. Voll der Informationen, die Nalar so dringend haben wollte.

Sephora lächelte den Fürsten der Finsternis an, als er auf sie zugestürmt kam.

„Mit wem hast du geredet?", fauchte er und versetzte ihr einen Schlag in die Magengrube.

Sephora stöhnte vor Schmerz auf, doch ihr Lächeln blieb auf ihrem Gesicht haften. Dann wurde sie bewusstlos.

Der Dunkle König blieb bis zum folgenden Abend vor Sephora sitzen, ging kein Risiko mehr ein und ließ sie nicht aus den Augen. Er begleitete persönlich die Wachen, die das Oberhaupt der Lichtmagie in den Hof führten, und erst, als sie auch dort wieder an den Ketten hing, entfernte er sich mehr als fünf Fuß von ihr.

„Dies ist deine letzte Chance, dein Leben zu retten. Sag mir, was ich wissen will! Gib deine Geheimnisse preis und du wirst verschont!", forderte er sie auf. Seine Stimme überschlug sich fast vor Zorn.

Sephora konnte ein Lachen nicht unterdrücken. Es verdrängte den Schmerz. Sie lachte aus vollem Halse. Der ehemals so stattliche Mann, den sie immer wieder ermahnt hatte, den See der Träume zu meiden, war alt geworden, genau wie sie selbst. Doch das Böse in ihm hatte ihn auch schrumpfen lassen. Sie konnte sehen, wie die Wut in ihm hochkochte, sich nicht bändigen ließ. Alles brach nun heraus, und es schien ihn am meisten zu ärgern, dass sie nicht bettelte, dass sie nicht redete. Wie ein keifendes kleines Männchen, das kein weiteres Stück Kuchen bekam, sprang er schreiend vor ihr herum. Der gefürchtete Herrscher machte sich in Sephoras Augen vollkommen lächerlich. Sie lachte, konnte nicht anders, sah, dass es ihn noch wütender stimmte, doch sie lachte und lachte. Befreit, im vollen Bewusstsein, dass es ihren Tod noch schneller herbeiführen würde. Doch den hieß sie willkommen, wie einen alten Freund, der sie von allem Leid der vergangenen Tage erlösen würde. Sie jubelte regelrecht, spürte den Schmerz nicht, den ihr die Ketten erneut in das rohe Fleisch am Handgelenk trieben. Sie sah, wie Nalar seine Arme hochriss. Was früher eine bedrohliche Pose war, wirkte auf sie jetzt kauzig. Der schwarze Dunst wurde viel zu schnell fest, die Rune unglaublich schnell erkennbar und dann feuerte er geifernd das Geschoss auf Sephora.

Lachend empfing sie den Tod. Sie hatte es geschafft und den Namenlosen um seinen größten, persönlichen Triumph gebracht.

Mason sah seinen Vater entsetzt an. Das sollte der Höhepunkt eines jahrhundertelangen Rachefeldzuges sein? Der Namenlose hatte seinen Triumph nicht auskosten können. Sephoras Körper hing leblos in den Ketten. Es war vorbei. Mit einem einzigen Schlag. Vollkommen unspektakulär, ohne große Show, wie es ihm wahrscheinlich lieber gewesen wäre. Sephoras Seele stieg als Licht in den Himmel hinauf. Ein Summen erfüllte die Luft, geleitete sie, frohlockte und freute sich. Das ganze Schauspiel glich eher einem Freudentaumel als einer Hinrichtung. Mason sah die Unzufriedenheit in Nalars Zügen, die sich in Zorn umwandelte. Seinem Vater stand der Schaum vor dem Mund, als er realisierte, dass sie ihn selbst bei diesem letzten Mal ausgetrickst hatte.

Das Licht Sephoras verschwand im Nachthimmel und mit ihm all die Sterne. Die Monde der Welt verblassten plötzlich. Tiefe Finsternis legte sich über die alte Welt.

*

Mathis saß inmitten der Lichtschwestern. Sie alle hielten sich an den Händen, bildeten eine lange Kette, als plötzlich alles Licht aus der Welt wich. Die Sterne und Monde waren verschwunden, der Magiebrunnen senkte abrupt seinen Strahl und verlosch, die Fackeln und Kerzen im Hof verloren ihre Leuchtkraft. Kein einziges Licht schien mehr. Völlige Finsternis, als ob Mathis erblindet war. Er drückte Benedictas Hand fester. Tränen strömten ihm die Wangen hinab. Als Rose sprach, war es nur noch eine Bestätigung dessen, was er bereits wusste.

„Sephora ist von uns gegangen", verkündete Rose in die Dunkelheit hinein.

Mathis konnte zwar nichts sehen, aber er hörte das Schluchzen, das Weinen und Wehklagen der Schwestern. Jeder drückte die Hand des Nachbarn fester, klammerte sich an den anderen. Die Botschaft war klar erkennbar für ihn. Sie mussten zusammenhalten, dann würden sie auch das überstehen. Er hörte, wie die Tür sich öffnete.

*

Carly schmiegte sich an Sage, als plötzlich eine Druckwelle über die Neue Welt fegte und das Licht im Raum erlosch.

„Was ist das?", fragte sie verwundert. „Stromausfall?"

„Nein. Es existiert gar kein Licht mehr in dieser Welt. Ich sehe überhaupt nichts und mir reicht eine einzige Lichtquelle im Umkreis. Doch hier ist nichts mehr. Jedes Licht ist erloschen. Selbst die Sterne müssen verschwunden sein", erklärte Sage und die Verwunderung war ihm anzuhören.

„Was?" Carly setzte sich auf. „Was meinst du damit? Es ist bewölkt?"

„Nein. Wolken stören mich nicht. Ich kann das Licht der Sterne trotzdem für meine Vampirsicht nutzen. Aber da ist nichts am Himmel. Kein Stern, kein Mond. Nichts. Es ist alles dunkel. Und ich meine wirklich alles. Es muss etwas Dramatisches passiert sein", antwortete Sage beunruhigt.

„Sie werden doch nicht ohne uns in den Kampf gezogen sein, oder?" Carlys Alarmglocken schrillten.

„Glaub ich nicht. Das würde nicht diese Reaktion hervorrufen. Die Sterne vermag der Dunkle König nicht zu erobern. Das Licht ist unabhängig. Wir müssen sofort zurück", sagte Sage und tastete sich aus dem Bett. Er suchte seine Kleidung.

„Wie willst du denn zurück? Wir sehen doch gar nichts."

„Ich muss nichts sehen, wenn ich springe. Ich kann auch ohne Licht springen, solange ich eine deutliche Vorstellung von dem Ort habe. Komm, zieh dich an, wir tun es sofort. Die restlichen Sachen lassen wir hier. Wir brauchen sie nicht. Beeil dich. Ich will sofort zum Lichtpalast und wissen, was passiert ist."

Als beide endlich angezogen waren, schlang Sage die Arme um Carly. Er murmelte die Worte. Carly spürte, wie sie sprangen, die kannte das Gefühl. Sie war sich absolut sicher, jetzt im dunklen Raum zwischen den beiden Punkten zu sein. Angst kroch ihr die Kehle hoch.

Sage spürte es. „Ich auch", sagte er nur.

„Ist das schon mal passiert", fragte Carly ängstlich. „Dass der Lichtblitz ausblieb? Wir springen doch, oder?"

„Ja, tun wir. Und nein. Das gab es noch nie. Wir sind übrigens schon da", beendet Sage den Satz. Er behielt Carly fest im Arm.

„Wir sind am Lichtpalast? Ganz sicher?", fragte Carly nach.

„Ganz sicher. Wir sollten im Hof stehen", erwiderte er und versuchte krampfhaft irgendwas zu erkennen. Doch genau wie in der Neuen Welt war auch hier alles stockfinster.

Sie stolperten durch die Dunkelheit und erfühlten irgendwann die feinen Schnitzereien der Palasttür unter ihren Fingern. Carly tastete sich an der Wand entlang, hielt jedoch Sage dabei fest. Um nichts auf der Welt würde sie ihn jetzt loslassen. Als sie endlich die Tür zum Lichtbrunnen öffneten und auch hier dieselbe Finsternis herrschte, wurde Carly fast panisch. Ihr Herz wummerte bis in den Hals hinein und nahm ihr die Luft zum Atmen.

„Was ist hier passiert?", fragte sie Sage ängstlich.

„Mama?", antwortete stattdessen Mathis aus der Dunkelheit.

„Mathis? Bist du hier drin?" Erleichtert vernahm Carly die Stimme ihres Sohnes.

„Ja, hier. Komm her!"

Carly spürte an ihrem Körper plötzlich Hände, die sie in eine Richtung leiteten, wo die nächsten Hände sie übernahmen. Irgendwann spürte sie deutlich kleinere Hände an ihrem Körper. „Mathis!"

Mathis umarmte seine Mutter.

„Was ist passiert?", fragte Carly. „Weißt du was?"

„Ja", sagte er leise und berichtete alle Vorkommnisse, seit ihrer Abreise.

Carly hörte zu. Als klar war, dass Sephora tot war und das ihr Tod wahrscheinlich die Ursache für die Lichtlosigkeit beider Welten bildete, tastete sie verzweifelt nach Sages Händen. Ihr inneres Band funktionierte besser denn je. Jede Nacht hatten sie es vertieft. Problemlos konnten sie sich nun austauschen, ohne ein Wort reden zu müssen.

Was soll ich denn jetzt machen? Wir haben kein Lichtwesen davon überzeugen können, sich uns anzuschließen. Sephora ist tot. Das Licht offenbar mit ihr. Was mache ich denn jetzt?, fragte sie panisch.

Ich kann wieder etwas sehen. Irgendwoher kommt Licht, und es kommt direkt auf uns zu, antwortete Sage überraschend.

Kaum hatte Sage sie darüber informiert, sahen es alle. Ein winziges Leuchten drang vom Fenster zu ihnen durch. Die Schwester, die dem Fenster am nächsten saß, öffnete es schnell. Zielstrebig surrte das Lichtlein auf Carly zu und verschwand in ihrer Brust.

Carly keuchte auf. Die Fülle an Informationen, die auf sie ein-
prasselte, ließ sich kaum sortieren. Sie erdrückte ihre Lebens-
funktionen beinah. Das Atmen fiel ihr schwer, sie rang nach Luft.

Sage und Mathis tasteten besorgt nach ihr.

Doch dann begann Carly zu leuchten. Ihr magisches Licht erhellte den Raum. Nicht in voller Stärke, wie sie es gewohnt war,
doch es griff auf den Magiebrunnen über, der flackernd zu neuem Leben erwachte. Auch er strahlte nicht in voller Stärke, doch
die Anwesenden sahen wieder.

Mathis starrte seine Mutter an. „Geht es dir gut?", fragte er
noch immer besorgt, zuckte jedoch zurück, als die winzige Magiekugel wieder aus Carlys Brust herausschoss. Sie wirbelte um
ihn herum, schmiegte sich an ihn und deutlich langsamer, als sie
es bei Carly getan hatte, drang sie auch in ihn ein, gab die Botschaft weiter, die Sephora nur an ihn gesandt hatte. Ein Lächeln
erschien auf seinem Gesicht. „Es geht ihr gut", verkündete er
laut. „Sephora. Sie lässt ausrichten, dass es vorbestimmt war,
dass alles so gekommen ist, wie es sein sollte. Wir sollen nicht
trauern. Es war die einzige Chance, die Lichtvölker zu vereinen."

„Ihr Tod?", fragte Carly und runzelte die Stirn.

Rose erhob sich. „Genau das. Stirbt die oberste Lichtschwester, muss eine neue gewählt werden. Dazu kommt der Rat der
Lichtwesen zusammen. Jetzt wird sich aus jedem Volk ein Vertreter einfinden müssen. Lasst uns beginnen. Wir haben viel zu tun
und keine Zeit!", forderte sie ihre Schwestern auf, die sofort in
Bewegung kamen.

„Ich verstehe nicht", sagte Carly.

Rose hockte sich zu ihr und reichte ihr die Hand, um ihr beim
Aufstehen zu helfen. „Die Magiekugel, die eben in deinem Kör-

per war, hat dir etwas eingepflanzt, nicht wahr? Ich vermute, Sephora hat dir auf die Weise alles geschickt, was sie nicht mehr geschafft hat, dich zu lehren. Das ist außergewöhnlich, selten, aber es war die einzige Möglichkeit. Die Lichtkugel zu schicken", sagte sie und strubbelte Mathis dabei über den Kopf, „war eine deiner besten Ideen." Dann wand sie sich wieder an Carly: „Es gibt nur eine Person, die als neues Oberhaupt in Frage kommt", sagte Rose feierlich. „Das bist du. Damit verändert sich deine Stellung. Du kannst es ablehnen, aber wir haben keine Optionen diesbezüglich. Du sollst aber wissen, dass du, wie immer, die freie Wahl hast. Überlege dir, ob du deinen Frieden damit machen kannst, nicht in dein altes Leben zurückzukehren. Der Rat wird genau das von dir wissen wollen. Und du musst ihm mit voller Überzeugung antworten. Er wird spüren, wenn du es halbherzig tust." Rose erhob sich und verließ ohne ein weiteres Wort den Saal. Carly stand ebenfalls auf. Sie ging an das Fenster und betrachtete die Welt vor ihr, die nun in ein diffuses Licht getaucht war, ein getreues Abbild ihrer zwiespältigen, unentschlossenen Seele.

39

Die Zukunft ist voller Aufgaben und Hoffnungen.
Nathaniel Hawthorne

Rose wich nicht von Carlys Seite, half ihr bei den Vorbereitungen und beriet sie gut. Carly, die sich relativ schnell entschieden hatte, die Wahl, sollte sie auf sie fallen, anzunehmen, suchte jedoch das Gespräch mit Mathis.

Nur ungern ließ Rose sie dabei allein, doch Carly hatte darauf bestanden. Nun saßen sie in ihrem Schlafzimmer auf dem Bett.

„Wirst du dich zum neuen Oberhaupt der Lichtschwestern wählen lassen?", fragte Mathis direkt drauflos.

„Habe ich denn eine andere Wahl? Ich kann zwar verneinen, doch Rose hat mir klar gemacht, dass unter den Lichtschwestern niemand sonst geeignet wäre. Selbst sie nicht. Trotzdem will ich wissen, wie du darüber denkst. Ich würde nicht mehr dauerhaft in die Neue Welt zurückkehren können, doch ich möchte, dass du dein Leben dort wieder aufnimmst. Du kannst bei John wohnen, mich so oft besuchen, wie du möchtest, aber du brauchst Normalität um dich. Das hier", sagte sie und breitete die Arme einmal aus, „ist so unwirklich. Ich möchte, dass du die Schule beendest, damit du eine solide Grundlage für eine echte Wahl hast. Dann kannst du entscheiden, ob du in der Neuen Welt bleibst oder in die Alte wechselst."

Mathis setzte zum Reden an, schloss jedoch den Mund wieder. Er holte tief Luft und sagte schließlich: „Ich habe mich mit Benedicta darüber unterhalten. Sie meinte schon, dass du so etwas in der Art vorschlagen würdest. Und ich weiß, dass du eigentlich keine Wahl hast, wenn dir diese Welt wichtig ist. Und das ist sie doch inzwischen, oder?"

Carly nickte, ließ Mathis jedoch weiterreden. Sie fand es interessant, dass er sich mit seiner Freundin darüber unterhalten hatte und war gespannt auf den Plan, den die beiden entwickelt hatten. Dass es einen Plan gab, dessen war sie sicher. Also sagte sie vorerst nichts und hörte weiter zu.

„Meinst du, es wäre für John in Ordnung, wenn wir beide bei ihm wohnen würden? Benedicta würde mich begleiten, mit mir die Schule besuchen und wir könnten einfach zusammen sein. Es leben doch einige Lichtschwestern in der Neuen Welt. Die könnten ihr auch helfen, dass keine Behörde Verdacht schöpft. Das geht mit deiner Erlaubnis, sagt sie. Und du gibst sie ihr doch, oder nicht?"

Carly schmunzelte und nickte. „Ja, ich gebe sie ihr. Sehr gern sogar. Mit John lässt sich das alles sicher regeln. Dann ist es für dich also in Ordnung, wenn ich die Wahl annehme?"

„Klar. Ich komme jedes Wochenende und alle Ferien zu dir. Es wird zwar komisch, wenn wir dann immer wieder getrennt sind, aber das waren wir jetzt auch mehrmals und ich kann damit umgehen. Dein Studium wirst du dann wohl eher nicht beenden, oder?"

Das Studium. Daran hatte Carly keinen Gedanken mehr verschwendet. Es war so weit weg, so surreal. Sie musste grinsen. „Nein. Ich denke, das brauche ich hier nicht mehr. Malen kann ich auch ohne Abschluss. Hier habe ich Wichtigeres zu tun, vermute ich. Dann ist es abgemacht?"

Nun war Mathis an der Reihe zu nicken.

*

Nach einer knappen Woche kamen die ersten Abgesandten der Lichtvölker an. Enndlin sah Carly noch immer skeptisch und wenig freundlich entgegen, doch Syke begrüßte sie sehr herzlich.

„Nun bin ich doch hier. Auch wenn der Anlass traurig ist, bin ich gespannt, ob Ihr die Wahl annehmt und das aus vollem Herzen tut. Danach überdenken wir unsere Entscheidung", begrüßte die Dryade Carly und umarmte sie einmal kurz.

Carly war überrascht, dass die Waldnymphe ihr doch so zugetan war. Das hatte sie nicht erwartet.

Die Sylphen waren in der Gruppe erschienen, denn sie bewegten sich niemals allein. Sie flatterten zart über dem Platz, der ihnen zugeteilt wurde. Anstelle eines Stuhls stand dort eine große Bodenvase, in der etliche blühende Zweige steckten. Rose hatte Carly berichtet, dass die winzigen Elfen sehr selten saßen. Die meiste Zeit schwirrten sie als Gruppe umher. Lediglich zum Schlafen verteilten sie sich auf einer Pflanze oder in einem Gebüsch. Kam ein Mensch zu nah an sie heran, stoben sie auf wie ein Mückenschwarm. Doch das kam selten vor, denn sie siedelten in schwer zugänglichen Gebieten.

Neben Enndlin saß einer der Salamanderwesen. Seine Haut war schwarz, mit gelben Flecken bedeckt. Zwischen den fingerähnlichen Gebilden wuchsen Schwimmhäute. Unter seinem Stuhl stand eine wassergefüllte Wanne, die es ihm angenehmer machte, sich im Raum aufzuhalten. Außerhalb von geschlossenen Räumen und seinem Gewässer, in dem er vorzugsweise wohnte, ließ er es stets ein wenig regnen. Die Salamandermenschen waren in der Lage, die Elemente zu beeinflussen. Schien die Sonne zu stark, schoben sie Wolken davor, wurde ihnen zu heiß und sie drohten auszutrocknen, erzeugten sie um sich herum einen kleinen Sprühregen, der sie stets feucht hielt. Auch die Salamandermenschen lebten in kleineren Gruppen zusammen und sehr abgeschieden. Carly hätte sie rein optisch niemals bei den Lichtwesen eingeordnet, doch Rose hatte ihr berichtet, dass sie die reinsten Lichtwesen unter allen Völkern waren. Noch niemals war einer von ihnen abtrünnig geworden und hatte sich der Dunkelmagie angeschlossen. Sie starben für ihre Überzeugungen.

Neben den Waldschwestern gab es außerdem die Erdschwestern. Sie lebten tief in den Bergen, kamen nur am Tage kurz nach oben, um etwas Licht zu tanken, und verkrochen sich dann sofort wieder zwischen dem Gestein. Bis zu ihnen war Carly auf ihrer Reise gar nicht vorgedrungen. Sie galten als die scheuesten Lichtwesen. Doch nun waren auch sie anwesend. Rose als Vertreterin der Lichtschwestern nahm ebenfalls Platz. Nahe dem Tisch befand sich ein Fenster und eines der Kabayo, die auch zu den Lichtwesen gehörten, hatte seinen Kopf hindurchgesteckt. Alle waren bereit.

Carly stand vor der Versammlung, knetete nervös ihre Finger und spürte, wie das Blut in ihren Kopf schoss. Durch das Band erfühlte sie Sage, der ihr Mut zusprach. Sie würde es schaffen.

Ja, sie musste es einfach schaffen, ansonsten würden sie die Schlacht unweigerlich verlieren.

Aller Augen waren nun auf sie gerichtet. Carly holte tief Luft.

40

Das Licht ist das erste Geschenk der Geburt, damit wir lernen, dass die Wahrheit das höchste Gut des Lebens ist.
Luc de Clapiers, Marquis de Vauvenargues

„Wusstest du, dass nach Sephoras Tod alle Lichtvölker angereist sind?", fragte Nalar seinen Sohn und betrachtete den schwachen Lichtstrahl, den der ferne Lichtpalast nun nur noch aussandte. „Ich frage mich, ob sie die Bago zu ihrem Oberhaupt wählen."

Mason musste sich nicht fragen, wer den Posten besetzen sollte. Er hatte sich trotz des dauerhaften Dämmerlichts mit Mathis getroffen. Er wusste bereits, dass dessen Mutter es werden würde, wenn alle einverstanden waren. Wenn sie alle überzeugen konnte, dass sie die Wahl mit vollem Herzen annahm. Doch seinem Vater antwortete er nur vage. „Wahrscheinlich. Aber irgendwer wird es tun. Ich bin gespannt, ob sich die Lichter der Welt dann wieder anschalten."

„Du meinst die Sterne? Ja, das werden sie wohl. Für ein paar Tage." Nalar grinste.

„Warum nur ein paar Tage?", hakte Mason nach.

Nalar schnalzte mit der Zunge und drehte sich zu ihm um. „Benutzt du wenigstens manchmal auch deinen Kopf?", fragte er boshaft. „Weil wir in ein paar Tagen in die Schlacht ziehen werden und ich das neue Oberhaupt erneut zu den Ewigen Magiegründen schicke. Dann erlischt auch dieser Lichtrest wieder und die Welt ertrinkt in Finsternis. Ich bin gespannt, was sie dann tun." Sein diabolisches Lachen schallte durch den dämmrigen Thronsaal.

Mason schluckte den Würgereiz hinunter. Wenn Carly fiel, was würde Mathis tun? Ohne Licht konnte die helle Seite nicht überleben. Es würde keine Ernte geben, keine Möglichkeit der Verteidigung, nicht einmal die geringste Orientierung. Konnte er selbst es wagen, sich offen auf Mathis Seite zu stellen?

*

„Wir sind heute zusammengekommen, weil Sephora dich als ihre Nachfolgerin bestimmt hat. Du entspringst ihrer direkten Linie und bist eine von Lux und Umbra. Ist das soweit richtig?", hob Syke an und eröffnete so die wichtige Runde.

Carly nickte. Rose sah sie an und drängte sie mit ihrem Blick, deutlicher zu werden. Nach einem Räuspern sagte Carly: „Ja, das entspricht der Wahrheit. Der Magiebrunnen hat es bestätigt."

„Das wissen wir bereits. Wir alle haben den Brunnen befragt und er bestätigte deine Qualitäten einer Obersten. Aber du wurdest nicht in diesem Land groß. Du bist nicht hier erzogen wurden und bist erst sehr spät mit Magie in Berührung gekommen, nicht wahr?", fragte Enndlin streng und jagte Carly damit einen Schauder über den Körper.

„Das stimmt ebenfalls. Doch Sephora gab mir ihre Erinnerungen. Ich weiß, dass ich bereits als Kind mittels Magie hier landete. Im Lichtpalast und vor vielen Jahrhunderten …"

„Ihr seid des Zeitspringens mächtig?", fielen ihr die Sylphen im Chor ins Wort.

„Nein. Ich reiste mit Sage. Er ist ebenfalls ein Nachkomme Sephoras", berichtigte Carly wahrheitsgemäß. Flunkern würde ihr nichts bringen.

„Sage ist der Vampir?", ertönte der Chor erneut. „Wie ist das möglich?"

Carly setzte alles auf eine Karte und nutzte zum ersten Mal ihr neues Wissen. Sie erzeugte eine Art Leinwand aus hellem Dunst und spielte Sephoras Erinnerungen an ihren Besuch als Kinder bei ihr ab. Sephoras Wissen hatte ihr geholfen, auch ihre eigenen Erinnerungen wieder vollkommen herzustellen. Deshalb konnte sie das Geschehen auf den Bildern gut erklären.

„Unsere Mütter, beides Lichtschwestern, waren eng befreundet. Sie entschieden sich, in der Neuen Welt zu leben und fanden dort ihr Glück. Nur leider in verschiedenen Epochen. Doch Sages Mutter war des Zeitspringens mächtig und besuchte meine Mutter regelmäßig. Einmal im Jahr machten sie zusammen mit uns Kindern Urlaub. Es war zur Weihnachtszeit, zur Zeit der Wintersonnenwende. Bis dahin waren wir beide, Sage und ich, vollkommen unauffällig, was Magie betraf. Wir waren etwa vier Jahre alt. Unsere Mütter gingen davon aus, dass der Kelch an uns vorbeigezogen war. Was niemand wusste: Die Magie entfaltete sich bei

340

uns erst dann, als wir alt genug und beisammen waren. Inzwischen erinnere ich mich, dass wir uns an den Händen berührten, uns vor den Eltern verstecken wollten, und dann – völlig überraschend – vor den Lichtpalast hier sprangen. Schon damals sah Sephora in mir mehr Magie, als es üblich war. Dass Sage sie ebenfalls aufwies, als männlicher Nachkomme, war noch erstaunlicher. Wir hatten den Magiebrunnen nie berührt und waren doch fähig, zusammen eben jene anzuwenden. Sephora wünschte, dass wir blieben, oder Mutter wenigstens mich hierließ, um ausgebildet zu werden. Meine Mutter lehnte das Angebot ab. Die oberste Lichtschwester entschied dann, dass sie es uns vergessen ließ. Wir sahen uns danach nie wieder. Erst als Mason mich in diese Welt zog, begegnete ich auch Sage wieder. Wir wussten beide nicht, wie viel uns lange vorher schon verband", endete Carly und auch die Leinwand erlosch. Die Erdschwestern tuschelten miteinander. Carly schnappte den Namen Charline auf. Sie wusste, dass Sages Mutter so hieß.

Aller Augen waren auf sie gerichtet. Plötzlich hatte sich auch Enndlins Ausstrahlung verändert. Sie erhob das Wort, und in Ihrer Stimme schwang jetzt Achtung mit: „Es tut mir leid. Ich hatte diese Information nicht. Das ändert alles. Sage ist ein Lichtwesen. Ich weiß jetzt, wo er hingehört. Ihr habt richtig gehandelt, als Ihr ihn verteidigt habt. Mir ist jetzt auch klar, was Sephora an Euch so Besonderes gesehen hat. Ich stimme ihr zu. Ihr seid die perfekte Kandidatin, um das Oberhaupt und die Kotetahi zu werden. Über letzteres müssen wir noch nicht entscheiden, doch die alles entscheidende Frage, die Ihr nun beantworten müsst, lautet: Seid Ihr fähig und willens, Euer altes Leben komplett aufzugeben und Euch ganz für die Sache der Lichtmagie einzusetzen? Bitte wartet mit Eurer Antwort!" Enndlin erhob sich, ging zum Magiebrunnen und fasste hinein. Sie zog ein langes Lichtband hinter sich her, als sie zurückkam. „Seid ihr bereit, oder hat noch jemand Fragen?"

Alle verneinten. Manche schüttelten nur den Kopf, andere murmelten ein Nein. Das Kabayo schüttelte wild seine Mähne. Enndlin schlang das Lichtband um jedes Handgelenk und um die Schnauze des Kabayos. Die Sylphen umklammerten es gemeinsam. Zum Schluss wickelte sie es Carly um beide Handgelenke. Dann setzte sie sich. „Bitte beantwortet die Frage jetzt!"

Ein letztes Mal holte Carly tief Luft. Nervös schaute sie auf das schwach leuchtende Band. Wenn sie ehrlichen Herzens annahm, sollte das Licht auf die Welt zurückkehren. „Ja. Ich nehme die Wahl an und bin bereit, mein bisheriges Leben vollständig abzulegen. Ich verschreibe mich der Lichtmagie, bis der Tod mich in die Ewigen Magiegründe holt", antwortete Carly. Innerlich war sie hochgradig nervös, doch nach außen strahlte sie Stärke aus, klang ihre Stimme fest und entschlossen.

Alle Augen ruhten nun auf dem Lichtband. Es begann bei Carly selbst. Ein Flackern, erst zart und kaum sichtbar, doch dann, als würde jemand den richtigen Schalter umlegen, flammte es hell auf, erfüllte den Raum so sehr mit Licht, dass Carly für einen Moment die Augen zukneifen musste. Wie ein Blitz schoss es über die anderen Wesen hinweg bis in den Magiebrunnen hinein. Die Lichtsäule, die in den Himmel ragte, fiel kurz in sich zusammen, um dann so kraftvoll und hellstrahlend wie niemals zuvor nach oben zu schnellen. Das ganze Land atmete auf. Vom Hof ertönten laute Jubelschreie.

Im Grunde war es geschafft, doch Carly hatte eine weitere Frage, die sie dringend klären wollte. Jetzt sofort in dieser Runde. Jeder sollte den anderem gegenüber Rechenschaft ablegen, wenn sie sich verweigerten.

„Geht noch nicht!", forderte sie die Abgesandten auf. „Ich möchte die Gelegenheit nutzen, euch alle ein weiteres Mal zu fragen. Oder in eurem Fall zum ersten Mal", sagte sie an die Erdschwestern gewandt, „Seid ihr nun bereit, mir in der finalen Schlacht gegen die Finsternis zur Seite zu stehen?"

Aufmerksam sah sie sich um. Syke war die Erste, die aufstand und auf Carly zuging. Sie legte ihre Hände auf Carlys Schultern, zog sie an sich und küsste sie auf die Wangen. „Ich werde sofort meine Boten losschicken, um meine Schwestern herzuholen. Wir stehen zu Euch!"

Die Sylphen folgten, sangen lieblich ihre Zustimmung in Carlys Ohren und schwebten aus dem Fenster. Das Kabayo ergriff die Chance und stieß ein lautes Wiehern aus. Die Herde vor dem Palast stimmte ein. Ohrenbetäubender Lärm erfüllte die Räume des Lichtpalastes. Carly wusste, dass dies eine Zustimmung war, und hatte bei ihnen ohnehin mit nichts anderem gerechnet.

Auch der Salamandermensch trat an das Fenster, entließ hunderte kleine Echsen aus seinen Taschen, die sofort in alle Himmelsrichtungen ausströmten. „Sie werden in jeden Winkel der Welten kriechen. In wenigen Tagen ist mein Volk an Eurer Seite, meine Kotetahi!"

Die Erdschwestern nickten nur kurz, tuschelten erneut, nickten noch einmal und huschten aus dem Raum. Verblüfft sah Carly zu Rose.

„Sie sind immer so. Es war eine Zustimmung", raunte die Lichtschwester ihr lächelnd zu.

Enndlin erhob sich als Letzte und kam auf Carly zu. Auch sie ergriff ihre Hände, kniete jedoch nieder. Carly erschrak. Sie wollte nicht, dass jemand vor ihr kniete, aber jetzt war es bereits zu spät.

„Meine Tochter hat Euren Wert sofort erkannt und war weiser als ich. Sie wurde dazu erzogen, ihr Leben für die Kotetahi zu geben, sollte es jemals notwendig sein. Sie tat genau das, was ich ihr beibrachte und einschärfte. Es war falsch, Euch die Schuld an ihrem Tod zu geben. Wenn Ihr mir verzeihen könnt, werden die Waldschwestern an Eurer Seite kämpfen! Das schwöre ich!"

Carly schluckte den Kloß in ihrem Hals hinunter. „Steht auf, Enndlin. Es gibt nichts zu verzeihen. Ich bin ebenfalls Mutter und würde jeden hassen, der vermeintlich für den Tod meines Sohnes verantwortlich wäre. Ana war ein unglaublich tapferes Mädchen. Ich hatte sie sehr gern. Wir werden den Dunklen König besiegen und viele Jahrtausende in die Verbannung zurückschicken. Wir tun es gemeinsam und für Ana!" Dann zog sie die harsche Waldschwester in die Arme.

Rose atmete hörbar auf. Es war geschafft. Das Lichtheer konnte sich endlich versammeln und aufstellen. Der Sieg war wieder in greifbare Nähe gerückt.

Die Gruppe der unterschiedlichen Wesen saß an diesem Tag noch lange zusammen. Als die Nacht aufzog, gingen sie gemeinsam in den Hof und sahen auf. Der Himmel erstrahlte mit Billionen Sternen.

41

*Es ist ein langer Weg vom Beginn einer Sache
bis zu ihrer Durchführung.*
Molière

Carlys Blick schweifte über die unterschiedlichen Kämpfer an ihrer Seite. Ihre Kämpfer, ihr Heer des Lichtes. Neben den Schwestern des Lichts, die ihre Schwerter grimmig umklammerten, standen die Frauen des Waldvolkes, jede mit einem Bogen in der Hand und einem vollen Köcher auf dem Rücken. Die Kabayos trugen heute keine Menschen. Sie würden besser kämpfen, wenn sie frei von jedem Ballast waren. Tausende Sylphen zogen über ihren Kopf hinweg, leise surrend. Zwischen ihren Händen schwebten die noch harmlos aussehenden Nebelkugeln. Die Rankenfrauen wiegten sich im Wind hin und her, ließen die gegnerische Seite nicht aus den Augen. Die Schar Dryaden, die dem Ruf Sykes gefolgt war, war beeindruckend. Mit ihrer papierähnlichen Haut wirkten sie zart und überhaupt nicht gefährlich, doch Carly hatte ihnen beim Training zugeschaut. Ihre Wurfgeschosse aus Holz hatten selbst dicke Steinwände zertrümmert. Sie waren auf keinen Fall zu unterschätzen.

Die Salamandermenschen waren nicht nur in der Lage, Regen zu erzeugen. Bei den Vorführungen auf dem Palasthof zeigten sie ihr Können in der Gruppe. Mit riesigen Flutwellen, die aus dem Nichts kamen, spülten sie jedes Hindernis zur Seite.

Carly hatte Vertrauen in ihr Heer. Doch als sie die gegnerische Macht sah, die gegenüber aufmarschierte, wurde ihr schlecht.

Unheimliche Wesen formierten sich. Zahlenmäßig schienen sie den Lichtkriegern überlegen.

Dürre, klapprige pferdeähnliche Wesen mit verkümmerten Flügeln stießen bestialische Schreie in Richtung der Kabayos aus. Gedrungene Kreaturen mit dicken Hornplatten auf dem Leib fletschten die Zähne.

Die Masama brüllten und schlugen ihre Waffen auf die Schilde. Doch die Waldschwestern setzten ein ähnliches Kriegsgeschrei an und übertönten die Wachen des Namenlosen.

Carlys Augen fanden Mason. Er stand inmitten der gepanzerten Tiere und war einer von wenigen, die weder brüllten, noch auf andere Art ihre Kampfgelüste zeigten. Sein Blick war auf Mathis gerichtet, der ein Stück neben Carly marschierte. Ihn umringen die Erdschwestern, die einen Narren an ihm gefressen hatten und ihn bereits zu einem Urlaub in ihrem unterirdischen Reich eingeladen hatten. Mathis hatte begeistert zugestimmt.

Genau wie Carly selbst ritt auf der Gegenseite Nalar als einziger auf einem Tier. Doch nun stieg er ab. Der Dunkle König versetzte seinem Reittier einen Schlag und es rannte zu seinen Brüdern, die sich um Mason scharrten. Die Gilid Kadiliman trat mit deutlich mehr Tieren an als die Liwanag Gilid. Carly schauderte.

Als Nalar zum Angriff aufrief, stieg auch Carly von ihrem Kabayo. Sie befand sich auf einer Anhöhe und konnte das Feld auch zu Fuß gut überblicken.

Ohne jede Vorwarnung eröffneten die Wesen der Finsternis die Schlacht und stürzten sich auf die Lichtkrieger.

Mit Entsetzen sah Mason, wie die Behemoths um ihn herum sich auf die erste Kriegerin stürzten. Zwei der Tiere bekamen sie zu fassen. Jedes beanspruchte sie für sich, zerrte mit aller Kraft an der Frau, die aus Leibeskräften schrie. Doch bevor die Tiere sie bei lebendigem Leib zerrissen, surrte ein Pfeil durch die Luft. Eine der Waldschwestern hatte ihre Schwester erlöst. Die Tiere fraßen ihr Fleisch und fletschten die blutigen Zähne voller Vorfreude.

Nalar schrie Anweisungen und schickt die ersten Runen aus.

Jetzt wehrten sich die Kämpfer des Lichtes endlich. In nur wenigen Sekunden war der Kampf in vollem Gange. Metall klirrte, Fleisch riss, Tiere brüllten. Mason wehrte mit seinem Schwert zwei der Lichtschwestern ab, die ihn angriffen. Dann sah er sich hektisch um. Seine Sicht wurde immer wieder versperrt. Trotzdem suchte er nach Mathis, wie er es versprochen hatte.

Carly versuchte, ihre Schutzrunen in alle Richtungen zu schicken. Jedes Mal, wenn es ihr gelang, bildete sich ein kleiner Käfig um den Körper eines Lichtwesens herum, der jeden Angriff abwehrte. Doch es dauerte zu lange, die schützenden Rune zu beschwören. Die kämpferischen Runen ließen sich schneller umsetzen. Sephora hatte ihr ein großes Repertoire an Kampfrunen hinterlassen, die sie nun nacheinander ausprobierte. Doch Carly hatte Skrupel zu töten. Sie wehrte ab, schleuderte zurück. Nur in Ausnahmefällen, wenn es nicht anders ging, tötete sie. Die Lichtschwestern um sie herum schützten sie. Enndlin wich kaum von ihrer Seite, jagte jedem einen Pfeil in den Körper, der auch nur in Carlys Richtung schaute. Doch selbst für Carlys ungeschulten Blick war schnell klar, dass die dunkle Seite die Oberhand gewann. Der Kampf war unausgewogen, die Ziele der Kämpfenden zu unterschiedlich. Carly wollte Nalar zurückschlagen, ihn wieder in die Verbannung schicken. Der Dunkle König dagegen wollte seine Gegner auslöschen, die gehassten Lichtwesen von der Erde tilgen, und ging entsprechend rücksichtslos vor. Mit Entsetzen beobachtete Carly, dass ihre Reihen fielen. Mathis befand sich nun in Sichtweite vor ihr. Sie rief ihn, doch das Kampfgeschrei war zu laut.

Sie hatte ihn im Palast zurücklassen wollen, doch ihr Sohn hatte seinen eigenen Kopf. Unterstützt von Benedicta schwang er jetzt gekonnt das Schwert. Carly war zu weit weg, um ihm eine Schutzrune zu schicken. Doch die Wirkung dieser Runen hielt ohnehin nur für wenige Sekunden an. Dann erlosch sie. Carly musste zu ihrem Sohn gelangen und ihn in die hinteren Reihen zurückbeordern.

42

Rache trägt keine Frucht! Sich selbst ist sie die fürchterliche
Nahrung, ihr Genuss ist Mord, und ihre Sättigung das Grausen.
Friedrich von Schiller

Mason, der die Behemoths unter seiner Befehlsgewalt hatte, sah
die Leiber der Lichtkrieger durch die Luft wirbeln. Vollkommen
aussichtslos kämpften sie dennoch tapfer gegen die Wesen der
Finsternis, die erbarmungslos wüteten. Ihre Reihen fielen jedoch
zusehends in sich zusammen, und bald würde den Behemoths
der Durchbruch an dieser Stelle der Front gelingen.

Links neben ihm bahnten sich die verkümmerten Masamas ihren Weg zu Mathis. Doch sie verletzten die Schwestern des Lichts
nicht, sie schafften nur geschickt Lücken, um zu ihrem Ziel zu gelangen. Entsetzt beobachtete Mason, wie der erste der Missgebil-
deten bei seinem Sohn ankam und wollte losrennen. Doch der
Masama griff Mathis nicht an. Nach einer kurzen Verbeugung wirbelte er herum und verteidigte den Jungen. Mit nur einem Hieb

wehrte er die Lanze eines Dunkelmagiers ab, drehte sich geschickt und schlug dem Mann die Beine weg. Noch bevor der registrierte, welch kleines Wesen ihn zu Fall gebracht hatte, versenkte der Masama die Spitze seines Schwertes in der Brust des Angreifers. Wie angewurzelt stand Mason nur da, fassungslos von dem offenen Verrat an seinem Vater. Ein Blick nach hinten zu Nalar zeigte Mason, dass auch der den Wechsel der kleinen Kämpfer bemerkt hatte und vor Wut überschäumte. Endlich reagierte Mason und hob seine Hand.

Die Behemoths hielten inne, sahen ihn an und Mason murmelte den Befehl zum Rückzug.

„Ihr seid frei", sagte er dem größten der Tiere. „Geht in die Wälder und kehrt nie zurück, dann werden wir euch in Ruhe lassen. Ihr habt mein Wort!"

Die dunklen Augen des Tieres bohrten sich in Masons Seele, bevor es sein Maul aufriss und einen Schrei ausstieß, der Mason bis in die Fingerspitzen fuhr. Die Herde drehte sich um und floh.

Mason selbst sprang mit einem Satz auf die andere Seite und stellte sich demonstrativ zwischen Rose und eine der anderen Schwestern.

Rose sah ihn an. „Was tust du?", zischte sie.

„Mich endlich auf die richtige Seite stellen. Das ganze Spektakel muss heute enden und ihr könnt jede Hand gebrauchen."

„Warum? Warum tust du das?"

„Mathis ist mein Sohn! Ich werde ihn schützen, mit allen mir zur Verfügung stehenden Mitteln. Ich habe mich viel zu lange beeinflussen lassen. Meine Mutter ist lichtdurchflutet gewesen, eine von euch. Ich gehöre hier genauso her wie ihr. Und nun kämpf. Sie kommen!"

Mason hatte keine Sekunde zu spät gewarnt. Die Leibgarde des Dunklen Königs stürmte auf ihn und die Schwestern zu. Das Klirren ihrer Waffen löste auch die letzte Schwester aus ihrer verblüfften Starre, während Mason die Masama mit Runen abwehrte. Da drang plötzlich zorniges Gebrüll an seine Ohren. Er riss den Kopf herum und sah seinen Vater mit zornroten Kopf die Hände heben. Seine Lippen bewegten sich und Mason wusste, dass er einen Zauber murmelte und im nächsten Augenblick seine Todesrunen abfeuern würde. Er folgte dem Blick Nalars und entdeckte dessen Ziel. Einen Moment lang setzte sein Herz aus. Dann rannte er los.

*

Sage wirbelte herum, als er Nalars Brüllen hörte. Der Huf eines Purumas streifte seinen Oberschenkel, doch er nahm den Schmerz kaum wahr. Sein Blick war auf Nalars Hände gerichtet, die sich nach oben hoben. Schwarze Schwaden schwebten um seine Finger. Sage hatte lange genug beim Dunklen König gelebt, um zu wissen, dass sich in wenigen Sekunden eine der gefürchteten Todesrunen formen würde, die niemals ihr Ziel verfehlten. Und dann begriff er, wer Nalars Ziel sein würde. „Verdammt! Nein!", kam es tonlos über seine bleichen Lippen.

Dann rannte er los. Von der anderen Seite des Kampffeldes sah er Mason herbeistürmen. Hoffentlich schaffte es wenigstens einer von ihnen, rechtzeitig am Ziel anzukommen.

Beide Männer mussten immer wieder Angriffe mit Schwertern, Lanzen, Mäulern, Hörnern und Leibern abwehren, doch in beiden brannte eine Leidenschaft, die sie zu ungeahnten Leistungen antrieb. Mit Leichtigkeit, fast tanzend, wischten sie jeden Feind weg, der sich ihnen in den Weg stellte. In übermenschlichen Kräften und Schnelligkeit stand keiner dem anderen nach. Beide flogen förmlich durch die kämpfende Menge.

*

Auch Carly nahm das Zornesgebrüll wahr. Der Ring, den die Lichtwesen um ihre künftige Königin gebildet hatten, schützte sie, doch Mathis stand außerhalb dieses Schutzes in der Mitte des Kampffeldes auf einem Hügel, nur ein kleines Stück weit weg und doch im Moment unerreichbar. Tapfer scharte er Lichtwesen um sich, gab Anweisungen, kämpfte selbst mit dem Schwert und bewegte sich mit der Selbstverständlichkeit eines Kriegers zwischen seinen Truppen, so, als hätte er niemals etwas anderes getan. Im Kampfgetümmel sah er nicht, was Carly entdeckt hatte. Nalar fixierte Mathis. Und er war wütend, sehr wütend. Mathis als Ziel kam ihm gerade recht, denn durch ihn konnte er Carly am härtesten treffen. Von links kam Mason angerannt, von rechts Sage. Doch Carly war nicht sicher, ob einer von ihnen es rechtzeitig schaffen würde. Ohne zu überlegen, stürzte auch sie los. Die warnenden Rufe ihrer Kriegerinnen hörte sie nicht. In ihren Ohren rauschte das Blut. Ihr Herz krampfte sich zusammen.

„Nicht er, nicht er, bitte!", murmelte sie und rannte auf Mathis zu. Noch war sie zu weit weg, um ihn mit Lichtmagie zu schützen. Doch ihre Hände formten bereits die leuchtende Rune, die kurzzeitig einen Käfig um ihn spannen würde, den nichts, auch nicht Nalars Dunkelmagie, durchdringen konnte. Sie musste nur den richtigen Zeitpunkt erwischen. Deshalb ließ sie Nalar nicht aus den Augen, beobachtete jede seiner Bewegungen, sah zu den Rauchschwaden, die aus seinen Fingern quollen, und als sich die Rune manifestierte, feuerte Carly ihre lichte Rune ab.

Zu früh. Carly wusste es in dem Moment, in dem Nalar seinen Mund zu einem hämischen Grinsen verzog. Der Dunkle König zögerte einen winzigen Moment, bevor auch er seine Rune abfeuerte. Mit rasender Geschwindigkeit schoss das Gebilde auf Mathis zu. Für wenige Sekunden blendete der lichte Käfig alle Kämpfer auf beiden Seiten, doch dann verpuffte er, nur einen Bruchteil vor dem Einschlag der schwarzen Rune.

Mathis wurde von Mason zur Seite gerissen, gerade als Sage vor den Jungen sprang und den schwarzen Tod mit seinem Körper abfing. Im nächsten Moment kam auch Carly bei ihm an.

„Bringt ihn weg!", schrie sie die Kämpfer an, die ihr gefolgt waren. Mathis wurde auf den Rücken eines Kabayo gehoben und das Tier preschte mit ihm davon.

„Ich werde ihn töten!", fauchte Mason und rannte, noch bevor Carly reagieren konnte, auf Nalar zu. Hinter ihm schloss sich ein schützender Ring von Kämpferinnen um Carly.

Carly kniete sich zu Sage, der, noch blasser als er sonst ohnehin schon war, auf dem Boden lag. Tränen liefen ihre Wange hinab, als sie seinen Kopf auf ihren Schoss zog.

„Ich habe es geschafft", flüsterte er schwach.

„Ja, ja, aber nun schone dich. Wir bringen dich gleich von hier weg. Du wirst wieder gesund!" Carly schluchzte, bemerkte dann, wie still es um sie geworden war und sah sich um. Das Schlachtfeld wirkte wie erstarrt. Alle Augen waren auf Mason und Nalar gerichtet, die sich gegenseitig mit Runen der schwarzen Magie befeuerten. Aus dem Kampf der Heere war ein Duell um die

Macht geworden, deren Ausgang alle abzuwarten schienen. Doch Carly mochte sich nicht darum kümmern. Ihre Aufmerksamkeit galt einzig Sage, der kaum spürbar den Kopf schüttelte.

43

Darum soll eine Obrigkeit auf drei Stücke gehen:
auf Gerechtigkeit, Wahrheit und Weisheit.
Paracelsus

Mason bewegte sich im Zickzack auf seinen Vater zu. Sein Puls
raste. Die Magie, die er unentwegt benutzen musste, um die
Schwaden seines Vaters abzuwehren, zerrte an seinen Kräften.

Die Kämpfer, die seinen Weg kreuzten, machten ihm augenblicklich Platz. Ganz egal, für welche Seite sie kämpften, sie wichen zurück, ließen ihn hindurch. Niemand wagte es, sich in den
Vater-Sohn-Kampf einzumischen.

Nur zwei Schritte trennte Mason noch von Nalar, als er sich
mit beiden Füßen vom Boden abdrückte und auf seinen Vater zu-
sprang. Noch im Sprung zog er sein Schwert aus der Scheide und
holte aus.

Nalar starrte ihn an, stolperte rückwärts und riss den Mund zu
einem stummen Schrei auf. Es blieb keine Zeit eine neue Todes-

rune zu formen. Der klägliche Abwehrversuch, die er gegen seinen Sohn schleuderte, hielt ihn nicht auf. „Mason!", schrie der Dunkle König verzweifelt auf.

Mason hörte ihn nicht. Das Blut rauschte in seinen Ohren, Hass verzerrte sein Gesicht, als er mit beiden Händen den Schwertgriff fester packte. Mit aller Kraft, die er aufbringen konnte, ließ er die Klinge auf Nalar hinabsausen. Der Dunkle König erstarrte. Wie durch Butter glitt die Schneide zwischen den Augen des Herrschers hindurch, zerteilte ihn mit einem einzigen Schlag. Mason sah nicht einmal mehr, wie die Hälften zu Boden sanken, denn im gleichen Moment ließ er das Schwert fallen und drehte sich zu Carly um.

Noch immer kniete das lichte Oberhaupt auf dem Boden. Sage auf ihren Knien. Selbst aus der Entfernung konnte Mason sehen, dass sie weinte.

Die Angehörigen der Lichtvölker knieten ebenfalls nieder und legten die Waffen zu Boden. Die Kreaturen der finsteren Seite verharrten und sahen Mason an, der regungslos das Geschehen auf dem kleinen Hügel beobachtete.

44

Die Liebe will ein freies Opfer sein.
Friedrich von Schiller

„Bleib bei mir, bitte!", bat Carly und konnte den Tränen keinen Einhalt gebieten. Sie sah, wie Sage immer blasser wurde und wie sich seine Adern dunkel unter seiner Haut abzeichneten.

„Die Todesrune ist zu stark. Ich kann nichts dagegen tun. Es dauert nicht mehr lange. Hör mir zu!", bat Sage mit schwacher Stimme. „Einige dich mit Mason. Ihr beide seid die neuen Herrscher dieser Welt und ihr könnt Großartiges vollbringen. Verkriech dich nicht in der Trauer. Versprich es mir! Versprich mir, dass du weiterleben wirst und das Beste daraus machst!"

„Ich kann nicht", wisperte Carly und beugte sich zu ihm herunter. „Ich kann es nicht ohne dich. Gibt es denn gar nichts, was ich tun kann? Lichte Magie? Oder ... trink mein Blut!"

„Dein Blut wird mich auch nicht mehr retten können. Nalar ist tot und damit schwindet auch sein Zauber, der mich zum

Vampir gemacht hat. Ich bin kein Vampir mehr, nicht mehr lange. Es reicht nicht zum Heilen." Sage atmete schwer.

Carly legte ihre Stirn auf seine. Ihre Tränen benetzten sein Gesicht. Sage lächelte und küsste sie ein letztes Mal.

Als ihre Lippen sich berührten, konnte Carly den Tod spüren, der nach ihm griff. „Ich liebe dich", flüsterte sie.

„Ich liebe dich, kleines Kätzchen. Traure, aber dann lebe! Versprich es!"

„Sage, …" Carlys Stimme versagte. Sie wusste instinktiv, dass er die Augen für immer schließen würde, sobald sie auf das Versprechen eingehen würde.

„Bitte!", sagte er mit letzter Kraft.

„Ich verspreche es!" Kaum hatte Carly den gefürchteten Satz ausgesprochen, spürte sie, wie sich sein Körper zwischen ihren Händen in Staub auflöste. In rasender Geschwindigkeit arbeitete sich der Verfall durch Sage hindurch. Als Letztes zerfiel sein lächelndes Gesicht und Carly saß zwischen einem kleinen Häufchen Staubkörner, die der Wind bereits davontrug.

Sie schlug die Hände vor die Augen und weinte stumm. Der Kummer schnürte ihr die Brust zusammen. Immer schwerer bekam Carly Luft. Ihr ganzer Körper begann zu zittern, sie spürte, wie ihr schwindelig wurde. Carly ließ die Hände wieder sinken. Ihre Augen starrten auf den Staub vor ihren Knien, bevor sie einen leeren Ausdruck annahmen.

„Carly", sagte Enndlin vorsichtig und legte ihrer Anführerin die Hand auf die Schulter.

Carly erstarrte. Alle Anwesenden schienen die Luft anzuhalten, niemand wagte es, einen Ton von sich zu geben. Doch nichts geschah. Carly stand auf und sah sich um. Sie rang um Fassung, denn sie wusste, dass ihre Verbündeten auf ihren Befehl warteten. „Der Kampf ist vorbei. Geht nach Hause!", wies sie an. Ihre Stimme klang fest, aber vollkommen emotionslos. Niemand rührte sich, aber sie nahm es kaum zur Kenntnis.

Gedankenverloren klopfte sie sich Sages Überreste von der Kleidung und wandte sich ab. Langsam, fast schleppend und so würdevoll, wie sie es vermochte, schritt sie vom Kampffeld in die Richtung, in der der Palast des Lichtes auf sie wartete.

Die Schwestern des Lichts und des Waldes schlossen sich ihr an. Auch die Sylphen begleiteten den Tross zum Palast. Die anderen Kreaturen der lichten Seite zogen sich in ihre Wälder zurück.

Mason wies seine Gefolgsleute an, auf die dunkle Burg zurückzukehren. Einige wenige waren noch immer in Angriffslaune, wollten den geschwächten Zustand der Gegner ausnutzen und ihnen feige in den Rücken fallen.

„Wagt es nicht, einen neuen Krieg anzuzetteln", drohte Mason ihnen. „Ich habe den Dunklen Herrscher besiegt und unsere Gesetze sagen, dass derjenige, der das vermag, oder einer seiner Nachkommen an seine Stelle rückt. Ich bin beides in einer Person. Ihr gehorcht mir also. Zieht euch zurück. Wir geben ihnen ein paar Tage. Dann treffe ich mich mit der Gegenseite zu Verhandlungen. Danach gebe ich euch Bescheid, ob ich eure Dienste erneut benötige. Bis dahin werdet ihr nichts tun, was die Liwanag Gilid schädigt!"

Widerwillig gehorchten die Kreaturen. Mason ließ sie nicht aus den Augen und verließ als Letzter den Platz.

*

„Du musst etwas essen, Mama!" Mathis versuchte den dritten Tag in Folge, seine Mutter zum Essen zu bewegen. Hin und wieder kaute sie lustlos auf einem Stück Brot herum und trank ein Schluck Wasser dazu, doch die meiste Zeit saß sie einfach auf ihrem Bett, starrte Löcher in die Luft und tat einfach nichts.

„Kommst du noch nicht zu ihr durch?", fragte Benedicta, als sie den Raum leise betrat.

„Nein. Ich mache mir wirklich Sorgen. Sie reagiert auf nichts. Es ist, als wäre sie gar nicht anwesend. Wenn sie mich ansieht, sieht sie irgendwie durch mich hindurch."

Mathis seufzte. So hatte er sich den Sieg beim besten Willen nicht vorgestellt.

45

*Gesetz sei die Wahrheit, Königin die Liebe,
Endzweck die Ewigkeit.*
Augustinus Aurelius

Zehn Tage nach ihrem Verlust raffte Carly sich endlich auf und ging in den Thronsaal. Der Rat des Lichtes wartete auf sie. Als sie den Saal betrat, erhoben sich alle Anwesenden.

„Wie geht es Euch heute", fragte Enndlin mitfühlend und bot Carly den Stuhl an der Stirnseite des Tisches an.

Carly fühlte noch immer nichts als Leere in sich. Das Band mit Sage, an dass sie sich so gewöhnt hatte, war verschwunden. Als sein Körper zu Asche zerfiel, löste sich auch ihre Verbindung auf. Sie fühlte sich, als wäre ein lebenswichtiges Organ amputiert wurden. Zuerst hatte sie sich voll dem Schmerz der Trauer ergeben, doch er war zu stark. Deshalb hatte sie die Trauer eingemauert, tief in sich versteckt. Carly funktionierte, denn sie musste. Man ließ ihr Zeit, und doch drängte selbige. Die Lichtvölker hielten sich noch immer alle auf der Liwanag Gilid auf, waren bisher nicht in ihre Heimat zurückgekehrt.

„Wir haben die Nachricht von der Gilid Kadiliman erhalten, dass Mason als ihr neues Oberhaupt bestätigt wurde. Er möchte sich für Verhandlungen mit Euch treffen", sagte Enndlin, den Blick stets auf Carly gerichtet. „Und wir würden gern besprechen, ob Ihr bereit für das Amt der Kotetahi seid. Ein Amt, dass nicht unbedingt belegt werden muss. Aber der Zeitpunkt ist günstig. Wir sind alle hier, wir sind einstimmig der Meinung, dass Ihr unsere geborene Kotetahi seid. Eine Königin der Lichtseite, die über alle Völker herrscht. Wir wären vereint viel stärker, als einzeln. Wir wären, trotz unserer Unterschiede, wieder ein Volk. So, wie es zum Anbeginn von allem war."

Carly blickte auf. Ihre Augen waren leer. Müde nickte sie, bevor sie sich erhob. „Ist das alles?", fragte sie.

„Im Grunde ja", beantwortete Rose ihre Frage.

„Gut. Schickt eine Nachricht an den Dunklen König, dass ich mich jederzeit mit ihm treffen kann. Er soll hierherkommen. Ich erwarte ihn. Was die Krönung angeht: Ja, ich bin bereit. Doch bitte ich euch, mir noch einige Tage zu geben. Ich muss mich neu sortieren. Diesen Tag habe ich mir anders vorgestellt. Ganz anders." Carly war immer leiser geworden. Den letzten Satz flüsterte sie nur noch.

Der Rat murmelte seine Zustimmung und ließ sie gehen. Als sie den Saal verlassen hatte, erhob Rose das Wort: „Wir müssen uns etwas einfallen lassen. Ich weiß nicht, ob sie je zu ihrer alten Stärke zurückfindet. So jedoch gibt sie keine gute Königin ab. Das Volk wird denken, wir krönen eine Leiche, die gerade noch unter uns wandelt. Hat jemand eine Idee, wie wir sie aus dem Loch herausholen können?"

„Nein. Trauer ist wichtig, aber sie trauert nicht mehr. Sie hat aufgegeben. Fühlt sich allein und im Stich gelassen, hat dicht gemacht. Sie schirmt im Moment alles ab. Der einzige, er noch halbwegs zu ihr durchdringt, ist Mathis. Geben wir ihr eine weitere Woche und sehen, was er erreichen kann. Wir setzen noch keinen Zeitpunkt für die Krönung fest. Wir warten!", sagte Syke.

*

„Vater", rief Mathis und sprang Mason in die Arme, als er den Lichtpalast betrat. Seit der finalen Schlacht hatten sie sich nicht mehr gesehen. Doch Mathis hatte mitbekommen, wie sein Vater die Seiten offen gewechselt hatte. Genau wie die Garde der Mini-Masama hatte er sich gegen den Dunklen König gestellt. Für Mathis war das Beweis genug, dass sein Vater ihn liebte, denn ihm war klar, für wen Mason das getan hatte.

„Wie geht es deiner Mutter?", fragte Mason, nachdem er seinen Sohn ordentlich begrüßt hatte.

„Schlecht. Sie redet kaum, isst wenig, lacht nicht. Sie erledigt die anstehenden Geschäfte und zieht sich danach sofort wieder in ihre Zimmer zurück. Niemand darf rein. Nur Benedicta und mir gestattet sie es. Redest du mit ihr?", fragte Mathis.

„Ich werde es versuchen, aber ich kann dir nichts versprechen", erwiderte Mason.

Minuten später saß er Carly gegenüber. Sie sah blass aus, fast durchscheinend. Dunkle Ringe hingen unter ihren Augen. Doch das Schlimmste war, dass ihnen jeder Glanz fehlte. Mathis hatte Recht. Carly funktionierte, aber leben konnte man das nicht nennen. Er legte seine Hand auf ihre, doch Carly zog ihre Finger erschrocken zurück. Immerhin zeigte sich eine Gefühlsregung auf ihrem Gesicht.

„Du siehst schlecht aus", begann Mason das Gespräch.

„Bist du hier, um mit mir Vereinbarungen auszuhandeln, oder willst du über mein Aussehen reden?", fragte Carly scharf zurück.

„Die Verhandlungen sind doch nur fürs Protokoll. Das weißt du genauso gut wie ich. Die Barriere zwischen der Liwanag Gilid und der Gilid Kadiliman wird wieder errichtet. Undurchdringlich, wie eh und je. Wir kommen nicht auf eure Seite, ihr nicht auf unsere. Die einzige Änderung, die es geben wird, betrifft nur mich, und auch das nur minimal. Was gibt es da zu bereden?", fragte Mason zurück.

„Welche Änderungen?", fragte Carly nach und fühlte sich unwohl unter Masons prüfendem Blick.

„Ich bin der neue Herrscher und ich werde die willkürliche Brutalität ausmerzen. Ich werde Gesetze erlassen, dass niemand getötet werden darf, bevor ich nicht zugestimmt habe. Wir werden friedlich nebeneinander leben. Du weißt, dass wir die Dunkelheit nicht abschaffen können. Licht und Finsternis gehören zusammen, nur dann stimmt die Balance. Aber wir können aufhören, uns zu bekämpfen. Das ist anders. Mehr nicht! Und ja, die dichten Grenzen müssen sein. Ich traue meinem Volk noch nicht genug. Die Umstellung wird schwer für sie."

„Aber du hast es auch geschafft", sagte Carly und ein winziger Funken versöhnliche Anerkennung schwang in ihrer Stimme mit.

Mason lächelte. „Ich hatte auch einen starken Motivator. Mathis. Ich hätte nicht zugelassen, dass ihm etwas passiert. Sage war nur den Bruchteil einer Sekunde vor mir dort, sonst hätte ich die Rune abgefangen."

„Ich weiß. Ich habe es gesehen", sagte Carly. Sie konnte nicht verhindern, dass ihr schon wieder die Tränen in die Augen traten.

„Du weißt, dass er es getan hat, damit du glücklich weiterleben kannst?", fragte Mason und rutschte zu Carly herum. Die Unterlagen lagen vergessen auf dem Tisch.

Carly nickte. „Aber wie kann ich ohne ihn jemals wieder glücklich werden?"

„Wie hättest du ohne Mathis je wieder Glück empfinden können?"

Erschrocken sah Carly auf. Allein der Gedanke daran schnürte ihr die Brust zu.

„Siehst du. Und das hat Sage gewusst. Was waren die letzten Worte, die er dir gesagt hat?"

„Traure, aber dann lebe", wiederholte sie die Worte Sages.

„Und genau das solltest du tun. Hör auf, dich selbst zu geißeln und abzukapseln. Du tust dir selbst keinen Gefallen damit, und Mathis noch weniger. Wenn du schon an sonst niemanden denken magst, denk wenigstens an ihn. Lass dir helfen. Wir alle sind für dich da. Mich eingeschlossen. Du weißt, dass meine Gefühle für dich nicht gespielt waren, oder? Vielleicht können wir irgendwann …"

„Nein. Rede auf keinen Fall weiter!", unterbrach ihn Carly hastig.

„Okay. Dann sag mir, wann die Krönung sein wird. Bin ich eingeladen?"

Carly stutzte. „Ist das erlaubt? Du bist ein Wesen der Dunkelheit."

„Nein, nicht ganz. Ich bin zur Hälfte ein Lichtwesen. Und es wäre ein Zeichen, was unsere Verbindung betrifft. Ich verspreche, ich komme allein." Feierlich hob Mason zwei Finger.

Carly musste zugeben, dass er Recht hatte. „Ja, es wäre ein gutes Zeichen. Betrachte dich als eingeladen. Der Termin wird noch bekanntgegeben. Ich lasse ihn dir zukommen. Du meinst also, wir müssen heute nichts weiter besprechen?"

„Nein. Ich habe meine Stichpunkte dort liegen. Rose soll sie überprüfen, überarbeiten und ich komme zur Unterschrift wieder."

„Gut, dann sind wir hier fertig. Willst du ..." Carly zögerte. „Willst du zum Essen bleiben?"

„Ja, sehr gern. Danke. Ich würde die Zeit bis dahin mit Mathis verbringen wollen. Darf ich?"

Carly nickte und stand auf. Die Nähe Masons war ihr plötzlich zu viel. Sie musste unbedingt allein sein und über das nachdenken, was er gesagt hatte.

*

„Du siehst wunderschön aus", sagte Mathis, der sich den unbequemen Kragen seines Hemdes zurechtzerrte, während er auf dem Bett saß und seine Mutter betrachtete.

„Ein bisschen sehr pompös, oder?", fragte Carly und sah an sich herab. Das Kleid, das sie heute trug, war aus vergoldeten Fäden gewebt. Die Sylphen hatten es angefertigt. Es war so filigran, dass Carly Angst hatte, am kleinsten Hindernis hängen zu bleiben und es zu zerreißen. Zusätzlich zum goldenen Stoff waren unzählige Brillanten aufgenäht, die die Erdschwestern beigesteuert hatten. Die Waldschwestern hatten auf dem Rankenkranz in Carlys hochgesteckten Haar bestanden und die Dryaden hatten ihr hauchfeine Schuhe aus Holz angefertigt. Ihr Haar war verstärkt mit einzelne Strähnen der Kabayo, ihre Handschuhe, ganz in Schwarz, hatten die Salamandermenschen hergestellt. Den Bestandteil des Materials wollten sie nicht verraten, doch sie hatten Carly versichert, dass es keinesfalls Haut war. Um ihre gesamte Person herum, legte sich, wie eine Schärpe, ein zartes Lichtband. Carly trug von jedem Volk ihrer künftigen Gefolgschaft etwas am Körper. So schrieben es die Regeln, die noch nie zuvor zum Einsatz kamen, vor.

Anmutig schritt Carly den Gang entlang, den die anwesenden Völker der Lichtseite zwischen ihren Reihen für sie gebildet hatten. Trotz des Schnees fand die Zeremonie im Außenbereich des Schlosses statt. Es waren zu viele Gäste anwesend. Selbst Kinder und Greise, die während des Kampfes zu Hause hatten bleiben müssen, waren zur Krönung ihrer Kotetahi angereist und standen nun staunend am Rand.

Als sie fast am Thron angekommen war, den man eigens für sie gebaut hatte, erklang der Gesang der Lichtschwestern. Eine neue, bislang nie gehörte Melodie. Enndlin erwartete Carly neben dem Thron. Auf einem Kissen lag die Krone. Zusammengesetzt, ähnlich wie ihre Kleidung, aus den Materialien aller ihre Völker. Eine Krone, die zum Symbol werden sollte für eine längst überfällige Vereinigung.

Mit klopfendem Herzen erreichte Carly den Thron und wandte sich ihrem Volk zu. Anmutig setzte sie sich. Sie hatte den Ablauf der Zeremonie unzählige Male geübt, trotzdem hatte sie

Angst, einen wichtigen Teil zu vergessen. Doch zu ihrer Beruhigung lief alles so, wie es sein sollte. Die Sylphen trugen einen schwebenden Baldachin durch die Luft und verharrten über Carlys Kopf.

Dann trat Syke vor sie und entrollte ein Pergament. Der Gesang der Schwestern verstummte. Mit feierlicher Stimme eröffnete die Dryade die Zeremonie.

„Seid Ihr, Charlotte von Lux und Umbra, willens, den Eid zu leisten?", fragte sie.

„Das bin ich", antwortete Carly, wie mehrfach während der Proben.

„Werdet Ihr versprechen, dass Ihr Euer Handeln stets zum Wohl aller Lichtvölker einsetzt?"

„Das verspreche ich", sagte Carly.

„Dann nehmet den heiligen Baum meines Volkes an, der Euch stets daran erinnern wird, dass wir Euch folgen werden!" Syke übergab Carly einen goldenen Topf, in dem ein Mandelbaum wuchs. Danach trat sie zur Seite.

„Nehmet auch unser heiligstes Gut in Empfang, dass Euch daran erinnert wird, dass wir Euch folgen werden!", sagte der Salamandermensch und überreichte Carly einen Brunnen, in dem das Wasser auf magische Weise sprudelte.

„Nehmet nun unsere Segensgabe in Empfang. Soll sie Euch daran erinnern, dass wir Euch folgen werden!" Mit den stets gleichen abschließenden Worten, die Teil der Zeremonie waren, reichten die Sylphen ihr einen Krug voller Nektar, der sich niemals leeren würde.

Von den Erdschwestern erhielt Carly eine Truhe voller Edelsteine, von den Waldschwestern ein Säckchen voller Heilkräuter.

Die Kabayos übergaben ihr eine kleine Pfeife, die es ihr ermöglichte, auch in anderen Welten nach ihnen zu rufen.

Nachdem sie alle Geschenke erhalten hatte, trat Syke wieder vor sie. „Mit der Übergabe der heiligen Symbole seid Ihr nun gesegnet und geweiht zur Königin der lichten Völker. Erhebt Euch!"

Carly stand auf und trat einen Schritt vor. Enndlin kam mit der Krone auf dem Kissen auf sie zu. Doch den Sylphen wurde die Ehre zuteil, das Symbol der Vereinigung auf Carlys Kopf zu heben. Langsam senkten sie das Schmuckstück hinab und in dem Moment, in dem die Krone auf Carlys Kopf ruhte, sangen nicht nur die Schwestern des Lichts, sondern alle Anwesenden das Lied der Krönung.

Carly war feierlicher zumute, als sie es sich hatte vorstellen können. Auf dem Weg zurück ging Mathis an ihrer Seite, die Brust stolz nach vorn gereckt, die Augen unablässig auf seine Mutter gerichtet. Carly schritt den Weg würdevoll entlang. Jedes Mal, wenn sie einen Schritt nach vorn machte, kniete das lichte Volk um sie herum nieder. Als sie die große Tür in den Palast hinein erreicht hatte, raunte Mathis ihr zu: „Dreh dich um. Das ist Wahnsinn! Sie knien alle im Schnee. Wegen dir!"

Carly warf einen verstohlenen Blick nach hinten. Mathis hatte Recht. Sie hatte einen Teppich aus Menschen hinterlassen, die erst aufspringen würden, wenn sie die Tür hinter sich schloss. Dann würde die Feier beginnen, die drei Tage anhalten sollte. Verschmitzt lächelte sie Mathis an. „Stimmt. Wahnsinn!"

46

Es ist ein melancholisches Lied, das Lied von der Heimkehr.
Theodor Storm

„Du hast dir das gut überlegt?", fragte Rose die junge Schwester.

Benedicta steckte eine Locke hinter ihr Ohr. „Ja, das habe ich. Die Prophezeiung ist erfüllt, Carly seit sechs Wochen im Amt als Königin. Ich darf frei wählen, wie mein Leben weitergehen soll und ich habe mich entschieden, nicht in meine Zeit zurückzukehren, aber auch nicht hier zu bleiben. Ganz möchte ich jedoch die Verbindung nicht kappen, deshalb scheint es mir die beste Lösung zu sein, wenn ich Mathis in seine Welt begleite. Sein Stiefvater hat bereits sein Einverständnis gegeben. Ich darf bei ihm wohnen und er wird für mich sorgen. Auch Carly stimmte zu. Was mir nun fehlt, ist eure Erlaubnis. Ihr, als meine Schwestern, mit denen ich jahrhundertelang zusammenlebte, müsst mir euren Segen geben. Nur so werde ich zufrieden in ein neues Leben starten können."

„Und das sind alle Gründe, die du hast?", fragte Rose noch einmal und konnte ein Grinsen nicht unterdrücken. „Ist es nicht eher so, dass du Mathis nicht allein lassen willst?"

„Auch das. Aber das dürfte irrelevant für eure Entscheidung sein, weshalb ich es nicht erwähnt habe", erwiderte Benedicta. Doch ihr Gesicht lief rot an und verriet sie. Für sie selbst war es der Hauptgrund. Es war nie eine verlockende Option gewesen, in ihr altes Leben zurückzukehren, den Mann zu heiraten, der für sie bestimmt war und das triste Leben einer Frau ohne Stimme zu führen.

„Wir haben uns beraten", warf Rose ein und wechselte einen amüsierten Blick mit ihren Schwestern. „Tatsächlich schon kurz nach der Krönung. Die Welten stabilisieren sich, aber die Portale sind alle wieder geöffnet. Wir stimmen deiner Bitte zu, aber wir verbinden es mit einer Aufgabe. Da das auch Mathis betrifft, haben wir uns erlaubt, ihn dazuzuholen und würden ihn jetzt hereinrufen, wenn es dir recht ist."

Benedicta nickte. Ihre Neugier war geweckt. Was konnte das für eine Aufgabe sein, die sie beide betraf?

Rose nickte der Lichtschwester neben der Tür zu. Sofort verschwand sie und tauchte wenige Minuten später mit Mathis wieder auf. Außerdem kamen Syke und die Salamandermenschen noch hinzu. Benedicta und Mathis fanden sich plötzlich vor dem Rat wieder. Als letzte betrat Carly den Saal und setzte sich an die Stirnseite des Tisches.

Ratlos sahen sich Benedicta und Mathis an. „Hast du eine Ahnung?", flüsterte Mathis.

Doch Rose unterbrach ihn. „Wir werden euch jetzt unser Anliegen vortragen. Wie immer lassen wir euch entscheiden aus freiem Willen. Ihr könnt ablehnen, wenn ihr euch der Aufgabe nicht gewachsen fühlt."

Die Kinder nickten zustimmend.

„Die Portale sind durchlässig. Die neuen Vereinbarungen erlauben es nicht, sie komplett zu verschließen. Doch sie lassen ein Schlupfloch. Wir können jedes einzelne Portal mit einem magischen Schutz belegen. Wenn jemand hindurch will, muss er die Erlaubnis der Wächter einholen, die Teil jener Magie sind, die wir anwenden wollen. Es bedarf zweier Wächter. Einen, der die Neue Welt gut kennt und in ihr aufwuchs und einen, der dasselbe über die Alte Welt behaupten kann. Ihr beide seid dafür wie geschaffen. Wir würden euch diese Aufgabe gern anvertrauen und euch zu den Wächtern der Portale machen", beendete Rose ihren Vortrag und sah fragend zu Mathis und Benedicta.

„Wie wird das ablaufen? Wenn jemand hindurch will, muss er bei uns einen Antrag einreichen, oder wie?" Mathis zog verständnislos die Stirn kraus.

„Nicht ganz so förmlich. Wenn jemand die Portale betritt, erscheint automatisch sein Abbild vor euch. Sehen könnt nur ihr ihn. Kommunizieren würdet ihr still. Niemand kann euch zuhören. Für euer Umfeld erscheint ihr in so einer Situation nur manchmal etwas abwesend und verträumt. Nicht die schlimmsten Eigenschaften in der Neuen Welt. Nach welchen Kriterien entschieden wird, bekommt ihr noch beigebracht. Die Ausbildung zum Wächter erfolgt parallel zur Arbeit selbst. Die Sylphen werden euch unterweisen und bei euch bleiben, bis ihr der Aufgabe alleine gewachsen seid. Wird die Person, die das Portal nutzen möchte, abgewiesen, verschwindet das Abbild einfach, das Portal bleibt verschlossen und ihr seid zu keinem Zeitpunkt in Gefahr." Rose setze sich.

Nun war es Carlys Aufgabe, die alles entscheidende Frage zu stellen: „Seid ihr bereit, diese Aufgabe zu übernehmen? Ihr müsst nicht sofort entscheiden und könnt Bedenkzeit bekommen."

Mathis sah zu Benedicta. Stumm einigten sie sich. Benedicta übernahm das Reden. „Wir sind dafür bereit und stolz, diesen wichtigen Posten von Euch anvertraut zu bekommen."

Carly lächelte. Sie hatte bereits vorher gewusst, dass Mathis sich das keinesfalls entgehen lassen würde. Nun war er also ein Wächter. Nicht länger ihrer, was Carly mit Erleichterung zur Kenntnis genommen hatte. Seine unzähligen kleinen Aktionen, ob nun sinnvoll oder nicht, mit denen er seiner Mutter helfen wollte, hatten ihn mehr als einmal in Lebensgefahr gebracht. Carly war froh, wenn das endlich endete und Mathis in das relativ sichere 21. Jahrhundert zurückkehren würde. „So sei es also. Es ist beschlossen. Ich beglückwünsche euch zur neuen Aufgabe."

Der formelle Teil war beendet. Carly ging um den Tisch herum und zog ihren Sohn in ihre Arme. „Ich bin unglaublich stolz auf dich!", flüsterte sie ihm zu. „Wann wollt ihr denn abreisen?"

„Wir dachten, das in zwei Wochen zu tun. Dann haben wir noch Zeit, uns einzuleben, und nach dem Ferienende können wir gemeinsam in die Schule gehen. Ich muss das Schuljahr ohnehin wiederholen", sagte Mathis, wirkte aber nicht betrübt deswegen.

„Dann werden wir die zwei verbleibenden Wochen so oft wie es geht zusammen verbringen", sagte Carly. „Kommt, wir fangen sofort damit an!"

47

Wer glaubt, ist selig;
Glaube erzeugt Hoffnung und Liebe und Seligkeit.
Friedrich von Bärenbach

Leise öffnete Mason die Tür und trat ein. Carly saß am Rand des Beckens und spielte gedankenverloren mit den Lichtkugeln, die sich um sie schmiegten.

„Hey", begrüße Mason sie.

Carlys Kopf fuhr erschrocken herum und sie strich sich mit der Hand durch die Haare. „Entschuldige. Ich habe dich nicht kommen gehört. Und unseren Termin habe ich auch vergessen. Ich kann mich einfach nicht konzentrieren, seit …" Carly ließ die Worte ungesagt, doch Mason wusste auch so, was sie meinte. Sie vermisste Sage mit jeder Faser ihres Körpers. Er sah es ihr an.

Vorsichtig zog er sie in seine Arme und schmiegte seine Wange an ihren Kopf. „Es tut mir so leid", murmelte er. „Aber dein

374

Leben geht weiter. Sage hätte nicht gewollt, dass du so vor dich hinvegetierst. Traure, aber vergiss nicht, dass es Menschen gibt, die dich lieben und brauchen. Mich eingeschlossen."

Carly sah auf, sah ihm in die Augen und erkannte das Gefühl, von dem sie immer gewusst hatte, dass es echt war. Sie holte tief Luft. „Ich weiß, dass du Recht hast und ich bin dankbar für dein Angebot. Ich weiß, was du möchtest und dass du es ehrlich meinst. Aber, Mason, ich kann nicht. Es geht nicht um Trauer, ich glaube einfach, dass ich nie wieder einen Mann so lieben werde, wie ich ihn geliebt habe. Und es wäre unfair, dir weniger zu geben, als du verdienst. Du bist Mathis Vater und ich bin sicher, dass du dich genauso geopfert hättest, wärst du vor Sage bei ihm gewesen. Aber ich kann euch nicht austauschen. Du bist mein Freund und daran möchte ich nichts ändern, aber wir werden nie wieder ein Paar werden. Bitte versteh das!"

Mason schluckte. Er hatte geahnt, dass Carly so reagieren würde, doch es zu erleben, versetzte ihm einen kleinen Stich ins Herz. Trotzdem nickte er. Er liebte sie und wollte wenigstens ihre Freundschaft aufrechterhalten.

Seit Wochen arbeiteten sie ein Abkommen aus, das beiden Seiten der alten Welt gerecht werden musste. Heute wollten sie den finalen Abschluss schaffen. Nach Stunden, als die Dämmerung bereits einsetzte und sie nebenbei zu Abend gegessen hatten, rollte Carly das lange Pergament auf und lächelte ihn an. „Wir haben es geschafft", sagte sie und reichte Mason mit Schwung die Rolle, die sie unterschrieben hatte.

Mason sparte sich das Aufrollen, schob das lange Papier einfach zu Carly zurück und ließ sie dabei nicht aus den Augen. „Ich bin gespannt, ob unsere Gefolgsleute mit all dem mitgehen.

Es ist auch für euch ein Einschnitt in euer bisheriges Leben."

„Ich bin zuversichtlich", nickte Carly und erhob sich.

Nachdem Mason den Palast verlassen hatte, zog Carly sich in ihre Schlafgemächer zurück. Über sechs Monate war es inzwischen her, dass Sage gestorben war. Doch das Band, das sie mit Sage geteilt hatte, war irgendwie wieder aktiv geworden, strahlte wiederholt Signale aus. Ein Streicheln über ihre Seele trieb ihr Gänsehaut auf den Körper. Vermutlich vermisste sie ihn so sehr, dass sie sich selbst einredete, ihn noch immer spüren zu können. Dass seine Liebe sie noch immer erfüllte, so intensiv, als wäre er noch am Leben. Doch Carly hatte das Bild noch immer vor Augen. Wie der Mann, den sie liebte, in ihren Armen zu Staub zerfiel. Tränen rannen ihre Wangen hinab. Sie wusste, dass es nur Einbildung war, und doch ..., wenn es wahr wäre ... Es fühlte sich so gut an, dieses Gefühl. Vier Wochen nach ihrer Krönung war es aufgetaucht und geblieben. Flackerte immer wieder auf.

Carly warf sich auf ihr Bett und presste das Gesicht tief in ihre Kissen. Niemand sollte die Königin weinen hören. Sie musste stark sein, musste ihr Volk in die neue Ära führen. Allein.

Nebelschwaden versperrten ihre Sicht, und doch spürte sie seine Anwesenheit. Durchsichtige Gestalten, teils deformiert, teils ganz normaler Statur, tauchten immer wieder im Dunst auf. Ihr Blick richtete sich auf ihre Hand, die sich seitlich an etwas abstützte. Ein Tor. So hoch, dass sie das Ende nicht sehen konnte. Verziert mit abscheulichen Motiven. Totenköpfe lagen auf Tischen herum, neben ihnen standen Fläschchen mit Elixieren befüllt, von denen Carly sicher war, dass sie Gift enthielten. Wesen der Finsternis kämpften gegen Dunkelmagier, gegen an-

dere Kreaturen, die Carly noch niemals zuvor gesehen hatte. All das war eingeschnitzt in das fast schwarze Holz der Tür. Der eiserne Griff war mit Zacken überzogen. Vorsichtig legte Carly ihre Hand darauf, versuchte, ihre Finger zwischen den Spitzen zu platzieren. Dann drückte sie die Klinke nach unten. Doch die Tür blieb verschlossen. Sie rüttelte an der Klinke. Nichts. „Hallo?", rief sie leise. Die Antwort bestand aus Zischen, Knurren, Schreien weit hinter ihr. Panik ergriff sie und sie wollte erneut an der Tür rütteln, als eine Hand sich auf ihren Arm legte.

„Nicht. Nur ich vermag dieses Tor zu öffnen, denn ich bin der Wächter."

Carly sah in das Gesicht, dass ihr so vertraut war.

Im nächsten Moment schreckte sie japsend hoch. Ihre Haare klebten an der Stirn, ihr Nacken war nass vom Schweiß. Sie starrte in die Dunkelheit, brauchte einen Moment, bis sie feststellte, dass sie in ihrem Zimmer war, dass sie geträumt hatte. Doch es hatte sich so echt angefühlt. Die Hand auf ihrem Arm konnte sie noch immer spüren. Seine Hand. Sage.

Erschöpft ließ sie ihren Körper zurück auf die Kissen fallen. „Sage", flüsterte sie mit tränenerstickter Stimme.

Ich bin da, antwortete er leise. In ihrem Kopf. Es klang echt. Es fühlte sich nach der Wahrheit an. Carly schüttelte sich und stand auf. Mit zittrigen Händen griff sie nach dem Krug und schenkte sich Wasser ein, als sie das Zerren an ihrem Band bemerkte. Ganz sicher und keine Einbildung.

Der Krug fiel ihr aus der Hand und zerschellte klirrend am Boden.

„Sage", flüsterte sie erneut und schloss die Augen. Sie konzentrierte sich auf ihn, folgte der Spur des Bandes. Es war so leicht. Es war so schön. Flirrend breitete sich pures Glück in ihrem Bauch aus.

Arawgabi. Komm zum Anbruch der Nacht auf die Wiese hinter deinem Palast.

Dann brach die Verbindung ab und Carly taumelte nach hinten, bis sie an ihr Bett stieß und sich setzte. Ungläubig starrte sie in die Dunkelheit der Nacht.

*

Drei Tage später feierten die Schwestern vor dem Palast zusammen mit den ausgewählten Männern das Arawgabi-Fest. Nur Carly setzte sich ab, eilte ungeachtet eventueller Beobachter die Stufen des Hinterausgangs hinunter. Die Terrasse schien endlos, der angrenzende Kräutergarten riesig. Die Monde gingen auf und erhellten die Nacht sanft. Eine letzte Gruppe von Sträuchern stand ihr im Weg, versperrte die Sicht auf ihr Ziel. Sie lief so hastig daran vorbei, dass die Zweige ihr die Arme zerkratzten. Dann sah sie ihn und blieb abrupt stehen. Er stand auf der Wiese. Nackt. Aber er war lebendig. Carly rannte auf ihn zu, stolperte, fiel beinah, fing sich jedoch. Die letzten Meter flog sie beinah und konnte ihren Blick nicht von seinem freudestrahlenden Gesicht abwenden. Endlich schmiegte sie sich in seine Arme. Der Duft nach frisch gemähter Sommerwiese durchflutete sie. Sages Duft. Unter Millionen hätte sie ihn daran wiedererkannt. Tränen des Glücks rannen über ihr Gesicht. Sie schluchzte.

„Wie ...?" Carly war nicht in der Lage zu reden. Glück und Fassungslosigkeit schnürten ihr den Hals zu.

Sage bedeckte ihr Gesicht mit unzähligen Küssen, nahm ihren

Kopf zwischen seine Hände und zwang sie, ihn anzusehen.

„Ich erkläre es dir, aber ich würde mir zuvor gern etwas anziehen. Oder irgendwo hingehen, wo mich nicht jedermann sehen kann." Ein verschmitztes Lachen huschte über sein Gesicht und Carlys Beine wurden weich.

Sie ließ ihn nicht los, sah immer wieder zu ihm hin, als sie Hand in Hand in den Palast schlichen. In ihrem Zimmer zog Sage sie auf das Bett. Wie eine Ertrinkende klammerte sie sich an ihn, unterbrach immer wieder ihre leidenschaftlichen Küsse und sah ihn an, als müsste sie sich vergewissern, dass es wirklich er war, der bei ihr weilte.

Nach einer gefühlten Ewigkeit ließ Carly ihn endlich los, ohne jedoch von ihm wegzurücken.

„Du bist wieder da", hauchte sie, noch immer tief bewegt.

„Ja, aber nur diese eine Nacht."

„Was?" Carly fuhr entgeistert hoch. „Warum?"

„Als ich starb, als Wesen der Finsternis, stand ich vor dem Tor der Unterwelt, dass ich dir vor wenigen Tagen zeigte. Der Wächter wollte mich nicht einlassen. Meine Seele sei zu rein, meine irdischen Taten nicht von Herzen boshaft. Deswegen gehöre ich nicht dorthin. Doch zurück konnte ich ebenfalls nicht, denn als Wesen der dunklen Seite, das ein Vampir nun mal ist, gab es für mich keinen anderen Ort nach dem Tod. Ich musste in die Unterwelt – in die ich aber nicht hineinkam. Dieses Dilemma bewirkte eine Instabilität. Andere Kreaturen, die in den Katakomben der Unterwelt gefangen waren, entkamen. Einige von ihnen kehrten in die Welten zurück, aus denen sie gelöscht worden waren. Bei mir allerdings ging es nicht. Ich hing fest. An diesem Tor. Eine höhere Macht schaltete sich ein und bestimmte mich zum neuen

Wächter des Portals. Der alte Wächter übergab mir seine Uniform, eine Kutte, die unsichtbar macht, und den Schlüssel. Dann verschwand er in den Tiefen der Unterwelt, die sich in dem Moment wieder stabilisierte, als die Entscheidung fiel. Da ich ihr nun dienen würde, gab mir die höhere Macht einen Wunsch frei, der mich für meine Dienste entschädigen soll."

„Und du hast dir gewünscht, hierher zu kommen? Diese eine Nacht?" Carly kämpfte gegen die Tränen. Sie war so glücklich in seiner Gegenwart und trotzdem schien der Trennungsschmerz sie jetzt schon zu überrollen.

„Ja. Die Nacht des Arawgabi. Aber nicht nur in diesem Jahr, sondern in jedem Jahr und in menschlicher Gestalt. Meine Kutte muss ich allerdings jedes Mal zurücklassen. Ich darf nichts, was in die Unterwelt gehört, mitnehmen. Das ist die Bedingung, deshalb komme ich nackt."

„Wir haben also jedes Jahr diese eine Nacht?"

„Jedes Jahr, solange ich es will. Und das mache ich davon abhängig, ob und wie lange du es willst. Aber wir haben zwölf Stunden. Zwölf Stunden, nach denen wir wieder ein Jahr warten müssen." Sage sah Carly an, unsicher, denn er wusste nicht, wie sie reagieren würde.

Über ihr Gesicht huschte ein Lächeln. „Es ist nicht optimal, aber es ist besser, als dich ganz zu verlieren. Und da wir nahezu ewig in dieser Form leben können, haben wir tausende von Jahren vor uns."

„Ja. Und es wäre nett, wenn du mir im nächsten Jahr Kleidung in den Wald hinter der Wiese legst."

Carly grinste verschmitzt, sah an Sages nacktem Körper hinunter und schürzte die Lippen. „Muss ich?", fragte sie lachend.

„Wenn du garantierst, dass wir allein sind – immer – dann nicht!" Auch Sage lachte und zog Carly näher an sich heran.

„Das Band", sagte sie plötzlich. „Können wir über das Band das restliche Jahr kommunizieren?"

„Es ist schwieriger als früher, aber machbar. Die Grenzen sind undurchlässiger als die zwischen anderen Welten. Bei dem, was in der Unterwelt haust, auch verständlich. Aber ja, es funktioniert. Wir müssen trainieren!", sagte Sage bestimmt und legte seine Stirn an Carlys. Seine Hände schoben ihre Träger von den Schultern. „Ich fände es aber gerechter, wenn du dabei deine Kleidung ebenfalls ablegst", murmelte er mit rauer Stimme.

„So, fändest du?"

„Ja ..."

Epilog

Selbst nach all dieser Zeit
sagt die Sonne nie zur Erde:
"Du stehst in meiner Schuld."
Schau, was eine solche Liebe bewirkt -
sie erleuchtet den ganzen Himmel.
Hafis (Ḥāfeẓ), persischer mystischer Lyriker

Die Nacht des Arawgabi jährte sich zum fünften Mal. Mathis war in die Höhe geschossen und inzwischen größer als sein Vater. Er legte Holz auf das große Feuer, das auf der Wiese hinter dem Lichtpalast brannte. Auch Benedicta sah nun älter aus. In der neuen Welt würde sie mit Mathis, der endlich das achtzehnte Lebensjahr erreicht hatte, zusammenziehen. Ihr Wachstum hatte dort seinen normalen Lauf wiederaufgenommen, so dass sie gemeinsam alt werden konnten, während sie die Portale zur alten Welt sorgsam behüteten.

Der drei Monate alte Säugling war endlich eingeschlafen und behutsam legte die junge Frau, die den Jungen gewiegt hatte, ihn in die Arme seiner Mutter zurück. Carly drückte ihr jüngstes Kind fest an ihren Körper, doch ihre Augen klebten an der Talsenke. Genau an der Stelle, an dem dichter Wald die Sicht versperrte. Ungeduldig rutschte sie auf ihrer Decke hin und her. Es war eine gute Nacht für eine Feier. Der Schnee ließ noch auf sich warten, die Luft war viel zu mild für die Jahreszeit.

Die zweijährigen Zwillinge entdeckten ihren Vater zuerst und rannten laut quietschend auf Sage zu, der mit eiligen Schritten endlich zwischen den Bäumen hervortrat. Seine weiße Kleidung strahlte im Mondlicht. Eine Tochter auf jedem Arm trat er vor Carly.

Sein Blick legte sich liebevoll auf sie, bevor er sich hinabbeugte und ihr einen Kuss gab.

„Ich warte das ganze Jahr nur auf diesen einen Tag. Nur er ist wichtig. Ich habe dich vermisst."

Carly schluckte den Kloß in ihrer Kehle hinunter und flüsterte: „Ich weiß. Ich kann es spüren. Immer."

Sage begrüße Mathis und Benedicta, die losgingen, um die Speisen zu holen. Sechs Stunden dieser wertvollen Nacht gehörten ihnen gemeinsam als Familie. Die zweite Hälfte der Nacht würden sich Mathis und Benedicta um die Kinder kümmern, damit Sage und Carly die restliche Zeit für sich genießen konnten.

„Zeig mir meinen Sohn!", forderte Sage Carly auf. Behutsam legte sie ihm den Säugling in die Arme. Zu Sages Erstaunen leuchtete er von innen heraus, genau wie seine Schwestern. „Er besitzt Magie?"

„Ja. Genau wie du als Kind. Ich fürchte, es ist egal, ob wir einen Sohn oder eine Tochter bekommen. Sie sind immer magisch."

„Und lichtdurchflutet, trotzdem ich ein Wesen der Unterwelt bin."

„Das bist du nicht. Du warst es nie. Du hütest nur das Portal."

„Bis in alle Ewigkeit", sagte Sage traurig.

„Und ich werde bis in alle Ewigkeit auf dich und diese Nacht warten, bis uns etwas eingefallen ist, wie du dauerhaft hierbleiben kannst. Ich liebe dich."

Carly legte ihre Stirn an seine.

Über ihnen tanzte das Licht am Firmament.

Ende

Über die Autorin

Silke M. Meyer wurde 1971 in Quedlinburg geboren. War sie als Kind mit Strohmann, Eisenmann und dem tapferen Löwen befreundet, wurden es später Fuchur und Momo, bevor sie mit Frodo auf Reisen ging, mit Eragon auf Saphiras Rücken durch die Lüfte sauste und mit Harry Potter eine Zaubererschule besuchte. Parallel dazu absolvierte sie eine Ausbildung zur staatlich anerkannten Erzieherin und bildete sich zur Sozialpädagogin weiter. Tief im Harz verwurzelt lebt sie mit ihrer Familie direkt am Waldrand. Als Phantastik-Fan liest und schreibt sie leidenschaftlich in diesem Genre. Ihr Debütroman, der erste Teil der als Dilogie geplanten Lux und Umbra Reihe, wurde mit dem Deutschen Phantastik Preis 2015 in der Kategorie Romandebüt ausgezeichnet.

Silke M. Meyer ist Mitglied im Autoren-Forum Montségur sowie bei DeLiA und PAN.

Lux & Umbra

Der Pfad der schwarzen Perle

348 Seiten, ISBN 978-3-95959-057-0

Carly und ihr zwölfjähriger Sohn Mathis leben allein, als zwei faszinierende Männer aus einer anderen Welt ihr bisheriges Dasein durcheinanderwirbeln. Mit ihnen erscheint eine übernatürliche Macht, die sich dem Schutz der Menschheit verschrieben hat. Sie legt das Gleichgewicht von Gut und Böse in Carlys Hände und stellt sie vor eine riskante Wahl.

Kann die Erfüllung einer Prophezeiung, die älter ist als die Zeit, die Erde von der Dunkelheit bewahren?

Der erste Band von „Lux et Umbra"
ist 2016 im Machandel Verlag erschienen

INHALTSVERZEICHNIS